Pensieri in sogno

L'impero e le lacrime di viverna

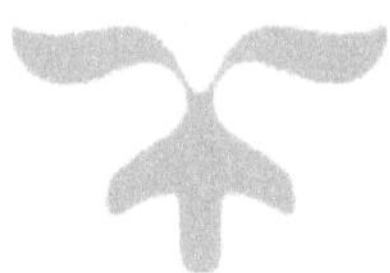

Mattia Martini

Umani

Elfi

Tiefdois

Orchi

Gnomi

Draconidi

2 Nani

Mezzoni

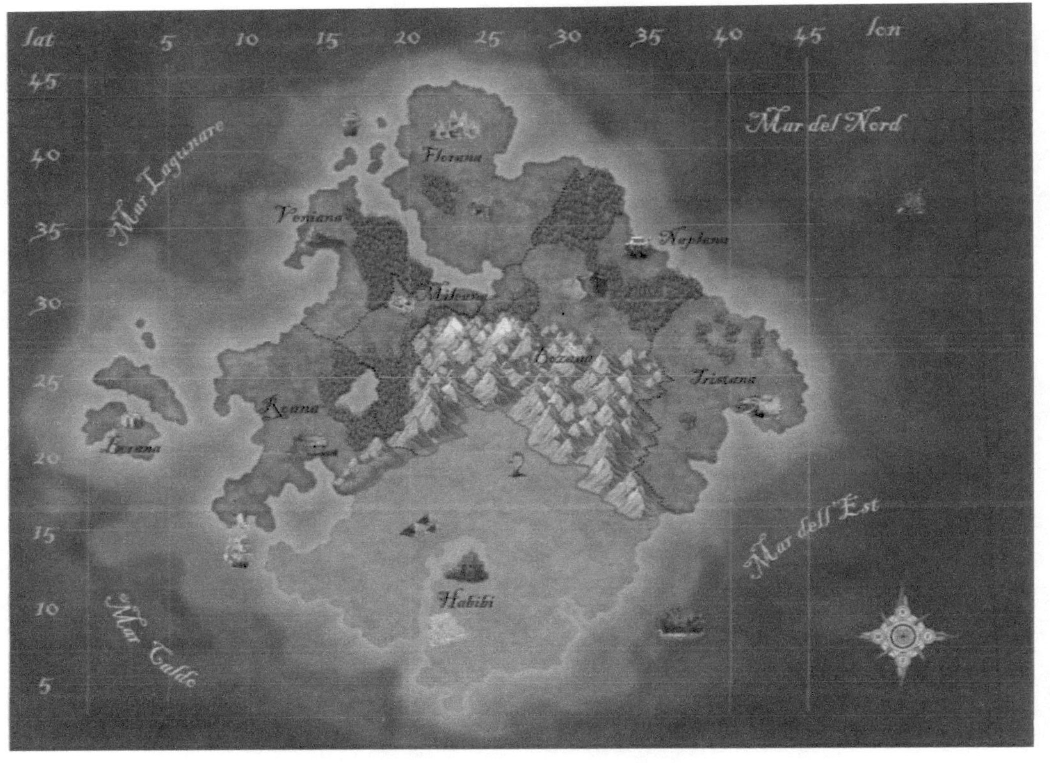

lat
lon
Mar del Nord
Mar dell'Est
Mar Calido
Mar Lagunare
Florana
Veniana
Neptana
Milena
Bozama
Tristana
Acana
Ferana
Habibi

1° edizione: novembre 2024

Edizione tascabile con copertina flessibile
ISBN 979-12-210-7544-1

INDICE

Capitolo 0
Premessa

Mi chiamo Tatiana Mihailova e sono corrispondente del mensile "Russkaya Moda" che si occupa appunto, di moda russa.

La testata è già poco conosciuta nella mia patria quindi figuriamoci se qualcuno ne abbia mai sentito parlare all'estero.

Sono nata a Omsk trentasette anni fa e da sempre mi piace scrivere… beninteso solo articoli o argomenti poco impegnativi, non certo storie complesse come quella che più avanti mi sono sentita in dovere di raccontare.

La storia potrebbe risultare perfino caotica se non fosse che comunque si tratta effettivamente di una realtà fuori dalla nostra dimensione e quindi dal nostro modo di accettare l'inverosimile: il genere "fantasia o fantasy" anche a mio giudizio, è solo un eufemismo.

Nel mio "reportage" (perdonatemi la presunzione) ho dovuto "addomesticare" termini e nomi di persone e località in forma almeno pronunciabile e leggibile… specialmente nel caso di luoghi e città. Essendo stata in Italia diverse volte per motivi di lavoro, ho deciso di ispirarmi ai nomi di quelle bellissime città come Roma, Venezia, Firenze, Napoli, Bari ed altre, modificandoli in modo accettabile, quando per esempio Roana (che sta per Roma) il suo nome reale è "Rbotok" e così altri che non è il caso di citare.

Il diploma di traduttrice, più qualche opportuna raccomandazione, mi hanno procurato la "fortuna" di venire assunta subito da codesta speciale rivista la cui sede, Krasnoyarsk, mi ha spostata ancora più ad est, nella mia non tanto amata Siberia.

La mia sfortuna di certo non finisce qui. Pochi mesi fa mi è stato diagnosticato un cancro al cervello e questo mi sta procurando diversi squilibri, sempre più frequenti: forti cefalee; perdite di concentrazione e di equilibrio; crisi compulsive e cambiamenti d'umore. Nonostante tutto, di certo non potevo storcere il naso a questo incarico, che per quanto sappia, potrebbe essere anche l'ultimo. Quindi, ho accettato, convinta che facendomi conoscere di più, in qualche modo avrei potuto lasciare qualche segno della mia esistenza nel futuro, oltre a darmi la possibilità di ottenere incarichi migliori e chissà, magari anche la guarigione.

Basta così, non voglio certo annoiarvi con altri dettagli su chi sono io, su cosa mi piace e… no, anzi, è proprio farvi sapere ciò che mi piace che è il motivo per cui vi racconterò la più incredibile storia che mai potreste sentire in tutta la vostra vita.

La redazione del mensile mi ha inviata nei vicini (si fa per dire), paraggi di Krasnoyarsk per un reportage su cosa e come vestono i giovani siberiani del duemila. Senonché, magari fosse stato di lavorare nella pur interessante città, mi hanno spedita invece a fare le mie ricerche nei villaggi dei "dintorni".

Armata di notebook e di una vecchia Moskvich prestatami da un nuovo amico del posto, mi sono trovata un giorno in un piccolo paese che neanche il GPS si prendeva cura di segnalare.

Avevo appuntamento con una famiglia i cui tre figli maggiorenni, due femmine ed un maschio, avrebbero dovuto annoiarmi con le loro preferenze in fatto di moda… non ancora aggiornata dopo il regime sovietico.

È proprio a questo punto che devo segnalare "il ciò che mi piace" accennato più sopra: sono appassionata di misteri, di cose nascoste; storie inverosimili e fantasie che normalmente è meglio non esternare…
La famiglia che in quel giorno mi ospitava, saputa questa mia inguaribile curiosità, affermava di essere a conoscenza di come, con particolari ma sperimentate procedure, ci si possa "spostare" in altre dimensioni spaziotemporali… senza rischiare nulla!
Un altro al posto mio, preso un educato atteggiamento di rispetto per i presenti, si sarebbe allontanato in fretta soffocando a stento le risate di uno che vive con i piedi ben piantati per terra.
Per la sottoscritta invece, la rivelazione è stata meglio del classico invito a nozze: ho addirittura supplicato di poter sperimentare e verificare di persona tale irripetibile opportunità.

Sono stata portata in una buia stanza; fatta sedere su di una comoda anche se malmessa sedia, dopodiché qualcuno subito mi iniettò una miscela, intruglio, pozione… chiamatela come vi pare, che era stata preparata dalla vegliarda della famiglia.
Mi venne iniettato il misterioso liquido nel braccio destro e subito ho perso i sensi mentre sentivo la porta chiudersi con un secco rumore. Dopodiché, piuttosto annebbiata e confusa sono stata avvolta da una nebbia luminosa, che col passar dei secondi diventava sempre più fitta e ricca di fasci fosforescenti dai diversi colori.
Ad un certo punto la luce era così accecante che mi ha obbligato a chiudere gli occhi. Il tentativo di reagire

a questa situazione, per me del tutto inedita, non ha fatto altro che farmi perdere nuovamente conoscenza.

Mentre rinvenivo ho avuto la sensazione di cadere nel vuoto: però senza peso come se galleggiassi nell'aria.

Mi rendevo conto di non esser più padrona del mio stesso corpo, diventato diafano, quasi trasparente; avevo la sensazione di essere un fantasma.

Di fatto, guardandomi addosso, non ne riuscivo a distinguere i contorni.

Appena quella fastidiosa luce si attenuò mi resi conto di esser nello spazio e di avere davanti a me il mio stupendo pianeta Terra. Nemmeno il tempo per godermi quello spettacolo, venni brutalmente accelerata all'indietro.

Di colpo ho visto deformare l'intero spazio davanti a me, rendendolo tutto stranamente ricurvo, come se stessi vedendo un'immagine riflessa su di una pallina metallica. Anche il mio pianeta si stava rimpicciolendo velocemente, nemmeno lui era esonerato da queste strane distorsioni, infatti si era colorato di un colore rossastro.

Appena la mia terra "scomparve", cercai di voltarmi per guardare nella direzione che mi stavo muovendo o meglio: volando. Davanti a me uno spettacolo mozzafiato: ero circondata da piccole nebulose dai colori più strani, che normalmente non sono visibili ad occhio nudo. La sensazione di questa deformazione spazio temporale però, stava iniziando a farmi venire la nausea. Per fortuna, tempo qualche battito di ciglia, ero entrata all'interno di un'enorme galassia. Subito dopo mi ritrovai di fronte ad un enorme pianeta gassoso di uno strano colore blu tendente al violaceo. Ma nell'istante che subii una brusca decelerazione il corpo celeste in questione riprese la sua "forma naturale" e di colpo si colorò di rosa.

La mia presenza in quel posto non era affatto fisica e mentre mi avvicinavo al suolo notai di esser di nuovo padrona del mio corpo, quindi in grado di controllare i miei movimenti.

Prima di posare i "piedi a terra" sono riuscita a dare uno sguardo ai dintorni: si trattava di uno dei due satelliti naturali (lune) di un enorme pianeta con gli anelli. Il mondo da me scelto era delimitato da tre continenti.

Alla fine ho deciso di recarmi verso la zona che si trova in mezzo.

Il satellite, essendo bloccato sul proprio asse, rivolge sempre la stessa faccia alla sua stella. Di conseguenza gli altri due continenti si trovavano perennemente in penombra e probabilmente sono privi di forme vitali. Risulta perciò che il ciclo giorno/notte è di fatto un'eclissi alternata.

Nella discesa ho avuto modo di dare uno sguardo generale all'intera regione; questa era caratterizzata da varie conformazioni del terreno: boschi, laghi, fiumi, montagne, deserti. Avevo notato anche la presenza di varie città ed insediamenti abitati di varia grandezza.

Ho scelto pertanto di "depositarmi" nei pressi della città più grande che sorge sulle rive di un lago.

Per un paio di settimane mi sono limitata a "sorvolare" tutte le città più importanti per prendere visione dell'ambiente in cui ero caduta.

Ho visto un mondo pieno di strane creature e razze, quali orchi, nani, gnomi, elfi, mezzi diavoli che mi hanno dato subito la sensazione di trovarmi nella "Terra di mezzo".

In quel periodo ho avuto modo di conoscere una situazione molto movimentata che mi ha messo la convinzione che una guerra fosse imminente.

Il mondo fiabesco mi ha attirata subito, poiché nel mio intimo, ero convinta esistesse davvero da qualche parte. Tutt'altro che stupita dunque, ho visto in un attimo tutti i vantaggi economici che avrei potuto ricavare, una volta tornata... a casa? Nella mia dimensione? Se io, da brava reporter scrittrice, avessi potuto raccontare il più possibile di quell'incredibile universo che da noi viene narrato soprattutto per spaventare i bambini.

Ho preparato nella mia mente un programma che mi avrebbe consentito di indagare da "dietro le quinte" (cioè da fantasma) sulle storie, più meno piacevoli, di quella miscela di esseri viventi, che nel nostro mondo escono solo dalla penna di qualche folle narratore.

Queste righe, che adesso state leggendo provengono, finalmente dalla tecnologia del nostro terzo millennio… Sì, poiché sono rientrata a casa sana e salva dopo diversi mesi passati nel mondo di… lasciamo perdere!

Il rientro nella nostra dimensione è stato quanto mai traumatico: mi hanno riferito che per portarmi nuovamente cosciente hanno fatto diversi ma vani tentativi di rianimazione in un ospedale… cosa che è avvenuta ben nove mesi dopo.

Il risultato è stato che ho perso il posto di lavoro ma in compenso il "viaggio" mi ha permesso di ottenere vantaggi ben remunerati sul piano letterario.

Ed ora, come annunciato, eccovi la straordinaria avventura che ha dato la svolta definitiva alla mia vita.

Capitolo 1
Il trattato di Dunia

Per comprendere appieno questa lunga e complessa vicenda, è necessario partire dalle sue origini. Interverrò, quando opportuno, con alcune spiegazioni utili a districare la trama che avvolge i protagonisti, pur non essendo direttamente coinvolta negli eventi narrati. Ho scelto di utilizzare nomi più accessibili e di raccontare i fatti al presente, così da offrire un senso di immediatezza e permettere al lettore di sentirsi parte di ciò che accade.

Prima dell'anno zero si estendeva quella che viene ricordata come l'Era Primitiva. In quel tempo, il continente era frammentato e selvaggio, abitato da tribù e razze diverse, costantemente in lotta per il controllo delle risorse e dei territori di caccia. Era un mondo duro, governato dalla forza e dalla necessità di sopravvivere.

Col passare dei secoli, tuttavia, solo due grandi potenze riuscirono a emergere e a contendersi il dominio: l'antico Reame della Sabbia, situato a sud, e il Regno dei Nani, incastonato tra le montagne rocciose dell'entroterra.

I due territori confinavano, e non passò molto tempo prima che le tensioni si trasformassero in conflitto. All'inizio si trattava di semplici dispute legate ai commerci e ai dazi, ma presto le divergenze si fecero più profonde. Il Re della Sabbia, uomo di natura pacifica e profondamente religioso, cercava soluzioni di compromesso. Non aveva interesse nella guerra: preferiva dedicarsi alla costruzione di templi, piramidi e necropoli, oltre a sviluppare sistemi di irrigazione per rendere fertili le terre attorno al grande fiume che scendeva dalle montagne.

Ben diversa era la visione dei nani. Il loro interesse principale era il progresso tecnologico, e non esitavano a piegare la natura ai propri scopi. Arrivarono perfino a deviare le quattro sorgenti del grande fiume verso il versante nord delle montagne, così da sfruttarne la forza per alimentare i loro enormi macchinari. Una scelta che, nel giro di pochi decenni, portò il Reame della Sabbia a una crisi profonda, compromettendo gravemente la sopravvivenza della popolazione draconica.

Con l'anno zero ebbe inizio l'Era Territoriale. In questo periodo emersero due nuove potenze: gli elfi del nord e gli umani dell'ovest. Entrambi trovarono grandi difficoltà a svilupparsi, ostacolati dall'enorme estensione del regno nanico, che occupava già quasi metà del continente. Fu proprio questa pressione a spingerli verso un'alleanza.

Ne scaturì una guerra lunga e devastante, durata ben trecento anni. E, contro ogni previsione, furono proprio i nuovi arrivati a uscirne vincitori.

Al termine del conflitto, i due regni decisero di sancire una pace duratura. Nacque così il Trattato di Dunia, dal nome del continente Heima di Dunia. Il documento si fondava su principi di equilibrio, rispetto e giustizia, tenendo conto delle caratteristiche ambientali e culturali di ciascun popolo.

Furono riconosciute otto razze: umani dell'ovest, nani, gnomi, orchi, mezzoni, tiefdois, elfi e umani dell'est. La razza draconica, ormai in evidente declino, non venne presa in considerazione. In seguito, dopo lunghe discussioni, gli orchi furono esclusi e relegati in un arcipelago a ovest, ritenuti troppo instabili per convivere con gli altri.

La suddivisione territoriale fu stabilita in modo

equo e a ogni regno venne garantito uno sbocco sul mare. Il Deserto di Sabbia, invece, rimase escluso, considerato privo di valore strategico.

Con il Trattato di Dunia ebbe inizio quella che fu chiamata Era Pacifica.

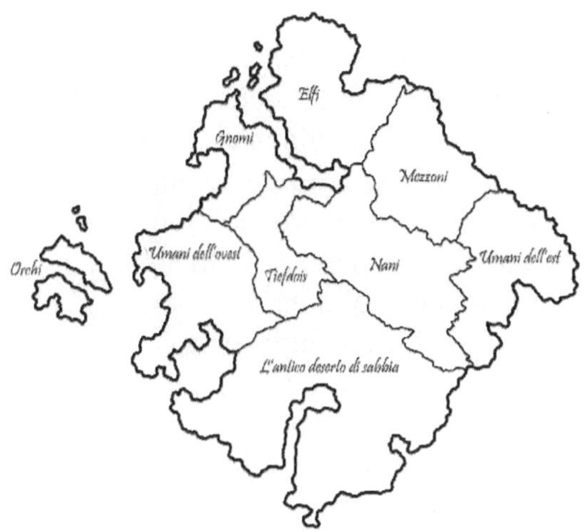

Dai documenti dell'epoca risulta che il trattato si concentrasse principalmente su divieti: sbarco abusivo, aggressioni, conquiste territoriali e commerci non autorizzati erano severamente proibiti. A vigilare sul rispetto delle regole vi era il Consiglio di Pace, composto da cinque regni: due membri permanenti, il Regno Elfico e quello Umano dell'Ovest, e tre regni eletti con mandato biennale.

Il consiglio aveva il potere di sanzionare o reprimere militarmente chi violava il trattato, grazie a un Esercito Comune. Per approvare un intervento, erano necessari i voti di entrambi i membri fondatori e di almeno uno dei regni eletti.

Per un certo periodo, il sistema funzionò.

Ma con il tempo iniziarono a emergere le prime crepe. L'assenza di scambi commerciali tra le razze generò un forte divario tecnologico. Fu proprio in questo contesto che nacque il mercato nero, gestito principalmente da mezzoni e tiefdois.

Queste due razze accumularono rapidamente ricchezze e potere, alimentando tensioni politiche sempre più forti. In particolare, i tiefdois iniziarono a violare apertamente il trattato: oltrepassavano i confini, attaccavano villaggi e ostacolavano i commerci approvati dal Consiglio. Come provocazione, sottrassero agli elfi numerosi manoscritti antichi e costruirono la più grande biblioteca del mondo, che tuttavia rimase quasi del tutto inutilizzata.

I contrasti non si limitarono agli elfi. Anche gli umani dell'ovest, spesso in rapporti commerciali con i nani, entrarono in conflitto con i tiefdois. Questi ultimi arrivarono perfino a sequestrare merci dirette agli umani, imponendo riscatti per lo sdoganamento.

Nonostante tutto, non vennero mai repressi militarmente.

Fu nel 1046 che la situazione cambiò radicalmente.

Varaz VII e sua moglie Chloe, sovrani del regno umano di Roana, decisero di intervenire. Dopo anni di studi sui punti deboli del trattato e un consistente potenziamento dell'esercito, colsero l'occasione perfetta. Il pretesto fu la morte della regina Chloe: un casus belli che diede il via all'invasione del regno di Mileana, patria dei tiefdois.

In meno di dieci giorni, la capitale cadde.

Varaz era convinto di essere intoccabile. In quanto membro fondatore del Consiglio di Pace, avrebbe dovuto votare contro sé stesso per subire sanzioni. Inoltre, i rapporti con gli elfi erano solidi da secoli, e questi ultimi ambivano ai manoscritti custoditi a Mileana.

Quello che si profilava non era solo un conflitto: era l'inizio di un progetto ben più ambizioso.

Varaz VII e Chloe condividevano un legame profondo e disturbante. Cugini di terzo grado, avevano trascorso insieme l'infanzia e si erano sposati giovanissimi. Il loro rapporto era segnato da un'ambizione comune: conquistare l'intero continente.

Chloe, in particolare, mostrava fin da bambina una natura dominante e aggressiva. Nei giochi infantili immaginava già imperi e sottomissioni, costringendo la servitù a interpretare popoli conquistati. Fu lei, nel 1023, a eliminare Varaz VI, suo suocero, uccidendolo nel sonno.

Con il tempo, quell'ambizione divenne realtà.

Durante il suo regno, Varaz iniziò a diffondere tra la popolazione un clima di sfiducia e intolleranza verso le altre razze. Alimentava proteste e malcontento, attribuendo ogni problema ai popoli stranieri. Arrivò perfino a negare l'esistenza del Dio, proclamandosi unica guida concreta e presente.

Fu così che si autoproclamò imperatore: Varaz VII Maximus.

L'imperatore Varaz VII Maximus si convinse che bisognava instaurare una nuova era futuristica, eliminando soprattutto il concetto di religione: non doveva esistere nessun Dio.

La decisione valeva solo per gli umani: esseri

superiori.

Varaz VII era convinto che le persone dovessero essere prive di maschera ed avere il coraggio di presentarsi per come erano realmente. La religione, che imponeva l'uguaglianza, pertanto era da considerarsi del tutto una pura eresia.

L'imperatore prevedeva inoltre ulteriori cambiamenti, ovviamente per gli umani: l'istruzione era gratuita. Le altre razze erano condizionate a provvedere ai servizi sociali.

Prerogativa del lavoro era di garantire il maggior reddito possibile.

La sfera personale era fortemente vincolata: non era tollerata l'omosessualità, poiché questa impediva l'aumento demografico.

Per effettuare tutti questi cambiamenti l'imperatore cercava, avvalendosi dei maghi, un mezzo per creare una pozione che aveva lo scopo di rendere maggiormente resiliente la razza migliore.

Considero che questa ideologia di Varaz VII Maximus sia attinente al nostro pensiero Darwiniano: "le specie migliori prevalgono sempre e le loro qualità vengono tramandate e migliorate di generazione in generazione. Col tempo, secondo la sua mentalità, la nazione sarà popolata da super umani."

La svolta arrivò dopo la morte di Chloe, avvenuta durante la nascita della loro settima figlia, Lelith.

Varaz, ormai quarantenne, ordinò alla figlia Euphemy e a suo marito Shadow di trovare un modo per riportare in vita la moglie. I due maghi trascorsero mesi nella biblioteca di Mileana, finché non trovarono un antico testo draconico che descriveva un rituale per aprire un varco tra il mondo di Dunia e il piano celestiale.

Dopo lunghe traduzioni e preparativi, decisero di tentare.

Il rituale venne eseguito nei sotterranei del castello di Roana. Tracciarono un cerchio sul pavimento e lo riempirono con il sangue dell'imperatore. Al centro posero il sacrificio richiesto: la piccola Lelith.

Il portale si aprì.

Ma ciò che emerse non era Chloe.

In effetti il passaggio si manifestò ma al posto della moglie apparve una figura immateriale alta diversi metri contornata da ombre non definite.

La reazione dei coniugi sconvolti da come erano andati i fatti fu che fecero appena in tempo a richiudere il portale, distruggendo il cerchio. L'intervento però non servì ad impedire l'arrivo del nuovo sconcertante arrivato. La losca figura iniziò a condensarsi come una nube sferica grande poco più di un metro; tale nebbia grigiastra che si era formata stava avvolgendo la piccola Lelith.

La massa oscura era in realtà poco definita e si presentava alla vista come se fosse un'entità composta da un materiale gassoso di un nero profondo privo di qualsiasi caratteristica riflettente, infatti sembrava che da lì la luce non fosse nemmeno in grado di fuoriuscire, come se si trattasse delle caratteristiche di un buco nero.

La sagoma a poco a poco iniziò a prendere una forma dai lineamenti spettrali con due braccia esili e sproporzionate in lunghezza e una di esse teneva in mano una specie di falce.

La parte più sconcertante è che di colpo si aprirono due piccoli occhi dalla forma allungata, che si limitavano ad osservare minacciosamente creando un senso di angoscia per chi osava guardarli. I presenti riuscivano perfino a sentire una sorta di lungo e profondo respiro che proveniva da quella creatura nonostante si trovassero a qualche metro di distanza. Il raccapricciante venuto, inoltre, trasmetteva una sensazione di freddo umido, che riusciva a penetrare fino alle ossa e gelare il sangue: era una vera e propria orribile sensazione!

L'imperatore molto sorpreso ed impaurito da quella forma ultraterrena; lentamente prese coraggio ed iniziò a considerare i vantaggi che poteva portare quella terrificante ombra, se fosse per qualche motivo riuscito ad averla sotto il suo controllo. Forse il destino gli aveva fornito il giusto strumento con il quale avrebbe potuto realizzare tutti i suoi scopi e sogni.

Decise quindi di approfittare dell'evento e, usando un atteggiamento amichevole, azzardò una richiesta all'ombra:

> "Da dove provieni tu, ci sono altre creature simili a te? In caso saresti in grado di convincerle a supportarmi nella conquista dell'intero continente? Ovviamente sono disposto ad offrirvi in cambio anche qualche centinaio di vittime da sacrificare".

Prima di rispondere alla richiesta però l'inquietante figura, con tono seccato ed autoritario, si presentò come Bedrar, re dei demoni. Gli fece inoltre presente che non avrebbe mai più dovuto permettersi di paragonarlo ad un'entità qualsiasi.

Subito dopo il losco individuo, con una voce ricca e piena, dal timbro profondo ed intenso, temporeggiò affermando che sarebbe stato disposto a trattare solo se avesse riaperto il piccolo portale per un sufficiente periodo di tempo, tanto da far arrivare almeno un gruppo di fedeli seguaci. Solamente in quel caso avrebbe potuto accontentarlo affinché portasse i suoi battaglioni imperiali alla vittoria.

Il prezzo da pagare venne imposto da Bedrar alle seguenti condizioni:

> "Io ti garantisco la conquista dell'intero continente a patto che tu mi aiuti ad aprire il portale in tutta la sua integrità cosicché potrò far arrivare tutti i miei seguaci che potranno impadronirsi della metà del continente stesso, in

questo modo ciascuno di noi dominerà mezzo territorio".

Varaz consapevole di non esser in grado di sconfiggere tutti i re rivali, accettò la proposta riservandosi in cuor suo di trovare il mezzo migliore, in seguito, per averla vinta anche contro questo improvviso alleato.

Il re dei demoni, dal canto suo stava perdendo il controllo del suo Piano Infernale, la guerra contro i suoi acerrimi nemici, ovvero i diavoli, stava portando alla sua caduta e la disfatta era prossima. Questa, forse, era l'occasione per salvare lui e i suoi seguaci.

Bedrar, a quel punto, prima di entrare nel corpo dell'imperatore e fondersi con lui. Doveva prima "nutrirsi", solo così avrebbe potuto conferire un potere immenso all'imperatore.

A conferma di ciò, il demone uscì dalla città e si inoltrò in un grande bosco sito nelle vicinanze. La ricca vegetazione dava dimora ad una vasta gamma di specie animali di grande e piccola taglia. Percorse così, vaste zone tanto da non rendersi conto di aver vagato per centinaia di chilometri.

Alla fine venne attratto da un villaggio misto di umani e nani: la sua insaziabile fame non dava scampo ad alcuno.

E mentre l'oscurità iniziava a diffondersi, qualcosa sfuggì al suo controllo.

Un cacciatore di demoni: Raizou.

Armato di due magiche spade gemelle damascate in argento, Ebony ed Ivory, affrontò Bedrar. Quelle armi, misteriose e potenti, rappresentavano una minaccia reale.

Il combattimento tra Raizou e l'entità esplose senza preavviso. L'aria si contrasse, come se lo spazio stesso si piegasse sotto una pressione invisibile. Un istante di silenzio irreale… e poi il primo colpo.

Le lame di Raizou si accesero nel buio. Non era luce, non del tutto. Era qualcosa di più freddo, più antico. Le rune incise lungo l'acciaio iniziarono a pulsare, reagendo alla presenza di Bedrar. Un suono sottile, quasi impercettibile, vibrò nell'aria: un richiamo, una risonanza.

Le spade lo avevano trovato e Raizou si mosse per primo.

Un affondo netto, preciso, seguito da un taglio trasversale che fendette l'ombra stessa. Le lame attraversarono il corpo informe dell'entità, e per un attimo il tempo sembrò fermarsi. Poi accadde.

Un urlo. Non umano. Non naturale.

Dalla ferita si sprigionò un'energia oscura, densa, viva, che non si disperse nell'aria ma venne trascinata, risucchiata dentro le armi. Le rune si illuminarono con maggiore intensità, come se si nutrissero di quella stessa essenza.

Bedrar reagì.

La sua forma si contorse, espandendosi in più direzioni, tentando di avvolgere il cacciatore. Ombre affilate si lanciarono contro Raizou, colpendo il suolo, le pareti, l'aria stessa. Ma lui era già altrove.

Si muoveva con una precisione assoluta.

Ogni passo era calcolato, ogni colpo inevitabile.

Le due lame danzavano insieme, inseparabili, creando una sequenza continua di attacchi. Quando colpivano, l'ombra non si ricomponeva. Le ferite restavano aperte, instabili, come squarci nella realtà.

Bedrar indietreggiò.

Per la prima volta.

Tentò di colpire ancora, proiettando un'ondata di oscurità che investì Raizou in pieno. Il cacciatore resistette, le gambe affondate nel terreno, le braccia tese a incrociare le lame davanti a sé. L'impatto lo fece arretrare, strappandogli il respiro, ma non cedette.

Poi ripartì.

Un balzo in avanti, rapido, definitivo.

Le spade scesero insieme.

Un colpo incrociato.

L'impatto squarciò l'entità da parte a parte.

Questa volta l'urlo fu più profondo, più vicino alla rabbia che al dolore. L'energia fuoriuscì con violenza, ma venne ancora una volta assorbita, divorata dalle lame che ora brillavano di una luce innaturale.

Bedrar comprese: non poteva vincere.

La sua forma iniziò a disgregarsi, i contorni si sfaldarono come fumo nel vento. L'oscurità si ritirò su sé stessa, compressa, instabile.
E poi sparì. Non una fuga ordinata. Una ritirata forzata, carica di furia.

Il silenzio tornò all'improvviso.

Raizou rimase immobile per un istante, le spade ancora strette tra le mani. Le rune si affievolirono lentamente, come se si spegnessero dopo aver consumato ciò che avevano catturato.

Poi il peso lo raggiunse, il respiro si fece irregolare, le gambe cedettero; ed infine: crollò.

Le lame gli sfuggirono di mano, cadendo accanto a lui con un suono sordo.

Fu il giovane Kaydo, unico sopravvissuto al

massacro in grado di aiutare il guerriero, a muoversi per primo. Il volto segnato dalla paura, ma lo sguardo fermo. Si avvicinò con esitazione, poi con decisione.

Raizou era ancora vivo.

A fatica, il ragazzino lo trascinò. Ogni passo era uno sforzo, ogni movimento una sfida, ma non si fermò. Lo strascicò all'interno della casa devastata, tra legno spezzato e cenere.

E, con ciò che restava… iniziò a salvarlo.

L'abitazione, ora, a causa della disgrazia, aveva due giovanissimi proprietari, Kaydo e Neko ovvero la sorellina ancora in fasce.

Raizou, dopo essersi ripreso grazie alle improvviste cure di quel ragazzino, come segno di gratitudine verso quel piccolo eroe, gli promise che lo avrebbe sostenuto economicamente fino alla sua maturità.

Mi soffermo su queste due lame, perché avranno un ruolo importante all'interno dell'intricata trama.

Le due spade, sono conosciute come Ebony ed Ivory, cioè i materiali con i quali sono fatte le else, rispettivamente una di ebano e l'altra di avorio. Le due lame, lunghe centodieci centimetri, risultano molto resilienti e flessibili. Inoltre avendo il doppio filo, permettono azioni schermistiche molto più complesse di quelle tradizionali. Ad esempio, rispetto alle katane, permettono mezzi tempi e colpi di filo falso. Infine il loro bilanciamento è a dir poco perfetto, con un baricentro quattro dita sopra la guardia il tutto in un peso contenuto di soli novecento grammi ciascuna.

Queste due armi hanno una storia particolare: erano state trovate in una caverna dal cacciatore stesso in un lontano passato.

Raizou, a quei tempi, era stato convocato dai reggenti di un villaggio per neutralizzare una setta diabolica che imperversava nei dintorni. Il cacciatore aveva accettato l'incarico, motivato dal lauto compenso, e si era diretto nel posto indicato. La tetra caverna non garantiva più riparo ai grimmur (maghi devoti all'oscurità), in quanto costoro vennero sterminarti rapidamente dalla capacità combattiva del guerriero mercenario.

Le micidiali spade erano in possesso del capo della setta, che a suo tempo le aveva ottenute con un macabro scambio di numerosi feti umani. Le lame di queste portavano incise delle rune magiche in una lingua diabolica.

Raizou, una volta in possesso delle lame realizzò che solo se usate insieme potevano neutralizzare facilmente i demoni con ferite non rimarginabili. Altre caratteristiche di tali armi è che esse possono risuonare quando si trovano nei pressi di tale entità; in più erano in grado di prosciugare l'energia dell'essere oscuro quando a costui veniva inflitta una ferita; dopodiché tale energia veniva prosciugata e convogliata dentro le lame stesse, cosicché tutte e due insieme aumentano le loro possibilità di offendere. Erano anche in grado di auto-ripararsi nel senso che possono ripristinare la loro affilatura dopo i combattimenti. In alternativa acquisiscono maggiori poteri offensivi nel corso di attacchi successivi.

Da quel momento la guerra cambiò volto, non era più solo una lotta tra regni. Era diventata una guerra tra luce ed oscurità. E il Trattato di Dunia… non era ormai che un ricordo lontano.

Nel frattempo, Bedrar, umiliato e furioso, fece ritorno al castello di Roana. Dopo lo scontro, risultò instabile e incompleto, costretto a restare confinato nell'imperatore finché non avesse assorbito nuova essenza. Così concluse definitivamente il patto con Varaz VII. Ognuno aveva ottenuto qualcosa da quell'accordo… tranne Lelith. La bambina, sacrificata e sopravvissuta per volontà oscure, aveva perso i bulbi oculari, utilizzati come pegno per stabilizzare il flusso di energia necessario all'apertura del portale.

Ma il prezzo non era ancora sufficiente.

Ogni scambio tra i due mondi richiedeva un tributo. E così, guidati da Bedrar, Euphemy e Shadow riuscirono ad aprire nuovamente il varco. Questa volta, il sacrificio imposto fu ancora più crudele: le papille gustative e il timpano sinistro della piccola Lelith. Tutto questo per permettere il passaggio di alcuni seguaci del demone, destinati a guidare i battaglioni imperiali.

Rimaneva però un problema: l'aspetto delle creature. I demoni non potevano mostrarsi per ciò che erano. I due maghi riuscirono quindi a mascherarne le sembianze, conferendo loro un'apparenza umana. Tuttavia, il travestimento aveva un limite: svaniva nel momento in cui utilizzavano i loro poteri.

Bedrar, ormai legato al corpo dell'imperatore, iniziò a guidarne le azioni dall'interno. Il suo obiettivo era chiaro: eliminare ogni ostacolo. Primo fra tutti, il Dio Plor, la cui influenza rappresentava una minaccia diretta ai suoi piani. Per indebolirlo, era necessario far perdere il credo ai suoi fedeli e rendere inefficaci l'amuleto sacro custodito dal prescelto.

Ma non era l'unico problema.

Le due spade di Raizou rappresentavano una

variabile imprevista. Un'arma sconosciuta, capace di ferire ciò che non avrebbe dovuto essere ferito.

L'imperatore ordinò ricerche incessanti, ma senza alcun risultato. Le lame rimasero nascoste, protette dall'astuzia del loro possessore.

Per ventuno anni.

Capitolo 2
I gloriosi avventurieri

Con il passare del tempo, il dominio di Varaz VII si consolidò, ma non senza ombre. Il potere cresceva, così come l'influenza oscura che si diffondeva nei territori conquistati.

Nel 1051, l'imperatore emanò una legge drastica: il reclutamento forzato di tutti i cittadini maggiorenni. Ogni individuo doveva presentarsi armato. Ufficialmente si trattava di rafforzare l'esercito, ma il vero scopo era un altro: scovare il possessore delle due spade.

Raizou comprese immediatamente il pericolo, ma decise di presentarsi comunque, ovviamente senza le sue armi. Si arruolò, determinato a salire nei ranghi e scoprire cosa si celasse davvero dietro l'oscurità che, da anni, avvolgeva le terre dell'impero.

Nel 1052, durante l'addestramento per sottufficiali, si verificò un evento inatteso. Una notte, un demone si aggirava tra le tende del campo. Raizou lo affrontò e lo sconfisse. Lo scontro fu osservato di nascosto da un compagno, che il giorno seguente raccontò tutto agli altri soldati.

La voce si diffuse rapidamente.

E arrivò fino all'imperatore.

Varaz, sospettando che quel giovane potesse essere il cacciatore che cercava, decise di metterlo alla prova. Lo promosse ufficiale al termine del corso, con una rapidità sospetta.

Nel 1053, l'impero lanciò l'invasione della laguna degli gnomi, dando origine al futuro regno di

Veniana. La principessa Cornelia, al comando della
flotta imperiale, stava attraversando un momento critico
nel tentativo di conquistare quel territorio ostile.

Nel frattempo, con il Trattato di Dunia ormai decaduto, gli gnomi si allearono con gli elfi del nord e riuscirono a portare un assedio, seppur temporaneo, fino alle mura di Roana.

L'imperatore, padre di Cornelia, fu costretto a richiamare la flotta. Una manovra complessa, che avrebbe richiesto due settimane.

Fu Raizou a fermare l'avanzata nemica.

Combatté in prima linea, questa volta armato delle sue vere lame, affiancato dai suoi battaglioni e da unità di retrovia guidate da ufficiali fidati… e non del tutto umani.

La battaglia fu epica e il suo nome divenne leggenda.

L'impresa entrò nella storia e accese l'entusiasmo della popolazione aristocratica di Roana. Varaz VII colse l'occasione per rafforzare la propria immagine e invitò Raizou a partecipare a una grande parata in suo onore, da tenersi al termine della guerra nella laguna. La sua presenza avrebbe dovuto essere esaltata dall'armatura e, soprattutto, dalle due spade che tanto lo rendevano ammirato e invidiato dai suoi sottoposti.

Ma Raizou conosceva ormai troppo bene le trame nascoste dell'imperatore.

Infatti, aveva nascosto le originali in un bosco limitrofo alla città di Roana e commissionato a un fabbro due copie perfette. L'inganno funzionò: le armi vennero esibite, ma non erano quelle autentiche.

Bedrar, tuttavia, percepì la verità.

Varaz, di fronte alla numerosa folla, non poteva dar segno di aver capito. Anzi, premiò Raizou con il cosiddetto "passaporto d'oro", un documento che garantiva libertà di movimento tra i regni. Ma il dono nascondeva un inganno: era intriso di una magia che lo rendeva tracciabile.

Un legame invisibile.

Una trappola.

Nel 1055, Raizou inviò una lettera a quel ragazzino di nome Kaydo e alla giovane Neko, ormai cresciuti. Nello scritto dichiarava di voler donare una delle due spade, indicando il luogo dove erano nascoste: una cassa sepolta ai piedi di una vecchia quercia, nei pressi di Roana.

In realtà, il suo piano era più complesso.

Vista la situazione sempre più precaria con l'imperatore, voleva recuperare le armi per nasconderle in due luoghi distinti, in modo da rendere il tutto ancora più sicuro: una sarebbe finita in mano al giovane e promettente guerriero Kaydo, mentre l'altra addirittura nascosta nel nido di una viverna di ghiaccio. Infatti, sapeva che se separate le due lame non sarebbero entrate in risonanza e così le avrebbe rese meno efficaci. Le due spade, infatti, sprigionavano il loro vero potere anti-demone solo se unite.

Il rischio era enorme. Ma necessario.

A questo punto è necessario che io intervenga per rivelare qualcosa sulle "viverne".

Costoro sono enormi mostri alati molto simili ai draghi ma di ben più terribile aspetto. Ne esistono con diverse caratteristiche, ovvero: fuoco, ghiaccio, veleno, tempeste e le estinte cristallo, argento e d'oro. Tutte le viverne hanno la peculiarità, a differenza dei draghi, di avere le ali membranose attaccate agli arti anteriori, mentre i draghi le hanno sulla schiena.

La loro arma principale consiste in un potente

*getto di sostanza specifica della loro natura, emesso
dalla spaventosa bocca irta di denti letali.*

Verso la fine dell'anno, l'attenzione dell'impero
si spostò su Habibi, una città situata ai margini del
Deserto di Sabbia, ricca di minerali preziosi.
Il comando dell'operazione venne affidato a
Raizou.
Fu lì che avvenne un incontro destinato a
cambiare molte cose: quello con Kront, leader
dell'Ordine di Giustizia.
I due inizialmente, essendo di fazioni opposte, si
scontrarono. Un duello breve ma intenso, che vide
Raizou prevalere. Eppure, invece di eliminare il nemico,
scelse di risparmiarlo.
Aveva intuito qualcosa.
Gli obiettivi di Kront non erano così diversi dai
suoi.
In breve tempo, i due strinsero un'alleanza
segreta. Raizou divenne membro fondatore dell'Ordine
di Giustizia, insieme a Kront e al suo fido stratega
Tamariko.
Da quel momento, la guerra non fu più solo esterna.
Era iniziata una ribellione silenziosa, nascosta tra le
pieghe dell'impero.
Negli anni successivi, le conquiste continuarono.
Florana, Naplana, Bozana… uno dopo l'altro, i regni
cadevano sotto il dominio di Varaz VII.
Eppure, dietro ogni vittoria, cresceva qualcosa di
più oscuro.
Un'ombra.
Un disegno più grande.
Un destino che nessuno, nemmeno l'imperatore,
sembrava in grado di controllare davvero.

Nonostante le numerose vittorie, Raizou iniziava a percepire con sempre maggiore chiarezza che qualcosa non tornava. Le conquiste dell'impero avvenivano con una facilità innaturale, come se una forza invisibile stesse aprendo la strada alle armate di Varaz VII. Un'ombra sottile aleggiava su ogni battaglia, su ogni territorio conquistato.

E quella presenza non poteva essere ignorata.

Nel corso degli anni, il generale si trovò sempre più spesso diviso tra il dovere imposto dall'impero e la verità che lentamente prendeva forma davanti ai suoi occhi. Notò che le truppe sotto il comando imperiale non erano più composte solo da uomini: tra le file si muovevano figure silenziose, disciplinate… ma prive di umanità. I demoni, nascosti sotto sembianze illusorie, avevano ormai iniziato a infiltrarsi stabilmente nei ranghi.

La guerra stava cambiando natura.

Raizou, era giunto ad una conclusione: non si trattava più di semplice espansione territoriale o di supremazia politica. Si stava trasformando in qualcosa di molto più profondo e inquietante: una lenta, inesorabile invasione.

E proprio per questo continuava a muoversi con estrema cautela.

Ogni sua azione era studiata, ogni decisione pesata. Non poteva permettersi errori, non con un nemico che lo osservava dall'interno del potere stesso.

A poco a poco, Raizou si convinse che le conquiste erano a portata di mano ed era sicuro che presto sarebbe stata la volta dei monti rocciosi dei nani: residenza di Kaydo e sua sorella Neko.

L'impresa non fu facile anche perché il confine era militarmente pronto ad una strenua difesa da parte dei nani. Inoltre Raizou doveva tener conto dell'affetto che lo legava i due fratelli.

A fatica riuscì a raggiungerli e con una lettera preventiva chiedeva a Kront di ospitare Neko. Luogo dell'appuntamento sarebbe stato la base della montagna sul lato nordovest del deserto. Per agevolare la sopravvivenza di Kaydo decise di cedergli l'unico documento imperiale, falso, in suo possesso. Il fatto di vivere nel territorio dei nani in modo abusivo non gli consentiva di ottenere documenti atti a permettergli spostamenti legali.

Nel frattempo, come previsto dal cacciatore di demoni, l'impero proseguiva nella sua avanzata. Dopo la conquista di Naplana, il dominio si estese fino alle montagne dei nani, dando vita al regno di Bozana, affidato al principe Ares. Poco dopo, nei territori orientali abitati da popolazioni umane dai tratti nordici, venne proposta un'annessione pacifica all'impero. L'ideologia comune facilitò l'accordo: un unico popolo, un unico dominio. Così nacque il regno di Tristana e posto sotto il controllo della principessa Cornelia.

A prima vista, sembrava che il sogno di Varaz VII si stesse realizzando.

Un unico impero, che ora dominava quasi la totalità del continente, eccetto per il deserto ancora in mano a quel gruppo di ribelli che si faceva chiamare Ordine di Giustizia.

Un unico dominio, suddiviso in otto regni e gestito assieme ai suoi sette figli.

Ma la realtà era ben diversa. Ogni conquista lasciava dietro di sé cicatrici profonde: città svuotate, popoli sottomessi, equilibri spezzati. E, soprattutto, una crescente instabilità che nessun esercito sembrava in grado di contenere.

A questo punto, corrente l'anno 1067, con le informazioni ottenute finora, mi sono messa alla ricerca delle famose spade, ma con difficoltà ho trovato solo la Ivory che è situata in un deposito di prigione nella cittadella chiamata Sinuana sita ad un paio di chilometri da Naplana. L'oggetto è in possesso di un detenuto, noto a noi, come Kaydo di Bozana.

Nella stessa cella si trovano anche altri detenuti quali: Lenora di Florana, Miguel di Berana e Kylla di Naplana.

Quattro individui diversi.

Quattro destini intrecciati.

E, come avrei scoperto di lì a poco, quattro figure destinate a cambiare il corso degli eventi.

Ma prima di addentrarci nella loro storia, è necessario comprendere chi sono davvero e quali eventi li hanno condotti fino a quel luogo.

Perché nulla, in questa vicenda, accade per caso.

E ogni incontro… è solo l'inizio di qualcosa di molto più grande.

Kaydo è un giovane uomo di ventotto anni, nativo nella regione di Bozana. Questa terra, ricca di boschi e montagne, è popolata dai nani, che hanno sempre ammirato e rispettato gli umani poiché grandi lavoratori. Quindi la sua presenza, pur essendo illegale nel regno, è stata comunque accettata anche se immigrato, sia lui che la sua famiglia.

E' alto di statura, con fattezze atletiche e muscoli poco pronunciati ma ben definiti. Un altro aspetto che salta all'occhio è la sua pelle chiara, quasi priva di abbronzatura eccetto che nelle giunture della stessa.

Tale portamento lo farebbe sembrare

38

cavalleresco, se non fosse per il fatto che non possedeva
alcun destriero come anche per le molte cicatrici che si
evidenziano in tutto il suo corpo, dimostrando così di
essersi guadagnato il tutto con fatica e sudore. Ad
accentuare questi suoi tratti c'era anche il sottile odore
di arbusti e legna che avevano impregnato la sua pelle e
davano conferma dell'estenuante e duro lavoro che il
giovane doveva affrontare per guadagnarsi da vivere. La
sua rudimentale armatura di ferro è peraltro priva di
diversi elementi: ad esempio manca la bigoncia sinistra
dell'elmo, da cui fuoriescono i suoi corti e arruffati
capelli corvini, che lui provvede a regolarne la crescita
usando il suo personale pugnale a mo' di rasoio.

I suoi lineamenti quasi orientali, marcati da uno
sguardo penetrante ed introverso, presentano occhi di
colore bruno scuro tipici di chi passa molto tempo da
solo a rimuginare sui fatti della vita, facendo trapelare
tristezza e rabbia contenuta.

E' un giovane poco propenso a stringere amicizie
né tantomeno rapporti duraturi, dando solo importanza
alla sua famiglia, per quel poco che ne è rimasto,
proteggendola anche a costo della sua stessa vita.

L'evento che lo ha particolarmente segnato è
stato quando i suoi genitori sono stati uccisi per mano di
un demone. Da quel momento ha un solo obiettivo: una
vendetta assetata di piacere.

In quella terribile occasione la sorte ha voluto
che un cacciatore di demoni di passaggio sia riuscito a
salvare almeno lui e la sua sorellina Neko; di
conseguenza lo stesso intervenuto ha deciso di aver cura
dei due fratelli, sostenendoli economicamente nella loro
crescita senza trascurare, per il breve tempo in cui
poteva, l'addestramento del giovane Kaydo alle arti
schermistiche, tanto che alla fine venne soprannominato

Sensei, ovvero maestro.

Restava il fatto che, durante l'assenza del loro tutore, Kaydo doveva badare al benessere della sorellina adottando ruoli quasi paterni. Il resto del tempo veniva speso per affrontare i comuni problemi domestici di chi, come lui, viveva in un ambiente montano, quindi raccogliere e spaccare la legna era routine di ogni giorno. Oltre a ciò era sua incombenza recarsi all'unico villaggio vicino accompagnato dalla sorellina per barattare oggetti in suo possesso con medicinali o altro.

Durante l'adolescenza accadde che, a causa della guerra, ci fu il dramma della separazione che vide Kaydo doversi allontanare, suo malgrado, dall'amata sorellina. In quel frangente il mentore era riuscito a recuperare un unico documento falso, il quale permetteva di poter lavorare nell'impero con la speranza che, in seguito, avrebbe fatto di tutto per una ricongiunzione.

Questo fu il motivo per cui il nostro protagonista si vide costretto a diventare cacciatore di demoni come il suo mentore.

Passati gli anni il desiderio di rivedere il maestro era ancora vivo, soprattutto per conoscere il posto in cui si trovava la sorella.

Un certo giorno, vicino agli eventi narrati, si trovava ad attraversare un paesino come tanti altri. Ed è proprio qui che si trovò coinvolto, suo malgrado, in un fatto inaspettato. Mentre si guardava attorno distrattamente andò ad urtare una guardia addetta alla riscossione dei tributi. Il funzionario, di alto rango, non lasciò cadere la cosa nonostante le scuse addotte dal disattento Kaydo. Nel battibecco il giovane aveva però captato una presenza demoniaca a pochi metri di distanza. Impulsivamente, soprattutto con lo scopo di difendere i presenti ignari, aveva sguainato la Ivory per fronteggiare il fantomatico nemico. Tutti i presenti però, nessuno escluso, non avevano rilevato, ovviamente, alcunché di pericoli occulti.

Il fatto di aver messo mano all'arma, a causa di un errore emotivo, fece sì che la scorta imperiale sia intervenuta all'istante per bloccare il malcapitato Kaydo.

A nulla era servito il tentativo di spiegare il suo avventato gesto: i gendarmi lo avevano preso con scarsa delicatezza e trascinato nella guardiola di comando per esser "giudicato". Il verdetto lampo lo ritenne colpevole per cui fu dapprima spogliato di tutti gli oggetti che trasportava ed infine tradotto nelle segrete della rocca del borghese di Sinuana.

A questo punto entra in ballo il secondo protagonista della nostra storia: Lenora di Florana.

Lenora, secondogenita di una nobile famiglia umana era, a suo tempo, una bambina dai candidi lineamenti enfatizzati proprio dai suoi lisci, lunghi e curati capelli, che scivolando lungo la schiena andavano a coprire perfino le anche, donandole una luce particolare con sfumature dorate. I suoi occhi verde smeraldo intenso minacciavano di entrare in futuro addirittura in rivalità con la bellissima principessa Euphemy. La sua pelle rosea si sposava bene con il suo corpo slanciato. La figura era nobilitata anche da una serie di abiti fatti apposta da sarti specializzati in elaborazione di stoffe pregiate.

Dalle sue piccole orecchie si vedevano scendere due bellissimi pendagli di color oro intenso, arricchiti da sfarzosi e costosissimi zaffiri, che facevano splendere ancor di più i suoi occhi da cerbiatta; non erano da meno gli anelli ed i bracciali indossati, che facevano esaltare le piccole e docili mani curate. I suoi lunghi e biondi capelli incantavano e facevano invidia a tutte le dame della corte; così splendenti e dai riflessi dorati dalla luce del sole che, a detta della stessa Euphemy, sembravano esser stati donati dal Dio Plor in persona. La sua delicata pelle emanava un profumo di rose appena raccolte, tanto dolce e suadente che perfino il più duro dei cavalieri sarebbe caduto ai suoi piedi. La voce flebile e candida faceva trasparire l'animo puro e docile del personaggio, incapace di nuocere anche alle più innocenti delle creature.

Eventi successivi avevano visto la famiglia Roskrook trasferirsi per motivi di pura convenienza, nel nuovo regno di Florana da poco conquistato dall'impero Maximus.

All'epoca la sua famiglia controllava "solo" numerosi appezzamenti di terra nei dintorni della città di Roana, mentre al momento dell'occupazione, essendo in ottimi rapporti d'affari con la principessa Euphemy, venne donato al nucleo famigliare quindicimila ettari di aree coltivabili situate nell'area sud del nuovo regno.

In età scolare la bambina ha avuto un'istruzione privata nel palazzo reale dei coniugi Shadow ed Euphemy.

In quella circostanza ha condiviso il banco di scuola con addirittura il figlio di costoro: Niffum. In seguito i due diventarono grandi amici tanto che, tempo dopo, Lenora si prese una cotta per il principino; il tutto si concluse con solo qualche innocente bacio, che tuttavia sfidavano quelle severe regole.

Finito il corso di studi i due "amici" si son dovuti separare dato che Lenora, essendo secondogenita, aveva l'obbligo, grazie al suo ceto di appartenenza, di intraprendere la strada religiosa.

La sua carriera clericale giunse al grado di sacerdotessa nella stupenda cattedrale di Florana sotto il benestare del cardinale Sevcuk da lei sempre ammirato. Infatti da costui ha appreso numerosi incantesimi per la cura e la protezione delle persone, incanalando l'energia conferita dal Dio Plor (religione condivisa quasi dalla totalità del continente).

Nel frattempo il suo mancato amore si dedicava ai particolari studi sulla magia, all'accademia dei maghi sempre a Florana. A causa di ciò i diversi impegni raramente permettevano loro di incontrarsi nella piazza cittadina o nel vicino stupendo parco botanico. In uno di quei rari incontri il maghetto insegnò all'amica l'incantesimo per inviare telepaticamente brevi messaggi.

Alla fine del periodo di formazione la sacerdotessa venne costretta a recarsi alla cittadella marittima di Sinuana nel regno di Naplana, dove aveva il compito di prendersi cura della piccola cappella del borghese.

Diventata donna di ventitré anni le sue già perfette fattezze femminili ora avevano raggiunto il suo massimo, sviluppando forme estremamente sensuali che partivano dai suoi glutei sodi fino ai suoi voluminosi seni marmorei, che armonizzavano con i suoi biondi capelli e occhi verde smeraldo.

Questo suo seducente nobile portamento in futuro la avrebbe peraltro portata ad un ostacolo con cui fare i conti.

In un certo giorno era venuta a conoscenza del fatto che, le guardie del borghese, avevano arrestato un giovane visitatore considerato pazzo visionario poiché affermava di aver visto una figura demoniaca.

Lenora, incuriosita, sentì subito il bisogno di indagare su tale inspiegabile comportamento. Di fatto volle scoprire la verità sul malcapitato, per cui rivolse una specifica richiesta al borghese: cosa non difficile poiché essa stessa viveva nella struttura.

I conti sopracitati arrivarono pochi giorni dopo a causa delle sue numerose richieste di recarsi nella prigione. Lei era convinta che il giovane "pazzo" era stato arrestato davvero ingiustamente.

Con l'occasione l'anziano borghese non volle perdersi la possibilità di sedurre la bellissima richiedente e da subito si dette da fare avanzando richieste oscene, come era normale in quei tempi.

La sacerdotessa, ovviamente, anche per "voto di castità" non volle cedere alle poco allettanti voglie del suo facoltoso signore e continuava a resistere alle sue animalesche richieste. Questo fece sì che il padrone, come forma di "castigo", da subito avvertiva che avrebbe dovuto subire spiacevoli conseguenze: addirittura l'arresto.

Alle minacce seguirono presto i fatti. Lenora non aveva peraltro nessuna intenzione di stare al turpe gioco ed aveva fatto capire chiaramente la sua ferma volontà: la conseguenza fu che venne messa in prigione.

Le guardie che la conducevano alle segrete non avevano scelta, causa sovraffollamento, che di mettere la "colpevole" proprio nella cella in cui giaceva Kaydo.

Questa fu la circostanza in cui Lenora raccontò al compagno di cella il motivo per cui lei stessa si trovava a condividere il lugubre ambiente. Col tempo i due sconosciuti instaurarono una sorta di condivisione dei disagi che toccano a chi è costretto a giacere in una lurida prigione.

Il giovane Kaydo cercava tutti i modi possibili per non far impazzire la nobile donna e convincendola ancora a continuare i rifiuti. La scomoda situazione si prolungò per settimane fin quando non si aggiunse alla coppia un altro gruppo di prigionieri.

È ora la volta del terzo protagonista: Miguel di Berana.

Quest' uomo era conosciuto infatti come Miguel di Berana, da chi aveva avuto il piacere o meno di incontrarlo.

Era alto di statura, di piacevole aspetto, che metteva in rilievo possenti muscoli, come se fili d'acciaio fossero stati intrecciati da un Dio allo scopo di dar risalto al suo sorprendente aspetto fisico; questi gli conferivano lineamenti energici che armonizzavano con il suo animo insondabile dove la paura non aveva modo di esistere. La sua tempra richiamava la ferocia dei più temibili felini, mentre la generosità e coraggio erano ai massimi livelli come nel caso dei leoni.

Per non parlare dell'abbronzatura, che attirava l'ammirazione delle giovani donne, a dispetto delle numerose cicatrici che evidenziavano un uomo che aveva sperimentato ogni tipo di avventura.

Il suo volto metteva in evidenza una barba incolta appena pronunciata ed un'ampia fronte che faceva da sfondo ad una capigliatura mossa e fuligginosa. I folti capelli ricadevano in un pittoresco disordine lungo le robuste spalle. I suoi due occhi di una luminosità senza pari, non meno seducenti, mettevano in soggezione con il loro magnetismo ogni interlocutore; espressione che mutava quando si trovava davanti alle ingiustizie verso i deboli tanto da lampeggiare ed emettere "fiamme".

Due labbra sottili caratteristica degli uomini energici che esprimono durezza nei momenti di battaglia con una voce squillante e metallica in grado di sovrastare addirittura il rombo dei cannoni.

Com'è stato possibile allora che tale uomo sia finito in prigione?

La risposta la si può trovare nel suo passato pieno di momenti difficili.

Nato in una povera e numerosa famiglia contadina molto discriminata, ha dovuto scegliere per motivi di sopravvivenza cercar fortuna nel regno di Berana, terra straniera che dava garanzie di un futuro decoroso grazie alla sua fertilità. In questa regione ha dovuto sempre darsi da fare, come maggiore dei fratelli, per aiutare la sua famiglia.

Il giorno lo passava a lavorare nei campi e a giocare, quando possibile, con i fratellini. La sera lo vedeva in veste di giustiziere, che andava a regolare i conti contro chi abusava della povera gente. La sua retribuzione variava dal sacco di patate a quello di monete d'oro a seconda di chi commissionava l'operazione. Il richiamo contro i soprusi degli orchi, che imperversavano contro i poveri contadini, tanto da tog/lier loro abusivamente ogni bene, era tale che si comportava in modo spietato anche in caso di lotta impari. La sua reazione andava anche contro le corrotte guardie imperiali, che approfittavano del loro grado per depredare i poveretti dei loro ultimi risparmi.

Questo modo di operare era la causa delle molte cicatrici e dei ripetuti arresti che lo avevano fatto finire spesso in qualche squallida prigione.

Alla fine, stanco di questa precaria vita, decise di raggranellare una somma sufficiente a procurarsi un passaggio in una caracca mercantile nella speranza di far fortuna come "giustiziere" nel grande continente.

Al momento la sua mansione consisteva nel riscuotere somme dovute al suo mandante o altri incarichi dal discutibile risultato. Pur essendo un duro attaccabrighe disdegnava, purché non costretto, ricorrere all'omicidio, anche se ben pagato: non voleva venir considerato uno spietato sicario.

Accadde allora che una sera, non lontana, voglioso di farsi una ricca bevuta, si trovava anche lui in una taverna della cittadina marittima di Sinuana.

Era entrato in lite con un contadino del posto e lo aveva colpito sulla testa "un po' troppo forte" con un boccale di vetro presente su di un tavolo vicino. La reazione, era stata impulsiva, di fatto il contadino voleva che sposasse sua figlia, che secondo lui era stata sedotta ed "usata".

Anche se esterrefatto Miguel venne alle mani con le guardie sopraggiunte, le quali tentavano di fermarlo. Il muscoloso atleta non ebbe difficoltà a sopraffare i giannizzeri a suon di cazzotti e pedate all'addome. Ben presto molti altri compagni dei gendarmi accorsero a dar man forte; risultato: Miguel fu portato in prigione.

Per il solito motivo di sovraffollamento, "guarda caso" il nostro amico venne messo nella stessa cella già occupata da alcune settimane dai due protagonisti precedenti.

Codesta ladra di professione, donna di razza gnomo, a differenza della media, aveva un'altezza di ben un metro e venti, di giovanile aspetto in quanto aveva solo quarantatré anni (da non confrontarli con quelli umani). I suoi capelli erano fluenti e rossicci. La sua figura era messa in risalto soprattutto per i suoi enormi occhi a mandorla color ocra. Sua caratteristica principale non è certo la bellezza; infatti le grandi e membranose orecchie appuntite, nonché la sua pelle tesa e diafana, le davano un aspetto inquietante, consigliando diffidenza.

Sulla sua pelle, in particolar modo sulle mani, si vedono cicatrici profonde, procurate dallo stesso padre sotto effetto di stupefacenti; esse erano così profonde che avevano modificato tendini e muscoli. La cosa conferiva peraltro maggiore elasticità ed un miglior movimento per rubare anche i più piccoli oggetti celati in spazi angusti. Le unghie, anch'esse quasi del tutto rovinate a causa dei funghi, facevano ben capire che l'igiene della gnomo non era certo brillante, tanto che si notavano anche altri escrescenze dietro al collo. Per questo motivo emanava un odore di pesce marcio e talvolta, accompagnato da una dubbia fragranza di birra dal malto rosso, della quale lei ne andava pazza.

Il suo lato più sereno e allegro, infatti, saltava fuori solo nei momenti di festa quando, inebriata dalle tante bevande alcoliche scolate, non perdeva tempo ad inscenare buffi balletti fino a ferire distrattamente con la sua prediletta balestra il poveretto che si trovava a danzare troppo vicino.

Usava vestirsi prevalentemente con abiti in cuoio grezzo ricchi di tasche, che consentivano il trasporto e l'immediato uso di armi leggere e oggetti vari da scassinatrice. Come detto la sua principale e preferita arma era una balestra che sapeva usare in modo letale.

Proveniva da una famiglia di tossicodipendenti che abitavano nel regno di Veniana, che all'epoca era ancora sotto il controllo degli gnomi. Disgraziatamente era nata sotto un ponte della famosa città. Pochi anni dopo purtroppo, la madre moriva per overdose, cosa che in seguito il padre pur di procurarsi le dosi non trovò di meglio che barattarla per una decina di pozioni allucinogene ad un losco equipaggio di caracca. I fatti che seguirono la videro venduta alla gilda dei ladri di Naplana per una manciata di monete d'oro. L'illegale sodalizio usava rapire o comprare infanti per introdurli alle loro losche attività.

Ormai cresciuta, o per scelta o perché non aveva alternative, faceva ancora parte della stessa gilda, dimostrandosi nel tempo addirittura la più abile scassinatrice, finendo così per diventare capo missione nelle sue molteplici spedizioni. La sua carriera non le consentiva comunque di avanzare di grado, essendo ancora incapace di frenare il suo istinto omicida verso i bambini che godevano delle cure dei genitori: questo era dovuto al fatto che aveva passato un'infanzia infelice.

All'interno del quartier generale aveva avuto modo di perfezionare le sue capacità atletiche e di mestiere. Il suo operato era stato riconosciuto con onore dalla stessa gilda, tanto da esser ricompensata al di là di ogni dovuta remunerazione con lauti pasti, comodi letti e privilegi speciali.

L'attività lavorativa l'aveva costretta ad esser diffidente verso chiunque non faceva parte del losco sodalizio, che per lei rappresentava la sua unica famiglia, anche se l'avevano cresciuta e trattata con il pugno di ferro, mantenendola soprattutto ignorante.

Il suo viso, sempre imbronciato, faceva subito capire all'eventuale interlocutore che il rapporto sarebbe stato solo per il suo vantaggio. Questo lato però le impediva di trovare l'uomo dei suoi sogni, che era in grado di capirla e portarla a vivere una vita degna, escludendo in modo assoluto la messa al mondo di bambini.

Purtroppo però causa le sue ambigue condizioni sociali, sia per ignoranza che per la mancanza di igiene, non era facile far avvicinare qualcuno che fosse anche solo minimamente vicino ai suoi ideali.

La stessa sera, similmente a quanto capitato a Miguel, anche la gnomo era stata catturata dalle guardie del borghese e, di conseguenza, portata anche lei nella stessa cella.

Kylla era stata accusata di furto di diamanti, aiutata da due complici, ma con tanta leggerezza si era fatta sorprendere mentre portava a termine l'azione losca nella camera padronale del vecchio borghese.

L'operazione si era svolta senza intoppi, come previsto. Serrature aperte, diamanti recuperati, nessun rumore di troppo.

Ma qualcosa, all'ultimo, era cambiato.

Non un errore. Non una distrazione.

Un dettaglio fuori posto.

Le guardie erano già lì. Troppe. E nel punto esatto in cui non avrebbero dovuto essere.

Kylla lo capì subito: qualcuno aveva parlato… oppure qualcuno li stava aspettando.

Tentò comunque la fuga, come da istinto, sfruttando ogni via possibile. Fu già tanto se riuscì a consegnare il "malloppo" ai compagni. Ma quella notte, per la prima volta, ogni uscita sembrava già chiusa prima ancora di essere scelta.

La ladra, una volta bloccata, era stata portata in un sotterraneo e qui pesantemente torturata dagli scagnozzi del borghese, affinché rivelasse il luogo in cui aveva depositato i preziosi gioielli.

Costoro però non sapevano della presenza dei due complici.

Accadde che, a causa del sovraffollamento della prigione, vennero sistemati in quattro per cella anziché due.

All'interno di ciascuna cella erano state disposte solo quattro lerce brande a castello; un unico bugliolo per i bisogni di quattro persone, rimosso e vuotato una sola volta alla fine della giornata. Nello stesso recipiente veniva servita l'acqua ed una schifosa brodaglia, integrata da squisita carne fresca di topo, quando si presentava l'occasione di acchiapparne qualcuno.

"Fatte queste dovute premesse, partiamo da poco prima dell'incarcerazione di Miguel e Kylla. Da qui può finalmente iniziare la vera trama, struttura portante della nostra storia, raccontata al presente così da conferire maggiore immediatezza agli eventi."

Durante i giorni di prigionia, il legame tra Kaydo e Lenora si fa via via più profondo. In quell'ambiente degradato, dove la dignità umana viene quotidianamente calpestata, i due trovano una forma di sostegno reciproco tanto silenziosa quanto essenziale. Nonostante la sua naturale timidezza, Kaydo diviene per Lenora un punto fermo, una presenza capace di infonderle la forza necessaria per resistere alle continue e umilianti avances del borghese che la tiene sotto il proprio controllo.

È proprio in questo periodo che il giovane cacciatore di demoni, lasciando trapelare una rara apertura emotiva, arriva ad ammettere quanto Lenora gli ricordi sua sorella Neko. Non solo per la coincidenza d'età, ma anche per alcuni tratti del suo comportamento: la dolcezza, la fragilità apparente e quella luce interiore che sembra non volersi spegnere nemmeno nelle condizioni più disperate. Da quel momento, il suo atteggiamento cambia: inizia a trattarla come una sorella minore, proteggendola ogniqualvolta le guardie oltrepassano il limite, arrivando persino a frapporsi fisicamente tra lei e i suoi aguzzini.

L'arrivo degli altri due prigionieri altera inizialmente gli equilibri già precari della cella.

Kylla, la gnomo, si dimostra fin da subito diffidente ed egoista: ogni risorsa recuperata, persino un misero topo catturato tra le crepe delle mura, viene gelosamente custodita senza alcuna intenzione di condividerla.

Miguel, al contrario, tenta fin da subito di instaurare un rapporto con gli altri. Il suo carattere diretto e il suo linguaggio spesso volgare, però, finiscono per urtare la sensibilità di Lenora, la quale vede in quei modi una mancanza di rispetto nei confronti del Dio Plor.

Col passare delle settimane, qualcosa cambia. I tre iniziano lentamente a costruire un fragile equilibrio, fatto di scambi, silenzi condivisi e sguardi d'intesa. Kylla, tuttavia, rimane ai margini, chiusa nel suo mondo di diffidenza e sopravvivenza.

È un evento preciso, difficile da definire ma evidente nelle conseguenze, a incrinare quella barriera. Da quel momento, seppur con cautela, inizia a raccontare frammenti della propria storia, lasciando emergere un rancore profondo verso l'Impero Maximus. Su questo punto, sorprendentemente, tutti si trovano d'accordo: nessuno di loro tollera il dilagante razzismo che sta consumando il continente.

Nei giorni successivi, i quattro imparano a condividere non solo lo spazio angusto della cella, ma anche una forma embrionale di solidarietà. Quando Kylla torna dalla sala delle torture, segnata nel corpo e nello spirito dai tentativi di estorcerle informazioni, Lenora invoca il Dio Plor per curarne le ferite. Kaydo, dal canto suo, sfrutta ciò che la natura riesce ancora a offrire anche in quel luogo malsano: muschi e funghi che crescono negli angoli umidi diventano rimedi improvvisati per alleviare dolori e infezioni.

Non è ancora amicizia, non nel senso più puro del termine. È qualcosa di più crudo e necessario: un patto silenzioso di sopravvivenza. E proprio da quel patto nasce una promessa. Se mai si presenterà l'occasione, tenteranno la fuga insieme.

Kylla, in particolare, è convinta che prima o poi la sua gilda interverrà per liberarla. È solo questione di tempo. E il tempo, come spesso accade, trova il modo di piegarsi a loro favore.

La sorte viene loro incontro durante il festivo periodo invernale. La gilda dei ladri, per liberare Kylla, fa consegnare ai secondini un regalo per la gnomo: un mazzo di carte da gioco.

Sorpresi da tale dono, i guardiani, che hanno poco da fare, decidono di mettersi a giocare con le stesse, poi alla fine, diversi giorni dopo, stanchi di quello svago, decidono finalmente di consegnare il "regalo" alla destinataria.

Kylla, anche lei sorpresa per quell'inconsueto

dono, comincia a maneggiare il mazzo convinta che dentro ci sia nascosto qualcosa di utile. Nonostante ripetuti tentativi non riesce a comprendere il mistero nascosto. In aiuto ad essa, per fortuna, ci si mette di mezzo una pioggia fittissima che fa scorrere acqua lungo le fessure all'interno della cella. L'umidità va ad impregnare le carte che, se maneggiate, fanno scivolar via le immagini del gioco e mettono in risalto una mappa sottostante che illustra l'intero sistema delle carceri e delle segrete con diverse possibilità di fuga.

La scoperta entusiasma i quattro compagni di cella che decidono di attendere il momento propizio per fuggire: scelgono tutti d'accordo la via delle pur labirintiche fogne.

E il momento favorevole viene: inaspettato.

Kylla, che mai aveva rivelato alcunché sui diamanti rubati, è portata in un'altra stanza dove, ancora decisamente trattata in malo modo, avrebbe dovuto finalmente rivelare quanto possibile per recuperare la refurtiva. Solo che l'iniziativa non parte dall'alto, ma da una semplice, sprovveduta guardia che, vuoi per negligenza, incapacità, scarso addestramento o altro, lascia alla scaltra ladra l'irripetibile occasione per la sospirata fuga. È un gioco da ragazzini: in un attimo di distrazione del guardiano, mentre costui la spinge al palo delle torture, con un colpo da maestro riesce a mettere fuori combattimento il malcapitato agente. Si procura quindi le chiavi della cella e corre a liberare i compagni di prigionia.

Ma l'unica via di fuga è possibile, come già programmato, solo attraverso le fogne.

Il percorso è peraltro infestato da pericolosi quanto squallidi animali: scorpioni e ragni giganti, ratti

feroci, da abbattere praticamente a mani nude. Alla fine
è una grata contorta e arrugginita, poco efficace a
trattenere i fuggiaschi, che dà ai quattro l'agognata
libertà.

Abbastanza malconci, raggiungono finalmente
un bosco dove possono prendere fiato e decidere il da
farsi.

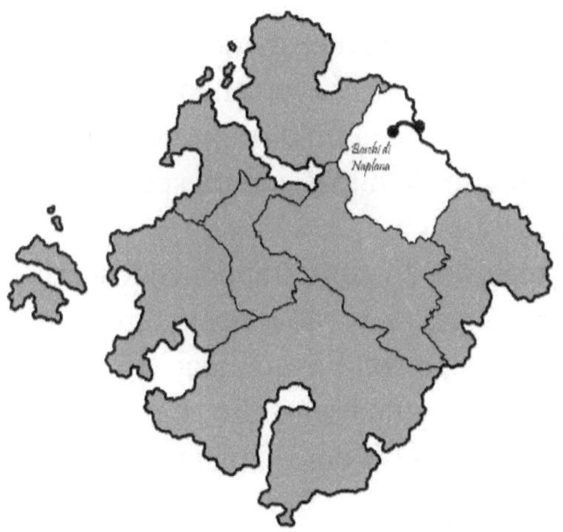

Decidono per direzione est, verso la città di
Naplana.

Dopo qualche chilometro passato nella foresta,
caratterizzata da alberi fitti di latifoglie le cui chiome
fanno a malapena penetrare la luce del sole, decidono di
seguire un piccolo ruscello in modo tale da potersi
orientare al più presto. Tutto è molto tranquillo, i
cinguettii degli uccelli sono l'unico rumore udibile, ma
ad un certo punto Kaydo, abituato a vivere nei boschi,
ferma il gruppo in quanto sente un odore di legna
bruciata. Infatti, con un passo felpato, il gruppo riesce
ad avvicinarsi a dei banditi di razza umana intenti a

cucinare della selvaggina: si tratta di emarginati dalla società a causa di piccole deformità fisiche, i quali spesso si sostentano derubando o vagabondando.

Lenora, ingenuamente, senza interpellare gli amici, saluta i malviventi, ma questi si mostrano subito aggressivi costringendo i nuovi arrivati ad un combattimento. Non fa in tempo a finire il saluto che uno dei fuorilegge scatta in avanti con un ghigno storto, estraendo un coltello dalla lama sporca, mentre un secondo si muove lateralmente cercando di aggirare il gruppo. Il bosco, fino a un attimo prima silenzioso, si riempie del rumore secco di passi, rami spezzati e respiri affannosi.

Kaydo reagisce d'istinto frapponendosi tra Lenora e l'aggressore con un movimento rapido, deviando il primo colpo con l'avambraccio e rispondendo con un pugno diretto allo stomaco che toglie il fiato al bandito. L'uomo si piega su sé stesso, ma non cade.

Miguel, invece, non aspetta. Con un grido basso e feroce, si lancia contro il secondo malvivente travolgendolo con tutta la sua massa. I due finiscono a terra tra foglie e fango, rotolando in una lotta brutale fatta di colpi sordi e tentativi disperati di sopraffazione.

Il primo bandito, ripresosi a fatica, tenta un nuovo affondo verso Kaydo, ma il cacciatore anticipa il movimento: afferra il polso armato, lo torce con violenza e lo costringe a lasciare cadere il coltello. Un istante dopo, un colpo secco alla tempia lo fa crollare.

Dall'altra parte, Miguel ha la meglio con pura forza. Blocca l'avversario a terra e, con una serie di pugni pesanti e precisi, lo riduce all'incoscienza. Il respiro del mercenario è corto, ma lo sguardo ancora acceso.

Per fortuna Miguel e Kaydo riescono a sopraffarli e, una volta tramortiti definitivamente, li fanno annegare nel ruscello senza troppe difficoltà.

Riescono così a rifocillarsi con ottima carne di cinghiale appena cotta, trovata nell'accampamento dei fuorilegge. In più, ciliegina sulla torta, trovano anche tre dei loro cavalli che vagano nei dintorni. Gli animali sono usati per trasportare equipaggiamenti come tende, cordame, armi logorate, sudici vestiti ed altra refurtiva di grande utilità. Materiale che entra ora in possesso dei nostri eroi. Lenora è in grado persino di confezionare un improvvisato abito adatto alla statura di circa centoventi centimetri della gnomo Kylla.

La sera, per la prima volta dopo settimane, non è scandita dalla paura.

Un fuoco acceso nel cuore del bosco illumina i volti ancora segnati dalla prigionia, mentre l'aria si riempie dell'odore caldo della carne e di una libertà ritrovata che sembra quasi irreale. Le risate, inizialmente trattenute, si fanno via via più spontanee, come se ognuno di loro debba ricordare come si faccia a vivere senza catene.

È un festeggiamento semplice, quasi primitivo, ma sincero. E proprio in quella parentesi di tregua emerge inevitabile una domanda: cosa accadrà all'alba?

L'idea di separarsi aleggia tra loro, mai dichiarata apertamente ma percepibile nei silenzi e negli sguardi. Kylla, con il suo solito tono pragmatico, non manca di esaltare ancora una volta l'efficienza e l'influenza della propria gilda, quasi a voler ribadire che il suo destino è già scritto.

È Miguel a rompere quell'equilibrio.

Con fare diretto, ma meno rozzo del solito, chiede alla gnomo se vi sia la possibilità di collaborare. Non per lealtà, né per ideali condivisi, ma per qualcosa di più concreto: una giusta ricompensa.

Kylla lo osserva con attenzione, valutandolo non come compagno, ma come risorsa. La risposta è immediata. Non solo accetta, ma vede in lui un'opportunità: con una forza simile al proprio fianco, lavori fino ad allora impensabili diventano accessibili.

Mentre i due discutono, Kaydo rimane in disparte, apparentemente disinteressato.

Ma quando vengono menzionate certe cifre, il suo atteggiamento cambia. Quelle somme non sono solo denaro: sono possibilità. Significano recuperare ciò che gli è stato tolto, tornare a essere ciò che è stato. Senza equipaggiamento, senza la sua armatura, ogni speranza di recuperare la spada donatagli da Raizou resta un'illusione.

Non gli serve molto per decidere. Si unisce alla conversazione con poche parole, ma sufficienti.

A quel punto, l'accordo è siglato.

Tre di loro hanno trovato una direzione comune.

Lenora, invece, non cerca ricchezze né vendetta. La sua richiesta è semplice: protezione. Solo fino a Naplana, la città della gilda. Oltre, il suo cammino segue una strada diversa, guidata dalla fede e da un dovere che sente più grande di sé.

Quella notte, quando il fuoco si riduce a brace e il silenzio torna a dominare il bosco, nessuno riesce davvero a dormire. Ognuno di loro, disteso sotto lo stesso cielo, è immerso nei propri pensieri.

Kylla vede già la ricompensa per i diamanti rubati, un obiettivo concreto, misurabile.

Kaydo, invece, è guidato da qualcosa di più profondo: recuperare la Ivory e comprendere il motivo di quella presenza demoniaca così vicina all'Impero.

Lenora sente il peso della propria missione: riferire al cardinale di Naplana ciò che accade lontano dalle mura protette delle città: abusi, corruzione, fede distorta.

Miguel, infine, cova una rabbia più silenziosa ma altrettanto intensa: il disgusto verso un sistema che schiaccia i deboli e premia l'ingiustizia. Nei compensi della gilda vede un mezzo, non un fine. Un modo per tornare a Berana, dalla sua famiglia, e restituire loro dignità. Forse, un giorno, così facendo avrà abbastanza forza per opporsi a quel mondo marcio.

Quattro strade diverse. Un'unica direzione, almeno per ora.

E l'alba, questa volta, non porta catene.

Ma scelte.

Capitolo 3
La gilda e le sue rivelazioni

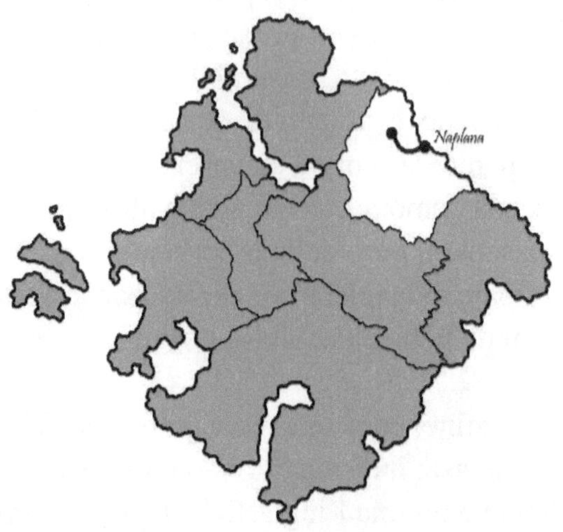

Le giornate scorrono senza una vera direzione, scandite da incontri occasionali, soste improvvisate e conversazioni che, inevitabilmente, finiscono sempre nello stesso punto: Kaydo. O meglio, la sua ossessione. Per lui la Ivory non è soltanto un'arma, è un legame, una promessa, un frammento del suo passato che si rifiuta di lasciare andare. Ogni discorso, ogni ipotesi, ogni piano finisce per ruotare attorno a quella lama perduta, come se il resto del mondo sia solo un contorno privo di importanza.

Kylla lo osserva con occhio pratico, per lei, il problema non è emotivo, è puramente logistico.

Detto ciò gli fa presente che prima di tutto servono risorse, quindi propone di dirigersi alla gilda e accettare un incarico semplice, qualcosa di rapido, quasi banale, che permette ai due nuovi arrivati di guadagnare il minimo indispensabile per equipaggiarsi. Senza armi adeguate, senza protezione, anche il più piccolo incarico può trasformarsi in una condanna.

La gnomo conclude affermando che nulla garantisce che la Ivory sia ancora nella rocca del borghese. In un mondo dove ogni cosa ha un prezzo, una spada di tale valore può essere stata venduta, scambiata o requisita. Per questo è necessario affidarsi alla rete di informatori della gilda: occhi e orecchie ovunque, capaci di rintracciare ciò che agli altri sfugge. Dopotutto, l'impero stesso contribuisce a rendere tutto più complicato.

Da anni, per volere di Varaz VII, ogni arma di pregio deve essere dichiarata. Questa legge è stata pensata proprio per il controllo, anche se spesso finisce per trasformare oggetti rari in merce ancora più ambita.

Lenora, invece, sembra distante da quei discorsi. In questo momento il suo unico pensiero è quello di allontanarsi il prima possibile.

Naplana rappresenta per lei non una tappa, ma una necessità. Infatti, una volta giunta in città, deve cercare subito il cardinale per parlare di ciò che accade lontano dagli occhi della Chiesa: abusi, violenze, sacerdotesse lasciate alla mercé di uomini senza scrupoli. Spera, forse ingenuamente, che tutto ciò sia ignorato, e non tollerato.

Quando finalmente giungono alle porte di Naplana, l'impatto è tutt'altro che rassicurante.

Le mura ci sono, alte e imponenti… ma prive di

controllo. Nessuna guardia, nessuna verifica. Solo un varco aperto su una città che sembra aver rinunciato a sé stessa.

Le strade sono dissestate, punteggiate da buche profonde e fango indurito. I palazzi, consumati dal tempo e dall'incuria, si inclinano leggermente come se siano sul punto di cedere. Il traffico è caotico, disordinato, accompagnato da urla, insulti e il continuo scalpitio di animali lasciati senza controllo.

L'odore è forse la cosa peggiore. Un miscuglio stagnante di rifiuti, escrementi e umidità.

Le abitazioni, per lo più in legno e mai oltre i due piani, riflettono perfettamente chi le abita: volti duri, sguardi sospettosi, modi bruschi. In quella città, l'egoismo non è un difetto… è una regola. I mercati ne sono la prova più evidente.

Tra bancarelle improvvisate e merci di dubbia provenienza, il confine tra commercio e illegalità è praticamente inesistente. Il malaffare non si nasconde: prospera alla luce del giorno.

Ma ciò che colpisce più di tutto è la divisione: netta, fredda, imposta.

Da poche settimane, a seguito delle rivolte contro l'Impero, Naplana è spezzata in due. Da una parte il cosiddetto "ghetto", dove sono confinati i mezzoni. Dall'altra, la zona libera, riservata agli umani. Un sistema di controllo che si ripete in ogni regno conquistato.

I mezzoni, creature basse, simili a bambini ma segnate da evidenti deformità, sono tutt'altro che minacciosi. Anzi, la loro natura pacifica e la cura quasi ossessiva per l'igiene li rendono, paradossalmente, più civili di molti umani. Eppure, sono marchiati come inferiori.

Kylla, al contrario, non sembra turbata. Per lei, tutto questo è normale. È casa.

Quando raggiungono la piazza principale, il gruppo rallenta. C'è movimento, forse anche troppo.

Lenora si ferma solo un istante, poi dopo i vari saluti si separa dagli altri, dirigendosi verso una piccola cattedrale dall'aspetto trascurato, quasi dimenticato.

Gli altri proseguono per la strada principale, ed è allora che lo vedono.

Il cuore della città è in fermento per uno degli eventi più attesi: il quarto torneo degli Otto Regni.

Un'arena improvvisata domina la scena, circondata da una folla rumorosa e carica di aspettative. I principi si sfidano indirettamente, affidando la propria gloria a tre guerrieri scelti tra i migliori. Forza, tecnica, strategia: tutto viene messo in mostra. Ma più di tutto, è propaganda.

Varaz VII non lascia nulla al caso. Le precedenti edizioni vedono sempre trionfare i suoi rappresentanti, consolidando un messaggio chiaro: la superiorità dell'Impero, ma soprattutto di Roana non è in discussione.

La posta in gioco è enorme. Armi, equipaggiamenti, cavalli, … e un forziere contenente centomila monete d'oro. Una cifra che in mano a molti è abbastanza da cambiare più di una vita. O distruggerla.

Kylla osserva la scena solo per un momento, poi accenna un sorriso. Quella confusione, quell'attenzione collettiva completamente assorbita dall'evento, è un'opportunità perfetta.

Senza dire nulla, rallenta il passo, lasciando che Miguel e Kaydo avanzino di qualche metro.

Poi, con naturalezza, si dilegua tra la folla, diretta verso qualcuno. Qualcuno che la sta aspettando.

I compari restanti si godono lo spettacolo facendo addirittura scommesse sull'esito. Già dopo poche ore di combattimenti accaniti, restano in gara solo tre regni: Florana, i cui rappresentanti sfoggiano armi ed armature magiche; Roana, che presenta i suoi tre eroi corazzati pesantemente con armature fatte di leghe metalliche all'avanguardia; Tristana, mette sul campo i migliori elementi scelti dall'equipaggio della Rusalka Imperiale, che sono molto meno equipaggiati ma addestrati personalmente dall'eroica principessa Cornelia.

Alla fine sono proprio i rappresentanti del regno di Tristana ad ottenere la vittoria visto che hanno puntato soprattutto sull'agilità e l'abilità nei movimenti, tanto che sono riusciti a far cadere immobilizzati, gli appesantiti nobili rivali che restati impantanati sono stati messi facilmente con le spalle a terra, risultato: la resa!

La fine inaspettata, è che i nobili di Roana certi della loro sicura vittoria, non si erano nemmeno degnati di portarsi la posta che doveva esser messa in palio: conseguenza vengono presi prigionieri e portati a Tristana in attesa di riscuotere il dovuto premio.

L'incredibile evento mette una maschera di vergogna sulla faccia dei nobili di Roana, che mai si sarebbero aspettati una tale umiliazione.

Lenora, giunta alla cattedrale, non perde tempo. Le grandi porte si chiudono alle sue spalle con un tonfo sordo, e l'eco si disperde tra le volte alte, annerite dal tempo. Attraversa la navata con passo deciso, ignorando i banchi scheggiati, le candele mezze spente e quell'odore d'incenso stantio che sembra essersi depositato nei muri stessi. Non rallenta, non esita: chiede immediatamente udienza al cardinale, la voce ferma, tesa come una corda pronta a spezzarsi.

Non deve attendere molto, anzi troppo poco. La sua richiesta viene accolta con una rapidità quasi sospetta, come se qualcuno la stesse aspettando.

Viene fatta entrare in una sala spoglia, fredda, dove la luce filtra appena da una finestra alta e stretta, disegnando lame pallide nell'aria immobile. L'uomo che le si presenta davanti non ha nulla del pastore spirituale che si aspetta: il volto è rigido, lo sguardo distaccato, calcolatore, più simile a quello di un giudice che a quello di una guida.

Lenora parla. Le parole le esplodono addosso prima ancora di essere pronunciate. Racconta tutto: abusi, violenze, sacerdotesse abbandonate, lasciate senza protezione in un mondo che le divora. Le frasi si accavallano, si rincorrono, cariche di indignazione, di rabbia trattenuta troppo a lungo.

Il cardinale non reagisce. Non un sopracciglio sollevato, non un respiro diverso.

Con un gesto lento, misurato, prende una pergamena dal tavolo e gliela porge. Il fruscio della carta rompe il silenzio più delle sue parole, che restano fredde, impersonali: è in atto un cambiamento, su ordine diretto del papa Mons.

Lenora legge.

Le dita stringono il foglio: modifiche ai testi sacri, nuove direttive, nuove verità.

Le parole sembrano muoversi, scivolare, trasformarsi sotto i suoi occhi. Il mondo che conosce…

sta venendo riscritto.

Tenta di opporsi, ma non le viene concesso. La voce del cardinale si fa tagliente, improvvisamente viva: le ricorda il suo posto. Una semplice sacerdotessa, inutile, sostituibile, che deve solo obbedire.

Quelle parole non sono suoni. Sono colpi, precisi, freddi e più violenti di qualsiasi arma.

Lenora si alza di scatto senza dire nulla. Non si guarda nemmeno indietro.

Attraversa la cattedrale come una furia, il respiro corto, il cuore che martella. Infine spinge le porte e si riversa in strada, accecata dall'ira, senza notare quel cavaliere che proprio in quel momento stava passando.

L'impatto è brutale.

Per un istante viene sospesa e poi sollevata, il corpo sembra leggero come se non le appartenesse più, poi viene scaraventato contro il margine della strada. Qui la testa urta con violenza producendo un suono secco.

Il mondo si spegne.

Le persone si fermano appena un istante, concedendole solo uno sguardo veloce ed indifferente. Poi tornano alle loro vite, come se nulla fosse accaduto. Lasciata lì abbandonata in quella città dove i corpi a terra sono la normalità.

Lenora rimane immobile, con il volto sporco e i vestiti impregnati di fango, rifiuti e liquami.

Ed è lì che accade qualcosa.

Nel buio della sua incoscienza, una presenza prende forma, lenta, inevitabile: il Dio Plor.

Non ci sono parole udite, eppure tutto è chiaro.

Un cammino la attende. Prima Habibi… e poi Roana. Ma soprattutto un destino che non lascia scelta, dovrà sporcarsi anche le mani di sangue, qualora sarà necessario, per ristabilire l'equilibrio del mondo di Dunia.

Quando riapre gli occhi, la realtà è crudele. Il dolore le attraversa il corpo a ondate, taglienti, lo stomaco si contrae ed infine si ribella. L'odore nauseante le riempie la gola, la costringe a voltarsi e vomitare, più volte, finché non resta che un tremore vuoto.

Si solleva a fatica, tutta dolorante. Poi, nota che, le tasche sono vuote: derubata ed abbandonata.

In quel momento qualcosa si spezza silenziosamente e definitivamente. E qualcosa nasce, ora lo sguardo è più deciso, sembra quasi che non ci sia più spazio all'ingenuità. Solo una promessa, muta, incisa dentro: fare qualsiasi cosa per riportare un frammento di umanità in quel mondo. Anche a costo di tradire sé stessa.

Quando torna dal gruppo, afferma che vuole anche lei partecipare alla missione, anche se molto probabilmente si tratterà di svolgere un lavoro sporco. Ora il suo unico obiettivo, su indicazioni del suo Dio, è raggiungere Habibi.

Kylla fa ritorno poco dopo, con la ricompensa per i gioielli e un nuovo incarico. Quando vede Lenora, si ferma. All'inizio è sorpresa, ma poi decide di non far domande ed espone il piano.

In quella buia notte, il loro primo incarico prende forma. Le luci sono poche, le ombre profonde e vista la tensione di Lenora, viene dato il compito più semplice: il palo. Miguel e Kaydo si muovono con cautela, sembrano sagome che si fondono con il buio, mentre Kylla guida ogni azione con precisione chirurgica.

Un segnale, poi una porta forzata e passi rapidi, quasi trattenuti.

Questa volta Lenora non interviene. Non prega.

Quando il gruppo riemerge con la refurtiva, lei è ancora lì: vigile e silenziosa.

Le settimane successive scorrono veloci, una dopo l'altra, senza lasciare spazio al pensiero. Furti, riscatti, lavori loschi. Il gruppo diventa sempre più affiatato, più efficiente, più freddo. E i compensi iniziano a crescere, moneta dopo moneta. Abbastanza da equipaggiarsi degnamente.

Ma per Kaydo non basta, la Ivory resta lontana ed irraggiungibile. Quindi Kylla torna quindi alla gilda.

Questa volta però l'atmosfera è diversa, l'aria è pesante, i silenzi sono troppo lunghi, gli sguardi sono bassi e la tensione che si avverte si taglia con il coltello. Forse, dettati dai controlli imperiali che si stanno sempre più stringendo.

Quando la gnomo tenta di prendere un incarico, il referente la ferma. Le sue parole sono fredde e taglienti:

"Non fai più parte della gilda, questi sono i nuovi ordini dall'alto. Le razze inferiori non sono più benvenute qui, sono ormai un rischio".

Kylla resta immobile per un istante. Poi cede, non con rabbia, ma con qualcosa di più profondo. Supplica e ricorda gli anni di servizio, poi prosegue elencando i numerosi lavori svolti... tutto inutile.

Allora chiede un'ultima cosa. Un ultimo incarico, possibilmente il più remunerato e con esso un'informazione: la posizione della Ivory.

Il referente, al sentir quel nome abbinato ad un certo Kaydo, lo fa ammutolire per qualche secondo. Poi acconsente alla richiesta, ma specifica che sarà il suo ultimo lavoro. E le promette che al termine dell'incarico avrà la risposta che cerca.

Ora Kylla non appartiene più alla gilda, ma per questa missione può ancora muoversi ai suoi margini, in un equilibrio precario, visto che da questo momento, è un'esterna.

La lettera che contiene i dettagli specifica che si tratta di un furto mirato: un dipinto e un piccolo forziere, appartenenti a un nobile di Naplana. Tali doni sono destinati addirittura al principe Novis, proprio in occasione per decimo anniversario del regno.

Infine, precisa che, le istruzioni dettagliate saranno consegnate solo la sera prima. Attraverso il "solito contatto" con un gesto rapido, quasi invisibile.

Pochi giorni dopo, la losca manovra per la consegna della documentazione finalmente arriva. La scena avviene durante il mercato cittadino, vivo, rumoroso, saturo di voci e colori. Tra la folla, una bambina si muove leggera, guidata da un'anziana donna dallo sguardo attento. Si avvicinano. Un urto apparentemente casuale. Un istante di contatto. E in quell'istante, invisibile a tutti, la "consegna" scivola nella sacca di Kylla. Con un'azione rapida, perfetta, come se non fosse mai accaduta.

Il messaggio contiene dettagliate informazioni sul percorso della carrozza del nobile, sulla consistenza della scorta al seguito; viene anche indicata la modalità di fuga dopo il colpo, evidenziata dal fatto che il villaggio, composto prevalentemente da case in legno di massimo due piani, molto vicine tra loro, permette di usare quasi tutti i tetti con balzi anche in velocità e con scarso pericolo.

La via dei tetti è peraltro raccomandabile anche perché quattro mesi prima era stato emanato un decreto secondo cui chiunque avesse fornito solo indicazioni atte alla cattura di ladri sarebbe stato ricompensato con dieci monete d'oro. Se poi l'arresto del malvivente avesse avuto luogo, la somma promessa era di ben cento monete. Considerando lo stato di indigenza dei poveri abitanti, era logico che tutti tenessero gli occhi ben aperti, pronti a denunciare il più innocuo dei rubagalline.

Le indicazioni si concludono nello specificare il punto preciso, nelle fogne, dove si sarebbe dovuto depositare il bottino: ultima clausola per trattare l'importo della ricompensa.

Sono le sei del mattino e il tempo sembra essere ostile, fulmini e pioggia fanno capire che l'impresa sarà tutt'altro che semplice. Mentre il gruppo si prepara psicologicamente all'azione, Kylla mette in rilievo alcuni aspetti dell'imminente operazione.

Per la gnomo è una semplice giornata di lavoro, infatti è rilassatissima a confronto della sacerdotessa Lenora.

Giunti sul posto si posizionano a poche decine di metri dall'abitazione del borghese, sbucando in uno dei tanti vicoli lerci della città. La tensione per l'imminente operazione viene aggravata anche da una preoccupante folla di individui poco raccomandabili che li osservano minacciosi.

La tensione inizia a farsi sentire, con gli indumenti fradici che appesantiscono i movimenti: l'acqua scorre sotto i vestiti saturi fino a "riempire" gli stivali.

Il momento è arrivato!

La carrozza del nobile esce dalla residenza con

un ritardo di soli tre minuti rispetto quanto previsto dalla gilda. Il mezzo è scortato da sei cavalieri armati di sciabola, quattro in avanguardia e due che chiudono la fila. Nonostante la strada sia fangosa, hanno un portamento sicuro e determinato, tipico di coloro che erano appartenuti ad un esercito.

La carrozza viaggia spedita, senza mai rallentare o fermarsi, i cavalieri spaventano e allontanano chiunque provi ad essere d'intralcio compresi quelli che maldestramente attraversano la strada. Il gruppo è costretto a farsi largo tra numerosi vicoli utilizzando scorciatoie, non tralasciando di spintonare chiunque si ponga sul loro cammino. Conduce il "corteo" il possente Miguel, seguito dall'agile Kylla che gli indica la strada da seguire per intercettare la carrozza.

Sembra quasi impossibile fermare il veicolo, ma la fortuna viene in loro soccorso: poco prima, nel violento temporale, un fulmine aveva incendiato un'abitazione di legno lungo il tratto che la carrozza doveva percorrere. La folla, incuriosita dal non tanto insolito spettacolo, inizia ad accorrere per veder i soccorritori che tentano di spegnere l'incendio prima che avvampi anche sulle abitazioni confinanti.

Il gruppo, a quel punto, si getta sulla carrozza intenta a far manovra. Miguel sfonda la porticina di legno del mezzo e si avventa deciso sulla guardia del corpo che protegge il borghese. La moglie di costui, spaventata da tale improvvisa brutale azione, lancia un urlo raccapricciante.

Kylla, senza esitazione, penetra nella carrozza e si getta sul piccolo dipinto trattenuto a stento dalla malcapitata "passeggera", lo copre con il suo mantello e, uscendo rapidamente, lo porge a Lenora che cerca di trovar rifugio in uno dei vicoli adiacenti in preda all'adrenalina.

Di seguito Kaydo sfodera la sua spada per tener impegnati i cavalieri avversari, aiutato dalla temeraria Kylla che lancia i suoi pugnali sui due cavalli. Le bestie, imbizzarrite, scaraventano a terra i due armigeri che compongono la retroguardia.

Miguel, dopo aver ucciso il gendarme, riduce al silenzio i due borghesi terrorizzati, tramortendoli con due violenti pugni.

Agguanta il forziere e salta nella strada che ormai è invasa dalla melma: poltiglia che fa perdere l'equilibrio al barbaro facendolo scivolare rovinosamente a terra, tanto che il forziere si apre e rovescia tutte le numerose monete d'oro. Miguel, tutto imbrattato di fango, cerca frettolosamente di raccoglierle, ma Kaydo e Kylla, per non rischiare oltre, lo convincono a scappare con loro lasciando eventualmente qualche moneta nella melma, anche se questo potrebbe far fallire la missione.

Prima che Kylla riesca a raggiungere il vicolo, uno dei cavalieri estrae la sua balestra e, prendendo di mira la gnomo, scocca il dardo che la colpisce al braccio sinistro.

Alla fine raggiungono la frastornata Lenora nell'incredibile labirinto di vicoli, "tutti uguali". Riescono, dopo vari tentativi, ad orientarsi e trovare il nascondiglio programmato sotto una grata in un pozzo a perdere dove fluiscono tutti i liquami, ma che è abbastanza grande da ospitarli.

L'attesa in quel ristretto spazio è estenuante; si sentono numerose guardie imperiali che sono alla loro ricerca. Più di una volta passano sopra la grata, mostrandosi tanto accaniti nonostante il temporale non dia cenno di placarsi.

"L'operazione furto", ad ogni modo, ha successo anche se Miguel, con la sua caduta, si è procurato una distorsione alla caviglia e Kylla una brutta ferita al tricipite sinistro.

Nelle fogne, col dipinto ora ben saldo nelle mani di Kaydo, possono considerarsi al sicuro e finalmente riprendono fiato.

La pausa consente alla devota sacerdotessa Lenora, che gode dei favori del Dio Plor, di mettersi al lavoro per curare le ferite dei compagni.

La donna, di solito, con devozione e concentrazione usa appoggiare delicatamente le mani sulle parti offese, quindi emana un forte fluido guaritore mentre recita una particolare preghiera che ha effetti quasi sempre positivi.

Anche in questa situazione Lenora ripete accuratamente la procedura rivolgendo per prima le sue attenzioni a Kylla che le sembra sia la più gravemente colpita. Estrae la punta di ferro dalla carne, cosa che causa una copiosa fuoriuscita di sangue. La parte magica dell'operazione fa sì che i tessuti riprendano la loro naturale posizione. Solo dopo si occupa della caviglia di Miguel.

La sorprendente scelta stupisce non poco l'intrepida ladra, abituata a venir per ultima in fatto di attenzioni, soprattutto quando sono presenti gli umani: la gratitudine verso Lenora non tarda a farsi strada nel cuore della gnomo.

Mi premuro sottolineare come in quel periodo le città conquistate dall'Impero Maximus le popolazioni originarie abbiano subito le privazioni più antipatiche:

*rinchiuse in ghetti e private della libertà dopo il
tramonto. Tutto questo secondo i dettami
dell'imperatore: gli umani hanno la precedenza
assoluta in tutto. Lo stupore di Kylla è quindi
giustificato dal momento che lei si vede ossequiata da
un certo cordiale interesse.*

Kaydo, invece, non rimane indifferente alle
sofferenze degli amici e aiuta Lenora come può. Anche
se, data la situazione, la sua priorità resta uscire al più
presto e raggiungere un luogo sicuro.

Passano però più di dodici ore prima che Kylla
venga convocata, tramite messaggio segreto, in una via
importante di Naplana, dove troverà, lontana da occhi
indiscreti, l'intero equipaggiamento richiesto. In
aggiunta c'è anche la risposta alle domande del gruppo:
scritte però nella lingua degli gnomi.

Una risposta riguarda infatti l'ubicazione della
Ivory dato che il borghese aveva segnalato alle guardie
imperiali di Novis la presenza di una strana spada
d'argento. Era regola che in caso di ritrovamento di
spade anche "strane" le stesse dovevano venir registrate
presso appositi uffici del regno di appartenenza o di
residenza del possessore. Uffici che a loro criterio
consentono o meno, in determinate circostanze,
l'utilizzo. Eventuali abusi o anche semplici
inadempienze, sarebbero stati puniti addirittura con
l'impiccagione nella pubblica piazza cittadina. In
cambio, chi avesse consegnato il prezioso reperto si
sarebbe aggiudicato un premio di almeno mille monete
d'oro.

L'arma d'argento dunque, giunta in possesso del
principe Novis, rivela un'ottima fattura ma scarso potere

magico. Egli allora, stimando il suo valore da un punto di vista solo economico, pensa, magari con un certo opportunismo, di farne dono alla sorella Cornelia del regno di Tristana, che il mese prima aveva compiuto il quarantaduesimo anno di età.

Una nota particolare va alla gilda dei ladri che è un'organizzazione nata ai tempi del mercato nero nel 583, dove i fondatori erano un mezzone di nome Kaskas e una tiefdois di nome Zailaia tuttora figure idolatrate.
La losca organizzazione si è espansa nell'arco dei secoli e ha una sede in ogni città dei vari regni. Perfino alte sfere borghesi e qualche funzionario politico collaborano con tale forza: hanno quindi occhi ed orecchie quasi ovunque.
La stessa gilda da pochi anni ha stretto una collaborazione estremamente segreta con l'Ordine di Giustizia, vincolata soprattutto dal fattore economico e sulla certezza di eventuali accordi futuri: l'attuale Regno di Sabbia, qualora avesse liberato l'intero continente dal dominio di Varaz VII Maximus, avrebbe dato alla gilda l'opportunità di trasformarsi in un ente segreto protetto dallo stesso regno che avrebbe chiuso un occhio sui suoi discutibili "affari".

La gilda dei ladri quindi conosce bene la storia di tale arma, visto che il suo possessore è proprio Raizou, uno dei fondatori dell'Ordine di Giustizia che collabora spesso attivamente sia con l'Ordine che con la gilda.
In ragione di ciò, la stessa fornisce alla fedele Kylla una pergamena intrisa di un'aura magica con impressi caratteri runici invisibili di una lingua di cui si sono perse le origini e che è rimasta tutt'ora decifrata

soltanto da pochissimi: draconico antico.

Su una parte della pergamena vi sono scritte in lingua degli gnomi che rivelano a Kylla l'esistenza di un'organizzazione conosciuta come Ordine di Giustizia, situata in una zona a nord della città di Habibi nell'antico Regno di Sabbia.

Su tale documento viene specificato che la spada in questione conosciuta come Ivory è da poco ricercata con urgenza anche da tale organizzazione, in quanto grazie a segnalazioni della stessa gilda, sembrerebbe finita nelle mani dell'impero: cosa grave che non sarebbe mai dovuta capitare.

Per facilitare e aiutare la gnomo sul ritrovamento di tale arma, la gilda consiglia a Kylla di trovare e portare questa pergamena all'Ordine di Giustizia, in quanto questa funge anche da lettera di referenza che le eviterebbe una morte atroce.

A dispetto di ciò, Lenora è in grado di leggere la struttura dei caratteri semplicemente toccandoli col potere delle sue mani, però non è in grado di tradurli.

Consapevole dei propri limiti riguardo le rune, Lenora, pressata anche da Kaydo, si ricorda improvvisamente di conoscere un giovane mago (Niffum) di Florana che potrebbe aiutarli.

Ma contemporaneamente tutti, eccetto Kylla, sospettano che della gilda non ci si possa fidare troppo e quindi non escludono che abbia teso loro una trappola, motivo per cui ritengono indispensabile riuscire a decifrare un simile documento. La gnomo, però, non è d'accordo con tale e infondato sospetto perché, per lei, la gilda è come una famiglia e sa che, appena verrà ristabilito l'equilibrio politico, la riaccetteranno a braccia aperte. Per questo non vuole che si dubiti della sua lealtà.

Il gruppo, con buona pace di Kylla, di comune accordo, invita Lenora a contattare il maghetto servendosi di un incantesimo insegnatole proprio da quest'ultimo ma di difficile apprendimento ed applicazione.

La magia consiste nel poter inviare telepaticamente poche parole chiave ad una persona conosciuta ed in grado anch'essa di praticare simile incantesimo.

Nella comunicazione Niffum, persona ambiziosa affamata di conoscenza, informa l'amica sacerdotessa di non trovarsi a Florana presso la Accademia dei Maghi, ma a causa una lite con i genitori si trova al momento nella borgata di Monfy sul confine tra Tristana e Naplana, gentilmente ospitato nella roccaforte da un vecchio grimmur. Tutta la conversazione necessita diverse ore.

Per certi versi è simile al nostro telegrafo, ma il destinatario può decifrare nella sua mente solo pochi caratteri alla volta. Inoltre la procedura richiede un notevole dispiego di energie magiche, che portano così a spendere diverse ore. La cosa positiva è che il destinatario può non essere nella giusta sintonia che garantisca la ricezione di tale informazione. L'incantesimo porta un messaggio specifico che richiami la mente del ricevente, anche distogliendolo dalle sue attività del momento: come rileggere una frase già memorizzata.

Fatto il punto della situazione si decide di raggiungere Monfy anche se tale deviazione allungherà di ben una settimana la durata del viaggio verso Habibi.

Per Kylla, si tratta soltanto di giorni ed energie sprecati.

Per Lenora, invece, questi eventi iniziano a non apparire più come semplici coincidenze, ma come un percorso spirituale ben definito dal Dio Plor. Per questo, nonostante un naturale timore, accetta la sua volontà e decide di spingersi ovunque il destino abbia in serbo per lei.

Per Kaydo tutto ciò significa molto e, grazie al supporto di questi nuovi compagni d'avventura, il recupero della spada sembra diventare sempre più possibile.

Per Miguel, invece, quella deviazione promette avventure interessanti e, forse, anche remunerative.

Non resta dunque che mettersi in viaggio e non perdere altro tempo in discussioni.

A proposito di magia, voglio descrivere come funziona e coloro che la possono padroneggiare.

Questa è un'energia misteriosa e sottile che alcuni esseri viventi sono in grado di attingere ed usare per vari scopi. Ci sono molti modi per poter usufruire di questa "forza". Quasi sempre ha un carattere strettamente individuale: nel senso che ciascuno, a modo suo e secondo le sue predisposizioni, è in grado di attivare.

La magia principalmente si suddivide in tre tipologie. Chi è in grado di usare questa particolare risorsa utilizza varie fonti, in cui la posizione dei pianeti in qualche modo la condiziona.

E' noto che le radiazioni dei pianeti in qualche modo influiscono nel nostro modo di comportarci. Da ciò deriva che ci sono tre tipi di persone in grado di sfruttare le conoscenze occulte basandosi sui loro stessi desideri ed inclinazioni: una persona molto positiva che ha una cultura religiosa tende ad usare la magia per scopi altruistici. E' il caso dei santi delle varie religioni. Costoro, nonostante tutto, sanno che c'è un equilibrio da rispettare e non faranno mai niente che vada contro la natura. Nella nostra storia è il caso di Lenora. E' da considerarsi anche che qualsiasi utilizzo di forze superiori alle proprie capacità porta ad un impoverimento fisico, che non di rado ha una controparte negativa. Più potente è l'incantesimo maggiore sarà la probabilità che ne scaturisca una forza malvagia. Per eliminare tali effetti collaterali negativi il "sacerdote" si troverà costretto a far una pausa rigenerativa che tenderà a recuperare i suoi valori morali. Non curando questa fase di "recupero" col tempo sarà senz'altro vittima del suo lato negativo portato alle estreme conseguenze.

Al contrario, i cosiddetti maghi oscuri (grimmur) attingono sempre alla stessa forma di energia ma la piegano ai loro voleri per fini egoistici, senza badare a chi ci deve rimettere. Costoro sono i diavoli, demoni o spettri. Nella nostra storia è il caso dell'imperatore Varaz VII. Queste entità maligne che si prestano ad "assistere" l'incantatore, hanno l'obiettivo finale di possederlo.

Il mago oscuro che conosce molto bene questa "procedura" sa come bilanciare le energie tanto da non farsi irretire dal maligno.

Gli effetti collaterali per i grimmur sono inversi

rispetto a quelli dei "maghi bianchi". Devono mantenere almeno in minima parte qualche pensiero positivo: sempre per ragioni di equilibrio. Devono cercare di ingannare colui che cerca di possederlo al punto tale da poter utilizzare le sue facoltà negative senza pagarne il prezzo: questa è l'astuzia dei grimmur che riescono quasi sempre a farla "franca" senza pagare ciò che l'entità negativa pretende da lui.

Caratteristica di questi esseri negativi è che mentre operano mostrano una pupilla fortemente dilatata con l'iride che si tinge di nero; sguardo vitreo; respiro pesante; movimenti innaturali.

Infine ci sono i Maghi Elementali, che nella nostra società siamo propensi a definirli come stregoni, utilizzano esclusivamente fonti naturali di varia origine come animali, piante, se stessi e, perché no, i propri simili. Nella nostra storia è il caso di Shadow e la moglie Euphemy. Costoro infatti attingono all'energia di altri esseri viventi incapsulati in un "serbatoio" denominato Gemma dell'Anima per non recar danno alla propria persona.

Il vantaggio, a differenza dei primi due, è che possono lanciare incantesimi in tempi ed intensità molto prolungati visto che possono utilizzare il loro "serbatoio" in modo quasi illimitato. Sanno che il costo di questa operazione dipende dalle rarissime gemme in loro possesso. Il loro funzionamento dipende dalla quantità e dalla potenza della magia in essa trasferita. Tant'è vero che per caricare la Gemma dell'Anima è necessaria una procedura molto complessa che pochi sono in grado di effettuare. L'utilizzo della stessa termina all'esaurirsi della sua energia intrinseca, per poi implodere e distruggersi definitivamente.

A differenza degli altri, i maghi per loro natura, sono dotati in modo naturale della capacità di sfruttare l'energia che occorre: tale capacità è trasmissibile da padre a figlio.

Anche questi ultimi presentano effetti collaterali: se usa sé stesso come "serbatoio" di energia il suo corpo accuserà subito degli scompensi. Mal di testa; vertigini; variazioni di pressione sanguigna; vomito di sangue: questo con normale utilizzo, se eccessivo invece il risultato potrebbe causare ulcere, tumori o addirittura infarti.

Un'ultima precisazione, che vale per tutti gli incantatori, è che l'effettiva capacità è basata sull'esperienza. Un incantesimo di fuoco, se lanciato da un incantatore alle prime armi, produrrà una semplice scintilla. Mentre le medesime energie gestite da un incantatore esperto, saranno in grado di venir ottimizzate tanto da creare un vero e proprio vortice di fuoco.

Capitolo 4
L'Ordine di Giustizia

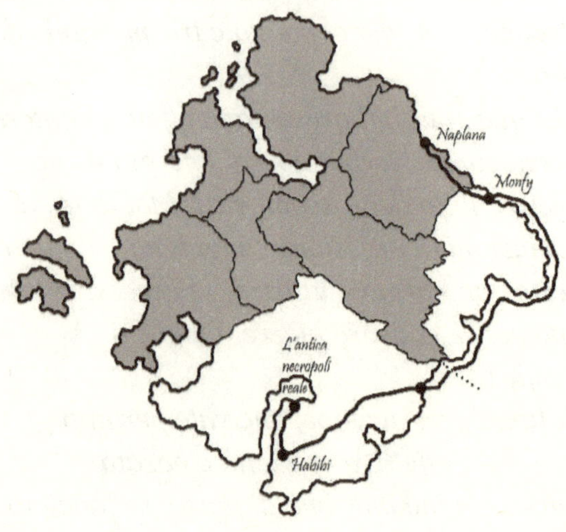

Dopo circa una settimana di viaggio, perlopiù attraverso tetre boscaglie che hanno regalato ai quattro intrepidi ogni sorta di avventurose esperienze, arrivano finalmente nella borgata portuale di Monfy. Centro importante, se non altro per gli scambi commerciali tra le varie zone dell'antico Regno di Sabbia. Materiali diversi, manufatti come tappeti, anfore, arnesi di ferro e preziosi elaborati in oro, argento e diamanti. Le forniture alimentari però sono controllate in entrata ed uscita esclusivamente dall'Impero, atte a sostenere le sole operazioni militari.

Su di un'altura poco a nord della cittadina portuale che sovrasta la piccola piazza del mercato, si erge una roccaforte, alta solo poco più di una decina di metri, di forma circolare, realizzata con pietre calcaree che caratterizzano l'intera altura. I bassi arbusti che circondano la "fortezza" donano un'atmosfera spettacolare in determinati momenti stagionali, colorando in autunno, l'intera area di giallo e rosso.

Questa, attualmente è la dimora di un anziano grimmur, in cui si trova ospite il giovane Niffum, amico d'infanzia di Lenora.

E' il caso di parlare di questo "personaggio" tanto apprezzato da Lenora. Si tratta di un giovane di bellissimo aspetto e dallo sguardo soggiogante. I capelli biondi e ben curati danno maggior risalto a quegli occhi dalla luce smeraldina, che sembrano quasi mostrarsi come pietre preziose. La carnagione chiarissima dalle ombreggiature olivastre fa denotare la nobile origine del personaggio, poco incline alle attività all'aria aperta, ma piuttosto amante delle intense letture magari provenienti dalla ricca e sfarzosa biblioteca del regno.

Non da meno la sfarzosa e ricca veste che indossa prevalentemente di color grigio perla, con bellissimi raffinati alamari e ricami vari di color azzurro intrecciati con quelli dorati, fanno risaltare il suo abito donandogli quel tocco moderno ma elegante. Il forte profumo della sua veste è un mix tra fiori di ciliegio ed oli essenziali, tanto forte da attirare l'attenzione di ogni dama. E' un ragazzo di carattere molto riservato, grande osservatore, intuitivo e molto determinato. Il suo portamento freddo e distaccato fa sì che, durante inutili e futili discussioni, anche attraverso l'uso di giochi di parole, tende a stroncare sul nascere ogni qualsivoglia discussione. Pratico e deciso nelle sue grandi ambizioni nascoste, in realtà risulta essere una persona molto emotiva; prende ogni cosa sul serio e

*non ama le persone che si beffano delle abilità altrui.
Sulle relazioni interpersonali usa non dare molta
confidenza e difficilmente prova attaccamento emotivo
verso qualcuno.*

E' nota la sua adesione

*all'accademia
dei maghi di
Florana fin
dall'età
adolescenziale:
ambiente riservato
quasi esclusivamente
a persone di alto
rango o di provate
qualità nonché
disponibili di
consistenti mezzi
economici.*

*Secondo
lui la sua
famiglia di origine lo ha trattato con poco rispetto fino
addirittura a denigrarlo. Circondato da un'atmosfera
misteriosa, si nasconde dietro una facciata che dimostra
sicurezza di sé stesso. Nonostante tutto è sempre pronto
a fronteggiare qualsiasi ostacolo che gli si ponga
davanti.*

Dopo esser stati accolti dal vecchio e dal suo
ospite, vi sono le presentazioni da cui si evince subito

un linguaggio colto ed un accento simile a quello di Lenora: tipico di Florana. Poi appare evidente che il giovane mago non sopporta le imposizioni del governo imperiale. É questa la ragione del suo continuo vagabondare per il continente in cerca di novità per arricchire la sua cultura già ad un livello invidiabile quando, al momento di presentarsi alla gnomo, si sente in dovere di abbassarsi alla sua "altezza" esprimendosi anche nella lingua di lei.

E, dopo amichevoli e simpatici convenevoli, viene il momento di passare alle cose importanti. Il padrone di casa fa accomodare gli ospiti nella minuscola sala principale che funge soprattutto da biblioteca; unico posto dotato di una fiamma per scaldarsi.

Lenora una volta seduta, dimostra da subito una certa impazienza, e si decide finalmente a sfilare la pergamena dalla sacca di pelle.

Intanto il vecchio grimmur, fingendo di interessarsi a vecchi libri da ridisporre in ordine, ma con le orecchie tese, percepisce subito la presenza di un'aura magica.

Si avvicina ai suoi ospiti mentre chiede a Niffum se anche lui ha avvertito la presenza dell'aura traboccante di antica magia. In risposta il giovane, di sua iniziativa, inizia la procedura per decifrare le rune. L'anziano grimmur e Lenora lasciano fare, compiaciuti.

"A questo punto è necessario aggiungere una spiegazione su come funziona l'energia magica dell'incantatore. Tale misteriosa forza è presente in grande quantità sul loro stesso satellite (mondo in cui vivono) e viene prodotta soprattutto dalla sinergia di esso all'interno del loro sistema solare. Codesta energia viene convogliata da maghi o grimmur in un luogo e

momento preciso per dar maggior efficacia ed evitare che venga dispersa. Nella procedura si usano: guanti, bacchette, bastoni o gemme dell'anima.

Gli incantatori più potenti sanno usare col miglior profitto possibile le energie e convogliarle in un punto estremamente concentrato. Inoltre si servono delle tecniche particolari che sfruttano delle gemme a mo' di serbatoi di magia: una di esse è il leggendario bastone Blosstar (ideato dall'arcimago Shadow): lo strumento amplifica l'energia occulta sfruttando una gemma prismatica che consuma le anime precedentemente inglobate.

Niffum ad esempio, per sua decisione, utilizza dei guanti che sono più pratici ma meno efficaci. Infatti i suoi incantesimi risultano essere più rapidi ma meno potenti e precisi. Tale scelta è giustificata dal fatto che egli non è ai livelli di un arcimago."

Niffum, pratico dei citati incantesimi, realizza subito che quella scrittura nasconde un messaggio diverso da quello che gli stessi vogliono far vedere. Per dar valore a quanto dice di sapere, usa un suo guanto rivelatore. Come detto si tratta di un oggetto in grado di canalizzare la magia.

Nonostante il portentoso aiuto del magico artefatto, ci vuole quasi l'intera notte per portare a parziale comprensione di quanto scritto. Quel tipo di rune, dopotutto, era usato fino a circa mille anni prima dall'antico Regno di Sabbia.

Il responso, anche se incompleto, è sufficiente a far capire che si tratta di un affare di spionaggio in cui è coinvolto Raizou che per qualche motivo si era fatto incarcerare un anno prima a Roana. Ancora, parla di qualcosa su creature e armi leggendarie che citano una spada e altro di poco chiaro.

I quattro avventurieri rimangono perplessi di fronte a tali inattese rivelazioni e non fanno obiezioni quando lo stesso Niffum chiede di far parte della comitiva, garantendo che saprebbe come attraversare il sorvegliatissimo confine se lo avessero accettato nella loro squadra. Alla fine, dopo l'accordo, si rendono conto di essere uniti da una quasi comunità di intenti e gli ospiti credettero bene accogliere tale valido elemento.

Improvvisamente il giovane mago, davvero ricco di risorse, si ricorda di un capitano di caracca (piccola nave mercantile), il quale aveva ancora un debito con lui per certi vecchi favori.

Contattato, il comandante del veliero si sente in dovere di aiutare il vecchio amico consentendo sì l'imbarco purché clandestino, dal momento che le navi in ogni scalo sono soggette a rigorosi controlli da parte dei fiscali e pignoli funzionari governativi.

Niffum, capace di esercitare una vasta gamma di incantesimi, ne trova uno davvero sorprendente: l'Immagine illusoria.

Ciascun membro della spedizione si sarebbe immerso in una botte d'acqua (ottima anche per dissetarsi durante il lungo viaggio). Qualora chiunque intendesse aprire il coperchio per ispezionarne il contenuto, un'immagine illusoria di liquami puzzolenti in cui galleggia del pesce assai poco invitante avrebbe fatto venire il voltastomaco anche al più coriaceo ispettore.

L'operazione d'imbarco viene fatta con molta fretta, in quanto mancano solo trenta minuti al primo controllo che avrebbe dato il via libera alla partenza.

Immerso nella sua botte, Niffum avrebbe passato il tempo a ripassare le sue arcane conoscenze in vista di futuri sconosciuti eventi. Decide anche di far materializzare il suo "famiglio" Skyritt.

Si tratta di un imp, piccolo diavoletto dalla pelle squamosa e rossastra, il cui aspetto ricorda il nostro diavolo descritto nelle varie religioni; provvisto di ali cartilaginose; corte zampe artigliate; inquietanti occhi sporgenti lattiginosi, privi di pupilla; corpo di una trentina di centimetri.
Era venuto al servizio di Niffum per pura convenienza.
Abitualmente resta appollaiato sulla spalla del maghetto, e sfruttando la sua capacità di trasformarsi in forme animalesche varie, è pronto ad intervenire ad un suo comando, o a filarsela quando le cose vanno a mal partito.

Il diavoletto quindi si posa senza esitazioni sulla spalla del giovane mago.
L'improvvisa apparizione spaventa non poco Lenora e Kaydo. Quest'ultimo sguaina veloce la spada e la punta sul famiglio. Skyritt, spaventato a sua volta, pensa sia meglio rendersi invisibile.
I pochi minuti ancora disponibili prima della partenza Niffum li spende per rassicurare gli amici circa la presenza del diavoletto, garantendo che esso non è un elemento minaccioso ma addirittura un amico servizievole. Approfitta del momento per ribadire un concetto che gli è caro: "da sempre i pregiudizi oscurano la realtà". Lenora e Kaydo, poco convinti, rimandano la discussione ad un secondo momento.

La traversata in caracca è tutt'altro che confortevole. Oltre ai previsti sei penosi giorni di navigazione, nel terzo vengono colpiti da una piccola tempesta proprio mentre stanno attraversando il confine delle acque territoriali. Nella zona è presente una linea di galee distanziate cinque miglia l'una dall'altra, come a formare una barriera, che comunque la caracca riesce ad attraversare non scorta.

Intanto lo Skyritt si tramuta in corvo e con tale aspetto (e consistenza) si prodiga a fornire i "passeggeri" del necessario, in quanto cibo e bevande, probabilmente sottratte alla cambusa.

Alla sera del quinto e teoricamente penultimo giorno si constata l'esaurimento di ogni risorsa alimentare, problema risolto alcune ore dopo quando si arriva all'attracco nel sospirato porto di destinazione: un villaggio ancora abbastanza lontano da Habibi, ma immerso in un caldo afoso di difficile sopportazione.

Un ultimo momento di tensione li prende quando devono scendere a terra senza farsi scorgere dalle pattuglie di ispezione.

Un villaggio composto da una ventina di fatiscenti casette di sabbia impastata propone solo un'unica passabile locanda in cui rifocillarsi, dopodiché le spese al vicino mercato per rifornirsi del necessario, si portano via le ultime monete d'oro di Miguel e Kaydo: ancora disponibili sono quelle rimaste a Niffum e Kylla.

La stessa locanda poi, offre loro la possibilità di passare la notte.

Il mattino seguente, girovagando nel sito, vengono a sapere della presenza di un presidio militare a pochi chilometri di distanza. Il centro è stato installato a ridosso di una miniera di diamanti speciali detti

Lacrime di Viverna. Pensano dunque che è meglio girare al largo per non farsi intercettare da eventuali pattuglie.

Il nuovo contrattempo va ad aggiungersi ai previsti sedici giorni di marcia che dovranno affrontare nel deserto. Si decide pertanto di trovare una soluzione per alleggerire l'impresa e la fatica: è necessario trovare un mezzo di trasporto adatto ad un costo accettabile.

Dopo ore di ricerca, la sola opportunità che si presenta loro è quella di acquistare tre vecchi cammelli anche se piuttosto malridotti.

L'operazione viene messa nelle mani di Miguel, che, grazie al suo accattivante modo di trattare affari, riesce ad ottenere le tre bestie ad un prezzo molto vantaggioso. O forse è stato che la mercante è rimasta affascinata dalla prestanza atletica e dai modi seducenti dell'acquirente. Modi talmente seducenti che per convincere la venditrice ad accettare solo trecento monete, il bravo Miguel, entusiasta o meno, deve passare la notte con lei.

Il risultato è che grazie a quel "sacrificio" i tempi del viaggio sono dimezzati. E meno male: il deserto non regala solo un caldo bestiale, ma anche "animaletti graziosi" come scorpioni e mantidi giganti che arrivano alla spalla di un uomo. Se non bastano, ci sono anche gli Elementali di Sabbia che vivono nel deserto (entità capaci di assumere varie forme corporee usando solo la sabbia).

E' venuto il momento di partire per la "calda" avventura.

Una volta lasciato il piccolo villaggio davanti a loro si estende una vasta regione desertica, dove nelle ore più afose la luce del sole viene riflessa sulla sabbia, quasi da accecare i nostri amici.

L'aria secca ed inodore è talmente scottante che sembra quasi di trovarsi all'interno di una canna fumaria con il focolare acceso. Qui, il vento cambia repentinamente di intensità con raffiche improvvise e continue. Quei maledetti refoli sollevano l'ardente sabbia e la scaraventano addosso ai nostri amici andando ad infilarsi dappertutto; quelli che soffrono di più però sono gli occhi che restano arrossati ed irritati. La stessa sabbia penetra anche nella bocca, facendo assaporare quel salato e granuloso arido ed ostile ambiente.

Infine, a caratterizzare quel luogo è proprio il silenzio, infatti il fruscio del vento è l'unico elemento che si ode: flebile rumore sufficiente a nascondere tutti quei pazienti predatori che sono pronti ad assaporare la tenera carne di chi osa avventurarsi.

I giorni di cammino sembra non abbiano mai fine, tant'è che nessuno più si meraviglia di avere i miraggi. Per quel che riguarda l'acqua non dovrebbero esserci problemi a patto di non sbagliare rotta.

La fame invece inizia ad essere il guaio maggiore, la carne essiccata acquistata al mercato ha un gusto orribile, sembra di masticare una suola di scarpe. Le lamentele vengono soprattutto da Niffum e Lenora, che decidono addirittura di saltare qualche pasto.

Dopo qualche giorno di cammino hanno un ennesimo miraggio: una piccola oasi in lontananza. Decidono di ignorare la visione fino a quando, seguendo la giusta rotta "dettata" dalla vecchia e logora bussola di Niffum, prendono atto che stavolta il miraggio è reale. A quel punto accelerano il passo e, dopo aver raggiunto l'oasi finalmente, possono riempire le otri con acqua cristallina. Subito dopo Niffum e Lenora guardano con l'acquolina in bocca quegli strani frutti appesi a quei non meno strani alberi.

Il maghetto si mette subito al lavoro e ordina al suo famiglio Skyritt di farne cadere qualcuno. L'imp esegue l'ordine impartito e taglia quel groviglio di grosse bacche. Una volta a terra finalmente si pranza.

I due amici, compreso lo Skyritt restano contenti di quel frutto carnoso e zuccherato, tanto che ne fanno indigestione.

Il loro appetitoso pasto viene interrotto da un gruppo di banditi armati di sciabola: due di razza mezzone e tre tiefdois. I nostri non sazi amici vengono accusati di aver invaso e rubato all'interno della loro proprietà e saranno quindi costretti a pagare una somma molto alta, altrimenti pagheranno con la vita.

Kaydo, con una misurata diplomazia, prova a fronteggiare la delicata situazione tentando un accordo. I banditi non accettano scuse e cominciano ad offendere pesantemente il gruppo.

E' il momento di Miguel che interviene impulsivamente avvicinandosi a quello che sembra essere il loro capo, che in quel momento sta estraendo la sua sciabola. Il barbaro lo affronta con fare deciso e, mentre gli afferra il braccio per bloccare il movimento con una violenta testata, lo mette fuori combattimento.

A quel punto Kaydo rassegnato estrae la spada, Kylla la sua balestra e Niffum ordina all'imp di prender la forma di diavoletto ed attaccare gli sprovveduti nemici.

Kaydo inizia un duello con l'ultimo mezzone rimasto. Non avendo intenzione di ucciderlo infligge solo un colpo sotto l'ascella, per fargli capire che e meglio desistere dal combattimento: consiglio accettato di buon grado dal malvivente.

Kylla, invece, scocca il dardo colpendo in piena fronte il nemico che stava correndo verso di lei.

Skyritt preferisce volare verso l'altro tiefdois e gli si avventa sul collo, mordendolo e graffiandolo. Subito dopo riprende quota ed attende sicuro i risultati del suo attacco. E proprio qualche secondo dopo il poveretto cade a terra con spasmodici movimenti rigurgitando bava schiumogena: il potente veleno aveva fatto il suo effetto. Non contento l'imp si avventa sul moribondo ed inizia a strappargli le carni ingurgitandole fino a sazietà.

Niffum invece si deve scontrare con la tiefdois femmina, probabilmente incinta. Il maghetto decide di lanciare un globo d'acido che scaturisce dai suoi guanti magici diretto al volto della poveretta che, sfigurata, cade in ginocchio urlante di dolore. Poi le se avvicina e, con la gamba tesa, la fa rotolare in posizione supina. Infine con un sorrisetto malevolo, le se avvicina e le recita la seguente frase:

> "Non azzardatevi mai più a minacciare i miei amici! Per questa volta ti lascio in vita, ma voglio che il mio messaggio sia ben chiaro, devi ricordartelo per tutta la vita. Io sono Niffum il tuo futuro imperatore!".

A quel punto il maghetto pone le due mani sul suo ventre e, dopo aver recitato una frase a bassa voce in una lingua incomprensibile, dalla donna inizia a sgorgare una grande quantità di sangue proveniente dalle sue parti intime. Ma nonostante i dolori riesce ad alzarsi e a scappare via terrorizzata.

Lenora sconvolta nell'assistere a quel massacro scoppia a piangere. Corre verso Skyritt per scacciarlo via, oltrepassando prima il mezzone sanguinante ucciso da Miguel, che mostra il suo setto nasale e il viso sfigurato. Poi si lancia su Niffum lo abbraccia con calore e crolla emotivamente in un pianto disperato. L'amico cerca di tranquillizzarla con dolci frasi protettive, una volta calmata le strofina la sua manica per tamponare il sangue che esce dal naso, dovuto dallo sforzo magico che ha dovuto sostenere il maghetto.

Alla fine dopo essersi impossessati dei cammelli dei nemici e qualche moneta d'oro, giungono ad Habibi, capitale del regno, addirittura con un giorno di anticipo.

La delusione per i nostri eroi è davvero grande poiché si aspettavano un posto almeno decente. La città invece è in stato di grande trascuratezza, quasi in rovina anche perché occupa un'area vastissima. Le abitazioni, semplici casette di un particolare impasto sabbioso, alte non più di due piani. Fanno eccezione gli edifici storici, tra cui l'antica biblioteca, il faro, la sfinge, l'antico tempio dedicato al Dio Rolp e la necropoli reale che è diventata sede dei ribelli.

In detto ambiente la comitiva si divide per approfittare del mercato locale che ha luogo proprio in quella data. Ognuno poi preferisce dedicarsi a posti di interesse personale.

Niffum, insieme a Skyritt con sembianze da corvo, è entusiasta, in quanto per lui era impensabile fino al giorno prima poter visitare l'antica Habibi e magari perfino le famose piramidi. Decide di distaccarsi dagli altri e di bazzicare per primo i famosi mercati cittadini, che espongono varie tipologie di unguenti e oggetti sacri, originari dell'antico Reame della Sabbia. Poi, la sua attenzione è catturata da una specie di centro curativo, costruito nella "nuova Habibi".

Avvicinatosi nota che porta il nome di "Neko cure". Una volta entrato in questo enorme edificio rettangolare di tre piani, fatto per lo più di terracotta, percorre una moltitudine di stanze che trattano, dalla cura estetica della persona, alla medicazione di ferite. Inoltre vi è la possibilità di acquistare (a prezzi esorbitanti) delle pozioni magiche, che però sono efficaci solo se benedette da certi sacerdoti e composte da estratti di vegetali e/o veleni.

Miguel, Kaydo e Kylla approfittano del loro tempo libero per visitare alcuni "bazaar" per cercar di rifornirsi, e magari acquistare, qualche arma o armatura a costi accettabili. Per loro sfortuna oggetti simili sono introvabili. Gli abitanti, di ogni etnia e razza, vivono in una povertà assoluta.

In tutto questo scenario si percepisce l'intento del nuovo Regno di Sabbia, sotto il controllo di Kront, che cerca di modernizzare tutto il sistema; infatti salta all'occhio la nuova area residenziale e commerciale, sempre realizzata con materiali del posto come da tradizione, ma con la novità che gli edifici risultano replicati in serie.

La povertà nonostante tutto è tanto evidente che ci sono molti bambini di ogni razza in stato di assoluta indigenza. Colma i disagi anche il caldo infernale per cui è di fatto impossibile girare nelle ore più roventi. I lavoratori sono costretti ad operare nelle due specifiche fasce in cui è possibile farlo: la mattina e la sera.

Lenora intanto è attratta dal tempio di Rolp.

Giunta sul posto scopre l'esistenza di un edificio eretto ad una nuova (per lei) divinità. Si tratta appunto del Dio Rolp.

L'edificio è realizzato con blocchi in cemento calcareo che compongono un'enorme struttura religiosa, sovrastato da una maestosa cupola al centro e due specie di "minareti" ai lati.

L'edificio religioso stona parecchio rispetto alla città.

Gli interni, come gli esterni, offrono una bellezza e cura di alto livello, sfoggiando una pavimentazione completamente rivestita da tappeti, arazzi intarsiati alle pareti che rappresentano le varie reincarnazioni del Dio e soffitti con lunghi e sfavillanti pendagli di cristallo che scendono dalla cupola rivestita in oro.

Vicino ad un altare incontra un anziano sacerdote draconide, razza antica la cui origine è poco conosciuta. La creatura che ha sembianze di un drago l'accompagna per tutta la visita e le raccomanda di recarsi al Pozzo dei Tramontati: il sito permette un'apertura mentale alle sole persone dotate di una forte aura spirituale.

Non volendo perdere tempo si reca tosto al pozzo e, cercando il contatto con una preghiera introduttiva, Lenora all'improvviso cade in uno stato di trance. É per lei la condizione con la quale può mettersi in contatto con anime trapassate; accade dunque che entra in comunicazione con una sua consanguinea defunta già da secoli. L'apparizione le rivela che lei è la diretta discendente della sacerdotessa Roskrook, famosa per aver predetto numerosi eventi successi poi nel futuro, sua bis bisnonna. Costei vuole farle avere l'amuleto di Ersia, detto anche l'amuleto del Ieri e del Domani, che ha il potere di far conoscere il passato ed il futuro.

Dopo tale rivelazione Lenora si risveglia dalla trance, ma il sacerdote draconide è scomparso; al quanto sbalordita, si ritrova tra le mani proprio l'amuleto del sogno, cioè di Ersia.

A sera tutti sono riuniti, e poco dopo trovano una locanda per passare la notte.

Il giorno dopo il gruppo si dirige a nord verso l'antica Necropoli Reale.

L'enorme edificio che si scorge già da lontano, presenta una serie di colonnati posti su tre piani con in mezzo ad un'enorme scalinata; il tutto abbellito da sculture di sabbia che rappresentano varie bestie del deserto. Al centro vi è un'immensa scultura, ormai deteriorata, che fuoriesce per una ventina di metri sopra il punto più alto della struttura reale: questa rappresenta una fedele replica del terribile Verme del Deserto. Ma, non appena giunti sul posto vengono assaliti da affiliati dell'Ordine di Giustizia che si impossessano della pergamena. In seguito, dopo inutili discussioni sono privati delle armi e condotti nella sede che funge da palazzo reale.

Nell'ampio ambiente si notano quattro troni di cui tre occupati da personaggi che non tardano a presentarsi:

Il primo, un draconide di nome Kront, fondatore e capo dell'Ordine di Giustizia.

Il secondo, Tamariko, è lo "stratega".

Il terzo, anzi la terza, Neko, è la "guaritrice"

Al sentire il nome Neko, Kaydo ha un sobbalzo. Poi, rivolgendosi a lei le rivela di aver una sorella con lo stesso nome. Raizou, all'epoca, per proteggere i due fratelli dall'imminente conquista da parte dell'impero era stato costretto a dividerli.

Di tale sorella era a conoscenza ma non ne aveva notizie da sette anni.

La fanciulla di allora, ormai donna, a quella rivelazione si alza e corre incontro a Kaydo e lo abbraccia molto emozionata.

Kront, sorpreso da tale inaspettato evento, manda via le guardie e segue il proprio istinto che gli sussurra di potersi fidare dei nuovi arrivati: innocui, garantiti dalla gilda e dalla conoscenza della storia di Kaydo. Subito dopo conduce gli ospiti in una sala appartata, con al suo interno un tavolo e delle sedie di terracotta e pareti ricche di tempere raffiguranti la storia dell'antico Reame della Sabbia, poi, insieme a Tamariko fanno il punto della situazione.

Da segrete informazioni risulta che l'obiettivo di Varaz VII è cercare e catturare le quindici creature leggendarie:

Cinque viverne rappresentanti Fuoco, Tempeste, Veleno, Ghiaccio e Cristallo.

Cinque elementali che impersonano fuoco, tempeste, terra, aria e acqua.

Cinque titani denominati Stol, Froll, Garnom, Cland e Stobin.

Ma non basta, l'imperatore vuole inoltre le sette Armi Leggendarie.

Le spade magiche Ebony ed Ivory, lo Scudo d'Egida, l'arco lungo Zefiro, l'Amuleto di Plor, il tirapugni Knester, Il bastone Blosstar, la Veste della Tardigrada.

Tutti questi oggetti, secondo il despota, servirebbero a sbloccare la situazione di stallo tra le guerre interne e quelle di conquista.

Nella pergamena portata dai nuovi arrivati risulta anche che la gilda sappia che c'è di mezzo la spada d'argento Ivory, che Kaydo ha ricevuto in regalo da Raizou e purtroppo persa in seguito, ora in possesso alla principessa Cornelia: bisogna trovarla!

Udendo la storia che parla della spada Ivory, Tamariko capisce che deve elaborare quanto prima possibile un piano per il recupero.

Kaydo precisa che vuole assolutamente partecipare al recupero dell'arma poiché essa è un dono del mentore Raizou. Dal canto suo Kront considera tutti di valido aiuto, ma li esorta prima a seguire un adeguato addestramento, altrimenti non avrebbero alcuna speranza di successo. Subentra allora lo stratega Tamariko che spiega al gruppo, che per riavere la spada bisogna sconfiggere la principessa Cornelia, che al momento la possiede.

La preparazione al programmato scontro con la succitata deve essere molto ben studiata, anche perché costei comanda una flotta da guerra che è la più potente del mondo. Non è un mistero che la principessa sia assai apprezzata da Varaz dopo che lei ha ottenuto vittorie strepitose in diverse battaglie sul mare, oltre a gestire il più grande cantiere navale del continente.

La flotta al suo comando è composta da quarantotto velieri a tre alberi e la sua ammiraglia, la Rusalka Imperiale, è di ben cinque alberi. Si dice che la possente nave, per incantesimo, è strettamente legata al suo cuore e che si inabisserà solo quando questo cesserà di battere.

Cornelia è una donna spietata, anche con i prigionieri che spesso tortura personalmente in modo brutale. Arrogante ed autoritaria, ha ottenuto il rispetto delle sue forze militari, composte solo da veterani scrupolosamente selezionati, combattendo con loro in prima linea.

Per affrontare la terribile Rusalka Imperiale è necessaria una nave di pari potenza, se non superiore. L'unica disponibile è la leggendaria Baykok Spettrale: galeone pirata al momento nascosta nel covo di Veniana.

Solo disponendo di tale vascello si possono avere speranze di vittoria in quello che si prevede sia il più sanguinoso scontro marittimo di sempre.

Con queste considerazioni il gruppo capisce che la formula vincente è proprio quella progettata: il resto è questione anche di fortuna e di opportunità prese al balzo.

Miguel, da bravo avventuriero è semplicemente euforico all'idea di poter sperimentare vicende impegnative.

Kaydo, seriamente motivato, che ambisce addirittura a superare le abilità di Raizou, vede una grandissima occasione nella sfida.

Kylla, più attaccata a procurarsi vantaggi materiali, scorge future opportunità personali nei bottini di guerra.

Niffum, non soddisfatto dell'attuale governo imperiale, ambisce a crearne uno tutto suo ed è certo di avere una prima possibilità nel riuscir a sconfiggere la principessa Cornelia ed il regno di Tristana.

Lenora, invece, vuole soltanto incrementare le possibilità di difesa magiche, per cui è convinta che l'addestramento è assolutamente d'obbligo.

Trovato l'accordo comune si dirigono alle camerate dove finalmente si godono il meritato riposo.

Capitolo 5
Il galeone spettrale

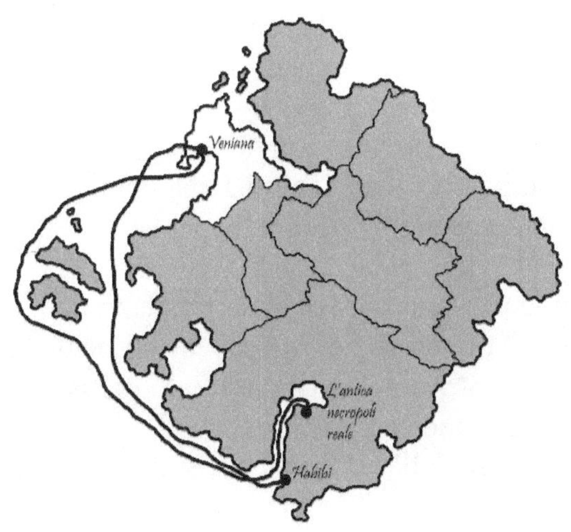

L'addestramento, condotto da ottimi maestri d'arme è dura sei mesi, ed i nostri protagonisti raggiungono un soddisfacente livello di capacità combattive.

Fin dai primi giorni il principale argomento di discussione era il mentore di Kaydo, ovvero Raizou. Quest'ultimo si è scoperto essere uno dei quattro attuali pilastri dell'Ordine oltre ad essere il più abile guerriero con le spade.

Durante le manovre militari, che fanno parte dell'addestramento, i maestri si sono lasciati sfuggire dati preziosi che rivelano il fatto è Kront che ha fondato l'Ordine di Giustizia. Egli infatti è legato a tale terra natia ed è anche uno dei pochi superstiti della sua razza draconiana originaria dell'antico Reame della Sabbia. Il suo sogno sin dall'occupazione di Habibi da parte dell'impero è stato quello di instaurare un altro regno più equo nei confronti delle varie razze.

Vuole stabilire un potere centrale che però offra la massima libertà nella gestione delle risorse secondo necessità: la creazione di una banca centrale sotto il suo controllo ed un sistema che impedisca la supremazia di certe razze a scapito di altre.

Per ottenere il dovuto rispetto di leggi, anche se sono in contraddizione, viene istituita una polizia speciale che garantisca il rispetto della legge.

Durante le pesanti ore di addestramento della giornata arriva il momento del riposo, che permette ai nostri personaggi di venire ad un confronto verbale in cui le opinioni trovano campo.

E' il caso di Kylla e Lenora che si interrogano sui veri ideali del Regno di Sabbia di Kront.

Infatti la gnomo rivolge alla sacerdotessa il classico quesito:

"Secondo te cosa dovremmo fare per convincere le masse ad accettare un cambiamento epocale che dia loro almeno una speranza di un sistema sociale migliore?"

Lenora, presa un po' alla sprovvista da tale domanda, al momento non trova risposta adeguata e per prender tempo rilancia:

"Bisognerebbe risalire alle origini per vedere dove e quando sono cominciati quei grossolani errori che ci portano oggi a pagarne le conseguenze. Secondo me, e non parlo da sacerdotessa, i mali vengono dal fatto che la natura stessa impone un egoismo individuale che prima o poi sfocia in quello di massa, da cui in seguito ne risultano guerre e sofferenze per tutti.

Al punto in cui ci troviamo è molto difficile trovare un rimedio per cui possiamo soltanto mettere le pezze dove ci sono dei buchi; chiedermi pertanto cosa si può fare per cambiare le cose è una domanda senza risposta."

Kylla, essendo materialista, si accorge di aver fatto una domanda di cui non condividerebbe eventuali risposte date da persone che vivono con la testa "tra le nuvole". Pertanto non vede in questa valutazione qualcosa che possa darle dei vantaggi immediati e alla fine non comprende il vero significato di un ragionamento che rimanda le risposte molto lontano nel tempo. Per lei vale soltanto ciò che può toccare con mano e per tanto ribadisce:

"Anche se dici che non vuoi parlare da sacerdotessa, capisco che sei proprio tu quella che cerca spiegazioni le quali possono venir fuori solo da religiosi e che io, essendo pratica non voglio accettare: è più semplice per me lasciar perdere e venire ai fatti senza tante storie. Ogni ostacolo che mi trovo davanti lo elimino con la prima arma che mi capita in mano. I problemi di uguaglianza e giustizia li lascio ai governanti."

A questo punto, annoiato da una discussione di cui non riesce distinguere una parola Miguel stronca quel dialogo ed impone un silenzio che possa consentire finalmente una serena dormita.

Passato il periodo di addestramento, al momento giusto, Tamariko fa radunare gli intrepidi amici e li conduce nel sotterraneo della necropoli per un'anteprima sull'operazione. Viene quindi fornito alla squadra tutto l'equipaggiamento necessario ed una vecchia e trasandata "barcaccia" che può venir abbandonata a fine missione. Da considerarsi che in assenza di un equipaggio la barca, essendo peraltro molto piccola, è completamente in mano alle sole capacità del gruppo.

La rotta da percorrere è lunga poiché bisogna aggirare l'atollo di Berana onde evitare di passare per il golfo di Roana, molto pericoloso dal punto di vista militare.

La durata della navigazione è valutata intorno ad una decina di giorni. Considerando le scarse capacità nautiche dell'imbarcazione nell'affrontare tempeste o cali di vento, non è facile valutare a priori la durata del viaggio, anche se le scorte alimentari sono sufficienti per almeno qualche giorno in più.

Si deve bordeggiare non troppo lontani dalla costa, dato che il mare aperto ospita mostri paurosi tra cui il terribile Kraken. In caso di bisogno non si può contare sull'aiuto di chicchessia.

Una volta a Veniana si deve ormeggiare il battello nella vicina palude, fuori dalla vista, altrimenti se scorti, si passano seri guai che possono causare il fallimento della missione.

Il galeone pirata Baykok Spettrale, stando alle dicerie di molti, risulta abbandonato da "secoli", per svariati e giustificati timori in una darsena sotterranea.

Per recuperarlo ci sono due possibilità: scendendo direttamente dal covo dei pirati o calarsi da una botola nascosta dietro la statua del Dio Plor, che si trova nella piazza principale. È consigliata quest'ultima opzione, magari da effettuare a notte fonda.

Dall'apertura si scende per una scala a pioli per una decina di metri che porta nella citata darsena, sita in una grande caverna sostenuta da diversi pilastri. Scesi dalla scala non si fatica molto a scorgere il galeone. Tale battello è stato a suo tempo modificato per farlo entrare nella caverna. Allo scopo è stato messo in funzione un sistema di carrucole che permette l'abbattimento degli alberi. La nave è spesso usata dai pirati come sala segreta di riunioni; al momento però, è quasi certo che non ci sia nessun guardiano nei dintorni.

Per uscire dal posto con il vascello è necessario usare il grosso cannone di prua per demolire la parete che conduce all'esterno. Una volta usciti, tutte le vele al vento e via decisi! Sapendo che, anche se inseguiti, nessun veliero sarebbe in grado di competere in velocità.

Queste le direttive di Tamariko.

Ma, saliti a bordo della "bagnarola" che deve portarli a destinazione i cinque prodi constatano una realtà ben diversa.

Questa per il nostro gruppo, eccetto Niffum, è la prima volta che sperimentano cosa vuol dire "vivere il mare".

Il mare ha anche lui i suoi "cinque sensi", ed è soprattutto Kylla mettendosi seduta a prua che lo guarda, lo ascolta, lo odora, lo tocca e perfino lo assapora.

Durante la lunga navigazione, infatti, il natante si trova ad affrontare numerose raffiche di vento, cosa che fa gioire la gnomo, soprattutto nel vedere la prua infilarsi dentro le onde e creare numerosi schizzi d'acqua che le bagnano il viso, che il vento subito asciuga. Il sottile strato di sale, che si deposita sulle sue labbra, viene leccato quasi istintivamente, facendole così assaporare quell'infinita massa d'acqua, mettendo in pratica il "gusto".

Spesso nei suoi momenti di spensieratezza viene avvicinata da Niffum che, appassionato di arte marinara, le racconta numerosi aneddoti: uno riguarda il sole, che può essere il migliore amico quando illumina la rotta ma anche il peggior nemico quando con i suoi riflessi abbaglia e procura scottature al viso, cosa che nemmeno una viverna di fuoco sa fare.

Il mare, secondo il maghetto, sa anche calmare la fame con i suoi deliziosi pesci e crostacei, che in alcune situazioni li lancia addirittura a bordo come se volesse fare un regalo.

Infine conclude con una storia dal tono sarcastico, dove viene raccontata un'esperienza passata. Il maghetto in quel frangente aveva appena affrontato una terribile tempesta assieme a suo padre e il suo equipaggio. L'avventura si era conclusa con un fortunato rientro in porto. Tutto soddisfatto dell'impresa affrontata arrivò quasi in prossimità del molo. Alla scena erano solo presenti un gruppo di gabbiani appollaiati su uno scoglio, che non trovarono di meglio che deridere con i loro stridi i due arrivati, calando così di tono quell'eroica azione appena conclusa: anche questo è il mare!

Kylla sorride.

I troppi anni di inattività hanno reso lo scafo sconsigliato per una navigazione impegnativa e ricca di imprevisti. Infatti, neanche farlo apposta, già al terzo giorno di viaggio c'è stata l'aggressione di un mostro acquatico della specie Aboleth: obbrobrio naturale che aggredisce molto volentieri imbarcazioni in legno, essendo ghiottissimo di tale materiale. Il temibile individuo emerge improvvisamente dall'acqua e con i suoi numerosi piccoli tentacoli, che pur essendo "piccoli", arrecano danno soprattutto agli equipaggi, che diventati inermi vengono inghiottiti in un colpo solo.

I nostri amici restano sorpresi da tale apparizione, che balza fuori dall'acqua a soli pochi metri di distanza. L'immensa testa dotata di tre occhi posti verticalmente sopra le fauci, colpisce violentemente la coperta del barcone; dopodiché, immergendosi, va a colpire la linea di galleggiamento dove causa una vistosa falla.

Nella prima fase dell'ovvio combattimento, è compito di Kylla colpire il mostro proprio nel suo punto debole, che sono gli occhi. Subito dopo è la volta di Niffum che prende parte alla lotta con i suoi particolari incantesimi. Il maghetto colpisce i tentacoli con un'azione particolare, che libera violente scariche elettriche non appena questi cercano di afferrare le murate della barca. A questo punto, vista l'inefficacia dell'attacco, l'orrendo animale è costretto alla fuga.

Il danno sopra la linea di galleggiamento li costringe a cercare subito un ormeggio in un posto protetto per dedicarsi alle adeguate riparazioni. Risulta però che il legname disponibile in stiva non è sufficiente a rimettere in sesto il natante, neanche quel tanto che basta, per giungere a destinazione: si è costretti a usare le parti che non sono indispensabili.

L'inconveniente porta via una "ricca" settimana di lavoro e costringe a razionare i viveri.

In questo periodo l'imp Skyritt mostra le sue caratteristiche in modo più che positivo soprattutto allo scettico Kaydo. Il diabolico mostriciattolo, nonostante tutto, si rende utile scegliendo ovviamente il compito meno faticoso, limitandosi solamente nel procurar cibo a tutto il gruppo che partecipa di buon grado ai pesanti lavori di riparazione.

Nelle lunghe ore di lavoro Kaydo trova il tempo di prendere da parte lo stremato Niffum per riprendere la faccenda che riguarda lo Skyritt, dove finalmente si rende conto di averlo giudicato in maniera stereotipata:

"Ho compreso quella tua frase particolare detta nella roccaforte del vecchio grimmur che dice 'da sempre i pregiudizi oscurano la realtà'. Ora vedo che effettivamente c'è qualcosa di buono in quel diavoletto e comincerò a dargli un po' di fiducia… con riserva".

Con la bagnarola rattoppata, messa alla fonda poco al largo di Veniana, l'avventurosa comitiva si dirige a terra con la piccola lancia di servizio. La notte è proprio buia, senza luna e stelle. Il barcone, che ormai non serve più, viene affondato per non lasciar tracce della loro presenza.

Due parole per descrivere l'unica città inserita in una vasta laguna: Veniana.

Questo insediamento urbano è particolare, tanto che è soprattutto abitato da gnomi. Essendo lagunare ha la caratteristica di esser attraversata da pittoreschi canali, molti dei quali navigabili anche da grossi natanti che praticano il commercio. Completa il traffico fluviale una miriade di piccole imbarcazioni a remi, la cui grandezza varia a seconda delle possibilità economiche del proprietario. Ovviamente numerosi ponti attraversano tali canali e sono fatti in modo che, provvisti di rampe d'accesso, permettano il transito a carri di vario tipo.

Traffico in cui va specialmente segnalato un complicato e sofisticato sistema di enormi carrucole che permette il sollevamento e lo spostamento laterale di importanti ponti in legno, per permettere alle grosse navi di seguire un percorso all'interno dei vari canali.

Per costruire tale innovativo sistema si è ricorsi ad un'infrastruttura particolare basata su grossi e robusti pali conficcati nel melmoso terreno e pressati in modo da conferire una eccezionale stabilità.

Per portare a termine un'impresa così maestosa è stato necessario disboscare quasi completamente la zona circostante tanto che la città adesso è visibile a chilometri di distanza.

Grazie a ciò si è potuto costruire grandi e sfarzosi palazzi utilizzando una pietra dall'aspetto caratteristico che evidenzia un disegno di striature verdastre.

Gli edifici, per la maggior parte in malachite, sono tutti arricchiti con pavimentazioni di mosaico, arabescati da tasselli in oro e argento, vetrate artistiche e quanto di più esteticamente prezioso. I soffitti non sono da meno: abbelliti da affreschi che adornano i numerosissimi archi e portici.

La piazza principale si affaccia sul Mar Lagunare in cui spicca il riflesso del meraviglioso alto campanile. La banchina sottostante fa esclusivamente da porto a tutte le imbarcazioni, sia commerciali che militari.

Come detto i veri artefici di questa architettura sono gli gnomi, che nonostante la loro piccola statura di circa un metro, hanno voluto erigere strutture abitative molto più grandi e comode, considerando la loro "ridotta dimensione". Tanto che gli umani dell'ovest, al momento della conquista del regno, non dovettero fare altro che sostituire solo gli arredamenti.

Niffum e compagnia scendono sul molo prospiciente alla piazza principale e si insinuano ben nascosti tra le varie battane.

Il gruppo, per non attraversare l'intera ed immensa area illuminata da una decina di lanterne e quantomeno sorvegliata dalle guardie imperiali, deve optare per scomode vie laterali.

Infatti questo è il punto centrale cittadino, dove si affaccia la bellissima cattedrale contornata di numerose sculture in vetro. Le opere artistiche rappresentano gli gnomi intenti a svolgere numerose attività lavorative sotto l'occhio del Dio Plor.

Il castello di Artemis è realizzato su di un isolotto che fiancheggia la piazza in cui si può giungere solo attraverso un ponte in pietra mirabilmente abbellito da bassorilievi.

Il gruppo decide quindi di aggirare l'area sorvegliata e passa in mezzo agli edifici opprimenti, che dànno uno spiacevole senso di claustrofobia.

Procedono alla cieca a causa della scarsa illuminazione e, per raggiungere il posto, sono costretti ad oltrepassare due canali in cui bazzicano pericolosi individui.

Alla fine ce la fanno a raggiungere il punto in cui, dietro la statua del Dio Plor, si trova la speciale botola che conduce alla caverna.

Al fondo di questa, non c'è la "Spettrale" a riceverli, bensì una serie di sorprese che sono a dir poco sconcertanti. C'è una stanza guardata da tre minacciosi cani goblin: bruttissima specie che fa impressione solo a guardarli. Animali che vivendo in ambienti oscuri e cavernosi, posseggono scarse capacità visive, accompagnate da una corporatura molto scarna e priva di pelo. Per cui le abilità combattive dei nostri eroi acquisite nell'addestramento, consentono di eliminarli senza difficoltà.

E' buio pesto e la scarsa luce delle torce costringe il giovane futuro mago ad emettere un incantesimo che dia maggior visibilità al gruppo. Scoprono così di trovarsi in una sala circolare interamente fatta con blocchi di pietra, caratterizzata dalla presenza di numerosi scheletri usati come statue, e sostenuta da cinque colonne. Al centro si erge un tavolo di granito con sopra un calamaio vuoto fornito di una piuma d'oro. Sul ripiano spicca un'incisione nell'antica lingua draconica che Niffum riconosce e quindi si sente obbligato ad interpretare e tradurre nella lingua comune, che recita come segue:

"La stanza è cieca ma le colonne possono farvi avanzare. Se a loro, col sangue, una risposta sapete dare". (*Teromedo blinde bute sekolonos puveru delaru tegos sprokeru. Ife ade elos, mete alaimo, spondema tegos visaru givaru.*)

Il macabro enigma impone che nel calamaio si versi del sangue da usarsi come inchiostro per la piuma, trascrivendo la risposta sulla colonna. Si opta di usare il sangue di uno dei cani abbattuti.

Ispezionando il posto i nostri amici notano che tutte le colonne portano scolpito un quesito da indovinare.

Il primo pilastro propone il seguente indovinello:

"Con uno spirito tagliente ed un portamento molto fino, posso risolvere una disputa senza dire una parola. Chi sono?" (*Mete kutarule abagastia e portema molte fine, ego puveru solvaru stritema one diceru sagajema. Vere seru ego?*)

La soluzione viene da Niffum che dopo lungo

silenzio cogitativo risponde: la spada. L'enigma è risolto e la colonna sblocca un meccanismo che la fa ruotare su se stessa. Il movimento fa abbassare nel centro della stanza un blocco di pietra come a formare un gradino. Le quattro rimanenti colonne, propongono anch'esse i loro specifici quesiti:

"Data a ciascuno ma poi restituita, posso resistere per più tempo ma mai restar per sempre. Di che si tratta?" (Daru le ade tode renistos bute dope retaru le, puveru antisteru molte kekronio, bute pote osteru pante. Vasema seru?)

A questa domanda è Lenora ad avere la giusta risposta quasi per istinto: la vita.

Anche questa volta c'è un gradino che va a congiungersi con il gradino precedente come a formare un inizio di scala che porta verso il basso.

"Sono alto come un albero e son vestito di bianco e lavoro tutta la notte. Se mi riposo molti piangono. Chi sono?" (Ego visoke ase dendro e seru oboveste blanke e dularu tode kenikto. Ife ego riperu, molte renistos loreru. Vere seru ego?)

Miguel precipitosamente interviene del tutto convinto e pretende che venga scritto sulla colonna la sua risposta, ovvero il fantasma che vaga preferibilmente di notte.

L'enigma non è risolto, e come conseguenza, uno degli scheletri prende "vita", attaccando i presenti. Una minaccia insignificante che vien ben presto neutralizzata.

Dopo la risposta impulsiva, il gruppo si prende del tempo e si confronta, poi prende la parola Kaydo e porta la spiegazione giusta: il faro.

"Ho un peso nel mio ventre, alberi sulla mia schiena, chiodi nei miei fianchi. Chi sono? (*Ego tenaru greutema inte mege aladomo, dendros overe mege alouto, idoklavos inte mege alfiankos. Vere seru ego?*)

Niffum appassionato di nautica, non ci mette molto a cogliere nel segno e sicuro di se dichiara: il veliero.

L'ultima colonna recita: "Prende sempre le cose sul serio ma è un tipo losco. Chi è?" (*Kualkema tomaru vasemas serike, bute seru renisto false. Vere seru kueste kualkema?*)

Senza perder un attimo di tempo Kylla essendo stata sempre in silenzio cerca di riscattarsi con la sua risposta più che azzeccata: Ma è un ladro o un pirata!

Alla fine ne risulta una scala che porta ad un sottopassaggio che non appena superato presenta la vista del misterioso galeone Baykok Spettrale.

Anche se interrompo la narrazione, a questo punto mi preme descrivere il leggendario galeone pirata, che ha una parte molto importante nella nostra storia.

Si tratta di un vascello costruito da entità maligne su ordine di un particolare covo di antichi pirati, che voleva avere un'imbarcazione particolarmente veloce e invulnerabile.

Il momento in cui la nave iniziò la sua fase operativa non è noto, essendo essa stata varata molto addietro nel tempo.

Tali ed oscure entità convocate per portare a termine la costruzione ce la misero tutta per realizzare quanto di più terribile avrebbe potuto navigare sui mari.

Anche il nome scelto la dice lunga sul suo aggressivo programma. Infatti questo deriva dalla orribile scheletrica polena munita di arco in osso che fa figura di sé sotto il bompresso; all'estrema prua.

Caratteristica dell'impressionante "scultura" è che può prender vita al momento opportuno. Essa infatti si attiva sia per proteggere l'equipaggio che per contrastare gli arrembaggi nemici. Altra terrificante attività è quella che consente al mostro di assimilare le anime dei vinti ed integrarli nell'equipaggio stesso della nave: ciò per compensarne le perdite.

Al momento di cui parliamo, l'aspetto del galeone si presenta con un degrado che sembra secolare ma che incute un terrore ben superiore a quanto mostrava allora.

Il fatiscente aspetto esterno che preannuncia un imminente collasso, a malapena nasconde la ricchezza di sculture spettrali superbamente eseguite; arabeschi e rilievi che susciterebbero una macabra meraviglia a chi si intende di arte.

Il tutto presenta superfici legnose ben curate con addirittura pannelli e drappi decorativi in ottimo stato di conservazione. Tutta la scena conferma che il galeone, almeno per quel che riguarda gli interni, a prescindere dallo strato di polvere, qualche muffa e diverse ragnatele, sembra che per tutto il lungo tempo passato sia stato gestito e mantenuto in modo "misterioso".

Il vascello consta di cinque ponti più la coperta.

Operatività ed efficienza sono ai massimi livelli.

I cinque ponti sono progettati per dare alloggio ad un equipaggio ridotto e lo spazio disponibile serve soprattutto ad immagazzinare armi individuali, artiglierie, tesori vari, bottini, prigionieri catturati e quanto di più prezioso possa servire.

A partire dalla stiva che possiamo considerare come il ponte numero uno, ovviamente, è destinata ai vari materiali e strumenti atti a garantire la miglior manutenzione possibile, nonché, cosa che non può mancare, una generosa riserva di barili di rum e vari liquori di cui i pirati "necessitano".

Il secondo ponte è predisposto ad alloggiare gli animali indispensabili per i vari impieghi e scopi alimentari: cavalli, muli, pollame, piccoli mammiferi; nonché un area destinata a prigione che, guarda caso, è sita vicino alla stalla.

Il terzo ed il quarto ponte sono dedicati alle operazioni militari cioè batterie di cannoni di vario calibro corredati delle rispettive munizioni: a palla sferica singola; a palle sferiche incatenate; a palle incendiarie e a palle riempite a mitraglia.

Il quinto ponte è adibito agli alloggi dell'equipaggio, cucine, mense, "servizi igienici" ed infine a poppa la grande e riccamente arredata cabina del capitano.

Per concludere; il ponte di coperta che da sempre è esposto alle intemperie mette anch'esso in risalto il degrado totale: marciume, muffe, detriti vari; attrezzature fatiscenti del tutto inutili; fanno mostra di sé. Sono presenti sul posto, dietro alle murate, due batterie che formano i calibri maggiori; due potenti colubrine sul castello di prora, atte ad eliminare ostacoli e nemici che si presentano frontalmente. Infine due capaci lance per lo sbarco, completano l'arredamento esterno.

Al contrario, arredamenti e suppellettili; comodità ed attrezzature particolari presentano un grado di efficacia sorprendente. Sembrerebbe quasi un paradosso che simile imbarcazione così orribile "al di fuori" possa recare tale comodità ed efficienza "al di dentro".

Fatto tutto di legno nero porta, sotto al bompresso, una polena formata da una fedelissima riproduzione di scheletro armato di arco. Tutte le parti in legno dello scafo sembrano marce ma al momento della verifica risultano ben consistenti e solide.

I cinque amici salgono a bordo e ispezionano la nave dove regna una forte umidità e cattivi odori di muffe. Nei ponti sottostanti avvertono diverse presenze maligne che li seguono.

Giungono alla fine nella cabina del capitano.

Con sorpresa l'ambiente si presenta ben tenuto, dove si trovano fasci di carte nautiche; strumenti di navigazione; un esagerato mappamondo laminato in oro fissato in un angolo; una cuccetta molto confortevole; bassorilievi alle pareti che narrano storie di epiche battaglie navali; un pannello raffigurante un gruppo di pirati famosi; una pesante scultura in ferro battuto che permette di appendere vari tipi di armi.

Ciò che attira di più l'attenzione di Kaydo è la strana scrivania riccamente ornata di piccole sculture ed intarsi d'argento. Sul ripiano risulta evidente un'iscrizione composta da elementi di madreperla che recitano una frase che distrattamente il cacciatore di demoni legge ad alta voce: "Se al comando vuoi ambire, questo vascello senza capitano devi occupare e tale sentenza recitare".

Appena finita la lettura la polena scheletrica prende vita e si dirige verso il gruppo, in particolar modo verso Kaydo e con un linguaggio spettrale scaglia la maledizione che lo colpisce, essendo ora stato designato come il nuovo capitano. Infatti il giovane cacciatore di demoni non poteva immaginare che tale frase ambigua avrebbe risvegliato la polena.

Dopo avergli lanciato il maleficio, questa si presenta come Baykok e dichiara:
"Dal momento che hai letto la sentenza, dovrai prendere il posto di comandante fino alla morte. Se verrai meno a quanto ora stabilisco, ti aspetta solo la dannazione eterna! E' la punizione che ho inflitto al precedente capitano. La nave adesso è infestata dalle anime di prigionieri uccisi, che eseguiranno i tuoi voleri da comandante. Ancora, più alto è il numero delle anime, maggiori e migliori risulteranno le capacità operative della nave. Sono anche in grado di difendere il galeone e di nutrirmi dei corpi degli uccisi e trasformarli in spettri per aumentare l'equipaggio. Tu hai la facoltà di allontanarti solo se io te lo concedo".

Esiste quindi un rapporto di interdipendenza tra i due, ovvero per la polena avere un capitano che la mantenga attiva e integra nel corpo; per il comandante la possibilità di potersi allontanare. Se quest'ultimo non segue la direttiva viene condannato alla perdita del comando ed alla decomposizione eterna: di notte il corpo marcisce e di giorno si ricompone.

A questo punto Kaydo si sente terrorizzato perché ha firmato la sua condanna, per cui decide di mettere alla prova le capacità della nave e ordina di uscire dalla caverna sparando con i cannoni alle colonne di sostegno ed alla parete per poter aprirsi un varco adatto. Aziona subito dopo i meccanismi che risollevano gli alberi e mette la prua verso il mare aperto.

Appena fuori però, il galeone deve fare i conti con l'artiglieria di un forte sito immediatamente sopra la caverna. Oltre alle cannonate, la nave viene colpita anche dai massi che formavano la volta della sala. Il grande rumore attira un gran numero di persone urlanti che accorrono sulle rive della città di Veniana. Le difese di questa però non riescono a reagire efficacemente e nemmeno la principessa Artemis è in grado di far accorrere in tempo una flotta per fermare la Spettrale.

Ci vogliono solo sette giorni per raggiungere il confine delle acque territoriali. Ma qui vengono attaccati da quattro galeoni a tre alberi. Il vascello pirata si difende egregiamente affondando tre nemici. Il quarto cerca di virare e fuggire ma la terribile polena della Spettrale lo insegue e fa scempio dell'equipaggio avversario. Le anime degli uomini di mare vengono assimilate dallo scafo del vincitore ed in seguito essi stessi ne diventano i marinai. Tutto ciò suscita in Lenora un senso di forte repulsione e di sgomento, ma per il bene della ciurma deve rivolgere i suoi pensieri altrove, dove questo orrore non esiste.

Il tragitto da Veniana ad Habibi è coperto in undici giorni.

L'enorme galeone nero, di ben sessanta metri viene ormeggiato ad un molo che appena per poco riesce a contenerlo. La gente del posto accorre, più intimorita che curiosa, per vedere da vicino la lugubre imbarcazione.

Kront e Tamariko si complimentano con il gruppo: finalmente possono organizzarsi per andare a recuperare la spada Ivory.

Capitolo 6
Lo scontro navale

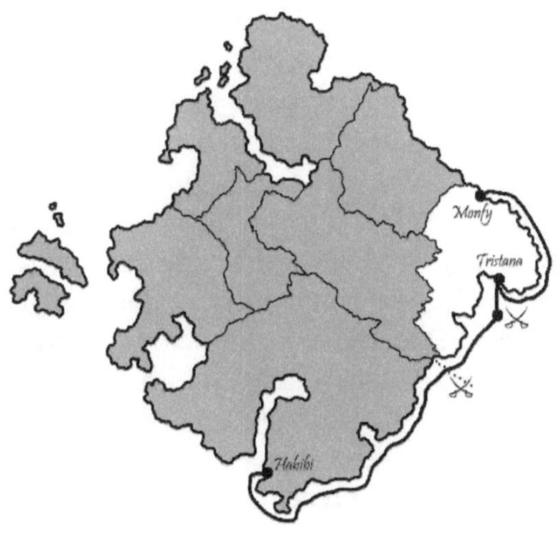

Nei giorni successivi si va ad incrementare l'armamento delle imbarcazioni, sia private che dell'Ordine. Le caracche che originariamente hanno funzioni mercantili, vengono al proposito militarizzate per cui si montano in coperta due cannoni. La forza offensiva viene però dai velieri di Kront e Tamariko e da naviglio minore che nell'insieme possono far affidamento su centinaia di cannoni.

L'operazione richiede uno sforzo economico considerevole, tanto da impiegare circa un quinto delle disponibilità finanziare del nuovo governo.

Kront è consapevole che se la missione fallisse l'intero Regno di Sabbia perderebbe la sua supremazia marittima.

I giorni seguenti vedono la flotta dell'Ordine che accorre, ben motivata, per partecipare alla missione organizzata.

La consistente forza operativa espone una sessantina di imbarcazioni dalle fogge più disparate: caravelle, galere, feluche, caracche e due velieri a tre alberi comandati rispettivamente da Kront e Tamariko. Il leader dell'Ordine può contare sul prezioso aiuto della guaritrice Neko.

Poche ore prima della partenza Kront convoca inaspettatamente il gruppo sulla Baykok Spettrale. Si presenta insieme a Tamariko e i suoi fidati gendarmi di scorta, costringendo i nostri amici a subire un confronto in cui vengono messe in chiaro le intenzioni del relatore.

L'assemblea ha luogo nella stanza del capitano (Kaydo). Ovviamente chi prende la parola è il leader dell'Ordine di Giustizia. Egli, riferendosi ai presenti ordina con tono autoritario:

"Sedetevi immediatamente! Ho gravi dubbi sul vostro comportamento, poiché sono venuto a sapere che state collaborando con l'impero. Ho assolutamente bisogno di conoscere le vostre intenzioni e se non mi convincete con le vostre risposte vi faccio arrestare tutti immediatamente".

Sentendosi accusati in tale modo, il gruppo, decisamente sconcertato, non può far altro che contestare l'accusa ed è Kaydo che prende parola:

"Non capisco per quale motivo tu abbia questi dubbi sul nostro comportamento. Dopo tante vicende passate assieme, che possono essere intese come garanzia di fedeltà ed affidamento, tu possa accusarci di tradimento o addirittura complotto".

Kront a questo punto, poco convinto, continua con il suo tono aggressivo e si avvicina in modo deciso a Niffum.

I due volti si trovano quasi a contatto.

Il maghetto sorpreso si alza in piedi di scatto anche se non sa cosa potrebbe ribattere alle accuse che lo mettono in tale grave situazione.

Kront pertanto rincalza con la precisa domanda:

"Sei tu il figlio della principessa di Florana, ovvero Euphemy?"

Niffum è sconcertato ma con sguardo deciso risponde:

"Sì, lo sono".

La reazione del leader non si fa attendere ed ordina alle guardie di arrestarlo immediatamente.

I compagni del maghetto, eccetto Lenora, ancor più sorpresi assistono alla scena allibiti.

Tra i presenti è la sacerdotessa l'unica a prendere posizione in difesa dell'incantatore, coadiuvata dallo Skyritt che nel frattempo si trasforma da corvo in diavoletto. La devota religiosa quindi si pone di fronte alle guardie come se fosse una barriera. Kaydo invece, con tono perentorio "invita" Niffum a scendere dalla sua nave.

Dal canto suo Lenora ben conosce la storia del maghetto, cioè delle sue origini reali, ma assicura che lui è diverso dai suoi parenti. Chiede dunque di essere ascoltata. Anche Niffum, pur interrompendo, vorrebbe esser ascoltato per dare finalmente una spiegazione sul fatto che non ha potuto rivelare la verità al gruppo. Se la sua giustificazione non viene accettata, dichiara di lasciarsi incarcerare senza opporre resistenza.

Sperando di essere convincente, con tono pacato inizia:

"Sono nato in un giorno d'autunno di ventidue anni fa generato dall'attuale principessa Euphemy Maximus, regnante della regione di Florana. Nella mia infanzia ho dovuto subire l'arroganza di mio padre che mi metteva in condizioni di inferiorità se confrontato a lui che è uno dei maghi più potenti dell'intero continente di Heima di Dunia, tanto da meritare la carica di arcimago. Mia madre è stata poco presente ed era piuttosto pronta ad aiutare mio nonno Varaz, come se volesse colmare il vuoto lasciato dalla defunta moglie Chloe. Tutti, compreso mio nonno, hanno sempre contrastato le mie idee ed ambizioni, considerandomi non all'altezza delle loro capacità magiche ed intellettuali; confermate dal fatto che all'accademia dei maghi di Florana ero l'ultimo della classe: cosa che col passare degli anni mi convinsi di esserlo.

Con l'adolescenza, più consapevole dei miei valori, ho deciso di non voler più sopprimere i miei sentimenti.

Approfittando dell'ennesima offesa da parte dei miei genitori ho finalmente rotto i fili che mi tenevano legati ad essi. Vincoli che mi impedivano di girovagare liberamente al di fuori della cerchia cittadina e di leggere determinati libri specifici che trattano la magia.

Colsi l'occasione proprio in quel momento per strappare di mano il magico bastone a mio padre e lanciar su di loro il più potente degli incantesimi di fuoco che conoscevo. Mi sorprese però il risultato che superava le mie intenzioni: probabilmente l'effetto ottenuto dipendeva dall'oggetto utilizzato.

Anche se presi alla sprovvista, ovviamente riuscirono a proteggersi ma le conseguenze le pagai care io stesso poiché ho mandato a fuoco gran parte delle cose della mia camera. Quel caos mi garantì l'opportunità di entrare nella loro stanza, rubare uno scrigno pieno di gioielli e sottrarre il mio passaporto d'argento che mi avrebbe garantito di girovagare l'impero e ottenere pasti e letti gratuiti.

Son già passati quattro anni e da quel momento non ho più voluto avere nessun tipo di contatto con loro. Finalmente potevo dedicarmi ad apprendere tutto quanto la magia offre: persino quella oscura praticata dai grimmur. In seguito avrei potuto spodestare mio nonno per porre fine al suo pensiero razzista e quindi istituire un nuovo impero suddiviso in diversi regni gestiti autonomamente da amici come voi o da leader aperti mentalmente come Kront.

Credo che queste mie affermazioni siano ancora causa di derisione anche da parte vostra, ma spero con tutto il cuore che il rivelare questi fatti possa portare ad una valutazione positiva nei miei confronti".

Concluso tale discorso, con gli occhi lucidi, lascia che Lenora si avvicini e che lo abbracci fortemente. Il famiglio Skyritt intanto ben a sua ragione, non cessa di abbassare la guardia.

Kylla e Miguel non fanno fatica a credere alle sue affermazioni anche se Kaydo e Kront sono scettici. E' Kront che parla e dichiara:

"Al momento mi fido di quanto dici, lasciami
però prendere le dovute precauzioni con le quali
potrò verificare se hai mentito riguardo i nostri
obiettivi verso la principessa. Fino ad allora
resterai nella prigione della Baykok e verrai
liberato solo al momento dell'inizio della
battaglia".

Il piano di Tamariko viene quindi leggermente
rivisto insieme a Kaydo e Kront, all'oscuro di Niffum.
Infatti ora prevede di intercettare la flotta di Cornelia
nei tre giorni di esercitazioni a sud del golfo di Tristana,
inducendola a combattere in mare aperto. In più, si evita
la reazione delle forze di terra.
Mentre lo scontro con navi minori non è un
problema, l'esito contro la Rusalka Imperiale è incerto.
In caso di vittoria poi si procederà all'invasione del
territorio del regno di Tristana, occupando un'area fino
alla cittadina di Monfy. Prima però si dovranno
eliminare i collegamenti tra i regni di Naplana e Bozana.
Il piano è suddiviso in tre fasi:
"Nella fase iniziale, si leveranno gli ormeggi già
alle ore antelucane e si navigherà per cinque
giorni lungo la costa, e teoricamente, al
successivo tramonto dovremmo essere al confine
delle acque territoriali e lì avverrà il primo
scontro con le imbarcazioni sentinella
dell'impero.
Nella fase centrale, invece, sarete voi a prendere
l'iniziativa, visto che dovrete approfittare della
buia notte per avvicinarvi alla Rusalka Imperiale
di Cornelia sfruttando le abilità del vostro
Baykok per prendere la direzione giusta.
L'obiettivo è di abbordarla ed eliminare il suo

equipaggio aiutati dai vostri spettri al comando di Kaydo. La vostra polena invece dovrà affrontare quella della nave nemica, in quanto anch'essa è incantata e può prendere vita. Si spera che lo scontro vada a vostro favore. Ai primi raggi del sole interverremo noi con tutta la flotta per concludere il combattimento così quella nemica non vi sarà più di ostacolo.
Una volta dentro, il vostro unico obbiettivo oltre a recuperare la spada Ivory sarà quello di catturare possibilmente viva la principessa Cornelia, ché se dovesse morire, secondo quanto narra la leggenda, la nave affonderebbe con lei portandosi negli abissi tutto ciò che contiene.
L'ultima è la fase finale che prevede l'assedio della città di Tristana cannoneggiando inizialmente le difese costiere per poi sbarcare e conquistare il castello. L'obiettivo sarà quello accennato in precedenza, cioè di occupare un'area che arriva fino alla borgata di Monfy, il principale porto commerciale.
Se tutto va per il meglio otterrete, oltre che la leggendaria spada, anche un lauto compenso economico con l'onore di essere considerati eroi nazionali che hanno diritto ad un'area di vassallaggio".

I tempi per l'attraversata sono tutt'altro che brevi considerando soprattutto la lentezza delle caracche e delle altre imbarcazioni minori.
Si giunge così al confine con le acque dell'impero ove ha luogo un primo scontro con le galee sentinella. Le malcapitate, oltre a non avere il tempo di

reagire, non possono nemmeno fuggire e vengono, quindi, eliminate quasi subito.

Il ruolo principale è svolto dalla Baykok che fa scempio dei piccoli battelli inglobando perfino le anime degli equipaggi. I poveretti catturati, fedeli all'impero, andranno poi ad aggiungersi al già attuale equipaggio della Spettrale.

Alle ore ventuno avviene l'incontro con la squadra nemica intravista a mala pena a causa dell'oscurità. Un combattimento alla cieca non va a vantaggio di nessuna delle due flotte per cui si ingaggiano solo le due polene che hanno la dote di vedere anche al buio. Anche nell'oscurità i due possenti vascelli si prendono a cannonate. Per diverse ore si vedono gli spettri impegnati sui ponti di batteria, a bagnare la canna dei cannoni con una spugna umida, poi riempirla di polvere da sparo e stracci, inserire la palla ed infine accendere la miccia; poi l'azione viene ripetuta in continuazione. Tutto questo bel da farsi però non porta a nessun risultato da ambo le parti. Sul punto di esaurire le munizioni Kaydo decide di speronare il nemico. L'urto fa sì che le navi restano incastrate l'una nell'altra.

E' questo il momento in cui l'equipaggio umano di Cornelia accorre per affrontare quello di Kàydo composto da spettri e anime maledette.

Dopo vari scontri e duelli sul ponte di coperta, Kylla riesce a scoccare dardi dall'alto di una coffa dell'albero maestro. Poi ci sono i vari incantesimi lanciati da Niffum come: Raggi ghiacciati, Nubi di pugnali o Saette fulminanti che permettono di ridurre la presenza di nemici sul ponte. In seguito il maghetto, Kaydo con la spada e Miguel con un'ascia decorativa bipenne presa all'interno del galeone, che nonostante non sia una vera e propria arma fa la sua micidiale figura, scendono sul ponte della Imperiale riccamente abbellito da bassorilievi in legno pregiato e laminati d'oro. Raggiungono così la cabina della principessa, mentre Kylla e Lenora sul ponte superiore tengono a bada i marinai nemici.

I tre incursori intanto giunti al livello sottostante sfondano la porta della cabina e qui vengono affrontati dalla terribile Cornelia, che è affiancata da due suoi fedeli ufficiali.

La principessa dei mari, fedele al suo aspetto aggressivo nonché seducente, si presenta con un corpo slanciato ma dai muscoli ben pronunciati. La imperiosa comandante è in grado di incutere timore ed ansia ai suoi stessi ufficiali e marinai; paludata da una veste di color viola, attillata e guarnita dai decori dorati tipici degli alti ufficiali; lunghi capelli mori con un grosso ciuffo violaceo che armonizza con il suo abito. La folta chioma anellata che scende sulle spalle rende il suo aspetto ancor più angosciante; gli occhi scuri penetranti evidenziati da un trucco molto marcato, le dànno un aspetto ancor più autorevole.

Lo scontro qui è più che altro un corpo a corpo, visto lo scarso spazio della cabina. Infatti, dopo aver sguainato la spada Ivory, la principessa cerca in tutti i modi di far arretrare gli invasori spingendoli fino al ponte sottostante sfruttando l'ampio spazio dove sono sistemati decine di cannoni. Niffum e Miguel ingaggiano quindi i due ufficiali e i pochi marinai rimasti che sono addetti alle bocche di fuoco.

Le alterne fasi della lotta vedono i nostri eroi cambiare di continuo le modalità di combattimento quando a volte devono cercar riparo tra le numerose amache appese al soffitto e dietro a qualsiasi altro nascondiglio che si presenti utile. I due ufficiali però, molto aggressivi, li fronteggiano con numerosi fendenti dove, a farne le spese, ci sono soprattutto botti, casse e materiali vari.

Miguel, per sua parte, trova una certa facilità ad attaccare nonostante l'utilizzo della decorativa ascia bipenne che, agitata da entrambi i lati con movimento ondeggiante, causa orrende ferite a coloro che hanno il coraggio di avvicinarsi. Il sangue scorre a fiumi e quasi tutti finiscono per scivolare sui resti sanguinolenti dei caduti.

Ma i guai maggiori per i due ufficiali vengono da Niffum, che dopo diverse esibizioni di agilità riesce a lanciare un incantesimo che forma schegge di legno causate dai danni subiti dall'ambiente precedentemente cannoneggiato.

Il bravo maghetto riesce a destreggiarsi per il tempo necessario a racimolare energia sufficiente con la quale lanciare un potente magico colpo. La sua creazione è composta da una massa liquida di acido che a mo' di freccia viene scagliata sui due ufficiali. I poveretti cadono sciolti istantaneamente dal terribile liquido.

Kaydo nel frattempo è alle prese con la principessa e fa grande difficoltà a resisterle. Ma consumato dalla rabbia nel vederla in possesso della sua spada trova ugualmente la forza di contrastarla.

Contrariamente allo stile di combattimento di Miguel e Niffum, quello di Kaydo sembra più una danza di fendenti. Il giovane cacciatore di demoni maneggia infatti estremamente bene la spada e lo scudo, riuscendo a mantenere quasi sempre la distanza con la nemica. I colpi di costei vengono bloccati e deviati anche se quasi sempre questi cercano di colpire nel segno.

Nel corso della lotta la terribile donna riesce a bloccare Kaydo contro l'albero maestro della nave, ma la condizione di svantaggio è annullata facendo leva sulla principessa con la gamba, costringendo la nemica a cercar riparo nella non distante cabina.

Lo scontro va a concludersi proprio all'interno di tale angusto spazio colmo di ostacoli di ogni tipo; ed è proprio grazie ad essi che Cornelia approfitta per far cadere lo scudo a Kaydo e ad infliggergli un profondo taglio al braccio sinistro. Il duello continua ancora nonostante la considerevole perdita di sangue.

Ed è proprio grazie all'intervento del Baykok che, sfondando la decorata vetrata si lancia sulla principessa. La battaglia viene vinta consente il salvataggio in extremis di Kaydo. Alla fine la polena riesce ad eliminare la sua rivale Rusalka e dopo aver salvato il suo capitano può darsi alle pazze gioie divorando con gusto i corpi dell'equipaggio nemico.

Cornelia constata dolorosamente la perdita di tale preziosa polena e si rende conto che ormai per lei, non c'è più scampo. Urlando una frase incomprensibile, usa la sua spada Ivory e si trafigge il cuore.

Pochi secondi dopo un sinistro e terribile scricchiolio segnala la fine della Imperiale. Lo scafo di rame inizia a creparsi ed il fasciame riporta gravi cedimenti strutturali, che causano enormi falle. Così la Rusalka Imperiale si indebolisce definitivamente ed inizia ad affondare.

L'immenso veliero, imbarcando acqua, va ad affiancarsi alla nave nemica tanto che i due alberi maestri vanno ad incastrarsi l'uno con l'altro e non c'è modo che possano staccarsi.

L'ormai dissanguata principessa "regala" a Kaydo la preziosa spada e permette a lui e ai suoi compagni di evacuare la nave. Ma mentre stanno decidendo per la loro fuga una scena si presenta ai loro occhi: i due ufficiali che si stanno corrompendo nell'acido iniziano a dimenarsi e a liberare dalla loro carne due creature demoniache ancora poco definite. Sono due masse umane deformi, in una di esse si sta formando una orribile bocca sul palmo della mano mentre l'altra si contorce cercando di liberarsi dall'essenza umana tramite un esplosione: la sua essenza prende forma nonostante l'ufficiale sia morto.

Kaydo nonostante le ferite subite e a dispetto degli ordini dei due compagni di abbandonare il veliero, caparbiamente decide di affrontare le due creature. Con lo sguardo assetato di sangue e carico di odio il nostro amico si getta sui due nuovi corpi disumani e li trafigge mettendo fine alle loro vite.

Raggiunge poi la Spettrale e con difficoltà ha modo di staccare le due navi avvinghiate sparando una salva di cannonate alla base dell'albero della rivale che sta affondando.

Al galeone dei nostri amici bastano poche ore per riparare i danni, considerando l'aiuto dato a loro dagli spettri incorporati precedentemente.

Alla fine, l'alba vede, la flotta nemica definitivamente sconfitta. Solo poche unità riescono a raggiungere il porto di Tristana. Dopo una serie di cannonate a lunga gittata sulla torre grande del castello, reggia di Cornelia, sventola la bandiera bianca in segno di resa. L'Ordine sbarca ed occupa il palazzo destinandolo come sede ufficiale delle loro operazioni.

Su indicazione dei vincitori tutti i prigionieri dei ghetti di Tristana, per maggior parte umani affetti da disabilità sia ereditarie che acquisite possono far ritorno alle loro case, finalmente liberi. Vengono poi perquisite tutte le stanze del castello alla ricerca di documenti. Quelli più importanti però non si trovano, e si ritiene che siano affondati con la Rusalka Imperiale.

Alla fine, come pianificato, si riesce ad avanzare fino alla borgata di Monfy. Di conseguenza viene spostato il confine, delimitato da numerosi avamposti militari; verso il regno di Naplana da un lato e di Bozana dall'altro.

La città marittima di Tristana è in festa, infatti i numerosi cittadini per lo più umani dell'est di alta statura e dai capelli biondi, accolgono calorosamente gli invasori, che anche da parte loro fanno di tutto per farsi accettare.

Rimane ancora qualche resistenza da parte di irriducibili dell'impero che in seguito vengono soppressi o incarcerati.

La città riprende allora la sua ordinaria vita.

Tristana è una città particolare dalle origini molto antiche, che ha visto nel corso dei secoli molti cambiamenti: a volte miglioranti le condizioni di vita che poi in seguito peggioravano. Si tratta di una grande città che a differenza delle altre non è circondata da mura; anzi gli abitanti, con la loro mentalità aperta alla cultura militare, hanno allestito un importante cantiere dedicato ad essa, che le dà alla fine grandi possibilità commerciali.

Diversi meravigliosi castelli sorgono un po' dappertutto sia nel centro che nella periferia.

Queste magioni sono abitate perlopiù da gente ricca e di una certa importanza imprenditoriale. Tristana è nota anche per le sue costruzioni esclusivamente in pietra basaltica che fanno sfoggio di artistiche sculture, monumenti, piazze e luoghi di raccolta molto rinomati. E' nota la sua piazza principale che sorge dirimpetto al mare. La città poi si innalza verso le colline, dove la più alta offre un panorama di tutto rispetto.

I giorni che seguono esaltano una grande ed universale festa. Ovunque, tra danze ed abbracci, cittadini di ogni razza e specie, umani minorati finalmente liberi, fraternizzano e si scambiano gesti di amore mai visti prima.

Nel golfo i velieri di Kront e Tamariko sventolano due bandiere, quella del Regno di Sabbia del leader e quella dell'ex Regno degli Umani dell'Est. Con questo gesto si riconosce la parità di importanza e di dovuto rispetto che tutte le etnie meritano. Le due bandiere messe a fianco sono la più chiara prova dell'avvenuta riconciliazione. Questo anche per auspicare un altrettanto ritorno ai veri valori che l'impero Maximus dovrebbe assumere in futuro.

Anche i nostri eroi, sopraggiunti con la Baykok, si adeguano subito alla novità e decidono di innalzare la vecchia bandiera in onore dei cambiamenti.

Scesi a terra vengono acclamati, circondati con simpatia e ringraziati da chiunque si presenti loro; specialmente bambini. Lungo le ordinate vie scoscese vengono invitati ad entrare in ogni luogo pubblico, perfino abitazioni private e taverne; chiamate Osmuk. In questi locali viene offerto loro del vino di produzione propria, accompagnato da vari succulenti affettati. Dopo vari saliscendi, lungo le strade che portano dal mare alle alture collinari, si godono lo spettacolo degli arbusti dai mille colori: spettacoli che solo le succitate Osmuk, sorte su pendii appositi, sanno offrire.

Arriva il calar del sole e le Osmuk si fanno sempre più affollate con relativi vocii, canti e schiamazzi vari.

I nostri amici, trascinati dall'euforico Miguel, entrano in una di queste e proprio dopo i numerosi bicchieri di vino alcuni suonatori, sopraggiunti casualmente, si aggiungono con temi popolari, accompagnati da armoniche e chitarre. La gente, piacevolmente coinvolta, inizia ad assecondare i ritmi battendo gli scarponi e le mani.

Ad un certo punto un vecchio dall'aspetto scheletrico, pieno di cicatrici e con una benda sull'occhio, si siede al tavolo dei nostri eroi e, con difficoltà a causa della musica molto alta, cita un galeone, azzardando che quello ormeggiato in banchina sia proprio la Baykok che lui credeva scomparsa. Dopo essersi fatto offrire un paio di calici da Miguel, osteggiato da Kaydo, capiscono che si tratta di un vecchio pirata che aveva servito su quel galeone quando era giovane.

L'anziano bucaniere mostra di aver capito di dialogare con il nuovo equipaggio. Egli rivela il perché è importante usare la benda sull'occhio e consiglia di fare altrettanto per evitare l'accecamento quando si entra nella stiva buia. Infine racconta che gli spiriti venivano rallegrati quando, durante i lunghi periodi di navigazione, si metteva a suonare il violino o il cardofono Hurdy-Gurdy (una specie di violino a manovella). Kylla, molto interessata, gli chiede se può farle ascoltare tale melodia tanto apprezzata dagli spettri.

A quel punto Kaydo e Miguel a fine canzone interrompono i musicisti per dar spazio al vecchio pirata. La melodia è armonica, languida e con il tocco finale che va dinamicamente in crescendo.

Nel giro di poco tutti ne rimangono entusiasmati tanto che, a fine serata, Kylla supplica l'improvvisato musicista di insegnargli ad usare tali strumenti: cosa impossibile ovviamente, dato il poco tempo a disposizione.

Il vecchio pirata tuttavia resta con lei fino all'alba cercando di darle il massimo possibile in quel piccolo lasso di tempo. Poi, piuttosto impacciato nel dimostrare una certa simpatia, le regala uno dei suoi due strumenti: Kylla non può far a meno di scegliere il particolare cardofono.

Non è il caso di rivelare che, nei giorni seguenti, Lenora si procura un lancinante mal di testa "grazie" alle terribili improvvise strimpellate che l'amica continua ad emettere nella loro cabina.

Da considerare alla fine, nonostante tutto, che la gnomo ha effettivamente del talento e si preannuncia essere un'ottima musicista oltre che eccellente scassinatrice.

In uno dei giorni seguenti, Neko, la reale dell'Ordine di Giustizia, molto amata dal popolo di

Habibi prende l'iniziativa e convoca Tamariko e Kront
per conferire al fratello Kaydo e amici il titolo di eroi
nazionali, carica estesa anche a Niffum visto il suo
valido appoggio nel combattere la principessa Cornelia.

La borgata di Monfy, come da accordi, viene
concessa in vassallaggio a favore dei nostri protagonisti.

Questa cittadina è sita sul confine con Naplana,
ed i nuovi signori possono costruire a piacimento e
riscuoterne le relative tasse. Fermo restando che le
nuove leggi devono essere approvate dal Regno di
Sabbia.

La sorpresa di Niffum è grande quando, una
volta arrivato a Monfy e recatosi di corsa nella rocca del
vecchio grimmur, constata che questa è disabitata, tanto
che i locali sono del tutto sgombri dalle varie mobilie.

Capitolo 7
Una scoperta "scottante"

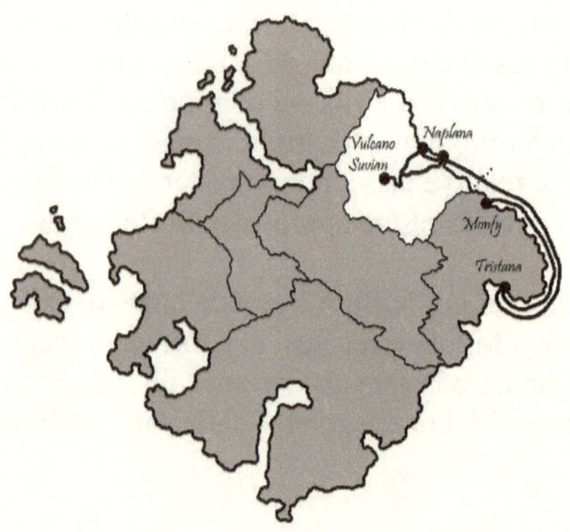

Spendo due parole per descrivere il piccolo porto commerciale circondato da mura tanto modeste da non scoraggiare eventuali aggressori e da un canale che parzialmente lo circonda, "fiumiciattolo" conosciuto dai pochi e poveri abitanti come Roya. Il complesso abitativo non offre grandi risorse, è popolato perlopiù da commercianti fissi e di passaggio che sfruttano appunto la posizione strategica del luogo.

Il porto, più ampio che non la cittadina stessa, ha nome di Roseka. Una volta entrati per il fatiscente portone d'ingresso bastano pochi metri per raggiungere l'opposto portone di uscita, che conduce al colle dove si trova la cosiddetta Rocca, dimora attuale dei nostri protagonisti.

Diversi giorni sono trascorsi ed i nostri amici si sono dedicati a sistemarsi le stanze della roccaforte ciascuno secondo le proprie esigenze. Il modesto "maniero" purtroppo non offre grandi comodità. I locali permettono soltanto un decente soggiorno dove gli spazi sono privi dei benché minimi servizi: quelli igienici si trovano all'aperto. Qualche rudimentale scaffale fa da "armadio" al guardaroba di ogni singolo occupante. Una stanza un po' più grande delle altre, ed unica ad avere il caminetto, funge da ritrovo. In essa ci sono ancora mensole che contengono libri abbandonati dal vecchio grimmur.

Niffum si prende il diritto di scegliersi per primo la stanza migliore, che consiste nella camera da letto del precedente amico e signore. Gli altri, un po' litigando, si contendono il rimanente spazio.

Visto il legame con la famiglia reale di Niffum ed il fatto che Monfy è a poca distanza dal regno di Naplana, il gruppo cerca di conoscere qualcosa sul nuovo "vicino di casa", ovvero il sesto genito Novis: il principe di Naplana.

Tale Novis, ho saputo in seguito, è un personaggio legato alla nostra storia, poiché è lo zio di Niffum.

Si tratta di un giovanotto stravagante di ventinove anni, che ama il lusso e non ricusa certi intrallazzi che possano aumentare la sua disponibilità economica e la sua fama di uomo di mondo. Ama vestirsi alla moda tanto da servirsi di sarti personali, che soddisfano i suoi particolari capricci in fatto di vestiario. Costoro infatti devono tenere conto dell'esile figura e della scarsa costituzione muscolare.

Una volta sistemati e dopo essersi presentati nella borgata per farsi conoscere come nuovi signori, ogni membro del gruppo, specie di notte prima di addormentarsi, fantastica su quali potrebbero essere le proprie prospettive future.

Miguel, Lenora e Niffum si vedono ottimisti sul loro futuro, Kaydo e Kylla invece, il loro lo vedono oscuro ed incerto.

Nei tempi successivi, specialmente seduti a tavola, si discute sulle famose armi leggendarie che sono descritte nei vari libri. A lungo andare si convincono che i dati riportati parlino a loro favore tanto da sembrare che esse siano state create apposta. Decidono alla fine di dedicarsi proprio alla ricerca di tali armi.

Kaydo, in special modo, vuole recuperare la spada gemella della Ivory, la Ebony, poiché sa di certo che con entrambe vincerebbe qualsiasi nemico.

All'indomani si presenta Kront che porta qualcosa che spegne di colpo l'entusiasmo dei presenti. Si tratta di un comunicato che pone una taglia su ciascuno di loro per aver ucciso la principessa Cornelia ma che, per fortuna, sono raffigurati in modo molto impreciso. Il "premio" consiste in diecimila monete d'oro a testa.

Miguel a questo punto chiede a Kront come mai lui non è raffigurato nel manifesto:

"La mia taglia è stata decisa già da molti anni addirittura in una pergamena ufficiale. Ma visto che con tanti anni la carta si deteriora, attualmente sarebbe illeggibile. Ovviamente la mia ricompensa è molte volte superiore alla vostra".

Miguel contesta scherzosamente in modo inaspettato:

"Per quella somma mi sarei consegnato da solo".

Niffum interviene curioso con una domanda profonda ed inaspettata:

"Non hai paura della morte? Come si può vincere questa paura?"

Kront dopo un silenzio imbarazzante, cambiando espressione, prende un bel respiro e risponde:

"Non si può aver paura di morire se hai vissuto una vita di qualità, infatti se non hai rimpianti accetterai la morte a braccia aperte. Un consiglio che posso darti è che non bisogna ignorare la morte vivendo in un eterno presente; in quanto il presente è effimero, ed effimera sarà la tua stessa vita. All'opposto, lungi dall'esser ossessionati dalla morte e bene godersela. Infine, ti suggerisco un modo per rallentare il tempo e far sembrare che la tua esistenza sia stata comunque lunghissima. Stai dunque il più attento possibile ad ogni dettaglio cogliendo sempre l'occasione di sperimentare cose nuove: così facendo alteri la percezione del tempo!".

Kront conclude invitando tutti al castello di Tristana per il giorno dopo poiché Tamariko porterà notizie interessanti ed un piano da discutere.

La notte, Lenora ha un sogno premonitore e sentenzia:

"Vedo del fuoco, anzi un luogo più caldo dello stesso inferno; la terra si scioglie in un percorso tortuoso che provocherà molti sacrifici in cui sono comprese nove anime malvagie ed una pura; poi vedo uno di noi che brucia. È una storia che si ripete fin dal passato ed è anche scritta nei libri antichi".

Il giorno dopo tutti si recano a Tristana, dove Tamariko ha notizie di un'arma leggendaria che si trova nel regno di Naplana.

Lungo il percorso che porta i nostri amici verso la città, uno spettacolo degno di nota e di meraviglia li sorprende, se pur in lontananza, quando si trovano alla vista del famoso castello che si erge su di un'altura sul lato ovest della città: la posizione panoramica sul Mar dell'Est lascia il gruppo senza fiato, inserendo il tutto in un connubio perfetto tra arte e natura.

Pur dovendo oltrepassare quella specie di periferia che circonda il maniero, non possono far a meno di ammirare le bellezze del giardino reale, che sembra un quadro pittoresco fatto da un grande artista: una moltitudine di varie piante e fiori che esplodono nei più vari colori.

Lenora e Kaydo in particolare, dato che sono i più portati ad ammirare le varie forme d'arte del continente, si trattengono alcuni minuti proprio per ammirare lo spettacolo che si presenta ai loro occhi.

Il maniero sul lato esterno presenta una lavorazione con lastre di marmo color bianco-avorio, che richiama il nostro Medioevo fuso con il Rinascimento.

La carrozza, mentre si avvicina al grande portone, rallenta per consentire agli occupanti, ancora una volta, di ammirare le meraviglie che si scorgono anche nei vari cortili interni. Non solo, una festosa folla si avvicina per accoglierli con una certa incredibile gentilezza. I nostri amici, non abituati a tali cordiali gesti di benvenuto, restano visibilmente sorpresi e, dopo un attimo di esitazione, proseguono verso l'interno.

Nell'ampio cortile, si trovano davanti alla maestosa scala di quercia finemente abbellita da animali mitologici, che li porta alla sala del trono dove hanno appuntamento con Tamariko.

Il grandioso locale è rivestito quasi totalmente da drappi color rosso porpora, arricchito da numerosi ritratti alle pareti che raffigurano la principessa dei mari Cornelia in varie pose. Candelabri in ferro battuto pendono dal soffitto, scendendo elegantemente, quasi a sfiorare le teste ai nuovi venuti. Il trono, rivestito di velluto con finiture in oro, è posto dirimpetto all'enorme finestra che si affaccia sul golfo.

Lo stratega dell'Ordine, dopo i convenevoli rivolti agli amici di avventure, si prepara ad aggiornarli sulla situazione. Miguel però, con la mente rivolta quasi del tutto all'arma leggendaria, interrompe l'iniziativa di Tamariko, pur non specificando di che tipo questa si tratti, insiste che si parli prima di tutto di questo affascinante strumento.

Il barbaro taglia corto consigliando al gruppo di partire all'avventura ancor prima di ascoltare e valutare tali ultime notizie. Anche perché le novità sono poche poiché si basano su una leggenda popolare che cita la Veste della Tardigrada, che dovrebbe trovarsi dentro il vulcano Suvian, custodita dal mitico elementale del fuoco Frumorn.

Si narra che per risvegliare tale entità serva un'antica formula magica scritta in lingua nanica antica, la quale consiste in un sacrificio in cui si porta in dono un bambino o un sacerdote, vista la purezza della loro anima. Oltre a ciò bisogna tracciare un cerchio magico e versare in un calderone cento grammi di sali del fuoco, tre lingotti piccoli d'oro, un chilogrammo di materiale ossidianico (che si trova in abbondanza all'interno del vulcano) e dieci chilogrammi di magma. Tutta la procedura va fatta mentre si recita la formula magica. Ancora, va tenuta in mano la gemma dell'anima grande che racchiude nove anime malvagie. La parte più difficile sta nell'aprire l'accesso al vulcano, apertura che risulta visibile solo quando si legge una poesia in lingua nanica. Poesia che nessuno sa pronunciare essendo quasi uno scioglilingua.

Niffum riesce a tradurre il testo solo dopo un paio di tentativi e reputa di declamarlo discretamente bene.

Tamariko a questo punto chiede un favore al gruppo che sarà ricompensato. Sembra che il principe Novis si stia recando troppo spesso, per delle semplici esercitazioni, nei pressi del vulcano Suvian. Egli spera che non sia anche lui alla ricerca dell'arma leggendaria. E vuole, comunque, che ne venga fatto rapporto alla gilda dei ladri che poi provvederanno a riferire. In quel preciso momento si fa avanti Lenora, la quale asserisce di conoscere un incantesimo che le permette di comunicare telepaticamente con uno di loro, purché sia a lei conosciuto. L'incantesimo le consente di gestire un testo di sole cento parole in un giorno.

Tamariko la esorta di render partecipe Neko di tale magia. Lei saprà benissimo far da tramite, una volta appresa.

Partono con la Baykok Spettrale già il giorno seguente, dopo aver preso tutto il necessario a soddisfare i propri fabbisogni.

Il viaggio dura solo tre giorni. Il galeone trova ormeggio in un'insenatura naturale, dopodiché la città viene raggiunta con qualche ora di marcia.

Dopo la conquista del confinante regno l'accesso all'insediamento presenta ancora qualche forma di controllo, ma l'attraversamento risulta lo stesso abbastanza facile per tutti i membri del gruppo. Basta semplicemente presentare il passaporto. La stessa cosa non va bene per Kylla poiché le guardie pretendono un pedaggio di cinquanta monete d'oro. La gnomo accetta riluttante pur di passare inosservata.

Nel centro della città possono trovare una locanda adatta nella quale sperano di ricavare informazioni sui movimenti di Novis.

Sfortunatamente però la bettola è chiusa. Nel frattempo si ode un clamore proveniente dalla piazza attigua. Attratti dalla confusione vi si recano e trovano una folla consistente, che sta acclamando una persona su di un palco. Avvicinatisi quel tanto che basta, si rendono conto che si tratta proprio di Varaz VII.

E' giunto il momento di parlare finalmente del personaggio che riveste un ruolo centrale della nostra storia: l'imperatore Varaz VII Maximus.

Si tratta del nonno di Niffum, anche se costui ha dimostrato scarso interesse nei confronti del nipote, tanto da trascurarne la sua infanzia e non godere della sua crescita: era preso, e lo è tuttora, da ben altre priorità.

Sessantasettenne originario di Roana, conserva i tratti caratteristici degli umani dell'ovest.
Alto un metro e settanta e di robusta corporatura, le sue grandi e possenti mani, adornati da sfarzosi anelli dai più splendenti colori, che incutono paura e comportamenti schivi perfino alla sua stessa prole.
I capelli sono di un bianco uniforme così lucente da far invidia ai più nobili dei saggi, lunghi e molto curati. Gli occhi, di colore marrone scuro con riflessi rossastri, raccontano da sé le grandi energie spese a tener tutto sotto il suo controllo, come anche le innumerevoli ore passate sui libri di testo, un po' per cultura ed un po' per poter studiare tutte le razze, tanto da metterle al suo completo controllo. La sua barba folta ma corta fa cadere ancor di più l'occhio sul collo tozzo e pieno di innumerevoli collane d'oro massiccio, per intimorire ancor di più colui che si presenta al suo cospetto.
Il modo autoritario conferisce al personaggio un'aria minacciosa, intollerante alle contestazioni, che fanno tremare ogni malcapitato che osi ostacolarlo. La sua personalità fredda ed intransigente gli ha disegnato sul volto le tipiche rughe delle persone perennemente in atteggiamenti aggressivi; pieghe che si estendono partendo dalla alta fronte imbronciata fino alle fossette sulle sue guance rosee.
Non accetta neanche gli scherzi. Fa unica eccezione il rapporto con la figlia Euphemy ed il genero

Shadow. Ha un temperamento calcolatore; non esita a risolvere le questioni in modo macabro e violento, tanto che in caso di tradimento, fa applicare le pene peggiori per il malcapitato. Ovviamente con tali "doti" riesce ad ottenere i migliori risultati sia in ambito politico che militare. In quelle poche volte in cui ha subito una sconfitta ha deciso di riversare l'insuccesso su di un capro espiatorio. In questo modo sfoga la sua rabbia, usando i peggiori incantesimi oscuri contro il "colpevole".

Il "lato positivo" è che gli piace essere circondato da beni materiali di altissima qualità, in cui fanno sfoggio un'eccessiva mania di grandezza, che vede il suo apice nelle numerose e grandiose statue fatte erigere in onore della sua persona. La prova di ciò è la maestosità del castello di Roana, che è l'edificio più alto dell'intero continente. Non solo beni materiali, ma anche persone dall'aspetto curato e altolocate; infatti egli era noto per avere attorno a sé consiglieri paludati in eleganti e colorati tessuti, nello specifico una lunga toga adorna anch'essa da preziose pietre di alto valore.

Il ritratto della defunta moglie è incorniciato da numerosissimi zaffiri, quasi in richiamo del profondo sguardo che la contraddistingueva. Quest'immagine è appesa su di una unica parete dorata, nella sala del trono con nient'altro attorno che potesse darle ombra: questa disposizione fatta proprio per mettere in risalto quella che, per lui, è la massima priorità.

Il discorso dell'imperatore incita la folla a ribellarsi e denunciare, magari con l'uso di violenza, i cittadini di altre razze inferiori, che sono accorsi anche in altre piazze.

Tra l'altro si premura di elogiare il duro lavoro di altri regni, con i rispettivi principi, che sono riusciti, grazie anche all'aiuto del popolo, a rinchiudere in nuovi ghetti quasi la totalità di tali razze, presenti soprattutto nelle città principali. Poi segnala che si stanno arruolando centinaia di nuovi soldati i quali a breve, verranno supportati da creature leggendarie. Continua, spendendo qualche parola per il principe Novis che sta facendo del suo meglio per imprigionare la viverna leggendaria di fuoco. Tenterà infatti di catturarla poiché la vede come nuova alleata dell'impero. Cosa che dovrebbe far cambiare idea a tutti quelli che non fanno parte della razza dell'imperatore. Prosegue asserendo che codesta razza è senz'altro superiore, che merita una vita agiata basata sul lusso e il divertimento, poiché ai figli è dovuto il meglio, con la ragione che l'impegno va mantenuto giorno per giorno.

Sottolinea inoltre che alcuni che posseggono tali requisiti hanno già uno schiavo da poter utilizzare. Per i restanti, è solo questione di tempo e di merito. Merito che consiste soprattutto nel titolo sociale e nella segnalazione di elementi di razze inferiori. Costoro faranno parte di un programma di "rieducazione":

Uno schiavo produce reddito!

La folla acclama soddisfatta… tranne una popolana elfica incappucciata che tenta di avventarsi con un pugnale su Varaz VII.

Alcune guardie sul palco accorrono prontamente in difesa del sovrano ed immobilizzano la pericolosa contestatrice.

L'imperatore, con atteggiamento di disprezzo, le preme il piede sulla testa ed incita la folla presente ad approvare il suo gesto. Dopodiché continua la pressione fino al punto di sfondarle il cranio. Non soddisfatto solleva con un braccio, sfruttando l'incantesimo telecinetico, il corpo esanime e lo scaglia lontano una decina di metri.

La folla imbestialita e galvanizzata, si accanisce sul cadavere e ne fa scempio, tanto che il suolo lastricato della piazza si copre di sangue ed interiora.

Kylla, molto spaventata e disgustata alla vista della scena, ritiene ovvio dileguarsi furtivamente… con particolari intenzioni. Si allontana asserendo di aver trovato un cadaverino avvolto da indumenti infantili.

Dopo qualche minuto Kaydo raggiunge la gnomo convinto che Kylla abbia ucciso la neonata umana. Egli sa che la ladra usa spesso questi orribili misfatti per sfogare la sua rabbia repressa verso la razza umana.

Kylla, per discolparsi, dichiara che per ritrovare l'arma leggendaria occorre un'anima pura, affermando comunque, che il corpicino era già esanime, abbandonato tra i rifiuti.

Niffum, mette fine alla discussione dando ragione, non visto, a Kylla, e lancia un incantesimo di trasfigurazione che giustifica la versione della gnomo.

Il cacciatore di demoni, in forte dubbio, per fugare ancora i malintesi verso Kylla ne acconsente l'atto.

Lenora, al contrario, crede fermamente alla giustificazione della gnomo, però chiede di poter tenere in braccio il corpicino in quanto desidera benedirlo con una preghiera, in modo da farlo accogliere dal Dio Plor.

A sera inoltrata tornano alla locanda e prenotano due stanze, una per Kaydo e Niffum mentre l'altra per la "famigliola felice": Lenora, Miguel e i due figli, Kylla e tanto di bambina defunta.

In realtà, tutti tranne Lenora, lungi dal passare la notte a letto, se ne vanno in giro per la città, per scovare ed uccidere i nove criminali necessari per riempire la gemma dell'anima precedentemente acquistata.

Ci riescono arruolando anche alcuni di quei loschi spettatori che si erano accaniti sulla salma della povera elfo: impiegano tutta la notte per raggiungere lo scopo.

Il pomeriggio seguente, dopo una dormita senza rimorsi, si ritrovano tutti ben riposati e soddisfatti dell'azione notturna, e si mettono poi in viaggio per il vulcano Suvian.

Alla base del vulcano sono sorpresi dall'esercito, che è riuscito a bloccare la viverna con grosse catene. Il nuovo venuto si presenta come un enorme mostro alato, molto somigliante ad un pipistrello di aspetto satanico che sfoggia enormi ed impressionanti ali membranose. Si distingue dalle altre viverne per la sua altezza che supera di ben tre volte quella umana. La sua cosiddetta "pelle" è rivestita da numerose sporgenze e presenta un colore proprio nero con striature rosse tipiche della lava incandescente. Dal suo enorme capo emergono profondi occhi che mandano bagliori di un giallo arancio preoccupante. Le narici quando aspirano l'aria, si trasformano in mantici pronti a vomitare un uragano di fuoco. In questa operazione il torace si gonfia e lascia intravvedere al suo interno un incandescente flusso sanguigno. Questa è la parte più orribile del suo aspetto.

Kaydo e Lenora non hanno difficoltà ad attaccare a distanza una parte dell'esercito di Novis, in modo tale da far perdere la presa su una delle catene, consentendo così un violento effetto fionda, che lancia in aria la decina di guardie rimaste attaccate al vincolo principale. La viverna prima di abbandonare il campo fa in tempo, con un ultimo colpo di coda, a liberarsi dalle catene che ancora la tenevano legata; poi con una sventagliata di fuoco può eliminare gli ultimi avversari.

E' finalmente libera: spicca il volo e si mette in salvo.

Verso sera, gli avventurieri si accampano in un bosco dove passano la notte. Il mattino seguente giungono in cima al vulcano trovando il cratere pieno di lava.

Niffum, per niente impressionato dalla presenza del magma, recita lo scioglilingua appreso in precedenza ed, insieme a delle pietre, forma un ponte che porta direttamente al centro di una grotta.

Attraversano cunicoli stretti pieni di materiale ossidianico, di cui approfittano per procurarsene in previsione di quanto andranno a fare. Arrivano quindi in un'area più vasta. Qui vengono aggrediti da un enorme Worg a due teste che hanno risvegliato improvvisamente con il loro arrivo.

Tra i vari mitologici animali più o meno conosciuti, il Worg ha molto da condividere con il noto Cerbero, con il difetto di avere una testa in meno.

Riescono, senza fatica, ad eliminarlo. In seguito tutto procede tranquillo, fino a quando non arrivano ad uno sbocco.

A destra si trovano davanti ad un sentiero crollato. Di fronte c'è una porta che è chiusa magicamente, ma a sinistra il corridoio continua.

Aperta la porta si trovano davanti ad una sala sostenuta da otto colonne. La scena è tranquilla, ma due porte sono sigillate. Su una colonna risalta una scritta, che dice:

"Se degli aiuti o ricchezze vuoi avere, questa colonna devi far ruotare e le altre colonne far suonare".

Questo enigma è completato da una frase in lingua nanica, che però, la colonna, essendo parzialmente deteriorata, lascia leggere solo parzialmente.

Kylla sa che bisogna comporre una frase fatta di note musicali, che lei conosce bene.

Ogni colonna è sensibile a dei suoni specifici quando la si fa ruotare.

"SI/SOL/DO/FA/SOL/DO/LA/SOL/FA/FA/DO/RE/MI/RE (il soldo fa soldi, il solfeggio fa dormire)".

La gnomo riesce finalmente al quinto tentativo a sbloccare due porte. La porta a destra apre una stanza contenente cinque bauli pieni di oggetti artistici antichi. La stanza a sinistra rivela una mappa disegnata su una parete, che indica il percorso finale.

Ragion per cui devono tornare indietro ed imboccare il corridoio che porta alla stanza circolare. Raggiunta questa si accorgono della presenza di un meccanismo, il quale attiva due statue.

L'ambiente in oggetto in realtà è più caverna che stanza e contiene due simulacri che rappresentano due animali. Questi sono un toro ed un orso decisamente più grandi del reale.

Gli animali nascondono un ingranaggio che, opportunamente attivato, dovrebbe aprire un'altra porta sul fondo.

Di fatto nella stanza è anche presente una bilancia, i cui piatti non sono in equilibrio tra loro. Per ottenere l'allineamento giusto bisogna tener conto della velocità rotativa degli animali. Velocità che è condizionata dal peso che viene posto su ciascun piatto.

Kaydo ritiene di poter effettuare l'equilibrio posando sui piatti alcuni ciottoli presenti sul pavimento.

Ad operazione conclusa, il meccanismo non dà i risultati sperati. Kaydo allora intuisce che i movimenti rotatori possono venir effettuati soltanto con la posa di monete d'oro. Dopo diversi tentativi, riescono a posizionare su ciascun piatto novanta monete d'oro.

A questo punto la rotazione di entrambe le statue viene bloccata e sul fondo si apre finalmente la porta, varcata la quale si trovano di fronte ad un rialzo circolare sormontato da un invitante baule, ma non si accorgono di altre quattro porte che si trovano dietro.

Si avvicinano con circospezione all'oggetto, pronti ad intervenire in caso di brutte sorprese. Giunti sopra il misterioso scrigno cercano di aprirlo con l'esperto aiuto di Kylla. Il grimaldello della gnomo lungi dall'ottenere il risultato sperato, aziona un dispositivo nascosto all'interno del baule.

La sorpresa è grande poiché, sì, il forziere si apre, ma si anima in modo aggressivo e rivela di essere un mimic (creatura che mostrandosi come oggetto riesce a trasformarsi in essere vivente per catturare la vicina preda).

Kylla presa alla sprovvista fa un salto indietro. Miguel prontamente si lancia sul mostro e, chiudendogli la bocca con considerevole sforzo, lo ricaccia all'interno.

A questo punto interviene Niffum, che mette in atto uno dei suoi molteplici incantesimi rendendo definitivamente innocuo il mimic. La magia è tale da costringere l'avversario in uno stato di paura che lo obbliga a rinchiudersi nel suo contenitore.

Raggiungono allora una delle quattro porte con l'intenzione di aprirla. Avvicinatisi provano ad azionare la maniglia, senza risultato salvo rianimare il batacchio presente sulla porta stessa. Il dispositivo improvvisamente inizia a parlare enunciando un enigma:

"Noi siamo i batacchi delle quattro porte.
Uno di noi dice sempre la verità.
Il secondo mente sempre.
Il terzo dice la verità solo su una porta.
Il quarto mente solo su due porte."

Il primo batacchio afferma che la sua porta li fa proseguire; la seconda contiene materiale raro da forgiare; la terza risveglia una creatura letale; la quarta fa retrocedere nel tempo di ventiquattro ore.

Il secondo batacchio inizia a parlare enunciando a sua volta un altro enigma: la sua porta contiene materiale raro da forgiare; la terza fa proseguire; la quarta rimanda indietro nel tempo; la prima risveglia una creatura.

Il terzo batacchio ancora enuncia il proprio enigma: la sua porta contiene materiale da forgiare; la quarta rimanda indietro nel tempo; la prima fa proseguire; la seconda anche fa proseguire.

Il quarto batacchio dice: la sua porta risveglia la creatura; la prima rimanda indietro nel tempo; la seconda fa proseguire; la terza contiene materiale da forgiare.

Lenora mette in campo il suo proverbiale intuito da sacerdotessa, captando la vibrazione che le rivela il batacchio veritiero, soprattutto anticipando la pragmatica di Kaydo che in modo complicato riesce appena a cogliere il lato misterioso.

Alla fine convengono che la terza porta è quella che li porterà a proseguire il cammino.

Dopo varie peripezie finalmente arrivano in un'ennesima stanza ricca di affreschi che illustrano il rituale che deve indicare come recuperare la Veste della Tardigrada. Inoltre sul pavimento si trova inciso, similmente all'affresco, un cerchio magico nel quale è necessario versare del sangue puro, che scaturisce da un bambino squartato. Questo viene posto in modo inclinato atto a far scorrere il sangue nel punto giusto. In più è necessario estrarne il cuore. Procedura che il nostro gruppo, ad eccezione di Lenora e Kaydo, effettua.

Di seguito, attraversato un ponte, giungono in una sala che contiene nove parallelepipedi di granito a foggia di giaciglio messi a semicerchio. Nel mezzo dei quali campeggia un calderone vuoto in cui verrebbe posizionato il cuore dell'infante custodito da Kylla.

La procedura richiede anche che vengano aggiunti degli elementi specifici, cioè i già citati sali del fuoco, lingotti d'oro, materiale ossidianico e magma. Fatto ciò è obbligo versare le nove anime sui giacigli.

A questo punto Kylla, essendo la richiedente, pronuncia in lingua nanica antica la formula magica che evoca l'elementale del fuoco Frumorn, non con poche difficoltà essendo un linguaggio diverso da quello natio. Questi emerge all'improvviso da una pozza di lava presente nelle vicinanze. Materializzatosi formula la frase che permette di conoscere l'evocatore e il motivo di tale richiesta. Kylla sorpresa risponde alla domanda. L'elementale afferma che vuole verificare la dignità del richiedente per portare tale veste. Perciò dovrà affrontarlo in combattimento. Kylla, suo malgrado, è costretta ad assecondare la richiesta ben sapendo di non aver speranza di vittoria. Infatti non molto dopo ha vistosi segni di cedimento, che avrebbero portato alla sua morte se l'elementale stesso non avesse rinunciato ad annientarla.

La gnomo dunque sopravvive al combattimento, ma Frumorn chiede come prova di fiducia che la ladra si getti nella stessa pozza di lava da cui lui era uscito. Kylla atterrita e riluttante ottempera alla sfida e si getta dove indicato. Annaspando con sofferenza riesce a raggiungere il bordo già contenta di esser ancora viva. La sua sorpresa, una volta uscita però, è grande quando ha una sensazione strana e dolorante come se fosse caduta nella cera liquida; infatti inizialmente i compagni si allarmano dalle urla che emette la gnomo. Queste svaniscono abbastanza rapidamente, finché arriva la sensazione di sollievo al momento in cui la cera si solidifica sul corpo. La donna si guarda addosso e nota la sua pelle rivestita di una sostanza verde scuro, la quale la proteggerà da vari e futuri inconvenienti.

Mentre Kylla constata la novità sulla sua corazza, gli amici rimangono alquanto perplessi; non vedono infatti niente di nuovo su di lei, fatto salvo che lei si presenta come se fossa nuda.

Dopodiché Frumorn si sente autorizzato a spiegare ciò che è avvenuto al corpo della ladra: resistenza alle alte temperature ma vulnerabilità al gelo; invisibilità totale per brevi istanti a volontà; capacità di bloccare il proprio respiro ed il tempo a propria discrezione. Quest'ultima capacità ha un effetto negativo, che consiste nel non avere la sensibilità del proprio corpo; infatti, con l'attivazione di questo strabiliante potere, cuore e respirazione rimangono bloccati. Con conseguenze talmente gravi che potrebbero anche farla morire senza che nemmeno lei se ne accorga. Ma, una volta ripristinato il tempo, i dolori sono a tutti gli effetti quelli tipici dell'infarto, che possono durare anche giorni. Tale azione lascia il possessore di detta veste in uno stato di spossatezza e disorientamento per qualche minuto, cosa da tener conto nel caso di battaglie.

Questo è quanto concerne i vantaggi della Veste Tardigrada: missione compiuta.

Il giorno seguente i cinque amici sono in grado di riprendere il viaggio a bordo del galeone.

Capitolo 8
La scissione

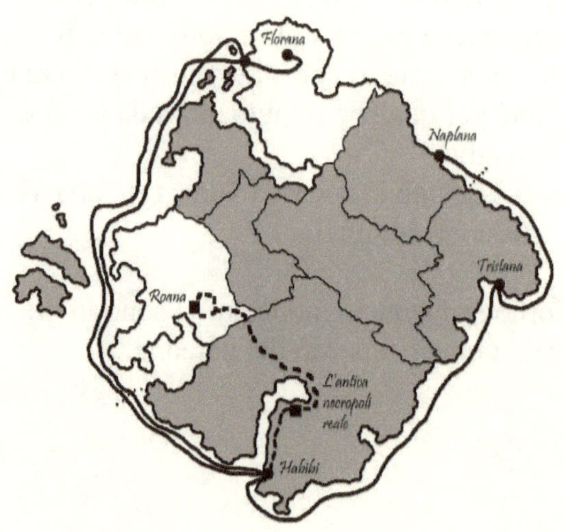

Durante il rientro a Tristana, Lenora fa rapporto telepatico a Neko su quanto si è scoperto sull'impero. Costei risponde convocando il gruppo al castello, in quanto ci sono novità circa le future missioni.

Al porto di Tristana i nostri amici si presentano a Kront, che trovano preoccupato, dato che si sente abbastanza fuori dei tempi circa i suoi propositi di contrastare Varaz VII. Egli infatti è venuto a conoscenza che Ares, principe di Berana, sta occupandosi di una ricerca atta ad impadronirsi di qualcosa di magico ubicato sul fondo del mare, quaranta miglia dalla costa sud dell'arcipelago. Infatti egli stesso si immerge regolarmente utilizzando una pozione specifica, che gli permette di stare sott'acqua molto a lungo. D'altra parte Kront non s'azzarda ad indagare di persona. Delega perciò chiunque sia disposto ad effettuare immersioni per investigare su quanto sta accadendo.

Kaydo però non accetta incarichi di sorta, al contrario ribatte di non esser al servizio di chicchessia. È risaputo infatti che non si hanno più notizie da Raizou già da diversi mesi. Conclude minacciando di non aiutare più Kront se lui non contribuisce a cercare il suo mentore.

Il leader dell'Ordine pur di non perder l'aiuto dei mercenari accetta la proposta. Però è necessario che il gruppo si divida e assuma compiti diversi.

Kaydo, appoggiato da un gruppo di ribelli qualificati forniti da Kront, si mette alla ricerca di Raizou a Roana, luogo da cui si hanno le ultime notizie del mentore, ed accetta di rimanere ad Habibi mentre il resto del gruppo procederà nell'impresa con il galeone.

Niffum conscio delle difficoltà dell'impresa chiede al leader di procurargli tramite Neko la pozione che dà la facoltà di respirare sott'acqua. Kront a questo punto si rende conto di possedere una tecnologia obsoleta.

Il maghetto, a detta di ciò, interviene asserendo che egli stesso è in grado di procurargli la pozione. Il favore però non è gratuito e l'Ordine di Giustizia, cioè Kront, dovrà sdebitarsi in futuro. Niffum allora suggerisce che è necessaria una tappa a Florana, dove si dovrà entrare all'accademia dei maghi e rubare qualche pozione per quel fine.

Il galeone attracca ad Habibi dopo solo due

giorni di navigazione. Fatte le necessarie provviste fanno imbarcare Kaydo insieme ai quattro mercenari dell'Ordine qualificati e tre cammelli. La Baykok Spettrale continua il suo viaggio verso Florana ma, in prossimità della fine del deserto e inizio della catena montuosa che divide la regione di Roana con il Deserto di Sabbia, fanno sbarcare Kaydo e i suoi sottoposti. Proseguono poi e varcano le acque territoriali dell'impero dove entrano in combattimento con tre imbarcazioni sentinella, annientandole.

Come anticipato prima di partire, lo stratega Tamariko illustra a Kaydo la situazione attuale di Roana.

La città è composta da tre cinte murarie. Quella più esterna racchiude la borghesia, che occupa la maggior parte dell'area complessiva; quella centrale, sopraelevata, è abitata dalla nobiltà; nella più alta risiede la cerchia dell'imperatore e del pontefice.

Riguardo alla zona esterna non si può accedere se non si fa parte almeno della cerchia borghese; la zona centrale, invece, è occupata da poche famiglie di alto rango.

Per quanto concerne Raizou, bisogna cercarlo fuori dalle mura o al massimo entro la prima cinta, facendo attenzione a non farsi riconoscere dagli armigeri che controllano gli accessi.

Ragguagliato dai fatti, Kaydo intraprende il viaggio all'alba: vuole viaggiare il meno possibile di notte.

La traversata dura solo un giorno ed è una gran fortuna il fatto che ci sia "solo" il contatto con otto scorpioni giganti, una lamia (donna serpente armata di sciabola) e una decina di gnoll (mostri fuorilegge umanoidi simili a iene).

Finalmente arrivano alla catena collinare rocciosa, che divide il deserto dai territori di Roana. Questo posto è uno dei più pericolosi e temuti perché è molto spesso frequentato da piccole viverne di fuoco, essendo habitat naturale in cui esse vivono. Ad un certo punto Kaydo decide di arrampicarsi su di una roccia per evitare un giro lungo. Lascia quindi in custodia i cammelli ad uno dei mercenari ed inizia l'ascesa. Improvvisamente si imbatte in un nido di fenice. Qui si sofferma qualche secondo ad ammirare i piccoli. Però un cristallo grande quanto un pugno distoglie la sua attenzione. Rapidamente afferra l'oggetto e lo pone nella sacca, indi prosegue nella scalata.

Giunto in cima prima degli altri, mentre prende fiato si mette ad esaminare meglio il cristallo e nota così che questo emana un'aura magica che crea dei riflessi violacei e lo valuta, al momento, un buon articolo commerciale.

Qualche miglio dopo giungono finalmente nella città di Roana dove, nei pressi di un bosco, decidono di accamparsi. In quel posto in passato aveva rinvenuto la Ivory.

Kaydo spende un intero giorno ad osservare i movimenti delle sentinelle agli ingressi delle mura e constata che il servizio di guardia è molto serio ed efficace, per cui si può entrare solo con dovuti accorgimenti. Sceglie dunque di travestirsi da muratore, visto che tali operai sono autorizzati ad entrare.

Purtroppo deve aggredire un povero artigiano per sottrargli gli abiti di esercizio per poter varcare inosservato l'ingresso. Esegue tale operazione da solo. I mercenari lo attendono al di fuori.

In tale veste, si unisce ad un gruppo che stava eseguendo dei lavori di manutenzione di una sezione del muro. Salito su una serie di impalcature si avventura a trovare un punto di passaggio che possa portarlo in città. I varchi, che permettono di oltrepassare il muro, sono pochi e tutti sorvegliati almeno da una guardia. Accade però un fatto oltremodo raccapricciante, anche se opportuno. Un paio di muratori che erano intenti a rimuovere un grosso blocco di pietra perdono il controllo dell'operazione ed uno di essi, quello che si trovava inginocchiato di sotto, ne viene parzialmente travolto. Il poveretto nemmeno si accorge di quanto gli sta per accadere tanto che non fa nemmeno in tempo a togliere le braccia. Gli arti gli vengono schiacciati fino all'altezza delle spalle. Il macigno poi scivola di lato e piomba a terra. La scena è terribile, il poveretto si alza sotto shock e rimane immobile, stordito, incapace di reagire con le due braccia completamente spappolate e spiaccicate mentre due suoi colleghi e la guardia si danno da fare con qualche laccio di cuoio per tamponare l'orribile fuoriuscita di sangue. Pur assistendo al terribile fatto Kaydo, insensibile, si rende conto che è proprio quello il momento che gli consente di oltrepassare la prima cinta muraria.

I posti migliori per cercare informazioni su Raizou sono ovviamente taverne, ostelli e vari punti di ritrovo. Si inoltra nelle strade dietro la prima cinta che sono adatte allo scopo: tutte lastricate e livellate, secondo concetti urbanistici mai visti prima; contornate da una serie di palazzi messi a schiera con i propri piccoli giardini chiusi da mura alte due metri.

La vita all'interno non è molto movimentata, girano solo servitori fidati intenti a svolgere le ordinarie mansioni per i borghesi che la abitano; le taverne e i mercati locali offrono ricchi alimenti selezionati per soddisfare gli esigenti gusti del ceto privilegiato.

Le strade tuttavia sono pattugliate e spesso Kaydo deve nascondersi, ma per sua fortuna l'agiatezza del posto garantisce una certa tranquillità e, quindi, le stesse guardie spesso passeggiano distratte riservando pochi controlli a ciò che le circonda.

La ricerca è vana ed il nostro amico sconsolato, cerca qualcosa di diverso e finisce per accorgersi di alcune piccole feritoie che dalla prigione dànno sulla strada. In modo furtivo, e, abbassandosi all'altezza dei piccoli buchi, comincia a sbirciare all'interno delle celle.

La sua iniziativa viene premiata quando, in una stanza di segregazione, scorge un uomo molto trascurato che sembra proprio Raizou. Il giovane cacciatore prova a chiamarlo con il nomignolo che utilizzava da piccolo: "Sensei". Il prigioniero, sorpreso, riconoscendo Kaydo lo supplica:

"Vattene pure da qui! E non preoccuparti. Sarò libero nel prossimo mese, ché altrimenti la mia copertura salterebbe. Ti prometto che una volta fuori verrò io stesso a cercarti. Intanto stai attento agli ufficiali dell'esercito, specialmente quelli addetti ai principi poiché sono dei demoni camuffati".

Kaydo vuole approfittare ancora dell'occasione per porgli altre domande:

"Ti vedo piuttosto dimagrito! Hai bisogno di qualcosa? Vuoi che ti faccia avere da mangiare qualcosa che non sia la solita brodaglia?".

Raizou a questo punto lo zittisce rivelandogli:

"Fai attenzione! Varaz è in stretta combutta con i demoni. Ha stretto con loro un patto di sangue e mira ad esautorare la religione del Dio Plor".

Prima di andarsene però, Kaydo chiede:

"Dimmi qualcosa solo su questo cristallo magico. L'ho appena trovato in un nido di fenice. Non ne ho mai visto uno così impregnato di magia".

A questa rivelazione Raizou sbianca in volto:

"Quello non è un semplice cristallo magico bensì una Lacrima di viverna. Mi raccomando di non farne parola con nessuno, nemmeno con l'Ordine! Ti darò ulteriori informazioni dopo aver scontato la pena".

Kaydo consapevole del prezioso ritrovamento, alquanto preoccupato, abbandona in fretta il posto e si riunisce ai muratori al termine del loro turno di servizio. Il gruppo che lascia il posto di lavoro quasi neanche cita o commenta qualcosa circa il terribile infortunio accaduto al mattino. La loro vita continua lasciandoli insensibili alla disgrazia del collega. Kaydo, nei discorsi del gruppo viene a sapere di un vecchio muratore (Raizou) che era stato arrestato cinque mesi prima. Il "muratore", nel tentativo di discolparsi, dichiarava di essersi semplicemente perso nei sotterranei della Basilica di Roana. Approfitta poi di un attimo di distrazione del gruppo per sganciarsene e far ritorno nel bosco dove lo attendono i ribelli. Dal momento che la missione è compiuta non resta altro che tornare ad Habibi, con un giorno di anticipo.

Sollecitato, si mette a rapporto da Tamariko per aggiornarlo della situazione su Raizou e l'impero. I nove giorni seguenti li passa nell'attesa dei compagni.

Nel frattempo, costoro al comando di Niffum, raggiungono Florana ed attraccano in una piccola baia poco frequentata, che Niffum e Lenora conoscono bene.

Sapendo che devono affrontare un percorso all'interno delle praterie fanno sbarcare due cavalli.

Si presentano all'ingresso principale sul lato est perché quello ovest è consentito ai soli militari. I controlli sono comunque molto minuziosi, dato che vengono visionati sia i carichi che le persone da maghi esperti posti al servizio dei militari. Le razze in visita infatti sono obbligate a dire la verità a meno che non si abbia la forza mentale da bloccare l'efficacia dell'incantesimo. Infatti Niffum ordina al gruppo di non opporsi e non usare la dote dell'invisibilità della veste poiché, se scoperta, segnerebbe la loro fine.

Tutto va bene fin quando Kylla non si trova al cospetto dei militari, ove riconosciuta, viene bloccata con ordine di arresto, essendo di razza inferiore. Per difendere la ladra Niffum rivela la sua vera identità dichiarandosi figlio della principessa Euphemy e dell'arcimago Shadow di Florana.

I passaporti privilegiati sono di due categorie: d'oro per i principi e generali d'alto rango; d'argento per nobili e figli di principi.

Controllati i documenti le guardie lasciano passare Niffum, ma subito dopo lo fermano di nuovo poiché Kylla, che lo accompagna, come detto, è soggetta ad arresto. Il giovane mago allora ha un colpo di genio citando un editto emesso da Varaz che concede il diritto di avere una schiava.

A questo punto le guardie obbiettano che la gnomo è priva del marchio e pertanto devono provvedere all'operazione immediatamente. Il marchio procurerà dolori lancinanti qualora si disobbedisca al padrone. In seguito le guardie, contro il suo volere, portano Kylla in una tenda dove si procede al vincolo tra lei e Niffum. Il figlio della principessa rassicura l'angosciata gnomo che questa nuova situazione non le comporterà svantaggi. A tali parole la ladra si sente parzialmente sollevata.

Interrompo per dire qualcosa circa Florana. E' la città più pulita e curata del continente ed è ricchissima di bellezze varie sia come periferie che come centro.

Meravigliose fontane che gettano enormi zampilli in vasche profondissime ricche di vita acquatica; parchi botanici con piante di provenienza esotica; un fiume molto diramato che la attraversa in tutti i sensi generando meravigliose cascate; edifici stupendamente ornati di statue dorate raffiguranti maghi di epoche passate; ponti sospesi che collegano i vari quartieri consentendo un traffico agevole e veloce; un marmo pregiato bianco e oro con venature che disegnano magnifici intrecci artistici che è usato senza parsimonia. Dove non giunge l'uomo ci arriva la magia.

Tale città farebbe ombra allo stesso paradiso.

Niffum, una volta entrato in città, pensa di recarsi da solo all'accademia. Nel frattempo il restante gruppo ha facoltà di andarsene in giro a fare acquisti e provvedere per armi, prodotti, vesti magiche che sono introvabili altrove.

Lenora come un Cicerone, dal momento che Florana è la sua città natale, guida il gruppo nei vari negozi cittadini. Lo conduce lungo le larghe vie alberate, segnalando ai loro occhi le numerose fontane di marmo bianco, che espongono sculture di viverne e i rappresentanti reali (Shadow ed Euphemy). Alla fine lo stesso gruppo è condotto nel vastissimo parco ricco di piante esotiche, che emergono da un'erba folta e curatissima.

Il maestoso giardino divide la città dall'accademia dei maghi ed il castello. Purtroppo per i nostri amici non c'è modo di visitare l'area, perché le due zone sono divise da un ampio canale artificiale: un solo ponte consente l'attraversamento, ma è guardato a vista da minacciosi gendarmi.

Dietro ai due complessi, si trova l'area militare ed il ghetto cittadino dove sono prigionieri ormai un numero esiguo di elfi.

Conclusa la visita, Lenora porta i suoi compagni nella zona dei negozi.

Qui ci sono articoli magici per tutte le necessità, anche per Kylla, attratta in special modo dai rari grimaldelli anti magia: specializzati per scassinare serrature protette da incantesimi.

Ovviamente il loro prezzo è esorbitante, cifre a tre zeri cadauno, ma grazie alla sua sveltezza di mano riesce ad approfittare della negligenza del commerciante che sta rispondendo ad una domanda di Lenora. Ne afferra due e subito si dilegua sfruttando l'invisibilità della veste.

Miguel è il solo a notare il gesto della furfante ma decide di tacere, onde evitare una lite fra le due donne.

Lenora, alla fine conclude l'affare presso il negozio saccheggiato dall'amica per acquistare il Mantello del Calore, oggetto magico che conferisce una resistenza alla temperatura estrema per un breve lasso di tempo.

Conclusi gli acquisti la sacerdotessa si dirige verso la cattedrale.

L'edificio religioso dal tocco rinascimentale vanta la cupola più grande del continente e sorge esattamente sopra l'antico tempio elfico; la facciata presenta dei marmi bianchi con striature rossastre e grigie.

All'interno dà molto risalto il complesso sistema di archi messi a sorreggere la cupola che ospita una terrazza con una magnifica vista sulla città. Completano la scena i numerosi affreschi che coprono un'area di tremila metri quadrati.

Poco prima di entrare però, avverte un qualcosa di stonato poiché le campane si mettono a suonare come ad annunciare l'inizio del rito religioso in un momento che non era uso fare, ossia il venerdì.

Circospetti i tre entrano nella "cattedrale" ma subito si accorgono della nota stonata: nella fredda atmosfera i quadri raffiguranti i gesti compassionevoli del Dio Plor verso altre razze sono alterati.

Le immagini sono state tolte e sostituite con altre dove lui benedice il raccolto, mentre un esemplare della razza elfica lo dona ad un umano con aria di superiorità. Di tali immagini inappropriate ce ne sono tante altre: esse dànno valore solo alla razza umana.

Subito dopo il rito ha inizio ma le orazioni, al contrario, sembrano uguali alle originali. Ancora, non passa molto, che certe solite frasi vengano storpiate con tratti decisamente razzisti.

La grande sorpresa di Lenora si manifesta quando c'è il ringraziamento a Varaz VII invece che a Plor.

La donna, sconvolta per la scena, si lancia furibonda contro il cardinale non appena costui finisce l'omelia: conosce il prelato fin dal passato quando era molto devoto a Plor.

Lo blocca prima che costui raggiunga il locale di preparazione dei riti. Non fa in tempo però a cominciare tale azione che è subito aggredita da due guardie imperiali (cosa non ammissibile in luogo di culto).

Gesticolando ed a voce alterata si avvicina al cardinale, consapevole di essere riconosciuta dal sacro funzionario. Infatti costui, rammentandosi di averla già vista in passato, ferma interdetto subito le due guardie.

Lenora, sempre adirata, gli chiede come mai i testi siano diversi da quelli originali. Lui si giustifica rispondendo che anche la religione deve stare al passo con i tempi. La donna rifiuta la spiegazione affermando che è stato completamente stravolto il messaggio divino.

Pur di averla vinta il cardinale ordina ai due scagnozzi di scortar fuori magari con la forza l'intero gruppo che aveva osato contestarlo, asserendo, come scusa, di avere impegni più urgenti. Conclude il contatto allontanandosi in direzione del locale adiacente.

Riluttanti, i nostri eroi accettano il responso e si avviano verso l'uscita. Intanto uno degli armigeri di scorta osserva con sospetto Kylla che, incappucciata, finge di esser una ragazzina tenuta per mano da Miguel.

Fortunatamente la vicenda non porta risvolti negativi ed il gruppo si avvia verso la piazza lasciando però dei dubbi sul comportamento di Niffum che li ha appena raggiunti manifestando una certa ansietà.

Torniamo indietro nel momento in cui il giovane maghetto si divide dal gruppo e raggiunge l'accademia per impadronirsi della pozione che permette di respirare sott'acqua.

Niffum, nell'attraversare il famoso ponte, non riesce a trattenere una lacrima nostalgica. Davanti a lui sorge l'immensa accademia che sfoggia colonnati tutti abbelliti da bassorilievi; numerosissime aperture inserite in volte a sesto acuto con molte forme artistiche in marmo bianco rappresentanti antichi maghi.

A fianco della scuola sorge imponente il castello dei suoi genitori, dove sulle "semplici" lastre bianche spiccano ornamenti d'oro che replicano roseti rampicanti: il tutto arricchito da una serie di cascatelle che, provenienti dal tetto, vanno a disegnare giochi d'acqua lungo le pareti.

All'interno dell'accademia viene fermato da vecchi compagni di studi e da insegnanti curiosi, che vogliono sapere la causa della sua rinuncia alla promettente carriera. Il giovane maghetto spiega che il vero motivo era quello di voler apprendere nozioni di magia bianca dell'antico Reame della Sabbia e magari anche di quella nera di Tristana. Gli astanti rimangono sorpresi e delusi per quella sua scelta inappropriata e poco dignitosa.

Lasciati costoro ai loro dubbi e sarcastiche considerazioni si avvia nell'aula delle pozioni. Qui si vede costretto a scassinare l'armadietto dell'insegnante. Tralasciando altri importanti reperti, afferra quanto necessario e si dirige all'uscita.

Attraversata la soglia, mentre percorre il giardino, intravede suo padre Shadow Snitram che sta discutendo con alcuni docenti.

Dobbiamo parlare adesso del padre di Niffum, conosciuto come arcimago dell'impero.

Quarantaduenne originario di Roana ma che conserva i tratti caratteristici degli umani dell'est tipici di Tristana.

Alto e snello; capelli biondo castani; occhi verde scuro; una barba ispida di aspetto autorevole; braccio destro, fedelissimo di Varaz VII, accompagnato dalla devota collaborazione di una moglie meravigliosa di nome Euphemy.

Ha una personalità socievole e leale nei confronti dell'imperatore, con un temperamento riflessivo ma calcolatore. In caso di tradimento però è capace di grande rancore. Con la sua costanza e determinazione alla fine riesce a risolvere problemi apparentemente impossibili. A volte però la sua caparbietà rischia di diventare una vera e propria ossessione. Infine è uomo a cui piace essere circondato da beni materiali di altissima qualità: basta dare una semplice occhiata alla magnificenza di Florana.

Già che ci siamo è bene dire qualcosa anche della madre di Niffum.

Di media statura, slanciata, dai tratti morbidi che comunque tendono ad essere ritoccati, spesso a piacere nella costante ricerca di un ideale femminile appariscente. Ricorre spesso alla magia di cui fa uso smodato, per ingrossare seni, tinteggiare i capelli, rimuovere imperfezioni e segni dell'età. Attualmente porta capelli luminescenti lunghi fino ai fianchi, di color rosa tendenti al violaceo. Gli occhi emettono una *luce smeraldina. Come figlia è in accordo con Varaz VII per riportare in vita la madre Chloe.*

E' donna di trentanove anni di indole altruistica, spirituale e contraddittoria. Ha una personalità molto emotiva dotata di un forte intuito. Nonostante ciò vive in un mondo di illusione per cui ha bisogno di seguire costantemente il suo fedele marito. E' peraltro persona imprevedibile e incostante, tanto da essere oltremodo intransigente e pesante nei confronti del figlio.

In lei dopotutto si trova un certo grado di empatia: Niffum è un'eccezione.

Infine passa molto del suo tempo libero a dedicarsi a varie forme di arte.

La vista del genitore convince il nostro maghetto ad utilizzare un incantesimo di camuffamento per mescolarsi tra la folla, che sta uscendo per la pausa ricreativa tra una lezione e l'altra.

Il padre, molto più esperto, non si lascia sorprendere dalla mossa del figlio e reagisce con un controincantesimo che annulla la magia del sangue del suo sangue, nonostante tali movimenti destano l'attenzione dei presenti.

L'arcimago getta acqua sul fuoco, minimizza, dichiarando che si tratta di uno scherzo innocuo e afferma che Niffum dovrebbe tornare più spesso all'accademia per completare il corso di studi prima di poter ingannare i presenti con quella banale sua magia.

Molto offeso per l'affronto del figlio, che tiene in mano la sacca con la pozione, lancia verso costui un incantesimo di trasformazione che lo fa diventare un asino.

Shadow toglie al figlio il contenitore di pelle e ci guarda dentro e scopre la disonesta verità. Per ribadire il concetto, si rivolge ad un'allieva che stava mangiando sotto ad un albero, chiedendole di dargli una carota da consegnare a Niffum, sottolineando con questo gesto, la caratteristica animale del figlio. Ovviamente conclude la scenata lanciando un ulteriore incantesimo che obbliga all'obbedienza: costringe Niffum a seguirlo mentre tutti ridono alle sue spalle.

Conclusa la punizione conduce il giovane "asino" ad entrare nel giardino sul retro. Qui lo ritrasforma a patto che venga "volontariamente" nel suo studio (la famosa torre dell'arcimago) che Niffum conosce bene.

Con capacità telepatica invita la moglie a raggiungerli.

I due genitori, sicuramente avvisati dalle guardie che presidiano l'ingresso alla città, vogliono sapere il vero motivo per cui Niffum si sia recato all'accademia per poi rubare la particolare pozione.

Il figlio, cercando una scusa valida, afferma di aver voluto migliorare la qualità dei suoi incantesimi.

La risposta non inganna Shadow, che insieme alla moglie propone al figlio due alternative in risposta per quanto commesso: la prima viene da Euphemy, che lo farebbe condannare per furto con in più l'aggravante di omicidio della zia Cornelia nel caso mentisse o rifiutasse la proposta del padre.

La seconda alternativa viene dal padre, desideroso di sapere quanto possibile sugli intenti dei compagni e sui ribelli, di non contrapporsi all'incantesimo di verità (cosa che ovviamente obbliga a rispondere sinceramente alle domande che interessano). In cambio, come incentivo, gli avrebbe donato il suo leggendario e micidiale bastone Blosstar.

Il giovane maghetto, stranamente entusiasta, accetta la proposta allettante del padre ma astutamente rilancia limitando la richiesta a sole tre domande.

La prima viene posta da Snitram: Niffum dovrebbe rivelare l'ubicazione delle due spade leggendarie.

A questa prima domanda, il giovane risponde che una (Ivory) si trova in possesso di Kaydo, il quale si sta recando dal suo mentore Raizou per farsi dire il posto in cui trovare la Ebony.

La seconda da parte della principessa, chiede se Raizou stia collaborando con i ribelli. Niffum risponde che non solo collabora ma è uno dei quattro membri fondatori, insieme a Neko, sorella di Kaydo, Tamariko e Kront.

La terza viene dall'arcimago: egli vuole sapere il vero motivo per cui ha sottratto la pozione. Il figlio risponde che serve al suo gruppo per poter stare sott'acqua il più a lungo possibile, in modo da anticipare la ricerca di un'arma leggendaria da parte dello zio Ares, ricercato dall'Ordine di Giustizia.

I genitori, soddisfatti, restituiscono le pozioni ed aggiungono il bastone magico promesso.

Anche se il focus arcano (bastone, bacchetta e guanti), ossia "dispositivo" che funge da convogliatore di magie di vario tipo, non garantisce l'assoluta capacità di usarlo alla guisa di un vero mago come Shadow.

A questo punto prima che Niffum esca dalla porta la madre Euphemy avvertirà lo zio circa la sua missione precisando, però, che farà di tutto per proteggere il figlio se si troverà in condizioni critiche.

Il padre Shadow invece gli illustra il fatto che si trova dalla parte sbagliata, ma che è ancora in tempo per mettersi dalla parte dei vincitori e che comunque, in un prossimo futuro, tutto il regno di Florana sarebbe suo. Niffum contesta il fatto poiché il territorio appartiene all'imperatore. Saluta i genitori aggiungendo che comunque otterrà il suo di impero, e che allora sarà lui ad invitarli ad un ricevimento.

Illustrati i fatti antecedenti si torna alla trama principale.

Niffum raggiunge il gruppo fuori dalla cattedrale e mostrando il bottino e il bastone, ordina di sbrigarsi ad abbandonare al più presto la città. Ai soci racconta spudoratamente di esser entrato nella torre del padre e di avergli rubato sia le pozioni che il bastone magico che era incustodito.

La mossa successiva vede il gruppo che si dirige rapidamente verso la Baykok Spettrale per poi puntare verso Habibi ove imbarcano Kaydo.

Durante la tratta Lenora ha un sogno in cui vede il Dio Plor intento a curare un bisognoso dalla sua cecità, soltanto, cosa strana, il risultato non avviene: la cosa pone il Dio in ridicolo. Il fatto che Plor degeneri nel fisico perdendo peso ed energia viene dalla continua perdita di fedeli.

Il Dio però, parla alla sognatrice Lenora con una semplice ma allarmante frase:

"Aiutami! Trova e custodisci la mia verga Ajira".

Tale oggetto è una specie di bastone sacrale, che è veicolo di energia da parte del Dio.

Capitolo 9
La profondità dell'acqua

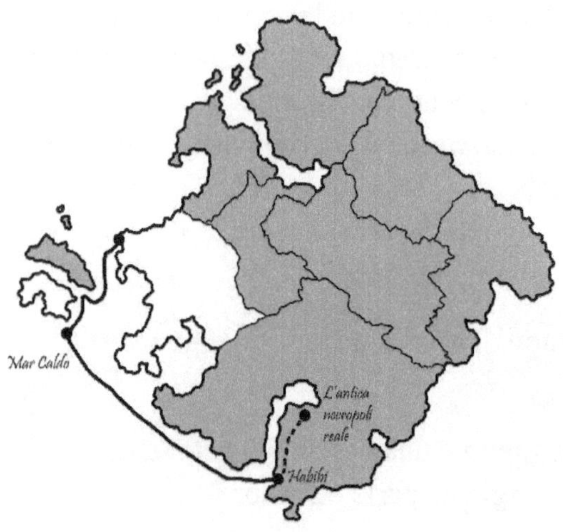

Devo riportare adesso un punto in cui lo stratega Tamariko, in preda a dubbi sulla differenza tra diavoli e demoni, chiede ragguagli sull'argomento all'esperto Kaydo.

I diavoli sono mossi da puro istinto animalesco di sopravvivenza con l'aggiunta della crudeltà: colpiscono chiunque osi mettersi davanti a loro siano essi animali o persone.

La caratteristica dei demoni invece è che preferiscono entrare in possesso mentale della vittima finché questa non se ne accorge. A questo punto il demone diventa fisicamente aggressivo.

Questa è la ragione per cui sono attratti dagli esseri ragionanti. Costoro, specialmente i più deboli, sono malleabili poiché vengono sfruttati a causa delle loro carenze caratteriali per cui, ad esempio, cadono in depressione, attacchi di rabbia e dipendenze varie: un modo sicuro per far ammalare e uccidere in modo indiretto.

Per questo Raizou ha scelto di specializzarsi in tale campo, perché ritiene che siano gli esseri più pericolosi che si possano incontrare.

L'unico modo per poter resistere ai loro attacchi manipolatori è possedere una forte conoscenza di sé e, tenendo conto che le malvagie creature sono invisibili, il miglior sistema per sconfiggerle è quello di individuarle in anticipo.

I demoni alla fine sono più deboli dei diavoli quindi più facili da sconfiggere nei combattimenti fisici.

A maggior ragione torna utile, anzi indispensabile, possedere un'arma magica efficace contro di loro, quali sono per l'appunto, le spade Ebony ed Ivory in grado di procurare ferite non rimarginabili.

Durante i giorni in cui si attende l'arrivo dei compagni Kaydo, all'interno dell'enorme necropoli reale, passa molto del suo tempo nella stanza preferita da Tamariko, ovvero quella dedicata alla pianificazione delle missioni militari.

La sala è posizionata in una zona centrale a fianco di quella dei quattro troni ed è completamente color sabbia, perfino la lastre a terra sono di quella tonalità. Le pareti presentano pitture rupestri raffiguranti antichi regnanti o reincarnazioni del Dio Rolp. L'ambiente, infine, presenta un enorme tavolo di legno con sopra varie statuine, coperto da diverse mappe nautiche e terrestri.

Qui Kaydo, astutamente, continua dicendo a Tamariko dicendo che ha sentito delle leggende sulle Lacrime di Viverna, che hanno dei poteri immensi, e vuole sapere quali sarebbero i vantaggi nel caso di rinvenimento delle stesse. Tamariko gli risponde che le Lacrime sono dei cristalli che, secondo le teorie tramandate dagli antichi, si sono formate durante l'era delle viverne risalente a più di millecinquecento anni prima.

All'epoca esistevano molte specie di viverne oltre a quelle che esistono al momento: veleno, fuoco, tempeste e ghiaccio. Le cosiddette "Nere", "d'oro" e di "cristallo", sono ormai estinte. Secondo quanto tramandato, tali viverne erano in grado di produrre dei cristalli che si formano intorno agli occhi. Però queste più si nutrivano più si ingrandivano, tanto da aumentare il proprio peso e di conseguenza cadere a terra.

Si pensa che esse racchiudano l'energia spirituale degli esseri viventi uccisi. La viverna infatti riesce ad assimilare solo la parte materiale, quella che serve alla nutrizione.

Una teoria, però mai confermata, rivela cioè che, per produrre solo una Lacrima, è necessario assimilare circa centomila esseri viventi, in rapporto al loro grado di intelligenza. Più le prede sono intelligenti, maggiore è la quantità e qualità dell'energia racchiusa nel "cristallo".

Risulta che la Lacrima di viverna possa essere utilizzata con tre fini distinti: uno volto al potenziamento di un incantesimo di attacco pari a cento volte; un altro, servirebbe alla difesa creando, ad esempio, barriere cento volte più grandi e resistenti. Infine, con il terzo, si ipotizza che Varaz voglia amplificare un incantesimo di controllo e manipolazione sui fedeli, rendendo devote anche le creature più ostili del pianeta.

Tamariko specifica a Kaydo che, al momento, mai nessuno è riuscito a trovarne una, tanto meno a confermare la veridicità di quanto tramandato. Lo stratega dell'Ordine ribadisce che è necessario trovare un modo per eliminare tutti i demoni che affiancano i principi e le principesse. Kaydo interviene sottolineando che gli ufficiali presenti sul veliero di Cornelia si erano trasformati proprio davanti ai suoi occhi, tanto da stupirla.

Kaydo ora si chiede:
"Tale alleanza è conosciuta solo da Varaz o anche dai suoi figli? Teme forse che i figli non lo supportino?".

Domande che al momento non possono trovare risposta.

Durante gli allenamenti quotidiani con lo stratega, il giovane cacciatore di demoni vuole sapere anche di come si sia formato l'Ordine di Giustizia.

Nel 1056 la città di Habibi venne occupata dall'esercito imperiale al comando del generale di brigata Raizou. Generale che soffocò diverse rivolte catturando elementi dell'Ordine che si ribellavano all'occupazione. Pertanto Tamariko e Kront vennero arrestati e interrogati. Raizou a questo punto comprese che i due avevano in comune lo stesso fine: contrastare l'impero. Si instaurò dunque un accordo. Il generale fece evadere i due ribelli ed in seguito supportò le loro azioni facendo recapitare informazioni sui movimenti di armi, attrezzature, medicinali, alimenti ed altro.

I pochi elementi dell'Ordine riuscirono a farsi conoscere tra la popolazione sotto assedio dimostrando bravura e coraggio per lenirne le sofferenze. In questo modo si aggiunsero molti volontari stanchi della guerriglia. Fu necessario quasi un anno prima che l'imperatore emanasse l'ordine di richiamo dell'esercito, che fino a quel momento si era dimostrato poco efficace. Raizou fu dunque costretto a raggiungere il territorio del nord a dar man forte alle forze imperiali intente a conquistare l'antico Regno Elfico. Infatti, con tale mossa, l'impero, nel giro di pochi mesi riuscì a conquistare l'intera area ed occupare l'attuale città di Florana, che fino ad allora era la capitale del territorio.

In quella circostanza l'arcimago Shadow Snitram pensò di fare un esperimento su tale città, rinchiudendo entro le mura molti possibili elfi. L'operazione prevedeva anche il tracciamento minuzioso di un enorme cerchio magico. Con questa operazione privava dell'anima tutti coloro che si trovavano all'interno della figura. L'operazione ebbe luogo in una notte quando il giovane grande mago dalla collina vicina lanciò uno dei suoi incantesimi più oscuri e separò i corpi dalle loro anime, le quali vennero rinchiuse in una pietra rosso rubino. Il tutto venne incastonato sul suo bastone magico.

Questo fu dunque l'origine del leggendario

Blosstar.

Nei giorni seguenti iniziò la pulizia della città dai cadaveri e cominciò l'insediamento umano dando il nome di Florana alla città appena svuotata.

Nello stesso periodo ad Habibi troviamo Kront che si autoproclama capo dell'attuale Regno di Sabbia. Egli inizia subito a ricostruire le abitazioni distrutte con un nuovo sistema per velocizzare le operazioni, migliorando l'efficienza del sistema stesso, che realizza moduli abitativi prodotti in serie. Unica differenza è la situazione famigliare che, se è troppo numerosa, dovrebbe risiedere in un ambiente più ampio. Altra iniziativa, che concerne la banca centrale reale, stabilisce un salario uguale per tutti, ciò per evitare conflitti dettati dall'avidità.

L'istituto si autofinanzia con i profitti ottenuti dalle attività commerciali cittadine. I fondi accumulati servono a realizzare nuove infrastrutture dedicate allo sviluppo di impianti produttivi, scuole professionali ed ai bisogni degli abitanti, salari, sport, svago, cultura ed altro. In più, cosa inedita, si provvede ad un fondo pensionistico e infortunistico.

Necessita pertanto un accurato censimento della popolazione, che tiene conto dei nuovi nati, e di adeguare specifiche naturali di idoneità dei singoli cittadini a prescindere dalla loro razza origine e genere.

Ad esempio uno gnomo non è portato ad esser un muratore, ma la scuola lo formerà ad essere utile nella progettazione o nella gestione del cantiere. Resta inteso che la professione di un cittadino può venir scambiata con quella di un altro purché entrambi d'accordo.

È stabilito che, tuttavia, si raggiunga un determinato livello produttivo alla fine dell'anno. Questo vale per i profitti, per gli impegni e risultati di vario genere. Il tutto per non affaticare troppo i lavoratori, che si impegnano in modo coscienzioso e volontario a compiere il loro dovere.

Saltuari controlli vengono effettuati da funzionari, che si accertano del rispetto delle regole. A maggior produttività viene conferito un adeguato beneficio. Colui che non ottempera si vede privato, insieme al suo nucleo famigliare, dei benefici pensionistici e altro. In caso di recidività si arriva anche alla pena capitale, con addirittura una crocifissione lungo la via di appartenenza. Il lato positivo è che, in caso di infortunio o malattia grave, il bravo lavoratore, con la sua famiglia, ottiene ugualmente i vantaggi derivati dal suo efficiente lavoro.

Alcuni giorni dopo Kaydo viene raggiunto dai compagni. Tamariko, visto che la missione si sarebbe svolta a Berana, approfitta per raccontare tutto quello che sa in generale sulla città governata dal principe Ares; città fondata da orchi, per cui molti edifici sono di dimensioni maggiori rispetto alla media. Il dominio imperiale però, visto il terreno ricco di sorgive e molto fertile, sfrutta il tutto come area agricola.

Una breve nota per descrivere il primogenito Ares.

Nato nel 1021 ha attualmente l'età di quarantasei anni; corporatura media; capelli corti ben curati di color castano chiaro; folto pizzetto che gli conferisce un certo tono autorevole tanto da renderlo difficilmente imitabile. Ha occhi scuri dal colore indefinibile che emanano uno sguardo profondo.

E' ottimo stratega che sa accettare una sconfitta inevitabile, individuando il momento opportuno per battere in ritirata.

E' consapevole dei rischi che deve affrontare per raggiungere i suoi obiettivi senza sprecare energie per compiti che non dànno risultati. Ad una prima poco approfondita valutazione può sembrare poco motivato: tuttavia rimane rispettoso dei voleri del padre.

Si è fatto erigere un castello ottagonale di marmo bianco fatto venire appositamente da Florana, per puro capriccio, pur di dimostrare la sua nobile superiorità ad un ambiente popolato da grezzi ed ignoranti orchi abituati a vivere nel letame: un bel "maniero" nel mezzo di campi e stalle.

Tamariko infatti conferma quanto detto sopra e conclude che non bisogna sottovalutarlo con giudizi affrettati: se si pensa di averlo messo in difficoltà lui è capace di venirne fuori alla meglio sfruttando le sue risorse naturali. E' in grado di trovare la giusta via di fuga come anche il più efficace contrattacco.

Durante la navigazione da Habibi al Mar Caldo a sud di Berana, Kaydo decide di rivelare ciò che riguarda la Lacrima trovata nel deserto e di quanto è successo a Roana. Il gruppo rimane stupito nel sentire la sua storia.

Dopo non molto, Lenora interrompe Kaydo

facendo sapere ciò che di grave è successo nella cattedrale a Florana.

Kylla invece, con tono preoccupato, mostra il marchio che la vincola ai voleri di Niffum, anche se quest'ultimo, con tono rassicurante, garantisce al gruppo che non lo userà mai.

Miguel peraltro, consapevole del legame con la famiglia reale del giovane maghetto, esorta Lenora a non fidarsi troppo delle belle parole di Niffum.

A questo punto l'atmosfera si deteriora tanto da dividere il gruppo in due fazioni con Lenora e Niffum da un lato e Kaydo e Miguel dall'altro. Kylla è incerta ma alla fine decide di star dalla parte dell'amica fidata.

Lenora interviene allora ad alta voce tanto da meravigliare i presenti per il suo tono aggressivo. La "tenera" sacerdotessa quindi fa calare un silenzio imbarazzante affermando:

"Sono cresciuta con Niffum e vi posso garantire che è molto affidabile specialmente con i suoi amici, quindi è ovvio che voi lo conosciate molto poco. E poi, aver un legame di sangue non significa condividere i pensieri dei Maximus. Infine, come dice Kaydo, il suo famiglio è diabolico per cui sicuramente non potrebbe esser accettato visto che l'impero è alleato con i demoni, loro acerrimi nemici".

Il giovane maghetto rimasto fino in quel momento silenzioso convalida quanto detto da Lenora.

Skyritt sghignazzando si gode la scena, per lui "comica" e per rendersi ancora più maligno incita i presenti al litigio. Ma costoro non stanno al gioco e alla fine tutti si dirigono alle rispettive brande.

La mattina seguente, Niffum si sente autorizzato a spiegare la funzione e la durata della pozione che permette anche di respirare sott'acqua per circa tre ore. Inoltre, se serve, c'è la possibilità di attivare un incantesimo capace di creare una bolla d'aria purché l'ambiente sia chiuso e di dimensioni tali da permettere l'operazione.

Giunti nella posizione segnalata da Tamariko individuano il veliero imperiale di Ares. Qui, Kaydo, prima di immergersi, si reca nella sua lussuosa cabina dove in un vecchio armadio trova un abito di cuoio usato dai vecchi pirati: non esita ad indossarlo. Questo affinché il peso dell'armatura non lo trascini nelle profondità del mare, che renderebbe anche assai difficile la risalita. Tornato sul ponte non può fare a meno di destare l'ilarità dei compagni. Convinti, tutti assumono il liquido magico.

Poco dopo iniziano a formarsi delle vescicole in bocca in grado di filtrare l'ossigeno dall'acqua. Dopodiché Kaydo ordina al Baykok di allontanarsi con il galeone per sottrarsi ad un eventuale combattimento.

Sul fondo, a circa una trentina di metri, in quella stupenda acqua tiepida e molto limpida, si può vedere l'ambiente circostante con estrema facilità, cosa che permette di scorgere in tempo un branco di squali in avvicinamento. Fanno in tempo però ad evitare il pericolo rifugiandosi in una enorme grotta marina:

l'interno è un vero e proprio labirinto. Qui, grazie all'incantesimo di Niffum che illumina i dintorni, scorgono in lontananza una enorme cavità, dove posizionata sul fondo vi è una specie di chiesa in rovina. Si avvicinano furtivamente e dalle finestre rotte scorgono nientemeno che il principe Ares intento in una ricerca particolare. Costui ovviamente non è da solo ed è accompagnato da due ufficiali imperiali quasi certamente demoni.

Il maghetto si rende conto che il gruppo sarebbe in svantaggio se dovesse confrontarsi sott'acqua con loro all'interno del santuario. Di conseguenza Niffum fa un cenno ai compagni invitandoli ad entrare visto che ha in mente un piano. Subito dopo esser entrati, effettua l'incantesimo dello svuotamento e così l'acqua può uscire dall'ambiente. In questo modo, il combattimento sarà ad armi pari.

Lo scontro inaspettatamente ha inizio prima che il liquido se ne sia andato. Inizialmente Miguel e Kaydo subiscono la peggio, colpiti da micidiali fendenti dei due soldati, che riescono a farsi strada schivando perfino tutti quei vortici d'acqua. Trovano così il corpo dei due eroi e provocano loro due brutte ferite.

Intanto Ares avanza verso l'altare dove si trova una tomba di pietra che, con fatica, prova ad aprire.

Kylla e Lenora accorrono verso il principe in appoggio a Niffum, onde evitare che venga distratto o colpito durante la sua estrema concentrazione nel gestire tale incantesimo. Le due donne si scontrano direttamente con lui che, nel frattempo, aveva trovato nei pressi dell'altare un tridente ricoperto da coralli, segno che è stato abbandonato probabilmente da molto tempo. Ares contrasta l'attacco ferendo ripetutamente le due donne. La battaglia sta per concludersi con solo Miguel e Kaydo che riescono a ribaltare la situazione iniziale e a mettere in difficoltà gli ufficiali. Il principe, grazie alla caotica situazione che vede numerosi violenti ed imprevedibili flussi d'acqua che serpeggiano lungo le navate, fa sì che riesca momentaneamente ad allontanare le due attaccanti, permettendogli di aprire il sarcofago facendo leva sul pesante coperchio.

All'interno appare il decrepito scheletro elfico di Eillee parzialmente coperto dal leggendario scudo d'Egida. Se ne impossessa e se lo pone sulla schiena. Come nuovo "proprietario" attiva la magia dello stesso mentre, con tono perentorio, grida agli ufficiali di fronteggiare ancora il gruppo finché non riesca a mettersi in salvo.

Lo scudo si presenta quasi sempre in una forma tipica che può essere a volte quadrata, rotonda, o la classica ogivale. Il materiale di cui è fatto è di difficile valutazione a causa della magia che emana e della sua composizione. E' sempre, comunque, di ottima fattura e spesso lo si può elaborare in una forma personale che rispecchia le doti di chi lo possiede.

Il campo interno è di color bianco da cui sporgono dei bassorilievi in oro raffiguranti rune magiche che rimandano al Dio Plor.

E' un oggetto sacro che è stato "forgiato" dallo stesso Dio per la devotissima paladina reale elfica Eillee. Con esso la donna è riuscita ad essere di estremo aiuto soprattutto nella seconda parte della guerra dei trecento anni, che ha visto gli elfi/umani contro i prepotenti nani. Fu lei stessa infatti a voler metter fine a tale ed estenuante conflitto e sedere alla tavola diplomatica dove propose gran parte di ciò che è stato scritto nel Trattato di Dunia.

Il magico oggetto quando si lega al suo nuovo possessore non può esser utilizzato da nessun altro a meno che non venga rotto il legame: ciò avviene solo per decesso o per preciso volere.

Il suo speciale potere, quando viene attivato, è quello di creare una sorta di bolla gravitazionale di circa due metri attorno al guerriero stesso per cui è in grado di rallentare i movimenti di chi varca tale soglia o di deviarne gli oggetti che gli vengono lanciati contro; in più, in caso di estremo pericolo, ha la possibilità di avvolgere come una cupola la persona che protegge.

Il prezzo da pagare però è che lo scudo perde tale estrema facoltà per circa dieci anni.

Bisogna anche precisare che l'attivazione dei suoi poteri sarà tanto positiva quanto maggiore e positive sono le intenzioni del proprietario. Risulta così che anche un guerriero di indole benevola può vedersi prosciugare velocemente il suo lato buono tanto da corrompere la sua anima definitivamente.

Il risultato è che ciascun combattente alla fine del suo utilizzo si sente costretto ad una certa riflessione per recuperare il suo spirito positivo: riequilibra così il rapporto tra la magia e il suo animo. In caso contrario le conseguenze si ripercuoteranno soprattutto quando tornerà alla vita privata oppure in missioni future.

Kylla nel frattempo si riprende e riesce ad attivare il potere della Veste Tardigrada: trattiene il respiro bloccando così il tempo. Con tale estremo gesto ha modo così di lanciare un pugnale diretto al polpaccio di Ares, dopodiché la gnomo ripristina il tempo naturale.

Il principe, sorpreso per non esser stato ferito, constata l'efficacia della nuova "arma di difesa", che intercetta il pugnale e lo devia come se fosse una fionda gravitazionale scagliandolo violentemente contro il petto di Niffum.

Il brutale colpo fa perdere la concentrazione sull'incantesimo al maghetto. La conseguenza è che tutta l'acqua torna a riempire il santuario. Il vortice liquido travolge tutti, compresi i nemici. Tutti però, più o meno malconci, riescono a tornare in superficie e salvarsi.

Ares e gli ufficiali, essendo più vicini all'imbarcazione rispetto al gruppo, riescono addirittura a fuggire per primi. Al contrario gli altri malcapitati devono attendere che Kaydo richiami la polena. Lo spettro li raggiunge alcuni minuti dopo e qui salgono tutti velocemente sul galeone, eccetto Niffum e Kylla. Infatti il maghetto, nonostante la ferita inflittagli dallo zio, riesce addirittura a guidare la disorientata gnomo verso l'imbarcazione.

Giunti sul fianco sinistro della Baykok, i compagni si premurano immediatamente di lanciagli una scala di corda per Niffum ed una cima per imbragare la gnomo che, al momento, non è nemmeno in grado di trovare appiglio sulla scala, costringendo i nostri eroi a doverla issare a bordo, facendo perdere diversi minuti preziosi. Una volta sulla nave la disorientata donna si trova in preda a spasmodici dolori al petto, conseguenza dell'attivazione dell'immenso potere della veste.

Kaydo si pone immediatamente al timone e Miguel al comando delle vele che, con la sua possente voce, richiama all'ordine numerosi spettri che si muovono sotto le direttive del barbaro. La nave quindi si lancia in una frenetica rincorsa di Ares diretto a Berana. Lenora intanto cura immediatamente la ferita di Niffum in modo che possa aiutare a tener ferma la gnomo che, a causa dell'andatura in bolina del galeone, si trovano a dover zizzagare frequentemente e di conseguenza, tra un repentino cambio di rotta, vengono fatti sballottare a destra e a sinistra, rendendo difficile il lavoro curativo della sacerdotessa.

Ci vogliono diversi minuti prima che l'amica trovi sollievo dai dolori cardiaci, scegliendo di accompagnarla al ponte di coperta nella sua cabina e lasciandola riposare nel suo letto.

Alla fine il principe riesce ad entrare nello stretto che porta a Berana prima degli inseguitori e così si mette in salvo coperto dalla violenta controffensiva terrestre.

Kaydo intanto, con grande disappunto, deve accettare l'amara sconfitta e desistere dall'inseguimento: continuare l'impresa equivarrebbe ad un suicidio anche se entrasse con uno dei galeoni più forti del mondo.

A sera inoltrata decidono di allontanarsi dalle acque territoriali di Berana e puntare verso nord per poi cercare un'insenatura lungo la costa, sempre nei territori del regno di Roana.

Lenora così ha finalmente modo di potersi recare nella sua cabina condivisa con l'amica e poter controllare lo stato di salute di Kylla. Qui però un'inaspettata e maleodorante scena l'attende. La gnomo infatti risulta fuori pericolo, ma le continue manovre brusche causate dall'inseguimento hanno costretto l'amica a vomitare ripetutamente sul suo letto: peccato che si trovi proprio sopra a quello di Lenora. Per cui i repentini ondeggiamenti hanno fatto sì che buona parte di esso sia colato sulle sue profumate e pulite lenzuola.

Giunti sul posto si mettono in contatto telepatico con l'Ordine di Giustizia. Neko essendo portavoce, conosce i risultati dell'evento e si dimostra comprensiva.

Il giorno dopo però, giunge una bella notizia per Kaydo: Raizou finalmente è giunto ad Habibi chiedendo soprattutto la posizione del gruppo. Qui il vecchio cacciatore di demoni mette al corrente Kront sulle ultime scoperte già parzialmente accennate da Kaydo come anche le future mosse dell'imperatore. Raizou allora ritiene indispensabile andar con il gruppo a recuperare le sue spade ed addestrare Kaydo ad usarle. Poi si incontrerà a Tristana con Tamariko per elaborare un piano: progetto in cui pensa di tornare al servizio di Varaz per conoscere le sue mosse in anticipo. Spera di riuscire a liberare il mondo dai demoni e dare così in mano al Regno di Sabbia la gestione di un governo più equo e paritario.

Alle successive luci dell'alba, infatti, partirebbe con lo scopo di raggiungerli, poiché ha in mente di andar con loro a recuperare Ebony presso le grotte ghiacciate del regno di Bozana.

Kaydo, euforico, fornisce immediatamente la posizione geografica ideale per l'incontro, anche se questo richiederà un certo tempo d'attesa.

Durante la tratta notturna è il Baykok che è al timone, per raggiungere il punto di ritrovo concordato con Raizou.

Tutti si sono coricati nelle loro cabine, eccetto Lenora e Miguel che intanto, continuano a divertirsi nella sala da pranzo della Spettrale. Per loro due, la cena sembra non voler mai finire. I due si stuzzicano con frasi che vanno oltre il normale rapporto di lavoro.

La sacerdotessa infatti, trova gusto ad incitare il sensuale mercenario, che tra un boccale di birra e l'altro, mette in mostra i suoi poderosi muscoli con vari esercizi: addominali, flessioni o trazioni sulla trave che evidenziano la possente schiena e gli enormi bicipiti.

Ad un certo punto però, il barbaro "perde" la presa sulla trave e cade a terra prono. Lenora d'istinto, accorre su Miguel per soccorrerlo; si avvicina all'amico che sembra esser privo di sensi e con fatica riesce a posizionarlo supino.

In quel preciso istante, il mercenario si trova davanti a sé quel viso incantevole, con i suoi morbidi capelli biondi che gli si posano sulla spalla.

Il silenzio li sorprende proprio in quella posizione: entrambi non trovano le parole adatte per manifestare i loro sentimenti. E' Miguel che per primo prende l'iniziativa: carezza l'amica e la bacia con dolcezza.

Il tenero gesto fa arrossire timidamente la sacerdotessa, che a quel punto chiude gli occhi e si lascia trasportare dal quel romantico momento.

Tutto d'un tratto poi, Miguel accosta la bocca al suo orecchio, tanto che la sacerdotessa, per un lungo minuto non riesce a distinguere le ardenti parole dette in un sussurro. Lei sorride imbarazzata, si scosta i capelli dal viso, e tenta ancora di capire il significato di quelle dolci parole, che a poco a poco cominciano ad aver senso.

A quel punto la donna viene pervasa dalla strana sensazione di vivere in un mondo del tutto nuovo: un mondo folle e onirico dove tutto è permesso.

Passata circa una decina di giorni, Neko invia le ultime notizie sull'impero: Varaz VII è riuscito a catturare il leggendario elementale di fuoco Frumorn e lo ha fatto esibire sulla piazza di Roana.

E' giunto il momento di parlare finalmente del personaggio che riveste anch'esso un ruolo centrale della nostra storia: Raizou Rokermole ex conte di Sisteana.

Uomo equilibrato ed astuto, convinto dei suoi ideali, è ossessionato dalla caccia ai demoni dopo che costoro avevano ucciso il suo unico figlio ancora in fasce. Infatti, dopo l'atroce morte passava le successive notti accovacciato sul suo lettino cercando di addormentarsi, mentre inalava l'odore ancora imprigionato nel suo cuscino. Tanto che, arriva al punto di spogliarsi del titolo nobiliare e lasciare ogni avere alla moglie dopo che si è separato da lei. Si porta via soltanto la sua armatura di adamantio oggetto necessario per la sua campagna finalizzata allo sterminio dei demoni dato che non tollera che altri possano dover soffrire la sua stessa disgrazia. Sta constatando che tali atrocità sono sempre più frequenti.

Questa vita non ordinaria lo ha portato a diventare più paziente e fermo nelle sue convinzioni. L'esperienza gli ha conferito un alto grado di intuito che lo protegge da sorprese che altri non sono in grado di scorgere in tempo.

Il suo volto ora mostra molto di più dei suoi cinquantaquattro anni, mentre il suo fisico al contrario farebbe invidia a molti giovani dell'epoca. I tratti più evidenti sono quelli tipici degli umani dell'est, ovvero altezza e robustezza. Porta capelli lunghi grigi, increspati e pizzetto poco curati. Il colore degli occhi non contrasta affatto quello dei capelli. La cura della sua persona, in fatto di igiene, non aiuta a dargli l'aspetto che meriterebbe. La persistente vita all'aria aperta non lo protegge dalle intemperie per cui ostenta una pelle secca e grinzosa. Numerose cicatrici e segni di ustioni ricoprono un corpo vissuto all'insegna di sacrifici e privazioni spesso volontarie.

L'obiettivo di liberare il mondo dai demoni lo pone contro l'impero. A questo si aggiunge la personale convinzione che un'aura oscura che si era affacciata diversi anni prima, ha contribuito ad incrementare la presenza di esseri maligni. E' consapevole per altro che, dopo questo evento, non potrebbe liberarsi di tali entità completamente da solo quindi ha trovato nell'Ordine di Giustizia un valido alleato.

Mentre siamo nell'argomento non possiamo trascurare anche i nostri eroi evidenziando come le molteplici e spiacevoli esperienze abbiano modificato i loro ideali, allo stesso modo di Raizou. Ad esempio Kaydo ora vuole porre fine a questa guerra per poter tornare nella casa natale assieme alla sorella Neko, finalmente ritrovata, che condivide i suoi stessi sogni; Kylla ora si orienta verso un atteggiamento più coraggioso e vuole fermare il razzismo dopo aver conosciuto l'Ordine, per cui crede che il regno ideale sia proprio quello di Kront. Rimane tuttavia in lei la sua indole naturale di ladra che le fa sperare di metter mani nel tesoro di Varaz, infine ci tiene ad ottenere la "fama" di miglior scassinatrice del continente; Lenora, anch'essa, vuole eliminare il razzismo ed è ancora convinta di dover mettere al corrente il papa Mons circa i fatti loschi che succedono a sua insaputa; Miguel ambisce a farsi un nome vivendo agiatamente come mercenario, contribuendo così alla serenità economica della sua numerosa famiglia. Sogna alla fine di combattere ed uccidere tutte le guardie che abusano dei loro poteri verso i poveri cittadini; Niffum invece è l'opposto: vuole a qualsiasi costo ottenere un regno tutto suo.

Capitolo 10
Ebony: la spada gemella

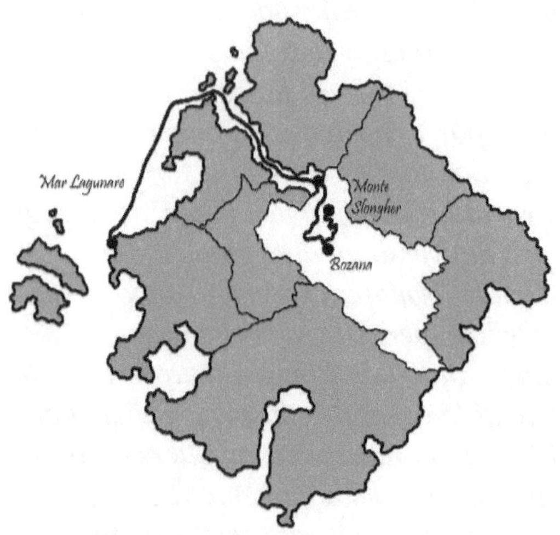

Nelle settimane precedenti la cattura dell'Elementale del Fuoco (Frumorn), l'imperatore viene contattato telepaticamente da Shadow Snitram, che gli dà notizia del ritrovamento di una Lacrima di viverna, nell'area di confine tra Florana e Bozana.

In questo stesso luogo l'arcimago si reca di frequente per studiare la geologia della zona antica. Nell'area infatti esiste una gola costituita da rocce particolari, che mostrano con struttura ottagonale, formante un gruppo di colonne addossate l'une alle altre: sembrano quasi delle opere artificiali.

In questa zona, indicata dall'arcimago, viene atteso l'imperatore.

Nella parte alta sgorga un fiume che, come risulta più avanti, è l'unico importante corso d'acqua del continente.

Shadow, mentre attende l'arrivo del suo stimato suocero, avverte due "lievi" scosse di terremoto con epicentro in una zona limitrofa. L'evento sismico non giustifica però la distruzione di due piccoli villaggi. La realtà viene confermata non appena l'arcimago nota in lontananza una viverna in volo.

Il mostro argenteo con striature nere, si sta librando in una zona a lui non confacente: il territorio povero di vita non è un habitat ideale. Altro fatto strano oltre al colore è che, essendo animale che opera in gruppi, non ha motivo di trovarsi da solo in quel posto. Shadow ha valutato in modo errato la viverna credendo che si trattasse di un individuo giovane. Il giudizio considerava infatti soltanto le dimensioni e non si rendeva conto che stava scoprendo l'esistenza di una specie più piccola.

La sorpresa arriva quando si accorge che la viverna non è un esemplare "tipo ghiaccio", bensì una di cristallo: probabilmente l'ultimo esemplare esistente.

Il mostro si presenta come una grande bestia alata, molto somigliante ad un classico drago. Di aspetto diafano sfoggia enormi ed impressionanti ali membranose quasi trasparenti. Si distingue dalle altre viverne per la sua statura, quasi metà del normale. La sua "corazza" è rivestita da numerosi spuntoni di colore biancastro trasparente ad effetto prisma, che scompone la luce del sole in bagliori iridescenti. Dalla sua spigolosa testa spuntano aculei irregolari ma molto pronunciati che possono causare sanguinose ferite. Gli occhi, molto incassati, favoriscono il deposito delle cosiddette "lacrime" che emettono un'innaturale luce bluastra. Mascella e mandibola sono molto pronunciate e munite di numerosi orribili denti in quantità superiore rispetto alle "sorelle". Il collo molto lungo, scheletrico, con rilievi ossei di aspetto vitreo è in grado di piegarsi e flettersi in varie angolature, tanto che riesce a colpire anche avversari che le si presentano alle spalle. La caratteristica principale di tale oscenità animale consiste nel suo "soffio", che non è altro che un getto di spore paralizzanti. In questa operazione il torace espone in modo evidente la sua natura scheletrica in cui si possono notare i brutti rilievi della sua corazza.

Shadow, ancora sorpreso, pensa sia meglio seguirla per scoprire dove ha il suo nido. Gli enormi "pilastri ottagonali" ospitano, proprio a mezza altezza, la tana del mostro.

Preso nota del covo, deve tornare al punto convenuto e attendere l'arrivo di Varaz VII.

Poco tempo dopo dal veliero imperiale scende l'imperatore scortato dalle sue fidate guardie del corpo, sicuramente demoniache.

L'imperatore viene messo al corrente della sconcertante notizia e decide, guidato dal genero, di recarsi sul posto.

Giungono sopra la gola, e notano che l'obiettivo si trova a diverse decine di metri al di sotto di loro. Lo strapiombo mette in rilievo l'incredibile profondità dell'abisso.

Shadow con l'incantesimo della levitazione fa scendere lentamente un ufficiale fino a farlo giungere nei pressi del nido.

La sua voce poco distinguibile, data la distanza e la profondità, è sufficiente a far capire che aveva raggiunto l'obiettivo e segnala la presenza di ben tre cristalli.

Ricevuto l'ordine di raccoglierli si accinge a tornare dal gruppo, ma durante la risalita l'ufficiale si accorge che la viverna sta tornando al suo nido, per cui affretta l'ascesa.

Varaz e Shadow sono consapevoli che il mancato possesso delle Lacrime avrebbe causato gravi conseguenze sul futuro dell'impero.

Il militare, molto agitato, rischia di scivolare e precipitare con il prezioso "bottino". Il gendarme fortunatamente risale in tempo e consegna la sacca all'imperatore. La viverna a quel punto li individua e minaccia di attaccarli.

Un istante prima dell'aggressione, Varaz consegna al fedele arcimago una delle tre lacrime per convincersi di quanto sia vera la leggenda sulla manipolazione mentale, che ha studiato presso la biblioteca di Mileana.

La viverna, con aria minacciosa, prende terra davanti al gruppo mettendolo in serio pericolo. Solo l'imperatore e l'arcimago sono capaci di mantenere la calma mostrando una coraggiosa impassibilità.

Con gesto deciso Shadow lancia l'incantesimo che rende la viverna schiava.

È da segnalare che non tutti possono acquisire tale incantesimo, azione che attinge a tutta l'energia magica racchiusa nella Lacrima: difficilissimo da lanciare!

La nebbia magica si dissolve, mostrando una viverna di fatto immobile. Anche dopo diversi minuti lei non dà segni aggressivi, per cui Shadow, rassicurato, ordina al mostro di indietreggiare. Continua poi dando altri comandi sempre più complessi, che vengono puntualmente eseguiti. Decide poi di fare un gesto molto avventato: salirle sopra per provare ad utilizzarla come mezzo volante (sogno che finalmente si realizza).

Ottenuto il risultato, migliore di quanto si poteva attendere, anche Varaz vuole la sua parte di comando. Ma la viverna non prende atto dell'ordine fin quando lo stesso Shadow non imponga di obbedire anche a lui: condizione che permette ai due di avere il pieno controllo del mostro.

I numerosi successi raggiunti li consigliano di continuare con gli "esperimenti": dànno ordine alla viverna di creare una Lacrima. L'ordine non sortisce risultati positivi.

Viene quindi ordinato alla viverna di ritornare al suo nido e di attendere un loro sicuro ritorno. La decisione consente di organizzarsi e di attendere l'arrivo della caracca più grande a loro disposizione, onde raggiungere la città di Mileana.

I giorni seguenti alla cattura del leggendario Elementale del Fuoco (Frumorn), il vulcano Suvian, privato del suo equilibrio, inizia ad eruttare, mettendo in pericolo la città di Naplana.

Ad approfittare del caos sono i mezzoni rinchiusi, che tentano l'insurrezione supportati dalla gilda dei ladri.

I tumulti che ne seguono consentono di aprire le

porte del ghetto. I minorati, che grazie all'evento calamitoso ora si vedono liberi, iniziano a "vendicarsi" procurando enormi danni alle strutture dell'impero. Ovviamente i membri della gilda ne approfittano per saccheggiare.

La rivolta dura otto giorni, fin quando il principe Novis, aiutato dai maghi inviati dal regno di Florana, riesce a farli indietreggiare e rinchiudere nuovamente nel ghetto.

Nei giorni successivi Novis, che non ha tollerato il "comportamento" ribelle dei suoi sudditi, erige nella piazza cittadina un tribunale su ordine dell'imperatore, che ha lo scopo di condannare i responsabili dell'insurrezione.

Varaz cavalcando la viverna di cristallo arriva a Naplana, impiegando solo tre giorni.

Atterra nella piazza a mattino inoltrato, e con la viverna al suo fianco tiene un discorso:

"La viverna leggendaria di cristallo esiste! Con essa anche le sue lacrime ed ha scelto di appoggiare l'impero".

L'imperatore si rivolge alla popolazione affermando, con tono perentorio, che la presente insurrezione sarebbe stata l'ultima. Per dar credito alle sue parole prepara una dimostrazione terrificante: le vittime prescelte, stavolta, saranno proprio gli stessi mezzoni. I poveretti, legati a diversi pali di legno, si rendono conto di essere i protagonisti del massacro. Varaz quindi, con atteggiamento di falsa pietà, si rivolge alle guardie e ordina loro di allontanare la popolazione e di liberare i prigionieri, che comunque non sarebbero stati salvi.

Si tratta quindi di una messa in scena che ha lo scopo di dimostrare la ferocia del tiranno. Pochi secondi dopo l'ordine di Varaz altera la viverna che, da uno stato di profonda tranquillità, passa ad una estrema aggressività.

La scena è macabra: il suo soffio paralizzante travolge i prigionieri e li immobilizza totalmente. I malcapitati, privi di forze, crollano al suolo. La spietata viverna poi, si accanisce sui loro corpi sbranandoli mentre un fiume di sangue imbratta gran parte della piazza.

Conclusa la terribile "operazione", Varaz ribadisce quanto dichiarato in precedenza circa le rivolte popolari.

Ad Heima di Dunia, il continente in questione, la notizia arriva suscitando enorme sgomento. Anche i nostri eroi, con Raizou da poco giunto sulla Spettrale, vengono a conoscenza dell'evento.

Il vecchio cacciatore di demoni ne approfitta per rivelare tutto quello che sa sulle lacrime: come si formano; come si attiva il loro potere, che solo pochissimi al mondo sono in grado di padroneggiare.

Miguel con gesto di malanimo, contrariato, interviene e presenta subito il giovane Niffum, precisando la sua parentela con l'arcimago Shadow Snitram e la principessa Euphemy Maximus. Raizou, a questo punto si sente minacciato da tale presenza indesiderata.

Appena varcata la soglia l'invisibile diavoletto

Skyritt viene aggredito dal maestro di Kaydo che lo blocca quasi a spezzargli il collo, in quanto il mentore lo vede come una creatura pericolosa. Niffum supplica Raizou di desistere dall'azione. Costui scettico, acconsente e libera l'imp.

Il diavoletto, rincuorato, si rifugia sulla spalla del maghetto e lo implora di uccidere il vecchio pazzo.

Il maestro quindi, rivolgendosi all'allievo Kaydo, lo invita a raggiungere il ponte principale ove avrà chiarimenti in merito. Qui, nel colloquio, il giovane cacciatore di demoni spiega che Niffum si è staccato dalla sua famiglia perché non condivide gli ideali dell'impero. Ribadisce che, come alternativa, vorrebbe istituirne un altro con sani principi. Continua affermando che la presenza di un abile mago nella squadra è di vitale importanza.

Raizou però non è d'accordo poiché sa bene quanto sia inaffidabile Niffum essendo nipote dell'imperatore: sottolinea che il giovane maghetto porta un diavoletto come famiglio, cosa che indica la tendenza alla magia oscura. Non solo, cita anche come la storia sull'ottenimento del bastone sia alquanto sospetta. Kaydo non contesta, ma ribadisce che al momento è "utile" avere un alleato così forte, confermando quanto dichiarato mentre era in prigione a Roana:

"Obiettivi comuni ma fini distinti".

Stabilito questo, Raizou si rassegna a dar fiducia a Kaydo, purché non abbassi mai la guardia. La garanzia su Niffum sarà sicura solo al momento in cui dimostrerà il suo odio verso l'impero, ovvero quando il gruppo entrerà in possesso delle lame leggendarie: oggetti letali molto ricercati da Varaz.

L'azione in ogni caso dovrà venir conclusa entro pochi giorni poiché sicuramente l'imperatore ne verrebbe a conoscenza attraverso il nipote e tenterà l'impossibile per giocare di anticipo ed impadronirsi per primo della Ebony.

Nella navigazione verso Bozana Raizou vuole accertarsi delle effettive capacità combattive di tutti i membri del gruppo:

Per primo, invita Kylla ad un combattimento intuendo che la stessa è una ladra dal modo in cui schiva gli attacchi. Dopo qualche minuto di lotta realizza la presenza di un'aura magica antica proveniente da lei. Tale magia rivela che lei è in possesso della leggendaria Veste Tardigrada. A questo punto ferma lo scontro per sapere come mai la ladra abbia scelto di macchiarsi le mani con dei gravi crimini pur di ottenere tale veste. Conoscendo il rituale ritiene che il suo abominevole gesto sia paragonabile alla magia oscura usata da Niffum.

Kylla prova a giustificarsi:
"L'ho fatto per raggiungere i miei scopi da ladra e per avere una possibilità per fermare l'odio tra le razze voluto dall'impero. Vedrai che grazie a questa veste potrò finalmente uccidere i suoi figli e solo dopo sarà il momento di Varaz, e così la sua linea discendente con tutti i suoi pensieri cattivi avrà cessato di esistere".
Soddisfatto delle capacità combattive della gnomo non lo è altrettanto per la sua "spiegazione" circa i suoi ideali di vita. Detto questo si congeda e

rivolge a Kaydo una occhiataccia di disapprovazione: il suo scopo di liberare Heima di Dunia dai demoni è offuscato dal fatto che si serva di elementi discutibili che operano nella magia nera.

Raizou è consapevole che Kylla non potrà mai togliersi di dosso la Veste Tardigrada e questo le ricorderà, per tutta la vita, i suoi ignobili gesti.

Di seguito, convoca Lenora contento del fatto che lei sia sacerdotessa del Dio Plor, ma rimane sorpreso che la stessa condivida la cabina con una ladra. Lo colpisce più che altro la sua agilità in combattimento, purché ovviamente mancante di tecnica e aggressività, elementi comunque indispensabili; tuttavia è completamente soddisfatto delle sue competenze da guaritrice che risultano evidenti osservando, in particolar modo, le cicatrici subite dai compagni nelle battaglie.

Per terzo, mette alla prova l'aitante Miguel e rimane davvero colpito dalla sua prestanza fisica; dalla sua preparazione atletica e dalla sua specialità di combattere a mani nude. Nella prova Raizou insegna al barbaro qualche nuovo "colpo segreto" che ha appreso frequentando il famoso tempio degli antichi monaci, che si trova nella regione tra Bozana e Tristana.

Subito dopo, invita Niffum alla lotta dove viene messo in risalto il suo vero valore come combattente. Raizou affronta l'avversario in modo alquanto dispregiativo. Ma venuti al confronto diretto Niffum sfoggia il nuovo bastone pronto a sorprendere un avversario che non si aspetta una tale risorsa. Ma il vecchio maestro, maliziosamente, lo obbliga subito a combattere senza l'uso di un'arma abominevole, visto che il bastone ha qualità magiche derivate da sacrifici di esseri viventi.

Tale arma ad ogni utilizzo consuma infatti le anime racchiuse nella pietra filosofale posta sulla sua punta.

L'incontro ha fine nel modo previsto da Raizou cioè in un combattimento ravvicinato che mette Niffum in forte svantaggio. Ne consegue una vittoria schiacciante del maestro, che comunque si congratula con il giovane maghetto.

Alla fine è Kaydo che fa rimanere Raizou letteralmente a bocca aperta. Il giovane cacciatore di demoni perde l'incontro per un soffio. Il maestro solo con la sua grande esperienza riesce a togliersi da una apparente situazione di scacco matto.

Il sensei si complimenta con lui e alla fine lo dichiara suo erede e gli propone anche una scommessa che consiste nel recuperare la spada Ebony senza ricorrere al suo aiuto: solo così l'arma sarà sua.

L'emozione di Kaydo è indescrivibile. I restanti del gruppo non possono far altro che rallegrarsi del risultato.

Il giovane cacciatore di demoni dunque accetta la sfida e segue Raizou nella sua cabina, che è piena di attrezzature militari. Il maestro apre l'armadio e consegna la già citata armatura di adamantio. Questo è un durissimo e resistentissimo materiale, di color verdastro. La sua altissima qualità, gli conferisce tra l'altro un adeguato isolamento termico. Soltanto l'armatura ossidianica tutta nera, presente anch'essa nell'armadio, è superiore a quella adamantina.

Il gruppo finalmente risale il fiume e supera il porto di Mileana. Poco distanti dal porticciolo di Bozana trovano un'insenatura rocciosa in cui possono lasciare il galeone in custodia al Baykok.

Vale la pena ancora interrompere per descrivere in modo particolare Bozana.

Un alto bastione racchiude la piccola città che è situata sulla cima di un alto massiccio che sorge all'interno di un gruppo montuoso nel cuore del regno di Bozana, anticamente conosciuto come "Montagne rocciose dei nani".

La città, all'interno è protetta da tale opera difensiva che si affaccia sull'immenso deserto ad un'altezza di quasi cinquemila metri.

La sua latitudine più bassa rispetto alle altre cime fa sì che solo in pochi periodi dell'anno cada la neve e si formi del ghiaccio nonostante le temperature spesso scendano sotto lo zero.

L'altitudine stessa non giova a mantenere la città curata ed ordinata: pulizia ed igiene sono segni che i nativi abitanti non curano. La popolazione è composta per la metà da esseri umani e nani, che purtroppo, con l'andar del tempo, hanno contagiato i nuovi abitanti conquistatori.

I nani, come nelle altre città, sono tuttora rinchiusi nei ghetti e costretti a lavorare per l'impero nelle miniere d'oro.

Mentre la vita media degli umani si aggira intorno ai trentacinque anni, quella dei nani può raggiungere comodamente anche i trecento. Questo è dovuto alla scarsa quantità d'ossigeno.

La città è stata eretta ad opera dei nani, quasi esclusivamente con le pietre del posto, per cui gli edifici sono su misura dei loro costruttori.

L'insediamento non offre viste di meravigliose fontane, parchi o specie di flora che si possono trovare in pianura. Una semplice piazza irregolare si trova davanti al castello: unico elemento che mostra qualche decoro militare.

Le miniere sono la fonte di sussistenza della povera popolazione, tenendo conto che il miglior "trattamento" è riservato ai nani in quanto devono "produrre".

L'estrazione del metallo viene trattato con il mercurio che va ad inquinare tutto il territorio attorno alle montagne.

I nani vengono sfruttati dal principe Roy; obbligati a lavorare gratuitamente per tutti i giorni del mese eccetto uno. Il "salario" dei poveretti viene proprio da quanto riescono ad estrarre in quel singolo giorno. E' evidente che più di qualcuno, sfidando i severi controlli, cerchi di appropriarsi, non visto, di qualche grammo.

Dal porticciolo i nostri amici, nel proseguire nella loro ascesa verso Bozana, notano la mancanza di

segni di civilizzazione, e si inoltrano attraverso boschi fino ad una certa quota sostituiti poi, da stretti e polverosi sentieri affacciati sullo strapiombo.

Salendo la montagna il gruppo, che

non è abituato a simili variazioni di clima ed altezza, presenta improvvisi malesseri come giramenti di testa, vomito e vertigini. Fa eccezione Raizou che mostra solo sintomi leggeri. A dispetto di frequenti soste e riposi, si sentono sempre stanchi ed affaticati: anche lunghe dormite non migliorano la situazione.

Le sofferenze non cessano nemmeno quando, dopo qualche giorno di cammino, finalmente si trovano davanti alla città in cima ai monti: Bozana.

Poco prima di varcare il portone di entrata Raizou, per non destar sospetti, finge di separarsi dagli amici ed esibisce ai funzionari imperiali il passaporto d'oro. Anche gli altri per loro conto entrano tranquillamente, dal momento che Niffum con il suo documento d'argento ed il marchio magico comprova il possesso su Kylla.

Trascorrono la notte in una locanda del posto, ma anche in quell'ambiente di riposo fanno fatica a prender sonno, poiché non riescono ad abituarsi all'altitudine: difficoltà di respirare e la sensazione di avere un peso sul petto li tormenta per tutta la notte. Quasi tutti pensano di voler rimandare l'impresa quando si presenteranno condizioni migliori.

I sintomi continuano anche la mattina seguente tanto che non hanno neanche voglia di allontanarsi dal locale.

E' solo Raizou che alla fine si incarica di provvedere per i futuri bisogni, che consentiranno di proseguire in direzione del nido della viverna di ghiaccio per recuperare la Ebony.

Nel portar a termine l'operazione di approvvigionamento viene a sapere che il pomeriggio successivo sarebbe giunto l'imperatore Varaz VII a tenere un discorso.

Ovviamente non possono perdersi la scena.

Il calvario per il gruppo cessa solo la mattina successiva quando finalmente riescono ad ambientarsi quel tanto che basta per uscire e "godersi" la città fortezza. Non rinunciano naturalmente allo spettacolo che offre l'infinito deserto sottostante.

Una breve nota per descrivere Roy figlio di Chloe e Varaz.

Quintogenito della famiglia, nato nel 1034

attualmente ha l'età di trentatré anni; corporatura snella; capelli scompigliati di color biondo chiaro che scendono quasi fino alle spalle; privo di barba che gli conferisce un aspetto quasi adolescenziale. Ha occhi scuri castani con striature verde oliva che gli donano uno sguardo ammaliante.

E' molto impulsivo, quando deve dare un'opinione non sa trattenersi e spesso non controlla le sue reazioni emotive fino a malmenare lo sprovveduto che lo contesta. Il suo continuo atteggiamento arrogante spesso gli fa perdere molta stima in seno alla società, salvo attirare l'attenzione di fanciulle che apprezzano i tipi "duri". La sua aggressività non cessa nemmeno quando tratta con i famigliari anche se costoro manifestano evidenti ragioni.

Per lui conta solo il presente e non pianifica mai nulla. Travolto dalla noiosa routine, non gli rimane altro che passare il suo tempo dentro le mura ad allenarsi a tutti i tipi di combattimenti, sia con armi bianche che a mani nude.

Risulta che sia diventato un ottimo guerriero che sa bene dove colpire: per difesa o per attacco. A differenza del suo fratello maggiore Ares non sa accettare una sconfitta e questo lo porta spesso ad essere "rimesso a nuovo" dai suoi fedeli curatori.

Passa molte serate alle taverne anche se consapevole che i nani che le frequentano sono tipi duri da buttar giù. La "baruffa" è quasi d'obbligo.

Pur sentendosi fisicamente superiore, non abusa mai del suo titolo reale ed eventualmente, in caso di mal partito, preferisce andare a caccia del vincitore per punirlo dell'umiliazione subita: la vendetta è il suo motivo principale di trattare i rivali.

L'eliminazione fisica di colui che ha avuto il coraggio di vincere non è mai da scartare.

E' venuto il momento dell'atteso discorso di Varaz VII che è affiancato dal suo quintogenito Roy, il quale si presenta "scortato" nientemeno che dalla sua viverna di cristallo.

L'imperatore comincia col manifestare la sua autorità ed elogia la razza umana, inoltre sottolinea l'avvenuto calo delle insurrezioni, portando come riferimento la città modello di Florana. Conclude evidenziando l'operazione dell'impero che mira al maggior benessere dei cittadini, poi invita l'arcimago Shadow Snitram a prendere la parola sul palco.

Il padre di Niffum si affaccia alla platea dichiarando:

"Se tutto è stato possibile è grazie alla collaborazione attiva di mia moglie Euphemy; del papa Mons appoggiato direttamente dal Dio Plor; dalla razza elfica che ha 'accettato' di far da cavia. Confermo che è un gran giorno per Bozana e i suoi cittadini che giustamente potranno sentirsi privilegiati ad ottenere tale incantesimo benedetto dal Dio Plor. Quindi i risultati sono notevoli ed aggiungo che altre razze possono ottenere simili benefici, anche se i migliori andranno alla razza umana. Concludo riportando il motto del qui presente imperatore: un lavoratore stanco è un lavoratore che non produce reddito. Le benedizioni sotto tuttavia, per oggi, consentite solo ad una ristretta cerchia. Se non lo sapete, codeste 'benedizioni' sono limitate poiché usano una gemma dell'anima che, una volta esaurita, devo ricaricare con la collaborazione del papa Mons. Coloro che non ne possono usufruire resteranno nella lista di attesa, ma la garanzia di ricevere l'incantesimo in tempi brevi rimane comunque scarsa".

Al momento della distribuzione la folla, che sembra scettica, si mette in fila, incerta anche perché nota la priorità concessa al rango nobiliare.

Durante l'attesa, ai fiduciosi si presenta una scena che suscita invidia: un "anziano" trentasettenne nobile, che si trova in punto di morte, guarisce di colpo tanto da mettersi addirittura a correre, misurandosi sportivamente con i suoi amici più anziani.

Lo straordinario evento è come un segnale che invita la folla a stiparsi litigiosa in fila per non sentirsi esclusa da tale provvidenziale "miglioramento", in quanto si tratta quasi sicuramente di una droga ricevuta una sola volta. Gli ultimi, o coloro che non sono riusciti ad ottenere tale "benedizione", possono comunque ripassare nei mesi successivi. L'annuncio, contrariamente a quanto auspicato, incentiva ulteriori risse fra i presenti.

Shadow, colmo di ironia si volta verso Varaz e il principe Roy strizzando loro l'occhio.

Lenora da subito non si sente d'accordo a simili evidenti menzogne e cerca di raggiungere il palco per smentire i tre signori del potere. Tuttavia viene trattenuta tempestivamente da Miguel che si sente costretto a portarla via seguito da Kylla che non vuole lasciar sola l'amica.

La mattina seguente si incamminano verso il nido della viverna di ghiaccio. Passano un ponte sospeso traballante per poi iniziare la salita del monte Slongher. Nel tragitto evitano, per pochi attimi, una grossa valanga. Concludono la salita arrancando e sprofondando nella neve fresca finché raggiungono la vetta.

Sul posto devono fare molta attenzione ai pericoli nei dintorni, dopodiché entrano nella caverna dove si trova la spada.

All'interno di un'enorme stanza ghiacciata la sorpresa è grande: della spada non c'è traccia.

Raizou sbiancato dalla sorpresa constata che il punto dove aveva lasciato la spada è crollato. Al suo posto c'è un'ampia fossa profonda una decina di metri. Grazie alle loro corde, i nostri amici si calano di sotto anche se la luminosità è scarsa.

Impulsivamente Niffum, convinto di far bene, lancia l'incantesimo che illumina. Le conseguenze però, giungono inattese: l'antica leggendaria viverna di ghiaccio si sveglia di colpo e lancia un ruggito, facendo cadere dal soffitto diverse stalattiti, che vanno a cadere come pioggia sopra il gruppo. Una di esse va a ferire Lenora che deve subito utilizzare un incantesimo per curarsi.

La viverna, che li aggredisce, ha le solite note fattezze comuni alla specie. Di un intenso colore grigio cenere la sua peculiarità è quella di avere come una "corona" di aculei atti a proteggere la testa. Sulle sue ali membranose spuntano artigli che sono le sue micidiali armi di offesa e difesa. La sua mascella presenta una protuberanza ossea molto appuntita in grado di scavare nel ghiaccio. La mandibola che lo raccoglie e lo elabora in quel pericoloso getto. Quelli che ne sono vittime muoiono all'istante per l'insopportabile gelo.

La creatura, disturbata nel suo sonno nonché preoccupata per la sorte delle uova che devono ancora schiudersi, attacca ferocemente il gruppo svolazzando loro intorno. Lo spazio ristretto giova alla reazione della viverna.

Niffum con opportuno contrattacco la anticipa lanciando l'incantesimo Palla di fuoco che le fa perdere la mira. L'arena del combattimento si presenta priva di uscite con pochi anfratti per nascondersi. La spada di Kaydo mostra i suoi effetti micidiali quando colpisce l'enorme mostro nel momento in cui questo tocca terra. Miguel accorre in aiuto, cercando di aggrapparsi al nemico, ma invano. Anche Lenora si dà da fare supportando i compagni, con opportuni medicamenti, ogni qualvolta subiscono ustioni da ghiaccio. I colpi di Kylla, al contrario, sono efficacissimi visto che sfrutta la sua balestra in materiale ossidianico recuperata in uno dei bauli nel Suvian. I micidiali dardi infuocati ed in ferro dell'arma causano ferite serie alla viverna, mentre al suo fianco Niffum contribuisce con la sua magia.

Raizou, in modo passivo, si limita ad osservare il gruppo ed a schivare gli attacchi. La prima a cadere è Lenora colpita dalla coda della viverna. Viene scaraventata in aria per quasi quattro metri. L'impatto con il suolo le causa una commozione cerebrale facendole perdere i sensi. Miguel, molto sensibile al fascino della sacerdotessa accorre in suo aiuto, la prende in braccio e la porta al sicuro in una nicchia nascosta. In preda all'ira per la ferita subita "dall'amica" si scaglia contro il mostro avversario appena atterrato, che stava cercando di sbranare Kaydo. Nella mischia, pur di colpire efficacemente, con furia incontrollata, quasi si becca un fendente della spada dell'amico. Miguel con un possente pugno colpisce la viverna all'occhio sinistro causandole una lesione sanguinante. Parzialmente cieca e dolorante la creatura inizia ad agitare la testa ed a perdere il controllo delle sue azioni. Kaydo approfittando della difficoltà dell'avversario, con un colpo le squarcia l'ala destra.

La viverna allo stremo delle forze cerca di volare per mettersi sulla difensiva ma va a sbattere contro una parete. I blocchi stanno per cadere su Niffum e Kylla. Ma il maghetto, appena in tempo, lancia l'incantesimo di barriera denominato "Cubo perfetto" che ingloba i due, che peraltro restano seppelliti e prigionieri dei macigni di ghiaccio. Miguel e Kaydo, i soli rimasti in grado di combattere, affrontano il nemico che è atterrato a pochi metri di distanza reagendo, però, con un soffio gelido, che li travolge bloccandoli all'istante. La salvezza viene dal fatto che Kaydo indossa la rara armatura di adamantio. Miguel invece, nonostante la sua prestanza fisica si trova più a mal partito. A questo punto, per risolvere la questione, interviene Raizou che fino a quel momento se ne stava in disparte da spettatore. Sguainando le sue affilatissime spade in osso di viverna si avventa sull'enorme mostro in difficoltà che comunque stava per sbranare il giovane Kaydo. Nel giro di pochi istanti il sensei anticipa di pochissimo il fatale colpo della viverna trapassandole il cranio fino a trafiggerne il palato.

Il mentore guarda l'allievo con soddisfazione per come ha concluso il combattimento. Poco dopo vanno verso il cumulo di ghiaccio, che ricopre i due amici, per liberarli. Niffum rianima Miguel riscaldandolo con la sua magia mentre gli altri vanno ad aiutare Lenora svenuta. La sacerdotessa riavutasi, provvede da sola a recuperare le energie guarendo se stessa e poi gli altri.

Alla fine Raizou dopo lunga ricerca riesce a trovare la spada Ebony.

Ritiene l'azione risolta con successo ed anche che Kaydo è degno di possedere le due spade, in quanto il suo merito è di molto inferiore a quello del mentore. Il sensei insiste nel dar valore ai cinque compagni asserendo che, comunque, non è cosa da poco affrontare e vincere una viverna.

A missione ultimata il gruppo si divide: Kaydo, Kylla, Niffum e Lenora tornano verso il galeone. Raizou invece, invita Miguel a seguirlo. I due scendono dall'altro versante della montagna, in direzione di Tristana per mantenere la promessa data dal vecchio cacciatore di demoni al combattente a mani nude. Essa consiste nella garanzia di fare il possibile per farlo accettare dai monaci, che lo introdurranno al loro specifico modo di combattere. Il prezzo da pagare è che dovrà allontanarsi dai compagni per un periodo molto lungo per poter frequentare un corso di specializzazione in un particolare monastero.

Miguel da bravo avventuriero accetta con decisione e segue Raizou.

In prossimità del monastero il vecchio cacciatore precisa al barbaro che, dopo averlo presentato ai monaci, si congederà perché dovrà recarsi molto in fretta a Tristana. In quella città deve parlare con Kront per pianificare un assedio a Naplana. É quasi certo che Varaz si stia recando a Roana con Shadow per studiare come sfruttare al meglio il potenziale della viverna. Infatti è questa la miglior occasione per attaccare un insediamento ancora devastato dalla ribellione.

Bisogna sbaragliare le protezioni locali, liberare i mezzoni del ghetto che come conseguenza creerebbe un diversivo atto a indebolire le difese cittadine. Questa operazione darebbe maggiori possibilità alla cattura del principe Novis, che è molto al corrente dei nuovi piani imperiali.

Capitolo 11
Il monastero

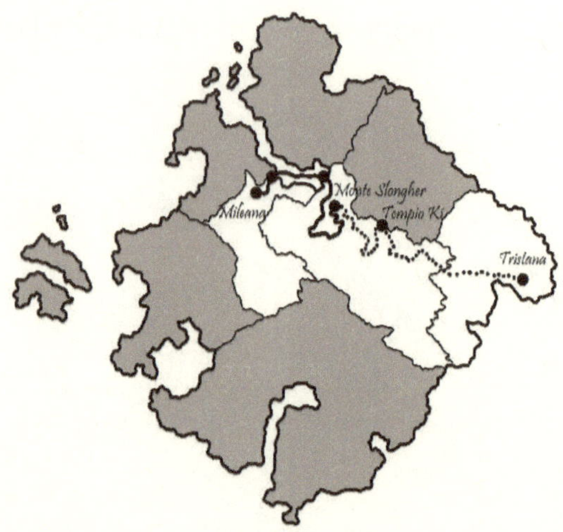

Raizou e Miguel per raggiungere il monastero devono affrontare diversi sentieri tortuosi.

Nella risalita lungo il gelido camminamento, mentre infuria una tormenta, un golem di ghiaccio prende forma emergendo da un masso gelato. Assumendo forme umane, attacca pericolosamente i due con i suoi quasi tre metri di altezza. I colpi di tale creatura sono così potenti da assiderare le persone all'istante.

Raizou invita il mercenario a farsi avanti con le sue capacità combattive. Miguel accetta la sfida e si lancia sulla minaccia appena apparsa e la colpisce in vari punti fino a staccarle un dito.

Il vecchio cacciatore di demoni ripetutamente incita con parole forti il mercenario tanto da creare disattenzioni al nemico. Il compagno pertanto ha la possibilità di trovare e colpire il cosiddetto "cuore del golem", che spesso è un oggetto dedicato appositamente a tale funzione: "cuore" che mantiene in vita il mostro.

Dopo ripetuti tentativi, colluttazioni e sbattimenti sulla neve, Miguel riesce ad individuare un piccolo pezzo di legno inserito nel braccio sinistro che indica finalmente il punto debole dell'avversario. Dopodiché Raizou con un fendente stacca via di netto il braccio di ghiaccio.

Il moncone una volta a terra espone il cosiddetto cuore alla vista del mercenario che velocemente lo estrae mettendo così fine all'incantesimo: il golem si scioglie allora in un misero grumo di neve. A quel punto il soddisfatto Miguel raccoglie il pezzo magico, che dimostra essere nientemeno che una semplice statuina decorativa. La distruzione dell'oggetto avviene soltanto se viene frantumato in due parti.

Alla fine raggiungono la struttura che si erge su una montagna accessibile dopo una lunga e ripida scalinata. Finalmente in cima si trovano di fronte ad un enorme portone di legno. Bussano e il monaco guardiano che accorre e li fa entrare.

L'ambiente è costituito in maggior parte da legno e pietra. Suppellettili vari arredano l'interno: arazzi, tappeti, ornamenti in fibra e dipinti di vari monaci defunti.

Nonostante la temperatura esterna sia gelida all'interno si può godere di un certo tepore. Ci sono due enormi stanze principali di cui una è utilizzata per la meditazione, l'altra come se fosse una palestra, piena di percorsi ad ostacoli, che servono per gli allenamenti. Proprio in quel momento è in corso un confronto tra due monaci. I due combattenti non usano armi ma si stanno affrontando a mani nude. Controllano i colpi concentrando le energie in punti specifici, sia come difesa che come attacco. Sfruttando le asperità delle pareti e le sporgenze di cornicioni effettuano sbalorditivi balzi. Uno dei due raggiunge una balestra appesa e riesce a scoccare un dardo verso il rivale. L'avversario incredibilmente riesce a bloccare la freccia con la mano. Passano oltre e giungono in un'area che funge da parlatorio. Il monaco che li accompagna chiede se intendono passare la notte. A questo punto Raizou si toglie il cappuccio, si libera la barba dal ghiaccio e si fa riconoscere dal monaco, sottolineando sarcasticamente con la frase:

"Era fatto proprio bene quel golem".

Dopo calorosi saluti il cacciatore di demoni chiede che Miguel impari l'arte marziale, poiché, a suo avviso, il giovane è molto dotato e potrebbe ottenere ottimi risultati. Tra l'altro il monaco gli dimostrerebbe riconoscenza per certi favori ricevuti in passato.

Il religioso invita Miguel sul tatami per testare le sue effettive capacità. Dopo vari scambi di colpi, il maestro riesce ovviamente ad avere la meglio sull'ospite. Però giudica che costui sarebbe davvero un allievo promettente. Si conclude, alla fine, che Miguel rimarrà nel monastero per portare a termine la conoscenza e la pratica delle loro arti marziali. Il monaco precisa però che, dipendendo dalle capacità dell'allievo, la durata dell'addestramento potrebbe protrarsi per qualche lustro.

Miguel, entusiasta, rimane d'accordo.

Il mattino dopo Raizou riprende il viaggio verso Tristana.

Nei giorni che seguono Miguel ha modo di ambientarsi, per cui è in grado di affrontare gli estenuanti allenamenti e i lunghi periodi di meditazione.

Una sera, mentre vaga nel monastero, percorrendo un corridoio, si trova di fronte un quadro che attira la sua attenzione.

E' l'immagine del primo monaco fondatore.

Incuriosito si avvicina per esaminarlo. Tale atto però comporta la sorpresa che Miguel venga catturato e risucchiato istantaneamente al suo interno.

Il nuovo ambiente evidenzia che si tratta di un'altra dimensione. Nella scena, il vecchio monaco presente che era in fase di meditazione si rianima, si alza e si avvicina "all'intruso", ma rimane colpito dal fatto che un estraneo sia stato attirato dentro il suo mondo: solo i monaci più valorosi possono usare il passaggio.

Il quadro è effettivamente una specie di portale temporale che riporta il monastero agli inizi della sua costruzione. Il personaggio che è "apparso" si rende conto che deve fare da tutore al nuovo venuto per trasformarlo in un valoroso guerriero.

In questo ambiente Miguel viene invitato dal

vecchio religioso a mostrare i risultati conseguiti fino a quel momento, per cui il mercenario si sforza di dare il meglio di sé, dimostrando che nei soli pochi giorni passati in allenamento con i monaci ha già appreso le basi dell'arte marziale.

Alla fine, nello scontro di valutazione con il vecchio saggio, costui pone inaspettatamente fine alla prova e si congratula con l'allievo dandogli anche diversi consigli su ulteriori miglioramenti possibili. Non tralascia ad incitarlo a tornare, a piacimento, anche nei giorni successivi.

Miguel, soddisfatto, al rientro nella dimensione di appartenenza si accorge che il continuum temporale non ha subito variazioni.

Tornando al momento in cui si sono divisi, i quattro amici restanti impiegano diversi giorni per raggiungere l'insenatura dove si trova la Spettrale.

Durante i tempi ed il percorso per raggiungere il galeone, mentre attraversano uno dei passi di montagna più difficili per raggiungere la valle dove si trova la Baykok Spettrale, vengono sorpresi da una forte tormenta accompagnata da raffiche insostenibili, che solleva la neve tanto da impedire la vista: non si riesce nemmeno a vedere il compagno che è davanti.

Kaydo invita gli altri tre di tenersi per mano e trovare un riparo restando a contatto con la parete della montagna per evitare di cadere nel precipizio. Dopo circa una quarantina di passi scoprono una sorta di piccola e buia caverna. Rassicurati vi entrano e Niffum lancia il suo incantesimo di luce; ma un'incredibile sorpresa li attende.

Ogni membro del gruppo si trova di fronte ad un suo "sosia". Ciascuno rifiuta di credere ai propri occhi: ci sono tre copie quasi identiche di ognuno di loro. L'incredulità aumenta soprattutto quando constatano che anche le "copie" sono sbalordite a loro volta tanto che mantengono lo stesso stupore manifestando di avere anche gli stessi pensieri e modi di fare.

Lenora aveva sentito parlare di questi esseri, che vivono in luoghi isolati dove spesso ci sono nebbie, tempeste di sabbia o neve. Questi esseri infatti sono in grado di replicare le persone o animali di un qualsiasi gruppo, di una qualsiasi specie tanto da sostituirne un membro per infiltrarsi nel gruppo stesso e ricavarne i migliori vantaggi. In caso di persone, pur essendo molto più impegnativo, possono sostituire gli originali tanto da esser riconosciuti come "reali" fino a costringere i presenti ad eliminare proprio l'originale.

Il caos che ne deriva è enorme e quasi incontrollabile: tutti accusano tutti.

Ci vuole più di un'ora per sbloccare la situazione. L'unica ad essersi riconosciuta con certezza è solo Kylla che, con il potere della sua veste, blocca il tempo e uccide la sua copia. Ovviamente il "polimorfo" non è in grado di replicare la veste Tardigrada e quindi il fatto che Kylla sia in grado di controllare il tempo.

Ma per gli altri, venirne fuori non è così semplice: la tensione causa stress ed aumenta fino a passare a veri e propri feroci insulti.

A questo punto "uno" dei due Niffum ne ha ormai abbastanza e decide di risolvere la propria scomoda situazione senza chiedere consiglio ad alcuno. Pone fine alle repliche con un efficacissimo incantesimo di fuoco. Viene però colpito dall'altro "Niffum", che è costretto a trattenere l'incantesimo di luce per contrastarlo con uno oscuro.

La caverna diventa improvvisamente buia a causa di una nera nube impenetrabile alla luce. Una moltitudine di ombre inizia subito a volteggiare tutto intorno, e si ode il comando del secondo Niffum, che incita all'uccisione di tutti coloro che non si adeguano ai suoi ricordi.

Nella baraonda ciò che si ode sono solo urla strazianti e poco dopo il giovane maghetto illumina l'ambiente dove si vedono diverse persone morte, consumate ed irrigidite in posizioni innaturali. Le spietate ombre hanno posseduto le vittime facendole contorcere in orrendi spasimi, procurando loro fratture multiple e conseguente emorragia interna.

Il "repulisti" di Niffum non viene ben visto dai compagni, che lo aggrediscono verbalmente per due motivi: la sua impulsività e l'utilizzo di una magia così ignobile e maligna (appresa dall'anziano grimmur della borgata di Monfy).

Poche ore dopo la tormenta si placa e alla fine sembra che le "copie" siano state individuate correttamente ed eliminate.

"Sembra" che siano rimasti in vita solo gli originali.

Giunti finalmente davanti alla Spettrale, notano la presenza di diversi velieri dell'esercito imperiale intenti a perlustrare la zona circostante. Per fortuna il galeone è ben occultato. Per prudenza i nostri amici passano la notte tenendosi nascosti, badando però a tener d'occhio i movimenti delle guardie.

Il giorno dopo i velieri dell'impero si allontanano, mostrando apertamente la loro delusione per non aver trovato quello che cercavano.

I quattro amici restanti, dopo qualche ora mollano gli ormeggi e si dirigono verso la foce passando per Mileana. A questo punto Lenora propone di fermarsi nella città per potersi informare sul primo sacerdote devoto al Dio Plor, con lo scopo di potersi impossessare della sua verga. Il posto più adatto è di sicuro l'antica biblioteca.

Lenora insiste per ottenere consensi alla sua causa, ed è appoggiata da Niffum anche se spinto da motivazioni diverse. Kaydo e Kylla ritengono ciò pericoloso visto che il fiume è molto sorvegliato in quel periodo.

La sacerdotessa allora prende la parola:

"Vorrei insistere per la mia ricerca ché se non venisse accettata me ne andrei per conto mio. La mia intenzione è quella di salvare il mio Dio prima che l'impero completi il piano di conversione religiosa. Un'eventuale perdita di consensi lo indebolirebbe a tal punto che rischierebbe di diventare un comune mortale, cosa che farebbe perdere anche a me i poteri curativi".

I due compagni, non convinti accettano loro malgrado quanto imposto da Lenora e decisero di

rimanere ancora per qualche giorno nella zona
pericolosa. Nel frattempo la stessa sacerdotessa e
Niffum possono andare alla tanto rinomata biblioteca.
Per il maghetto è un edificio importante, perché i suoi
genitori passavano molto tempo in quella città e
soprattutto nella biblioteca ove trascorrevano anche
mesi durante la sua infanzia. Secondo Niffum è qui che
hanno appreso gli incantesimi più potenti. Purtroppo in
quell'epoca, a causa di un diverbio tra l'adolescente
principessa Lelith e l'arcimago Shadow, i suoi genitori
hanno cominciato ad evitare di recarsi alla città di
Mileana, quindi Niffum non ha mai avuto l'occasione di
leggere i libri antichi sulla magia.

*Altra interruzione (a mio malgrado) per dir
qualcosa su Mileana.*

*E' la prima città ad essere stata annessa
all'impero ma è anche la più "grigia" fra tutte quanto a
"colore".*

*I tiefdois (mezzi umani e mezzi diavoli) non
hanno mai avuto gusto per l'arte e di fatto
l'insediamento ne è un esempio: a livello di viabilità e
funzionalità non c'è che dire, ma il lato artistico è
completamente assente.*

*La città è caratterizzata da una rete di ampie
strade con edifici più alti rispetto alla norma. Ciò è
dovuto all'espansione demografica che la condiziona.*

*Sull'unica vastissima piazza emergono diverse
strutture di cui le tre principali sono: una cattedrale che
espone un opprimente color antracite ed è adornata da
archi a sesto acuto di stile quasi gotico circondata da*

*statue rappresentanti diavoli; al suo fianco si trova
l'enorme biblioteca suddivisa in tre padiglioni: è
l'unica ad avere del "colore" (se l'argento può definirsi
un colore), infatti sulle lunghe facciate vi è uno smodato
utilizzo dell'argento stesso che la (abbellisce?)
formando bassorilievi satirici con i tiefdois che irridono
le altre razze.*

*La biblioteca è stata infatti costruita quasi per
umiliare gli umani dell'ovest e gli elfi; infine c'è il
castello, al momento occupato dalla principessa Lelith:
unica struttura ad avere cinque piccole aree quadrate di
semplice erba che finalmente dànno un po' di colore al
grigiore che la circonda.*

*Il castello ha una forma pentagonale ed è tutto
sommato, di modeste dimensioni.*

*La città, di per sé pulita e curata, è famosa per
la realizzazione di vestiario e di moda di alta qualità.*

*Gli umani dell'ovest, al momento della
conquista del regno, hanno subito visto l'enorme
potenzialità che garantiva la vasta area rurale, ideale
per la coltivazione del cotone, ragion per cui molti
famosi stilisti si sono insediati in loco e l'hanno reso
famoso in tutto il continente proprio per la qualità
particolare dei prodotti tessili. Sono soltanto tali
stupefacenti abiti l'unica cosa colorata che si può
trovare in questa città.*

I controlli doganali di Mileana sono meno
efficaci di quanto si creda, poiché la principessa ha un
pensiero filosofico diverso dal padre. Per questo motivo
Kylla può entrare senza l'aiuto di Niffum.

Lo sguardo si sofferma sull'Arco della Pace fatto interamente di pietra, voluto dalla principessa Lelith, su cui sono incise scene che esaltano l'unione delle due razze umani e tiefdois, che si abbracciano e lavorano insieme.

I nostri protagonisti, una volta oltrepassato il varco, percorrono il lungo viale che porta alla piazza principale: arteria tristemente priva di qualsiasi vegetale. Tale via fa sfoggio di numerosi negozi di sartoria e di laboratori adibiti alla lavorazione del cotone: proprio per questo è detta Viale del Cotone.

Mileana è molto affollata di giorno a causa dei numerosi mercati e commercianti pendolari. Si percepisce infatti un'atmosfera caotica dove, lungo le strade, si sentono diverse persone sia umane che di altre razze parlar male della principessa Lelith, accusata di non avere il polso necessario a governare la città.

La locanda dove prenotano la stanza per dormire è piena di persone identificate come tiefdois, individui di corporatura mista umana e diabolica: esseri negativi sempre in cerca di un pretesto per aggredire, operare furti, atti vandalici e rapine nei negozi. Pertanto la principessa Lelith viene accusata di debolezza dal momento che impartisce lievi pene per punire i malviventi di razza inferiore. Per gli umani invece si usa un metodo repressivo spietato. Il tutto per non voler sembrare razzista come i suoi fratelli e sorelle.

Kaydo e Kylla, incuriositi, vorrebbero dedicare più tempo per indagare sulla questione, ma resta sempre la priorità di cercare il libro che interessa a Lenora.

Per tale ragione scelgono di recarsi alla

biblioteca che si trova nella piazza cittadina. Dal luogo in cui si trovano, constatano sì che la tratta è breve, ma che il traffico congestionato e l'affollamento lungo le strade li dovrà inevitabilmente rallentare costringendoli ad avanzare con molta fatica in quel caos.

La biblioteca, che è aperta al pubblico, consiste di tre padiglioni di cui uno è sorvegliato dalle guardie e che permettono l'ingresso solo ai funzionari abilitati, mentre gli altri due sono accessibili a tutti. Questi due vengono visitati per primi.

Dopo tanti tentativi e alcuni giorni trascorsi, la ricerca non dà nessun frutto.

Nel frattempo si viene a sapere dalle dicerie della popolazione, che Varaz e Shadow sono riusciti a catturare la leggendaria viverna delle tempeste, la quale ora si trova aggrappata alla torre del castello imperiale a Roana.

Parlando delle viverne è bene sottolineare che si tratta della più imponente di tutte. Oltre a ciò la distingue il fatto che non ha un habitat fisso ma preferisce seguire le nubi temporalesche che contribuiscono ad aumentare la sua energia "elettrica". Questa carica viene utilizzata anche come sorta di "cibo".

E' rivestita di una pelle da rettile con vistose squame violacee. Sulla testa si vedono bene alcune protuberanze aerodinamiche, che verosimilmente permettono all'animale di gestire il volo. Al momento in cui deve lanciare la sua scarica elettrica, i suoi muscoli si contraggono per prepararsi ad emetterla quando occorre. In questa occasione si vede chiaramente la corrente che scorre lungo le ali membranose tanto da formare veri e propri disegni animati. Alla fine la bestia rilascia dalla sua bocca il fulmine micidiale che ha effetto istantaneo.

Detto questo, il gruppo ritiene necessario distrarre le guardie che sono messe a guardia del padiglione interdetto alle masse. A questo ci pensa la sacerdotessa Lenora, mentre Niffum e Kaydo si tengono pronti al peggio qualora fosse necessario. Kylla, nel frattempo, si diletta nello scassinare la serratura per poter entrare. La sua capacità di diventare invisibile è quanto mai utile. I rumori della grande porta di legno prodotti mentre entrano, attirano le guardie presenti facendole allarmare. Per neutralizzarle accorrono Niffum e Kaydo che, con pochi colpi, le mettono fuori combattimento. Ma è sempre Lenora che insiste per non ricorrere ad uccisioni avventate. Il tutto sotto gli occhi dei cittadini presenti, che in preda al panico scappano fuori dall'edificio.

Il piccolo padiglione, a confronto degli altri due, ha sopra di se una semplice volta di vetro, che permette una luminosità tale da poter consultare i preziosi libri.

E' ora doveroso fare una ricerca con una certa fretta, poiché potrebbero accorrere ospiti indesiderati. Tutti d'accordo, eccetto Niffum, il quale è interessato esclusivamente alla sezione magica.

Iniziano così a cercare il libro in quell'area meno ricca di volumi. A questo punto interviene Kylla che, con la sua bassa statura, è in grado di scrutare i libri

posti alla sua altezza con più efficacia. Chi trova il tomo
però, è Kaydo. Preso il volume si gettano verso l'uscita,
anche Niffum riesce a recuperare un antico libro, ma per
strada sono affrontati da ben sedici guardie imperiali:
poveri diavoli, che vengono eliminati subito
dall'incantesimo del fuoco del giovane maghetto.

L'operazione, anche se riuscita, va ad aumentare
il valore della loro taglia ed una più precisa immagine
dei loro volti.

I nostri amici riescono a mettersi al sicuro sul
loro galeone non senza aver prima fatto uno scontro con
un bastimento di egual portata.

A bordo dell'imbarcazione sono contattati da
Kront, tramite Neko che fa da portavoce.

Il leader dell'Ordine chiede al gruppo di unirsi
all'invasione del regno di Naplana. Accordo già
stipulato con Raizou e Tamariko.

Kaydo ribatte di non voler partecipare, in quanto
si sente in condizioni di inferiorità rispetto all'impero,
visto che è in possesso di due viverne ed un elementale
del fuoco. Suggerisce invece di raggiungere Berana con
lo scopo di fermare ciò che sta tramando Ares. Il
principe infatti sta cercando la causa per cui si sono
prosciugate le sorgenti. Probabilmente è causa di un
elementale dell'acqua. Convinto, Kront appoggia il
piano di Kaydo.

In seguito Lenora trova il tempo per leggere il
libro ed intuisce che la verga sia nascosta all'interno di
una delle tre piramidi nel Deserto di Sabbia.

Il gruppo dunque pianifica di dividersi: Kaydo e
Niffum si fanno lasciare lungo la costa dell'arcipelago

di Berana; Kylla e Lenora con il galeone si dirigono ad Habibi.

Durante il tragitto di avvicinamento Neko aggiorna Lenora su quanto successo recentemente nel continente: Florana sta inviando i propri maghi in tutti i regni per diffondere l'incantesimo sulla manipolazione mentale; Roana sta innalzando e rinforzando le mura cittadine e conquistando nuovi territori limitrofi; a Veniana la principessa Artemis ed il capo dei pirati Atlas stanno stringendo accordi segreti per unire le forze nella ricerca del leggendario tesoro dei pirati; Berana ha i suoi ben noti problemi di siccità; a Mileana Lelith si oppone alla principessa Euphemy e a suo marito Shadow, che non vuole autorizzare l'accesso dei suoi maghi alla città.

Nel frattempo Miguel trascorre al monastero solo sei mesi: i primi quattro mesi ha appreso tutte le tecniche e la concentrazione delle speciali energie; i restanti due mesi per superare le tre prove, che lo portano ad ottenere il titolo di monaco guerriero con tanto dei rinomati tirapugni leggendari Knester. Questi dispositivi sono considerati leggendari per due fatti: il primo che per costruirne una copia ci vogliono circa cinque anni e quindi sono difficili da trovare; il secondo perché la loro letalità viene dalle capacità di concentrazione dell'energia del possessore, che li rende superiori a quelli di semplice buona fattura.

Superata la prova e ottenuta la benedizione dal monaco, si dirige a Tristana per mettersi in contatto con Lenora e gli altri del gruppo tramite Neko.

Capitolo 12
Il tempo: nemico o amico?

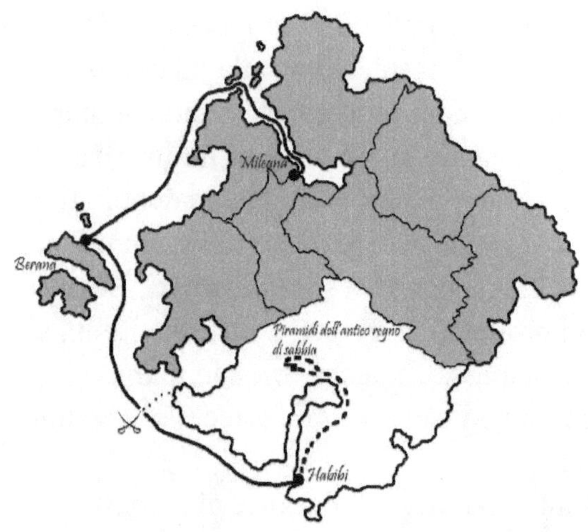

Alle porte della città di Naplana, poco prima dell'esercito ribelle guidato da Tamariko, la gilda dei ladri riesce ad aprire le porte del ghetto dei mezzoni. Qui deve creare un diversivo per instaurare il caos interno.

Il piano di Tamariko prevede che il loro esercito passi lungo la costa con lo scopo di assediare il castello, dal momento che è affacciato sul mare. Bisogna sfruttare il vantaggio della posizione strategica per arrampicarsi sulle mura. Prima di ciò i galeoni iniziano a sparare contro le stesse aprendo dei varchi.

Raizou, debitamente camuffato, aiuta i ribelli ben sapendo che, se le cose non dovessero andare secondo i piani, sarà costretto a cambiare lato dello schieramento; dare cioè da intendere di essere giunto a

Naplana proprio in quel momento per sostenere l'esercito imperiale.

I nostri eroi invece risultano impegnati nell'ordinario percorso marittimo dove, come si sa, il lavoro in un galeone non finisce mai, nonostante la preziosa collaborazione da parte degli spettri.

La grande Baykok, imbarcazione a tre alberi, viaggia spedita anche grazie al consistente aiuto dell'equipaggio di ombre, abilmente diretto dal nostro gruppo, che gestisce le numerose e grosse cime che regolano le vele dei tre alberi: trinchetto, maestro e mezzana.

Infatti, quando riescono a "stringere" il vento, il galeone inizia a prendere velocità scivolando sulle onde: questa per un marinaio è un'emozione che non muore mai, soprattutto per tutti quelli che hanno l'onore di servire su tale velocissima nave pirata.

Ci sono da svolgere ancora una serie di altre attività non meno importanti: da quelli che hanno la "fortuna" di controllare la micceria (unica fiamma libera a bordo utile per accendere i cannoni), e ai meno "fortunati" a cui tocca il disgustoso lavoro di pulizia della sentina maleodorante, piena di ratti, scarafaggi e, perché no, anche escrementi umani.

Lo schifo è tale che tutti sono convinti che perfino il demonio si potrebbe avvelenare.

Ovviamente, non mancano i momenti in cui ci si dedica alle varie attività personali: manutenzione delle proprie armi; il tenersi in forma allenandosi; la simulazione di battaglie navali e, dulcis in fundo, anche svagarsi: suonando, ballando, leggendo avventure in forma di recitazione che molti ascoltano con passione; il tutto spesso accompagnato da un buon boccale di rum o qualsiasi cosa che abbia una gradazione alcolica tale da stordire.

Non possono mancare nel giardinetto di poppa (balcone) la coltivazione di varie piante alimentari o curative.

Nota a parte i servizi igienici che spesso vedono i marinai sporgersi dal ponte per defecare, per poi pulirsi con la stoppa (cima) lasciata immergersi lungo la scia con lo scopo di sciacquarsi prima del successivo utilizzo.

Navigare è sempre un'impresa faticosissima come vincere una battaglia: solo pochi capitani possono dare del tu al mare e, nonostante ciò, non lo fanno perché il mare merita rispetto.

Alla fine, dopo qualche giorno di navigazione, il gruppo con la Baykok Spettrale raggiunge la costa dell'isola a nord di Berana, che dista tre giorni di cammino dalla città. Kaydo e Niffum sbarcano per indagare sulla mancanza d'acqua e se per caso centri qualcosa l'elementale d'acqua.

Lenora e Kylla proseguono per Habibi.

Passano le acque territoriali dove sfruttano la notte priva di luna. Deviano leggermente la rotta verso il rischiosissimo oceano. Riescono a superare il confine eliminando un'imbarcazione sentinella.

Essendo teatro di guerra, l'avanzata nel deserto da parte dell'impero è cosa logica.

Per raggiungere le antiche piramidi hanno davanti a loro un percorso che le terrebbe impegnate per tre giorni. Affittano pertanto due cammelli che sono adatti allo scopo.

Le due donne arrivano sane e salve a destinazione. Le piramidi sono tre, e la prima difficoltà la trovano nell'antica piramide di Rolp.

Stando a quanto scritto nel libro, le piramidi sono di altezza diversa. La prima, alta sessanta metri, è da escludere, poiché quella giusta è alta centotrentasei metri. Rimangono le altre due che da lontano sembrano di altezza simile.

Allo scopo di individuare quella giusta, Lenora improvvisa un calcolo basato sulla quantità ed altezza di un singolo blocco di cui sono composte. La sacerdotessa riesce a stabilire che quella che interessa è la più bassa fra le due.

Ogni piramide presenta due ingressi opposti: uno rivolto ad est e uno ad ovest. Il libro specifica che la posizione degli ingressi ha poca importanza, purché sopra ciascuno di essi vengano poste sei rune magiche.

È necessario precisare che, la porta di sabbia che fa parte della facciata est, è fiancheggiata da due sfingi risalenti a più di mille anni prima; questa è ben conservata tanto da non mostrare i segni del tempo.

Il lato ovest presenta la sua porta con due statue, in teoria umanoidi, che sostengono una clessidra. Tale facciata, al contrario è molto erosa dagli agenti atmosferici.

Le due donne, per qualche minuto discutono sul da farsi ed alla fine optano di scegliere a caso: la porta ovest.

La sacerdotessa traccia quindi le rune magiche

che diventano luminose.

In conseguenza di ciò la piramide inizia a tremare per qualche istante senza che accada nulla di importante. Salvo che le rune stesse cominciano a sbiadire e poi dissolversi. Lenora, pensando di aver sbagliato qualcosa, prova a riscrivere le rune, ma nel fare ciò vede la sua mano che passa attraverso la porta.

Lei stessa decide che sarà la prima a passare, visto che la missione parte dalla sua volontà.

All'interno la sacerdotessa attende l'arrivo di Kylla. Costei però impiega ben sei minuti per raggiungere la compagna. Lenora rimane sorpresa del fatto, dal momento che lei stessa era entrata subito. Non comprende come l'amica ci abbia messo tanto, poi si mette ad osservare la stanza poco illuminata da una fiaccola, stranamente accesa e decisamente spoglia. Di fronte c'è solo un corridoio frequentato da piccoli scorpioni.

Attraversato il passaggio le due donne giungono in una immensa stanza molto complessa, che presenta un intricato labirinto in cui si vedono cinque uscite sullo sfondo.

L'ambiente rivela subito una caratteristica: sotto il fondo scorre una lava magica molto luminosa. Sopra i camminamenti del labirinto, ben visibili, fluttuano strani mostriciattoli di forma sferica con molti tentacoli ed un solo occhio che comunque non permette la vista. Tali esseri che sono descritti nel libro, sono arpie.

La lava sottostante i sentieri labirintici produce tale calore da indurre Lenora ad indossare la cappa magica acquistata a Florana che è adatta a proteggersi. Kylla non ha alcun bisogno di mantelli poiché è difesa dalla Veste Tardigrada.

Le due avventuriere adottano diversi sistemi per evitare di essere attaccate dalle arpie ed entrano nel primo corridoio situato a sinistra. Al di là del passaggio trovano un ambiente ghiacciato e per certi versi famigliare. La sorpresa è che il luogo è presenziato da una viverna che sta dormendo ma che impedisce sicuramente di attraversare la porta retrostante.

A questo punto a Lenora viene in mente l'esperienza di Bozana in cui ha avuto a che fare con la viverna e di cui ne ha subito un trauma. Detto questo le due pensano bene di ritornare sui loro passi e di tentare un'altra uscita.

L'ingresso nell'altro corridoio è abbastanza diverso dal primo. Alla fine di esso c'è una stanza vastissima che replica la volta celeste. All'interno l'aria è fresca, mossa da un discreto venticello, tanto da sembrare di essere all'aperto.

Davanti ai loro occhi si presenta uno scoglio a piramide rovesciata, che galleggia nell'aria. Le due amiche sono convinte che bisogna raggiungere tale roccia per trovare qualcosa di interessante dal momento che non c'è altro di invitante. Su tale masso è presente un albero secolare ed un'anfora di terracotta. Resta il fatto che per raggiungere l'isolotto fluttuante è necessario sfruttare certe nuvolette dall'aspetto solido che facilitano il passaggio a suon di balzi. La zona comunque è presenziata da creature angeliche volanti conosciute da Lenora come angeli Daeva. Le creature volanti, che non sono ostili, permettono alle due di raggiungere il posto. Sul ripiano della piramide rovesciata è presente l'anfora piena d'acqua che tracima dal bordo.

Mentre osservano la scena i sette angeli si avvicinano e, avvicendandosi l'uno dopo l'altro, mettono le due donne in condizioni di rivivere momenti positivi e negativi del proprio passato.

Gli angeli rappresentano i sette vizi capitali che le due avventuriere hanno commesso.

A parte quest'esperienza, girando lo sguardo nel breve spazio, si accorgono che non c'è modo di poter abbandonare lo scoglio, salvo ripercorrendo la strada già fatta. Per cui devono rimettere piede sulla stessa nuvola che ha permesso loro di raggiungere il posto. Qui constatano che questa non è solida come prima e fanno appena in tempo ad evitare di precipitare nel vuoto. Non resta che esaminare gli elementi presenti sul ripiano. L'anfora vista da vicino, anche se piena d'acqua, permette a Lenora di scorgere sul fondo un boccale.

Kylla si avvicina per valutare la sorpresa della sacerdotessa. Soltanto che l'acqua che lei vede non è trasparente, ma molto torbida. A questo punto la ladra non riesce a capacitarsi sul come l'amica possa dire di vedere qualcosa sul fondo. Lenora pertanto recupera il boccale mentre un angelo lì presso si avvicina e pronuncia la frase:

> "Sono il giudice del peccato dell'ira, dovrai confessare se lo hai commesso in passato. Se ammetti di essere colpevole e vuoi redimerti non dovrai affrontarmi e sconfiggermi, altrimenti se ti senti giustificata da tale peccato, non potrai procedere a meno che tu non combatta contro di me e mi sconfigga. Se mi menti, o chiedi aiuto alla compagna, allora gli altri sei angeli si uniranno contro di te".

La cosa si ripete con tutti gli altri sei angeli rimasti che rappresentano i tipici peccati di accidia, avarizia, invidia, superbia, lussuria e gola. Ciascuno propone il peccato che lo riguarda e riformula la stessa minaccia. A questo punto le due compagne decidono di collaborare e dire la verità. Per essere precisa Lenora ammette di essere stata avara per non aver condiviso con tutti il suo bottino personale. In più, di esser stata lussuriosa nei confronti di Miguel sulla Spettrale durante un tragitto. Conclude facendo atto di pentimento e gli angeli la considerano perdonata.

Kylla, dal canto suo, ammette di esser stata anche lei avara, ovviamente essendo una ladra; invidiosa verso la razza umana ed infine di essere stata molto crudele, con tanta aggressività, verso i bambini umani: addirittura uccidendoli. Però non vuole redimersi portando giustificati motivi per i suoi atti. In conseguenza di questo sa di dover affrontare in combattimento i tre angeli coinvolti.

Infatti, la procedura angelica riguardo i sette peccati capitali consiste che, una volta ammessa la colpa, l'interessato è costretto a bere un sorso dell'acqua presente nel boccale, atto che rivela la sua sincerità o meno. In caso di menzogna l'acqua ingerita diventa putrida provocando, pochi istanti dopo, forti dolori intestinali.

Dopo una lotta impegnativa la gnomo riesce ad avere la meglio sugli angeli che però non vengono eliminati in quanto, per loro natura, essendo angeli, sono immortali.

Comunque sia, dopo lo scontro, l'albero presente sul posto fa apparire sul suo tronco la sagoma di una porta che potrebbe condurre da qualche parte.

Alla fine riescono a bere tutto il contenuto del recipiente presente nell'anfora. La conseguenza è che la porta tracciata sul tronco dell'albero si evidenzia di più tanto da far capire che la si può attraversare. Lenora e Kylla capiscono subito che quel varco permette il ritorno alla sala iniziale del labirinto.

Nell'ampia stanza ciò che rimane distinguibile è solo il corridoio che porta all'uscita giusta.

Le due donne si trovano davanti un buio corridoio dove nemmeno la luce della torcia riesce ad illuminare a causa di un incantesimo che produce fitta oscurità, a prescindere dalle fonti di luce. Esse procedono a tentoni calpestando un tappeto di ossa che copre il terreno. L'avanzata è difficoltosa e Lenora viene anche attaccata da una strana ombra impossibile da descrivere. L'essere immateriale inizia a succhiarle l'energia vitale. Ma la donna, essendo sacerdotessa, fa uso del suo incantesimo benedetto, con il quale riesce ad individuare il male; dopodiché si serve della sua Lama spirituale, composta solo dall'elsa e da un energia luminosa magica che rappresenta la lama. Tale arma risulta micidiale per la misteriosa "ombra".

Proseguendo raggiungono una porta senza ulteriori danni. Lenora però non è in grado di aprirla e deve farsi aiutare da Kylla. La ladra riesce a forzare la serratura ad occhi chiusi usando un osso particolare.

Il successivo ambiente al contrario di prima è accecante, ma solo perché le due provengono da un buio fitto, pertanto l'improvvisa luminosità incontrata produce loro un certo dolore agli occhi.

Dopo essersi riprese dall'abbagliamento si vedono davanti una pavimentazione a scacchiera che finisce, dalla parte opposta, alla base di una serie di gradini sormontati da un sarcofago.

Lenora, presa da dubbi, consulta il libro di cui è in possesso per cercare di decifrare ciò che si presenta come un enigma molto difficile. Il tomo descrive in modo chiaro come posizionare i piedi sulle piastrelle giuste, in base a certi segni, che alla fine vanno a comporre la parola Rolp.

Grazie a tali indicazioni le due donne riescono ad attraversare l'ambiente e a trovarsi di fronte al sarcofago sigillato notando che, a fianco, ci sono anche due cerchi magici tracciati sul suolo. I due cerchi sono inoltre arricchiti da mosaici che rappresentano, il primo a sinistra, un'ancora con una corda; il secondo a destra la classica scala che porta al paradiso.

Sempre con l'aiuto del libro Lenora viene a sapere che il suo compito è quello di entrare nel sarcofago per raggiungere l'Asylium, ossia il piano astrale in cui risiede il Dio Plor. Per raggiungere questo scopo l'aiuto di Kylla è indispensabile. Lei infatti dovrà entrare e rimanere, per tutto il tempo necessario, nel cerchio magico di sinistra che rappresenta l'ancora, che di fatto è l'ancora di salvezza per Lenora.

La sacerdotessa quindi è consapevole di dover rinunciare a tre oggetti a lei molto cari: la Lama spirituale, l'amuleto della sua ava, ossia Ersia e, come terzo dovrà amputarsi un dito, magari il mignolo. Il prezzo da pagare è molto caro: non potrà più sognare il futuro. L'amuleto consentiva di spaziare nel passato e nel futuro senza ostacoli di sorta.

Per il taglio del dito ovviamente Lenora chiede aiuto all'amica che usa uno dei suoi pugnali. Dopo l'atroce sofferenza, comunque, la sacerdotessa è in grado di arginare subito la fuoriuscita del sangue, poi depone i tre oggetti nel cerchio.

Il coperchio del sarcofago scivola lateralmente

fino al punto di permettere l'ingresso di una persona. Lenora decisa vi entra, ma trova all'interno le ossa del primo sacerdote. Subito dopo il coperchio torna al suo posto e Lenora inizia il suo viaggio spirituale verso l'Asylium.

Kylla dal canto suo è costretta a rimanere all'interno del cerchio, altrimenti Lenora non può tornare dal suo viaggio. Il suo stare nel cerchio però non è privo di minacce. Un diavolo barbuto si presenta minaccioso deciso ad uccidere la gnomo; Kylla però, immediatamente estrae la sua balestra nanica e lo colpisce ripetutamente da lontano fino a che lui, avvicinatosi, estrae il suo falcione per colpirla. Lei però riesce ad evitare i suoi colpi e lo mette definitivamente fuori combattimento.

La sorpresa non è ancora finita. Eliminato il primo avversario ne compare subito un secondo. A questo, l'attacco riesce più fruttuoso solo perché Kylla, pur riuscendo ad evitare i colpi del falcione, si procura una ferita profonda causata dallo sfregamento contro quelli che sembrano lunghi ed affilati coltelli, ma che sono semplici peli della sua barba. Tali "peli" sono intrisi di un denso veleno, che aumentano il danno alla ferita procurata.

Le caratteristiche del veleno accelerano la respirazione e procurano una sensazione di stordimento.

Anche questo nemico viene, con un certo sforzo, eliminato. Poco dopo però se ne presenta un terzo, ovvero un diavolo cornuto dall'aspetto decisamente diverso, munito addirittura di ali e di un micidiale forcone. Inoltre, il mostro, ha la capacità di emettere fiamme dalla bocca.

Kylla, ancora indebolita dai primi attacchi, soprattutto dal veleno in circolo, riesce comunque ad annullare l'effetto delle fiamme grazie alla Veste Tardigrada. Il diavolo, deluso per la sua resilienza al fuoco, opta per l'uso del forcone con il quale riesce a trafiggerle il seno lesionando seriamente un polmone.

La gravità è anche data dal perdurare dell'assenza di Lenora.

Mentre accade tutto ciò Lenora, all'interno del suo sarcofago, distacca la sua anima dal corpo, dopodiché una luce accecante bianca la conduce presso i campi benedetti. Solo con la forza del pensiero è in grado di percorrere centinaia di chilometri in pochi secondi; finché ad un certo punto si trova davanti un castello bianco ricoperto di vetrate che è avvolto da nuvole candide.

Non è necessario che bussi poiché viene teletrasportata immediatamente davanti al Dio Plor. Subito entra in contatto telepatico con l'entità divina.

Tempo un istante ed il Dio vede i veri motivi di tale visita.

Lenora è a conoscenza, grazie al suo sogno premonitore, che l'impero è alla ricerca della verga, con lo scopo di distruggerla. La sacerdotessa si offre di custodire la verga al posto del Dio affinché nessuno venga a conoscenza del luogo in cui è nascosta. Il Dio Plor, riconoscente, ringrazia del gesto e senza dire una parola le porge la verga. In più le annoda sul collo, con fare cerimonioso, una collana in segno di fiducia. Poi si avvicina a lei e le carezza il viso. La sacerdotessa, visibilmente estasiata, neanche si accorge di tutta quell'attenzione da parte del Dio. Si ritrova all'improvviso, di nuovo all'interno del sarcofago che subito dopo si apre.

Ancora non riesce a realizzare di essere veramente in possesso dell'oggetto divino e di aver ricevuto il leggendario amuleto di Plor, cioè la collana.

A riportare Lenora alla realtà ci pensa la povera Kylla con le sue urla di dolore e imprecazioni volte a far decidere la sacerdotessa a tornare e darle finalmente una mano a fronteggiare i nemici.

Lenora, subito uscita dal sarcofago, si avvede che l'amica e proprio in quel momento, a causa delle ferite riportate, sta perdendo i sensi. Il diavolo cornuto coinvolto nel duello con Kylla si accorge della nuova minaccia e dirotta il suo attacco verso la donna sopraggiunta, anche perché attirato dall'oggetto che lei tiene in mano. Mentre il satanico maligno intende attaccare la sacerdotessa i tre oggetti deposti sul cerchio magico scompaiono e, come conseguenza, il diavolo stesso scompare a sua volta.

Lenora sa benissimo che la vita di Kylla dipende da lei, quindi si affretta ad accorrere per curarla nel miglior modo possibile. Presso il corpo della gnomo si accorge che la gravità sta nel fatto che il veleno ha ormai raggiunto uno stadio avanzato e si convince che sia già troppo tardi. Nonostante ciò prova a curarla con i suoi incantesimi benedetti, ma nel farlo non si accorge che si è attivato il suo amuleto donatole da Plor. Con questo intervento riesce a cicatrizzare la ferita al seno e soprattutto a neutralizzare gli effetti del veleno nel sangue.

Come miracolo, nel giro di pochi istanti, la gnomo recupera completamente le forze. Le rimane soltanto la brutta cicatrice come ricordo.

Nel ritorno il percorso è più veloce vista la variazione che hanno potuto scegliere. In realtà impiegano solo otto ore all'interno della piramide. Al momento dell'uscita la discrepanza temporale permette che, al momento in cui escono, si ritrovino sorprendentemente al lato opposto della piramide. La brutta sorpresa è che, guardandosi in volto, scoprono di esser invecchiate di circa una decina di anni, con conseguente aumento di acciacchi dovuti alla nuova situazione. L'invecchiamento porta in cambio una maturazione psicologica causata dall'esperienza appena vissuta.

Giunti ad Habibi, dopo vari giorni di avventurose esperienze con i cammelli, trovano il galeone spettrale ad attenderle.

Dopodiché a vele spiegate, si mettono in direzione ovest, con l'intento di ricongiungersi con Kaydo e Niffum a Berana.

Durante la navigazione Lenora tenta di mettersi in contatto con Niffum telepaticamente, ma costui non dà risposta.

Capitolo 13
Elementale, Watson!

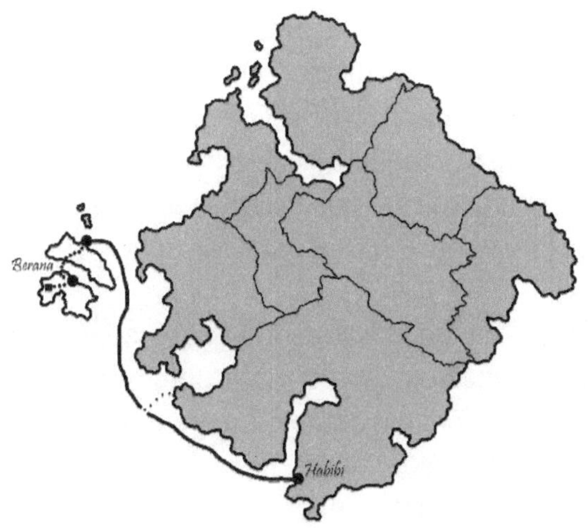

Torniamo al momento in cui Kaydo e Niffum sono stati lasciati sulla costa di Berana.

Dal punto in cui si trovano i due compagni ci sono tre giorni di cammino dalla città, lungo il tragitto la cosa che balza all'occhio è l'aridità del terreno, infatti gli olivi e i campi di grano soffrono le conseguenze per la mancanza d'acqua. Il paesaggio offre la vista di contadini indaffarati a salvare parte del raccolto. Nell'aria aleggia un certo nervosismo e grande preoccupazione. Arrivati sulle rive del canale naturale che divide le due isole, Niffum e Kaydo notano l'unica area naturale che ha una vegetazione spontanea, che permette loro di passare inosservati dalle torri di guardia poste lungo il fiume. Sulla riva opposta si affaccia la città di Berana ed il suo porto. Approfittano dell'ambiente e si acquattano fra piante di aspetto alluvionale con una ramificazione molto simile alle liane delle giungle. Il luogo è abbastanza adatto a consentire di passare la notte in tranquillità per poi intraprendere la traversata del fiume a nuoto. All'indomani, venuto il momento opportuno, ci penserà un adeguato incantesimo di Niffum a rendere galleggiabile l'armatura metallica di Kaydo.

Il maghetto a questo punto ordina al suo "famiglio" di fare un giro di ricognizione sotto forma di corvo.

Ma mentre stanno sistemando l'equipaggiamento in quella folta vegetazione, avvertono dei movimenti fra le liane. Kaydo, rendendosi conto di un pericolo imminente, estrae le spade, ma un groviglio di quelle cosiddette "liane" si abbatte sul vicino Niffum e lo avvolge quasi a volerlo stritolare; infatti lo solleva fino ad un paio di metri, dimostrando così di essere un tipo di pianta carnivora e velenosa che si ciba di piccole e medie creature. Al giovane maghetto non rimane altro che attendere l'aiuto del compagno.

Speranza inutile, la pianta inizia a rilasciare il suo veleno paralizzante, che ha il risultato di rendere inoffensivo il malcapitato con conseguente morte per arresto cardiaco. Dalla sua struttura emergono delle "bolle" che attingono alle sostanze nutritive della vittima per decomporne il corpo.

Kaydo cerca di fronteggiare la situazione con le liane che tentano di infiltrarsi lungo le giunte dell'armatura. Fortunatamente il guerriero nota che i micidiali rami partono tutti da una specie di nodo legnoso che pulsa a pochi metri da lui. Non gli rimane alternativa che tagliare la vegetazione aggressiva.

Il tempo passa e Niffum purtroppo perde coscienza. Kaydo interviene opportunamente recidendo il nodo da dove inizia a fuoriuscire una specie di linfa miscelata con sangue e tessuti carnosi. Pochi istanti dopo le liane cominciano a perdere le loro "forze": appassiscono e si indeboliscono in modo che il maghetto, privo di conoscenza, possa venir depositato al suolo dolcemente. A questo punto il compito di Kaydo è di curare il compagno strappando dalla sua pelle ogni singolo aculeo.

Il giovane cacciatore di demoni alla fine riesce a rianimare il maghetto: l'antidoto che gli ha somministrato doveva essere ingerito per avere effetto.

Ci vogliono diversi tentativi perché Niffum riesca a riprendere debolmente conoscenza. Aiutato da Kaydo sorbisce l'amaro liquido verde scuro che, nel giro di qualche ora, gli fa riprendere la sensibilità del suo corpo con il battito cardiaco che si regolarizza.

Mentre egli ringrazia il compagno, Skyritt fa ritorno dal giro di perlustrazione e si ritrasforma da corvo a diavoletto, non trovando di meglio che deridere il "suo padroncino" per l'aspetto poco eroico causato dalle molteplici punture della pianta.

Non tralascia però di informarlo circa i numerosi avamposti visitati, segnalando che molti non sono presenziati da guardie.
Giunti all'ingresso della città di Berana dopo una bella nuotata mattutina, unico modo per attraversare il canale, non trovano nessuna guardia doganiera al varco della

cinta muraria. Le guardie preposte a tale scopo sono tutte impegnate a fronteggiare lo stato di emergenza causato dalla penuria di acqua e, conseguentemente, aiutare i cittadini a travasarne dai pochi pozzi rimasti ancora pieni.

La città si trova nella parte alta dell'isola sud. Le due isole infatti sono divise da un canale largo poche decine di metri. L'abitato si trova in una posizione strategica, poiché costruita per difendersi dai cannoneggiamenti dei velieri nemici. Gli attaccanti sono costretti pertanto a due sole opzioni: sbarcare su una delle due isole o risalire il canale e fronteggiare le difese poste ai lati.

Resta il fatto che questa è la più povera delle città imperiali: le abitazioni sono di legno e paglia; le strade in terriccio e ghiaia.

La fortuna di Berana sta nell'essere circondata da tre sorgenti d'acqua, che alimentano sia i campi agricoli che quelli usati come pascolo per il bestiame.

L'elemento stonante è dato dallo sfarzoso castello imperiale del principe Ares, di forma ottagonale, secondo la sua passione per il marmo bianco. Tale materiale è importato direttamente dal regno di Florana. Ovviamente le ridotte finanze ne hanno risentito per la costruzione di un edificio con sfarzo eccessivo.

I due compagni trovano una locanda nella piazza principale fatta di terra battuta, che al momento mostra numerose spaccature dovute alla siccità. Vi entrano, oltre che per passare la notte, anche per ottenere informazioni.

Il locale, in legno e paglia, al momento dell'ingresso, è vuoto. C'è solo l'oste che è indaffarato a preparare qualcosa per eventuali ospiti, che cominciano ad entrare non appena il sole tramonta. Costoro, dopo una stressante giornata di duro lavoro, provano giusto e gratificante fare un po' di baldoria.

In quella confusione Niffum e Kaydo approfittano per fare alcune domande ad una coppia di orchi contadini presenti al bancone del locale mentre stavano ultimando la loro cena. I due si dimostrano disponibili a dare risposte che magari possano venir retribuite, anche se con poco. I coltivatori comunque soddisfatti di quella piccola somma ricevuta dai due forestieri raccontano, con le loro scarse capacità linguistiche, che:

> "Noi abitare in posto di fuori dove acqua tanto mancare e dovere far venire botti da amici che vivere vicino pozzi pieni di acqua. Acqua mancante ma noi adesso portare voi in fonte dove acqua essere e voi vedere con vostri occhi e cambiare situazione che domani acqua ancora poter venire. Venire voi con noi su nostro carro così niente stanchi e esser pronti per rimedio".

Alla fine della serata riescono a capire che il principe Ares sta perlustrando tutte e tre le sorgenti per verificare la mancanza d'acqua. Secondo il figlio di Varaz la scarsità del prezioso liquido è dovuta al leggendario elementale dell'acqua Slamy, chiamato così dagli orchi che vivono sul posto da generazioni, e che purtroppo ora stanno all'interno dei ghetti. L'opera di

Slamy è soprattutto una faccenda egoistica poiché costui intende trattenere per sé la maggior quantità d'acqua possibile.

Delle tre sorgenti quella in questione, da quanto si è capito, è proprio quella che si trova ad est di Berana.

Giunta una certa ora Niffum e Kaydo si dirigono alla "stanza da letto", sita al piano superiore. Entrati nel locale constatano che la porta di legno marcio "armonizza" perfettamente con lo stato di degrado del posto. Infatti il tetto di paglia è da molto tempo più che trascurato e presenta aperture che lasciano passare non infiltrazioni ma copiose cascate d'acqua quando cade la pioggia. Anche il materasso di paglia lercio, putrido e puzzolente, lascia gli occupanti molto disgustati ma che hanno dovuto adattarsi loro malgrado. Infatti la stanchezza non permette di storcere il naso e si coricano nel cosiddetto "letto" cercando di evitare qualsiasi contatto fisico con l'ambiente.

Gli effetti di tale stato di cose li provano duramente proprio durante il sonno. Oltre ai vari "animaletti" infestanti come acari, pulci, cimici, pidocchi e così via, ci si mettono di mezzo anche i Parassiti dei Sogni, microrganismi che si annidano nei cuscini pieni di ogni tipo di schifezza.

I due, durante il sonno, entrano in una fase di incubi dove rivivono ciascuno le proprie esperienze spiacevoli del passato.

Kaydo assiste nuovamente al momento in cui il potente demone uccise i suoi genitori. Niffum invece vede la giornata del suo diploma di Grado Infantile in cui venne deriso per esser stato lo studente con il voto più basso. La conseguenza è stata anche che i suoi genitori, delusi, invece di consolarlo lo avevano emarginato e trattato come un ritardato mentale.

Durante i "sogni" i due malcapitati non possono rendersi conto che sono realmente aggrediti da quelle sgradevoli creature infestanti il giaciglio. Infatti gli orrendi parassiti, simili a sanguisughe, dopo essersi attaccati, rilasciano un incantesimo che imprigiona la mente consentendo così la possibilità di un "lauto pasto". Concludono l'opera con dolorosi morsi, cibandosi dei loro tessuti non tralasciando, mentre digeriscono, di defecar loro addosso.

E' l'imp che alla fine si accorge della situazione, accorrendo in soccorso del padroncino mangiando letteralmente i parassiti, tanto da far cessare la presa sulla loro vittima. Poi passa a Kaydo e ripete l'operazione: in questo modo i poveretti hanno la possibilità di accorgersi di esser vittime di un'azione magica.

Niffum, come Kaydo, deve superare la sua paura e rompere una parete del sogno per recuperare la padronanza del corpo e della mente.

Anche il giovane cacciatore di demoni, con più difficoltà, riesce ad uscire dal suo incubo.

Per disinfestare l'area Niffum usa un incantesimo di fuoco che brucia il letto. Nella nube di fumo provocata si vedono particolari degli incubi che altri avventori hanno subito durante i loro "sogni".

La mattina seguente la coppia di orchi contadini si presenta per ringraziare della cena offerta dai due, e si sdebitano portandoli con il loro carretto alla sorgente che interessa loro.

Contrariamente a tutti gli orchi questi due si differenziano, non per il loro fisico, essendo alti, robusti, dalla pelle verdastra e denti canini che sporgono dalle labbra verso l'alto, ma per un certo livello di intelligenza superiore alla media della loro specie, che è paragonabile a quelle di un bambino umano di tre anni.

I due amici accettano il riconoscente gesto e si fanno trasportare fino a destinazione, attraversando sterrati sentieri che si inoltrano nei campi.

Giunti alla meta notano la presenza di due cavalli imperiali, che sono assicurati ad un palo proprio davanti alla sorgiva. Una collinetta rocciosa da cui sgorgava l'acqua, al momento, risulta asciutta tanto da permettere di passare lateralmente.

I nuovi arrivati varcano l'ingresso dell'arida sorgente e trovano all'interno un vero e proprio labirinto di cunicoli e caverne popolato da diverse tipologie di mostri acquatici.

Inizialmente hanno a che fare con tre Chuul (sorta di grossi granchi armati di spaventose chele che, quando si erigono, arrivano all'altezza del petto di un uomo). Bestiacce molto facili da abbattere grazie all'abilità di Kaydo che, con la spada, incrina la corazza dei tre crostacei. Niffum contribuisce lanciando incantesimi di fuoco per finirle, arrostendole.

Proseguendo capitano davanti ad un avvallamento che contiene acqua sufficiente ad alloggiare un troll Scarg, che vive nelle acque dolci abbastanza profonde da consentirgli di muoversi a suo agio.

La creatura si accorge degli intrusi non appena questi mettono piede nell'acqua.

Per il gruppo non è facile individuarla in quanto la bestia è rivestita di un manto mimetico, per cui è difficile distinguerla dal fondo limaccioso. Si tratta di un animale che è una via di mezzo tra un anfibio ed un rettile. E' un bipede dalla pelle molto liscia che gli consente di nuotare e può raggiungere anche i quattro metri di altezza. La sua testa ricorda quella di un alligatore ed è coperta da una folta "chioma" di alghe.

Questa creatura dimostra di essere un ostacolo più impegnativo dato che vive in una pozza d'acqua profonda e fredda. È ancora Kaydo che, aggrappandosi ad una roccia, riesce comunque ad infliggere il primo colpo con la sua spada. Con questo riesce a recidere una parte della coda, ma la bestia recupera la parte mozzata e se la riattacca sfruttando le sue capacità di rigenerazione.

È un vero e proprio problema!

Alla fine è Niffum che, grazie alla sua intuizione, trova il modo di eliminarlo generando un globo d'acido che colpisce la creatura mentre affiora provocandole gravi ustioni sulla pelle. Questo risulta essere l'unico modo per bloccare la rigenerazione. Kaydo conclude l'azione infilzando l'avversario nei punti in cui la carne è corrosa dall'acido.

È il momento dell'ingresso dell'anguilla segugio: bestia grottesca con la coda muscolosa; testa bulbosa e carne gommosa; zampe palmate che la fanno assomigliare ad un cane deforme.

Lo scontro avviene lungo uno stretto passaggio

in uno delle tante grotte in cui si affacciano cunicoli laterali. La particolare conformazione del terreno impone di avanzare in fila indiana. Ciò comporta un grande svantaggio per chi deve attaccare, per cui l'anguilla è favorita nel preparare un'imboscata. Costei sparge sul terreno roccioso la sua saliva viscosa e scivolosa. Kaydo infatti slitta su tale terreno dando facoltà alla creatura di afferrarlo alla gamba destra con i suoi denti aguzzi, che quasi perforano l'armatura che lo protegge. Il mostro cerca di trascinare il nostro eroe in uno dei suoi cunicoli. Il cacciatore di demoni, da abile combattente, riesce a deformare il suo muso con un colpo ben preciso prima di essere trascinato nel cunicolo. La creatura allora molla la presa e permette a Niffum di lanciare il suo incantesimo Soffio Gelido. La creatura viene congelata all'istante tanto da morire assiderata subito dopo.

Raggiunta la sorgente incontrano gli ufficiali demoniaci con i quali hanno già avuto a che fare in passato. Costoro sono impegnati in uno scontro con il leggendario elementale dell'acqua Slamy. Il loro scopo è di catturarlo e rinchiuderlo in un'anfora magica. Si trovano però, quasi subito, in difficoltà. I due ufficiali sono costretti a trasformarsi in crowden, particolari demoni volanti piumati di colore rosso intenso; testa cornuta dotata di tre occhi rossi disposti a triangolo; becco appuntito molto somigliante a quello di un corvo.

A questo punto le spade di Kaydo riescono a rilevare le caratteristiche delle due orrende entità. Il potere delle spade fa ribollire il sangue al giovane cacciatore di demoni, che non perde tempo ad affrontare uno dei due nemici aiutato da Niffum. L'altro dei due crowden, durante la lotta, viene attaccato a sua volta ripetutamente dall'elementale dell'acqua Slamy, tanto che ad un certo punto è costretto ad emettere uno strillo assordante che riempie la caverna. Cacciatore e maghetto devono tapparsi le orecchie: pena la sordità. Questa occasione consente alla bestia, che fronteggia i due, di avere la possibilità di attaccare con il suo becco il braccio di Niffum, procurandogli una profonda ferita.

Kaydo, ripresosi dallo stordimento causato dal terribile stridio, si svincola dalla lotta ed aggredisce il maligno, ponendo fine così a quel suono insopportabile.

Con un fendente doppio procura al mostro gravi danni al ventre molle. L'effetto delle due spade è che colpito il bersaglio, se demone, gli procura una vistosa ed inguaribile necrosi.

L'elementale Slamy, senza un attimo di sosta, usa se stesso come getto d'acqua e colpisce il crowden alle prese con il maghetto e gli buca l'ala destra. Niffum, sanguinante, approfitta allora della situazione per lanciargli, da molto vicino, una palla di fuoco ravvicinata. Il micidiale colpo lo coglie in pieno petto tanto da mandarne in fiamme il piumaggio. Alla fine si vede il demone accasciarsi nella pozza d'acqua completamente carbonizzato.

Niffum non fa in tempo a rallegrarsi del vantaggio che viene colpito, a sua volta, in pieno mento dall'elementale dell'acqua, sbucando da sotto il terreno e lo fa stramazzare a terra con la bocca tutta sanguinante.

L'altro demone, quello ancora vivo, tenta di

afferrare Kaydo con i suoi affilatissimi artigli. Il cacciatore di demoni prontamente, si getta di lato rotolando e prepara il contrattacco definitivo. L'azione però risulta vana poiché il mostro oscuro rilascia una nube di spore velenose che intossicano il giovane guerriero. Egli supera il momento critico nonostante il bruciore agli occhi e alla gola riuscendo a mettere fine allo scontro, decapitando il crowden.

Slamy si volge allora verso il maghetto che sta tentando di rialzarsi. L'elementale crea subito un vortice d'acqua attorno alla testa di Niffum nel tentativo di soffocarlo. Kaydo, tossendo in modo convulso, si lancia con violenza sul compagno e lo fa uscire dal vortice. La leggendaria creatura trova momentaneamente riparo in uno dei tanti cunicoli vicini pronto per un ulteriore attacco.

Kaydo, continuando a tossire, finisce per vomitare addosso al compagno. In preda all'adrenalina cerca frettolosamente una fiala nella sacca di Niffum dove trova l'acqua sacra e la ingurgita tutta d'un fiato.

La tosse si placa subito poiché non è frutto di un comune avvelenamento, ma è un derivato della magia oscura. Slamy non abbandona la lotta e uscendo da un foro sopra di essi li aggredisce dall'alto. Niffum, che giace a terra, se lo vede venire addosso ed istintivamente lancia l'incantesimo Soffio Gelido che neutralizza l'elementale.

Kaydo può mettersi finalmente alla ricerca del vaso portato dai due ufficiali demoniaci. Trovatolo lo consegna subito a Niffum. Toglie quindi il coperchio e lo mette sotto la "stalattite Slamy", che nel frattempo si sta sciogliendo e cadendo nel vaso contenente la sabbia di Kamon.

Il maghetto, mentre attende che l'elementale venga racchiuso nel vaso, si occupa di curare le proprie ferite, bendando quelle più gravi. Continua spiegando a Kaydo che all'interno del vaso vi è una sabbia magica che deriva da un frammento macinato della più grande piramide, che si trova vicino ad Habibi: elemento in grado di assorbire facilmente un'immensa quantità di liquidi.

I due compagni sono soddisfatti di aver avuto la meglio sugli ufficiali di Ares e di aver eliminato in modo preventivo la presenza di altre creature leggendarie al cospetto dell'impero. Una volta fuori dalla sorgente, Niffum pone il vaso su una zona arida e lo rompe facendone uscire il contenuto. Poi con l'incantesimo Mani Brucianti tocca la sabbia e la fa stare al fuoco per due ore. Essa si cristallizza in modo tale da porre fine a Slamy, l'elementale leggendario dell'acqua.

Fatto ciò rubano i cavalli dei due ufficiali e si dirigono verso la parte alta dell'isola sud.

Giunti nello stretto sono nuovamente costretti ad oltrepassarlo a nuoto per raggiungere il punto di ritrovo come già concordato in precedenza con Kylla e Lenora.

Sul luogo convenuto trovano le due donne che li stanno aspettando già da diverse ore.

Infatti durante l'attesa Lenora chiede novità a Neko.

La sorella di Kaydo rivela subito che la battaglia a Naplana sta svolgendosi a vantaggio del nemico, poiché Novis ha messo sul campo, inaspettatamente, l'elementale di fuoco Frumorn.

La situazione ha costretto Raizou a cambiar lato dello schieramento per appoggiare il principe, quindi si è dovuto correre ai ripari facendo battere in ritirata i ribelli. Durante le manovre Novis è riuscito a catturare un gruppetto dell'Ordine in cui si trova anche Tamariko e lo ha imprigionato nel castello di Naplana mezzo distrutto.

Neko continua ad aggiornare sulla situazione che coinvolge anche le altre città.

A Veniana l'esercito di Artemis sta conducendo operazioni militari in mare aperto e sulle coste della laguna insieme ai pirati. Rivela poi che Atlas, il capo di costoro, si vede spesso in segreto con la principessa.

A Tristana invece, l'esercito imperiale continua a far pressioni sulle truppe dell'Ordine di Giustizia, tanto da occupare buona parte di questo fino alla cittadina vassallo di Monfy.

Neko continua illustrando la situazione di Habibi: l'impero è riuscito ad avanzare con abbastanza facilità per alcuni chilometri quasi a raggiungere le antiche piramidi.

A Roana l'arcimago Shadow si è recato già da una settimana al castello imperiale scortato dagli ufficiali. Intanto sulla città, durante la sua permanenza, si è formata una nube temporalesca che causa la reazione della viverna delle tempeste: fulmini micidiali si abbattono contro la nube e formano un disco oscuro come un vortice che, espandendosi, non fa passare la luce.

Per ultimo, a Mileana la principessa Lelith proibisce l'accesso ai maghi di Florana e li rimanda dalla sorella per evitare che danneggino i suoi cittadini. Nega inoltre l'accesso agli umani che hanno interessi commerciali, ma non dà restrizioni alle altre razze.

L'attesa prolungata mette in pericolo i nostri amici sulla Spettrale, permettendo a Roy di armare i suoi velieri, grazie all'allarme di una vedetta terrestre, preposta al controllo delle coste. Nel corso di poche ore i nostri amici sono circondati da due imbarcazioni.

Capitolo 14
Mileana, la città della speranza

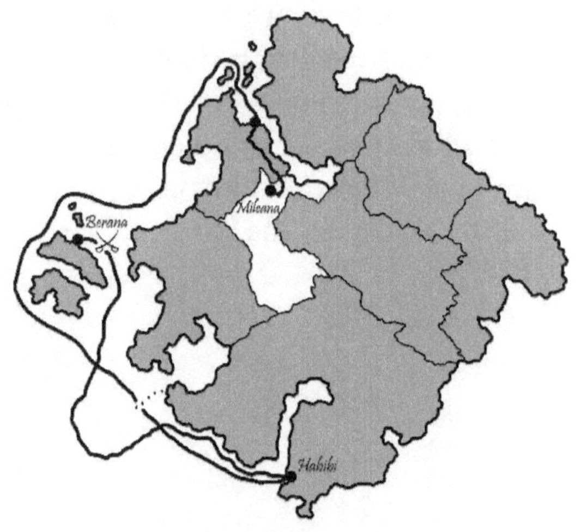

Il galeone spettrale si trova subito di fronte due velieri imperiali. Non fanno nemmeno in tempo a spiegare le vele che già vengono danneggiati da colpi di cannone. Con una manovra efficace ed improvvisa riescono ad evitare gravi danni che potrebbero essere causati da un eventuale abbordaggio. Lo scontro però è inevitabile.

Niffum e Kaydo, che conducono le operazioni, pur essendo stremati dalle vicende precedenti, corrono sul ponte per affrontare e riparare tutti i danni che il combattimento sta causando. Incitano gli spiriti presenti a resistere con la massima efficacia.

Alcuni di loro riescono a rimettere in sesto un cannone danneggiato e con esso colpiscono l'albero maestro di uno dei due vascelli. Altre ombre, stimolate dall'iniziativa dei compari, a loro volta armano alcuni cannoni e concludono l'opera di distruzione del nemico. A questo punto i due velieri sbandano sul fianco dritto e cominciano ad affondare.

La Baykok, essendo più veloce, riesce ad allontanarsi nonostante sia in arrivo un altro gruppo di velieri nemici. Tale manovra costringe però ad allungare la rotta fino a giungere in prossimità dell'oceano: decisione necessaria per poter passare tra le imbarcazioni vedetta lungo le acque territoriali tra Habibi e Roana.

Le onde alte dodici metri, particolarmente lunghe e mai affrontate prima, mettono in seria difficoltà la navigazione della pur grande Baykok Spettrale.

Nel tardo pomeriggio Kylla, in vedetta sulla prua, scorge da lontano dei tentacoli giganteschi affiorare dalle onde. Si tratta di un mostro conosciuto come Kraken. Aziona quindi la campana di bordo ed avvisa l'equipaggio che un'oscura sagoma si sta mettendo

all'inseguimento del galeone.

Il capitano Kaydo allora vira immediatamente a babordo con la speranza di raggiungere una zona di acque più basse, in cui il mostro, data la sua immensa mole, non può addentrarsi.

Lenora, in preda al panico si chiude in cabina per pregare, cercando in questo modo di scongiurare la minaccia. Non soddisfatta di questo, risale sul ponte e correndo avanti ed indietro va a segnare e benedire tutto l'equipaggio, credendo così, a modo suo, di essere utile. Niffum invece, consapevole dell'inutile intervento dell'amica, la riprende in modo autorevole a darsi da fare in modo più costruttivo. Riprende quindi il comando ordinando a cinque spiriti di regolare le vele.

Lenora, molto risentita, raggiunge Kaydo al timone dove ha il suo bel daffare per governare la nave. Costui seccato, invita maleducatamente l'amica a togliersi di torno, minacciandola di buttarla in pasto al Kraken se avesse insistito con la sua futile iniziativa.

Grazie alla perizia di Kaydo ed al coraggio dell'equipaggio riescono a passare la notte indenni. Il mattino successivo possono finalmente gettare l'ancora nel porto di Habibi, dove si concedono il meritato riposo.

Più tardi sul molo, notano un individuo che al primo sguardo sembra proprio Miguel in atteggiamento meditativo. Si avvicinano sorpresi ed effettivamente la persona del posto è proprio lui, che dichiara di essere sempre disponibile. Avvicinandosi ancora di più, i quattro compagni notano che il barbaro ha cambiato decisamente aspetto nel fisico: la grande massa muscolare è visibilmente ridotta e l'andamento più agile.

Riunitisi per festeggiare l'incontro si recano in una locanda dove, tra un boccale e l'altro, realizzano che Miguel è decisamente cambiato in tutto, specialmente nello spirito, tanto da sembrare un monaco.

Durante la bicchierata, ad un certo punto, viene fuori un inatteso lato sentimentale del barbaro quando costui ad alta voce dichiara:

> "Non vedo l'ora che tutta questa sporca guerra finisca, così la mia famiglia, tuttora costretta a vivere in clandestinità nell'arcipelago, possa finalmente "uscire allo scoperto" e condurre una vita naturale e prospera. Ovviamente mi sono ripromesso di accumulare quel tanto che basta per dare a loro quanto necessario per un futuro decoroso. Il mio pensiero va, in modo particolare, al mio caro fratellino Yago che non vedo da quando era un bambino".

Subito dopo il "barbaro" recupera la sua caratteristica di Dongiovanni tanto che, appena la cameriera si avvicina al tavolo, non può fare a meno di commentare in modo quasi osceno il suo aspetto di procace femminilità.

Terminato l'incontro è necessario riprendere la movimentata vita di sempre, tornano alla Baykok per completare nel miglior modo possibile gli approvvigionamenti e il riarmo.

Le riparazioni però necessitano ancora del tempo

da parte "dell'equipaggio", pertanto ne approfittano per recarsi alla sede dell'Ordine con lo scopo di approfondire la filosofia abbracciata dalla principessa Lelith, pensiero che sembra non condividere con gli ideali del padre; questo nella speranza di ottenere una futura collaborazione. Ciò servirà inoltre ad approfittare della permanenza per trovare qualche libro segreto sulle creature leggendarie e le Lacrime.

Il giorno dopo salpano nuovamente verso Mileana.

Durante il tragitto Niffum racconta tutto quello che sa sulla zia Lelith, specificando di averla vista solo poche volte dato che suo padre non la sopporta.

Le idee della giovane principessa sono mal valutate, poiché costei è ritenuta infantile ed ottusa decisa a vivere nelle sue fantasie.

Discutendo di questo, i restanti amici notano che Niffum è visibilmente risentito per non esser stato scelto come capo del regno, considerando che la zia è più giovane di un anno. Tale ruolo sarebbe stato più opportuno che fosse aggiudicato a lui, in quanto più anziano e più saggio.

Rivela inoltre al gruppo che Lelith è cieca da subito dopo la nascita, tanto che in passato furono costretti Euphemy e Shadow a recarsi spesso a Roana per cercare di curarla nonostante le loro effettive colpe. Per questo, visti gli inutili risultati, i genitori di Niffum avevano deciso di inserire occhi finti di ceramica sul volto della neonata per dissimulare la menomazione.

Oltre tutto questo il maghetto è contento di tornare a Mileana, ricordando che quando era piccolo i

suoi genitori passavano molto tempo nella biblioteca
della città: addirittura mesi.

Lo scopo di Lenora e Kaydo per la missione è di
capire l'intento politico di Lelith, e se il caso,
convincerla a dare loro appoggio sia logisticamente che
militarmente.

Un fatto di poca rilevanza si ha nel mare tra
Berana e Veniana quando un capodoglio emerge a pochi
metri di distanza in piena notte. Il cetaceo causa un
ondeggiamento all'imbarcazione tanto da allarmare
inutilmente l'equipaggio.

Il viaggio non ha intoppi e risalgono il fiume con
molte precauzioni fino a Mileana.

Dal momento che sono ricercati poiché navigano
su un'imbarcazione pirata, ritengono più sicuro operare
di notte e restarsene nascosti di giorno nelle varie
insenature del fiume: la manovra di risalita fa allungare
il viaggio di ben sette giorni.

Nelle vicinanze di Mileana ormeggiano il
galeone ad un paio di chilometri dalle mura. Scendono a
terra e si incamminano nella strada principale che è
quella percorsa in maggior parte dai commercianti.
Lungo la via vengono superati da vari carri pieni di ogni
sorta di merci. Due giorni dopo un conducente di
carretto pieno di stoffe di altissima qualità, un nano
senza capelli e tarchiato, chiede ai giovani ben dotati
dove intendano recarsi. Appurato che la destinazione è
la medesima, propone loro, astutamente, che in cambio
del passaggio, una volta giunti sul luogo lo aiutino a
scaricare tutta la stoffa all'emporio tessuti Nadalis.

Il tragitto risulta lungo ed estenuante. Il pesante

carro, trainato da un vecchio e stanco cavallo, viaggia lentamente e necessita di ripetute soste.

Solo a qualche ora di distanza dalla città, mentre passano per un bosco, riescono a scorgere le mura attraverso le sagome degli alberi.

Si trovano ora davanti all'ingresso principale sotto il tanto declamato "Arco della pace".

A dispetto di ciò ben cinque guardie presenziano il passaggio.

Costoro verificano i documenti ma devono operare in modo superficiale, visto che ben altri tredici carri attendono in colonna: la routine per entrare è quanto mai snervante per commercianti che hanno molta fretta di realizzare profitti.

Tra costoro però si trova una povera famigliola di mezzoni.

I mezzoni somigliano moltissimo ai nostri nani ma con parti del corpo sproporzionate.

La loro bambina, pur essendo spensierata e con una piccola volpe in braccio, non riesce a commuovere i doganieri ed è costretta ad attendere molto più a lungo il suo turno d'ingresso; svantaggiata soprattutto dal suo misero aspetto. Come se non bastasse gli spietati armigeri incominciano ad offendere e ad usare violenza sui malcapitati. I genitori, disperati, insistono nel supplicarli ed a lasciarli entrare in città poiché non hanno altro mezzo di sostentamento. Rammentano ai guardiani che la principessa è predisposta ad aiutare elementi di altre razze con sussidi adeguati.

*A questo punto è necessario descrivere
l'episodio che narra gli eventi che seguono, il tutto alla
presenza dei nostri eroi.*

La figliola con la volpe in braccio, fino poco prima gaia e sorridente, si rattrista di colpo e lascia andare l'animale che si allontana impaurito a sua volta. Si avvicina alle guardie e le implora di cessare quelle violenze sui genitori. Subito interviene in aiuto un commerciante di razza umana lì presso, che avendo assistito alla scena, crede opportuno accorrere in difesa delle vittime. Anche lui evidenzia che la principessa Lelith è favorevole ad accogliere razze non umane in difficoltà.

Il caporale a capo della guarnigione precisa che la principessa al momento non è presente e pertanto egli è in grado di operare secondo il suo parere, senza dover render conto a nessuno sui metodi, anche se discutibili. Precisa che se proprio vuole, l'interessato può portarsi a casa quella feccia di famiglia e mantenerla a sue spese.

Rattristato per l'insuccesso, il mercante fa ritorno al suo carretto e si rimette in fila. Poi la scena si conclude nel modo più macabro che si possa immaginare. Pur davanti ai presenti sbalorditi e terrorizzati, i due scagnozzi estraggono il bastone di ordinanza e cominciano a percuotere in modo feroce genitori e figlia. Con violenti ed incessanti colpi frantumano loro le ossa delle gambe provocandone una torsione innaturale.

I poveretti strisciando ed urlando a causa del

dolore lancinante, cercano di opporre una inutile resistenza. Ma anche davanti agli occhi della figlia i due divertiti ma spietati, menano i colpi conclusivi alla testa fino a sfondarne il cranio. Non appagato di tale efferatezza, il mostro continua fino ad aprire il cranio ed estrarne il cervello. Sogghignando poi lo "offre" alla povera bimba affinché se lo porti a casa come ricordo. Sconvolta ed incapace di reagire la misera riceve il colpo finale e va a fare triste compagnia ai suoi genitori. Sconcerta il fatto che i presenti mercanti, per nulla turbati dalla scena raccapricciante, continuano la loro attesa nella fila.

Lenora, la più sensibile del gruppo, vuole intervenire in aiuto dei poveretti, ma viene trattenuta con forza da Miguel. Anche Niffum cerca di farla ragionare spiegando che il loro aiuto avrebbe compromesso la loro copertura. In ragione di ciò il maghetto per precauzione, lancia il suo incantesimo del Silenzio. Lenora si ritrova con i movimenti del volto sprovvisti di qualsiasi suono: cosa che non le permette di intervenire.

Kylla invece terrorizzata, sentendosi coinvolta per via della sua razza, va a nascondersi sotto l'enorme quantità di tessuti presenti nel carro. Al contrario Kaydo dà a vedere di essere impassibile a tutto ciò, per cui rinuncia a soccorrere i malcapitati: ha intenzione di cambiare gli intenti del governo in futuro, sacrificando le cose meno importanti a vantaggio del benessere dell'intera popolazione.

Passati finalmente i controlli, i nostri amici entrano all'interno delle mura.

Immediatamente circondati da bambini festosi e curiosi, si dirigono all'emporio per adempiere al loro impegno preso con il mercante. Riescono a svuotare il carro in poco più di un'ora. A lavoro compiuto, tutti contenti, si recano alla famosa locanda di Mileana per festeggiare con una pinta di birra, prodotto di punta della zona.

La locanda, a pochi metri dalla piazza principale è molto rinomata e, quindi, frequentata da ogni tipo di cliente che cerca ottime qualità di idromele, birra e vino pregiato.

L'attenzione dei nostri amici viene distolta dal fatto che il locandiere sta lanciando occhiate verso il tavolo vicino alla finestra. Ivi, sono sedute due tiefdois incappucciate, dalla pelle viola e trecce nere che stanno discutendo di qualcosa di losco.

Miguel da sempre attratto dal genere femminile di qualsiasi specie non può fare a meno di andare al loro tavolo per intrattenere una qualche amichevole conversazione.

Le due mezze diavolo, incuriosite da quell'interessamento, iniziano a fissare il barbaro con un certo disprezzo. Il nostro amico se ne accorge subito e cerca di smorzare la tensione. Offre da bere e comincia a scambiare battute spiritose sui fatti recenti.

Le due femmine non mostrano affatto gradimento, anzi lo minacciano di morte e tosto si alzano dal tavolo e pronunciano nella loro lingua una maledizione; gli lanciano del sale e gli sputano addosso.

Il nostro Miguel rimane, più che sorpreso, sconvolto da quella reazione inaspettata. Però approfitta dell'occasione, visto che il tavolo si è liberato, per invitare gli amici che erano in attesa sulla soglia. Si intrattengono con beveraggi vari fino a tarda sera e decidono di pernottare sul posto anche perché vogliono approfittarne per parlare con il locandiere con più tranquillità.

Sul far della sera chiedono a costui il motivo per cui la cittadinanza umana ce l'abbia tanto con i tiefdois. L'oste risponde che, a differenza delle altre razze, questi sono malvagi per nascita essendo mezzo umani e mezzo diavoli. Poi spiega anche il perché sia l'unica città ad avere un ghetto aperto con qualità residenziali pari a quelle riservate agli umani.

Con tono seccato afferma che tali abitazioni sono state sovvenzionate interamente con il denaro pubblico, il quale è destinato al miglioramento qualitativo per la sua razza mentre è stato dirottato a vantaggio dei tiefdois.

A conferma di ciò la principessa ha ben fatto capire nelle conferenze di piazza che solo con questo approccio si può creare un mondo migliore dove regna non la menzogna ma la fiducia reciproca: decisione non condivisa dai cittadini umani. Chiedono poi come mai la città sia poco attraente, in quanto mancante di colore e ornamenti vari. Il locandiere richiama alla memoria il fatto che la principessa, essendo cieca, cerca sempre di ottimizzare i costi a scapito della qualità dei materiali. Ovviamente il denaro risparmiato va a vantaggio della popolazione con il reddito minore, ossia quasi soltanto i tiefdois. Questo è il motivo per cui sia l'oste che le guardie preposte agli ingressi non vedono di buon

occhio ogni razza inferiore che intenda stabilirsi
definitivamente in città. La principessa Lelith di fatto,
finge di non vedere tutti i soprusi, le malversazioni, gli
intrallazzi che i tiefdois comunque commettono.

Il nostro gruppo, dopo un'attenta valutazione
delle possibilità, decide di recarsi alla biblioteca
imperiale e di entrarvi sfruttando una piccola sezione
della cupola di vetro. L'aiuto di Kylla, che rompe la
lastra della sezione, e di Niffum, che usa il suo
incantesimo del Silenzio, permettono di entrare con una
certa disinvoltura.

Raggiunto l'obiettivo impiegano tutta la notte
per leggere gli speciali libri di interesse, situati nel
padiglione proibito. Operazione non riuscita la prima
volta.

Qui di seguito è bene descrivere come e cosa trattano i libri in questione.

"Gli elementali leggendari": la copertina di questo testo è suddivisa in quattro quadranti: terra, fuoco, acqua e aria. Il tomo non appena aperto non presenta alcunché di notevole; anzi le pagine sono addirittura vuote. Se si preme l'icona che rappresenta l'elemento si ha la sensazione di toccarlo per davvero. A questo punto il capitolo coinvolto si apre e si può apprenderne il contenuto. In questo caso i poteri di attacco, le vulnerabilità, le zone di avvistamento in passato e le modalità per catturarlo.

"Viverne e leggende": un libro con copertina in scaglie di viverna che studia i loro comportamenti, le loro leggende, gli incontri passati e le zone in cui nidificano (veleno in zone paludose e lagunari; fuoco in zone rocciose desertiche; ghiaccio in zone montane dell'entroterra; tempeste in zone climatiche con predominanza temporalesca; cristallo sotto la sabbia di giorno, ma che sorvolano la costa di notte).

"Titani inesistenti": il testo sfata il mito dell'esistenza dei titani.

"Il grido delle Lacrime": un volume recente. Questo è quello che interessa veramente il gruppo visto che è già in possesso di una lacrima. Il contenuto è scritto dall'arcimago Shadow Snitram che spiega cosa sono, come si sono formate, le modalità necessarie alla loro formazione (una ogni circa centomila creature uccise) e come si attiva il loro potere. Se il fine è volto ad un attacco distruttivo è necessario lanciare l'incantesimo "Flusso Necrotico" dove questo viene potenziato di ben dieci volte. Per quanto riguarda il fine della difesa, è necessario attivare l'incantesimo "Barriera Prismatica" che può raggiungere anche un potenziamento, rispetto al flusso magico di riferimento, di dieci volte maggiore per una durata massima di dieci anni. Se il fine è volto a portare la vittima all'obbedienza il detentore della Lacrima sviluppa un'energia detta "Imprigionatore", che passando attraverso sé stesso va a finire sulla preda.

Per quanto riguarda l'effetto circa l'obbedienza sulla creatura, la durata varia a seconda della tipologia della vittima, fino ad un massimo di tre decadi. Però, svanito l'effetto, il malcapitato a volte mostra segni di immunità al secondo imprigionamento insieme ad un aumento di aggressività nei confronti del suo manipolatore.

Il potere tuttavia è limitato: gli ordini impartiti non possono consentire l'autolesionismo, in caso contrario esso non viene eseguito. Invece il recepimento del comando può avvenire anche telepaticamente e varia d'intensità secondo le capacità intellettive del soggetto.

Tutti questi incantesimi sono stati appresi da Niffum nel libro rubato in precedenza nella stessa biblioteca.

Sembra tutto tranquillo ma dalla porta del padiglione proibito filtra una cortina fumogena causata da un gruppo di tiefdois che hanno incendiato la stessa durante la notte. I nostri eroi se ne accorgono giusto in tempo per darsi alla fuga arrampicandosi sulla stessa corda da cui sono scesi. Una volta sul tetto li aspetta una sgradita sorpresa: una ventina di guardie imperiali che avevano notato una luce proveniente dal padiglione proibito hanno circondato l'edificio ed intimano una resa incondizionata. Mentre ciò accade altre guardie e volenterosi cittadini si dànno da fare con secchi d'acqua per spegnere l'incendio che è arrivato fino alla sala principale.

Ore dopo i nostri amici sono costretti ad arrendersi ma non senza condizioni. Propongono un patto: si arrendono solo se viene data loro la possibilità di contattare la principessa Lelith con lo scopo di scongiurare un terribile bagno di sangue.

Una breve nota per descrivere l'ultima nata: Lelith Maximus.

E' stata data alla luce in cambio della vita della madre Chloe, il cui decesso è stato causato da un'improvvisa emorragia durante il parto.

Nata nel 1046 attualmente ha l'età di ventuno anni. Come già si sa è stata privata del timpano sinistro, delle papille gustative e soprattutto dei suoi bulbi oculari. Questo è stato causato dal padre quando tentò, come prezzo da pagare, di aprire un portale per riportare in vita la moglie.

Per questi "inconvenienti" è stato necessario ricorrere a delle protesi: queste menomazioni non la rendevano certo "presentabile".

La giovane si presenta di corporatura snella; capelli mossi di color arancio che scendono fino ai fianchi; la sua pelle le dona un aspetto adolescenziale. I nuovi occhi finti sono di un colore blu intenso che tendono al viola ma che non mancano di donarle uno sguardo inespressivo anche se penetrante.

E' molto enigmatica e quando deve dare un'opinione non sa bene come esprimersi, col risultato che a volte è troppo comprensiva o troppo rigida. Il mancato controllo delle sue reazioni emotive la fa cadere in pianti disperati come a cercare, in modo abbastanza speculativo, un certo grado di compassione. Tale atteggiamento contraddittorio certo non le fa guadagnare molta stima dal suo popolo.

E' molto legata alla famiglia soprattutto alla sorella Euphemy che l'ha trattata come una seconda madre.

Per lei conta solo la pace: tanto che nei suoi sogni vede un mondo idilliaco.

Per dar peso alle loro intenzioni, Kylla dall'alto del tetto, con la sua micidiale balestra, colpisce a morte un paio di guardie. A tale reazione, le milizie imperiali accettano la proposta con disappunto e convocano la principessa sul posto.

All'avvicinarsi della ragazza, Niffum, anche se distante, si fa riconoscere. La zia acconsente all'incontro e subito capisce che il nipote non ha alcuna colpa riguardo l'incendio. Resta però che Lelith non è tanto convinta del motivo per cui Niffum sia lì presente. La reazione di Kylla le mette infatti dei dubbi. I due ufficiali imperiali demoniaci di scorta alla principessa costringono i detenuti a salire sul carro prigione. La giovane zia consente comunque loro di tenersi armi ed equipaggiamenti in segno di fiducia. Mentre la principessa raggiunge il castello con la sua carrozza, il gruppo viene subito dopo, portato al di lei cospetto.

La sala del trono, dove sono condotti i nostri amici, rispecchia architettonicamente gli stili poco artistici che già si sono notati in città: povertà di ornamenti; scarsità di arazzi e panoplie decorative; arredamento poco più che essenziale. A ben ragione, la cecità di Lelith non consente sprechi di denaro e risorse, in più, oggetti invadenti ed inutili intralcerebbero i suoi movimenti nell'ambiente.

La principessa seduta sul suo trono è affiancata dai suoi due fedeli ufficiali, nonché protetta alle spalle del gruppo da altre quindici guardie armate fino ai denti.

La zia ascolta interessata le argomentazioni del nipote sul fatto che si era introdotto abusivamente nel padiglione proibito della biblioteca. Niffum si difende denunciandosi colpevole e scagiona gli amici per l'atto compiuto. Giustifica la sua azione col fatto che la sua fame di cultura è illimitata.

Lelith un po' sorpresa ma con qualche dubbio, accetta le giustificazioni di Niffum con comprensione e cordialità:

"Mi rivolgo a te infatti, affinché il discorso non cada su temi politici. Anche se so che vuoi sapere il perché non ho fatto eseguire l'incantesimo realizzato da tuo padre Shadow per il mio popolo".

"Sì, infatti è proprio questo che voglio sapere". Risponde il maghetto.

Come risposta la giovane principessa comincia ad alterarsi e divagare, affermando:

"Infatti da una persona così non accetterò mai che i miei cittadini facciano da cavia per i suoi esperimenti, anche se sembra siano fatti a fin di bene. Tuo padre (Shadow) è una persona meschina non degna di stare a fianco di tua madre (Euphemy), inoltre non si fa scrupoli ad ampliare la sua sete di sapere, come 'qualcuno' qui di fronte a me! Posso portare proprio l'esempio del leggendario Blosstar che noto hai in mano, e che spero tu sappia di che cosa è costituito. Infatti tuo padre non si è fatto scrupoli di annientare un'intera città per realizzarlo…".

Niffum, a tali affermazioni stringe con maggior forza il bastone in questione: arma magica composta nientemeno che da una pietra filosofale di grande potenza, riempita con le anime dell'intera città degli elfi, sulle rovine della quale poi è stata eretta Florana.

Il maghetto trattiene la sua impulsività quando la zia continua a denigrare la persona di Shadow.

L'atmosfera si appesantisce ancor di più quando Lelith, pur essendo cieca ma con gli altri sensi molto sviluppati, percepisce che Kaydo indossa l'armatura del generale di brigata Raizou.

Considerando ciò la donna, nel suo monologo, provoca il giovane cacciatore di demoni sminuendo il suo mentore, ma evita di rispondere alle offese della principessa, che consistono nel giustificare la filosofia sbagliata del suo maestro.

"…Concludo affermando che nel mondo la menzogna regna sovrana e la fiducia reciproca manca del tutto: le cose vanno decisamente cambiate, anche se lentamente ma specialmente con nuove leggi. A mio avviso Raizou sta facendo il doppio gioco tra l'impero e i ribelli e si sta quindi sporcando le mani di sangue. Voi non riuscite a vedere i lati buoni di mio padre, che anche se non lo dimostra apertamente, ha un cuore tenero, tanto che in questo ultimo anno si sono visti dei miglioramenti nei riguardi del popolo. Ne risulta che anche i dissidenti sono in diminuzione e vedrete che finiranno per appoggiarlo. Infatti non è merito dell'incantesimo di Shadow, ma dalla capacità di mio padre nel trasmettere i giusti ideali al popolo. È convinzione che prima o poi tutti i suoi cittadini più scettici alla fine recepiranno il giusto messaggio.

Ovviamente dopo tutto ciò è palese che non vi lascerò andar via, in quanto siete traditori della patria e sostenitori di quell'infame di Raizou… arrestateli subito!".

Il gruppo però cade sbalordito e non riesce a credere a simili dichiarazioni.

Con tale ordine i nostri eroi, ancor di più allibiti, comprendono che la principessa alla fine appoggia Varaz.

Questa convinzione esclude a priori ogni alleanza futura.

Come reazione Niffum si volta di scatto e con il suo famoso bastone lancia un globo di fuoco che avvolge in un attimo le quindici guardie poste dietro di loro in protezione della principessa. A causa di tale "calda" reazione l'incendio incontrollabile inizia ad avvolgere le parti di legno presenti nella sala.

Il combattimento più feroce ha luogo contro i due ufficiali di scorta.

La principessa, che si è defilata dietro il trono, accorre evocando subito la sua arma spirituale: una lancia magica intrisa di luce che fluttua nella direzione in cui percepisce i nemici. Con questa azione cerca di colpire soprattutto il nipote, ma Niffum reagisce erigendo una barriera magica che dissolve l'arma.

Nel frattempo i due ufficiali, sempre sotto sembianze umane, si limitano a proteggere al meglio Lelith, convincendola a rimanere nascosta dietro al trono.

La principessa cieca evoca due spiriti fatati che fluttuano nei paraggi, mentre i suoi due difensori si gettano nella mischia. Il maghetto invece rimane a dare supporto a Kaydo e Miguel intenti ad affrontare i due ufficiali.

Lenora, nel frattempo, prova ad avvicinarsi alla principessa, anch'essa creando all'istante la sua arma spirituale a forma di stocco.

Lelith contrasta l'attacco della sacerdotessa facendo accorrere un guardiano della fede che in realtà è un cavaliere di luce. Costui si pone tra la sacerdotessa e la principessa e combatte mentalmente contro lo stocco fluttuante, controllato mentalmente da Lenora.

Nella lotta però, costei perde la spada magica che viene distrutta dal guardiano. Avviene che, poco prima di venir ferita al braccio dall'arma del cavaliere, riesca a lanciare l'incantesimo Fiamma Sacra sulla principessa.

Lelith viene colpita in modo non grave, ma subisce dolorose ustioni create dalla luce radiosa che le fanno perdere la concentrazione sul guardiano spirituale, causando la dissoluzione dello stesso.

Come ultima possibilità la principessa, in grande difficoltà, si vede costretta ad usare uno dei suoi incantesimi più potenti: quello dell'Esilio, che crea un portale, largo diversi metri di forma circolare, sul pavimento.

A questo punto tutti, compresi i suoi due ufficiali ma non lei stessa, vengono teletrasportati fuori dalle mura.

Una volta all'aperto i due devono rivelare la loro identità demoniaca e si trasformano in Serpeus. La scena che a dir poco è scioccante, ma non è una novità per i presenti, che vede i due improvvisamente distruggere la loro pelle in modo sanguinolento e la abbandonano al suolo per riprendere la loro forma naturale.

Tali demoni hanno sembianze di donna con coda di serpente e sei braccia: ciascuna munita di spada.

A questa vista il giovane cacciatore di demoni sfodera le due "armi gemelle" che essendo in sintonia, risvegliano il loro vero potere. Si avventa così sulle due orripilanti creature.

È da notare che lui solo è in grado di affrontare almeno una delle due, mentre gli altri insieme contrastano la rimanente.

La lotta, pur sembrando impari, permette al

demone di affrontare efficacemente i restanti quattro membri, usando le sue sei spade. Queste armi riescono a ferire Niffum e Lenora rispettivamente alla spalla e ad una coscia. Kaydo che è più avvantaggiato rispetto ai suoi compagni riesce a tener testa ai numerosi attacchi delle sei potenti lame: le schiva diverse volte e contrattacca con successo.

Il Serpeus prova disperatamente a trattenerlo con la coda: manovra inutile visto che Kaydo, con un colpo netto, gliela trancia con un gesto circolare; perfino armonioso.

Il demone con il ventre squarciato crolla a terra in un lago di sangue nero.

La scena si conclude mostrando un corpo in disfacimento: opera della stessa magia necrotica causata da Ivory ed Ebony.

Gli altri compagni, a loro volta, ottengono risultati conclusivi sul restante demone grazie alle loro specifiche capacità.

Kylla, sfruttando la sua invisibilità, colpisce con i suoi pugnali vari punti vitali del corpo del nemico.

Miguel riesce a spezzare un paio di braccia sfruttando le conoscenze acquisite presso i monaci.

Niffum, pur dovendo sacrificare diverse anime racchiuse nel Blosstar, lancia il potentissimo incantesimo, denominato Flusso Necrotico, appreso dall'antico libro recuperato a Mileana.

Infine Lenora usa l'incantesimo della Fiamma Sacra che causa terribili ustioni sull'abominevole corpo.

Finalmente i due mostri sono eliminati una volta per tutte.

L'episodio si conclude con il gruppo malconcio, che evidenzia i traumi riportati dal combattimento.

Raggiungono la Baykok Spettrale, ma sono delusi dal fatto che Lelith non condivide i loro ideali.

Capitolo 15
Il Re tiene in scacco l'alfiere Raizou

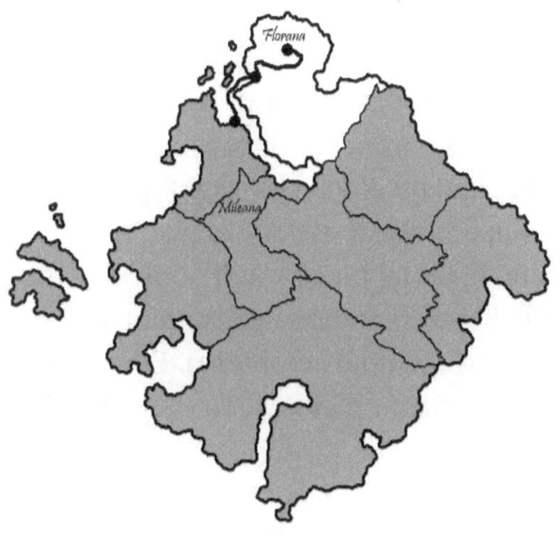

Nei giorni successivi, mentre si dirigono alla foce del fiume, Lenora si consulta con Neko e si scambiano le informazioni sulla situazione globale.

Per quanto riguarda l'arcipelago di Berana, eliminato l'elementale d'acqua Slamy, il liquido vitale torna a sgorgare; gli orchi però, insorgendo, approfittano del caos causato dalla scomparsa degli ufficiali e delle truppe in numero ridotto in quanto impegnato nella ricerca della Spettrale.

I grandi esseri verdastri vanno ad assediare l'isola a nord dell'arcipelago, la occupano ed istituiscono lo Stato Libero dell'Ovest. Non contenti di questo, sterminano quasi tutta la popolazione umana, la maggior parte contadina, presente sull'isola.

L'orribile scena presenta agli equipaggi delle

imbarcazioni militari la vista di poveri corpi impalati lungo la costa ad est, ovvero quella rivolta verso la capitale dell'impero.

La battaglia è di fatto breve, ma risulta snervante anche se dura solo una settimana. A questo punto gli orchi, esausti per il massacro ma ancora inferociti, si dànno da fare per impedire ai poveri agricoltori ogni via di scampo ed iniziano a tagliare loro i tendini d'Achille. I malcapitati per tentare comunque una fuga sono costretti a strisciare nel loro stesso sangue.

La scena fa un tal piacere agli orchi che, in attesa di riprendere le forze, si mettono addirittura a gozzovigliare sullo scempio commesso. Poi ebbri, vanno a finire gli umani urlanti dal dolore con colpi secchi di ascia.

L'Ordine di Giustizia di Tristana riesce a bloccare l'avanzata imperiale proveniente dal regno di Naplana, ma soprattutto si preparano alla controffensiva, che serve a liberare Tamariko dalle grinfie del principe Novis.

Intanto Raizou, "vittorioso", fa rientro a Naplana con il battaglione affidatogli dal principe. Conclude cercando di avanzare una richiesta di disimpegno visto che lo stato di emergenza è rientrato, in modo tale da potersi riunire ai membri dell'Ordine a Tristana.

Nel deserto l'impero riesce a raggiungere le antiche piramidi ed ora la situazione diventa critica in quanto si trova a pochi chilometri dalla storica capitale Habibi. Per fortuna optano per un consolidamento dell'immensa area conquistata, con conseguente richiamo di buona parte dell'esercito che si imbarca verso Berana con l'obiettivo di riappropriarsi dell'intero arcipelago.

Poco dopo Varaz VII manda a tutti i suoi figli una strana lettera: devono sospendere tutte le missioni fuori dalle proprie mura cittadine, rientrare al più presto e radunare tutte le guardie al loro servizio per metterle a protezione e disposizione delle città imperiali, in vista dell'attuazione di una "futura missione segreta".

Il disco oscuro, che ora si presenta come un vortice che incombe sopra la città di Roana, sembra che non sia del tutto svanito; anche se l'imperatore e l'arcimago Shadow tentano di nascondere i loschi intenti, cercando di calmare le preoccupazioni dei nobili della capitale. E' palese che i due manovrano nei cunicoli e sicuramente tramano azioni terribili ai danni delle razze inferiori.

Intanto la principessa Artemis, che sta navigando al largo di Veniana, ignora l'ordine del padre, che le impone di abbandonare la missione con l'alleato capo dei pirati Atlas: missione che ha già ottenuto buoni risultati.

Nella città fra i monti, l'esercito, insieme a tutti i detenuti delle prigioni presenti nel ghetto, sta marciando in direzione di Florana. Al contrario della sorella, Roy si barrica nel castello come ordinatogli, in attesa di ulteriori comandi.

A Naplana, dove all'indomani era già in programma la decapitazione di Tamariko e delle sue truppe, si salvano, in seguito all'ordine giunto da Varaz. Infatti Novis ordina all'esercito di deportare i mezzoni dal ghetto cittadino alla città di Florana e fare

immediatamente ritorno perché sarà necessario
rinforzare le difese cittadine e prepararsi a resistere ad
un possibile assedio.

Euphemy, allo scopo di evitare che eventuali
visitatori siano causa di pericolo, blocca gli ingressi alla
città, seguendo le direttive del padre. Però sta lavorando
già da diverso tempo su una pozione che ha lo scopo di
rivelare le vere intenzioni di eventuali dissidenti.

Nel ghetto del posto vengono erette nuove mura,
che delimitano diversi settori atti a dividere e
concentrare le razze presenti nel continente in un unico
luogo secondo un losco programma.

Kront riceve ragguaglio da Raizou che si trova in
dubbio sui prossimi avvenimenti, in quanto Varaz VII lo
ha appena richiamato alle armi e costretto a raggiungere
al più presto la capitale per assumerlo come suo
protettore personale.

E' evidente che l'imperatore lo vuole allontanare
da Naplana, teatro di guerriglia, ciò per evitare che vada
ad appoggiare l'Ordine, ma sarà utile stare al suo gioco
in quanto avrà la possibilità di attingere ad informazioni
segrete.

Il vecchio cacciatore di demoni capisce e invita
Kront a potenziare l'esercito dell'Ordine visto che è
giunta l'ora di andare alla conquista di Roana.

Costui garantisce che si farà trovare pronto per
facilitare l'assedio e programmare l'eventuale
eliminazione di Varaz: lui stesso sarà il cavallo di Troia.
Nel frattempo il vecchio cacciatore di demoni starà
molto attento a valutare tutte le notizie affinché arrivino
all'orecchio di Kront solo quelle importanti.

Raizou prima di partire per la capitale, scortato da un gruppo di ufficiali venuti apposta per lui, cerca di sapere qualcosa da Novis, sullo scopo delle deportazioni verso Florana. Al principe però l'argomento non interessa dato che c'è il rischio di un nuovo pericoloso assedio.

In merito a ciò Raizou consiglia a Kront, tramite un messaggio passato in segreto alla gilda dei ladri, di andare direttamente a Florana per far luce sugli intrighi in corso.

Ancora, insito in quel messaggio, c'è l'ordine di ingaggiare Kaydo per cercar di "eliminare" la leggendaria viverna di fuoco e facilitare l'esito della battaglia finale: significato nascosto che il suo allievo comprenderà. In questo caso "eliminare" significa catturare mediante l'uso della Lacrima in suo possesso.

Anche se il gruppo è in navigazione nei pressi del regno di Florana, tramite Neko, su ordine di Kront, si viene a conoscenza del contenuto del messaggio. Il gruppo si accorda con l'Ordine e quindi decide di raggiungere la città dei maghi, dal momento che è relativamente vicina.

Anche se il leader precisa al gruppo, con un tono quasi dittatoriale, che è prioritario liberare l'indispensabile stratega Tamariko ad ogni costo. In tal giorno, come da accordi, verranno aiutati dalla gilda dei ladri: essendo il momento in cui verranno aperti i portoni, si approfitterà dell'occasione anche per liberare i mezzoni.

Il gruppo reputa dispendioso tale piano. Alla fine si giunge ad un accordo solo dopo un'accesa discussione, vinta dal gruppo di Kaydo. Qui si decide la divisione dei compiti: i membri della Baykok Spettrale si occuperanno di investigare circa i loschi piani che si tengono a Florana, mentre Kront farà di tutto per liberare Tamariko ed i mezzoni, evitando così che vengano deportati alla città dei maghi.

I nostri eroi durante la navigazione in direzione di Florana preparano dei piani di battaglia.

Giunti in una zona sicura conosciuta da Niffum e Lenora lasciano la Baykok sotto una costa scoscesa abbastanza alta da nascondere la visuale ad eventuali persone di passaggio.

Appena sbarcati si imbattono in un mercante solitario che, abbastanza ingenuamente, osa avventurarsi in tale landa desolata piena di pericoli. Decidono di impadronirsi del suo carretto, visto che hanno bisogno urgentemente di un mezzo di trasporto. Optano per un'azione che non arrechi eccessivi danni al malcapitato viandante. In ragione di ciò Lenora trova da ridire su tale operazione piuttosto disonesta. La necessità però obbliga a rimedi estremi, per cui la stessa sacerdotessa viene zittita e costretta a salire, suo malgrado, sul carretto.

Qualche ora dopo giungono in vista della città. Qui notano la presenza di gendarmi preposti al controllo degli ingressi. A questo punto interviene Niffum che lancia un incantesimo appreso da poco, che permette un camuffamento efficace. Il maghetto, in funzione di cocchiere, con sulla spalla il diavoletto in sembianze di corvo, si fa conoscere ai controlli come Niffum, figlio della principessa.

Le guardie del posto controllando il contenuto del carretto si avvedono della gran quantità di oggetti vari e strani di cui non ne capiscono la natura. È la parlantina di Niffum, unita ad una generosa manciata di monete d'oro, sborsate dalla generosa bisaccia di Kaydo, a convincerle.

Il cacciatore di demoni deve far buon viso a cattivo gioco lasciandosi privare di quel pur piccolo capitale. Alla fine i curiosi doganieri sono persuasi e lasciano perdere ogni ulteriore controllo.

Varcato l'ingresso cittadino, ciascuno, come da accordi presi, si avventura in centro per depistare altri eventuali ficcanaso. Il piano poi prevede che non appena Niffum avrà nascosto il carretto, li raggiungerà all'interno della cattedrale.

Il giovane maghetto appunto, occultato il veicolo, è convinto che le cose siano andate secondo i piani e si accinge a raggiungere il resto del gruppo. Mentre si trova molto vicino al luogo convenuto, oltrepassando la stupenda fontana raffigurante sua madre in posa sensuale, viene attirato da un bagliore proveniente da dietro la magnifica statua di marmo; sul retro di essa si materializza proprio sua madre, che utilizza l'incantesimo del teletrasporto.

La magia è una tra le più complesse, ma che funziona solo nelle brevi distanze.

L'azione è comunque pericolosissima, considerando che si tratta nel dover scomporre gli atomi del proprio corpo e ricomporli esattamente in un altro luogo: ovviamente tenendo conto del tempo e dello spazio.

Euphemy, ragguagliata dalle guardie preposte agli ingressi, conoscendo bene suo figlio che si muove solo a ragion veduta, interviene prontamente. Giunta sul posto non può fare a meno di dare il via ad un'accanita discussione:

"Qual buon vento ti porta qui? E cos'è quel 'coso' che ti porti sulla spalla?"

Niffum, sorpreso e sbigottito da quell'improvvisa apparizione, tenta di tergiversare e risponde farfugliando:

"Ma… ma, è solo un corvo! Poi mi sembra ovvio che debba tornare qui ogni tanto, sai benissimo che i negozi di magia non si trovano dovunque".

La principessa, offesa da quelle deboli scuse, reagisce in modo piuttosto impulsivo lanciando un incantesimo che effettivamente rivela la natura dello Skyritt. Nel giro di pochi istanti il corvo cade a terra e si contorce con un repentino cambiamento. Si presenta come imp, piccolo diavoletto dalla pelle squamosa e rossastra; ali cartilaginose; corte zampe artigliate; inquietanti occhi sporgenti lattiginosi, privi di pupilla; corpo di una trentina di centimetri.

Skyritt, scioccato, tenta la fuga con un rapido volo, però viene intercettato da un secondo incantesimo che lo pietrifica a mezz'aria: il poveretto crolla al suolo trasformato in una statua di pietra.

Il figlio incollerito, insulta sua madre, gridando:

"Maledetta, mi hai ucciso il mio adorato famiglio! Come sempre le tue reazioni sono sproporzionate… per questo motivo me ne sono andato, non ti sopporto più, mi fai schifo!".

Subito dopo Niffum le lancia una magia letale.

La donna è costretta a difendersi contrattaccando con il tanto ambito incantesimo di Imprigionamento.

Tale magia rimpicciolisce gradualmente il malcapitato fino al punto di poterlo incapsulare in un amuleto dalle dimensioni di una grossa moneta. Euphemy quindi raccoglie il prezioso oggetto e se lo porta fin dentro la sua sala del trono.

A questo punto a Niffum viene concesso di riprendere le sue naturali dimensioni. Subito dopo continua l'acceso diverbio. La madre non riesce a tollerare il diavoletto come un fedele aiutante. Inoltre la principessa vuole venir a conoscenza del vero motivo per cui il figlio si trovi presente in città proprio in quel periodo particolare.

Il maghetto, a questo punto, decide di rifare il doppio gioco. Quindi propone di raccontare (solo in parte) ciò che sa sui ribelli, a condizione che la madre gli insegni a sviluppare il prezioso incantesimo di Imprigionamento che ha appena sperimentato sulla sua pelle.

Euphemy accondiscende alla proposta.

Niffum non è del tutto pratico di come si utilizzi tale incantesimo, anche se lo conosce in forma solo teorica. Il prezioso libro magico rubato alla biblioteca di Mileana tratta abbastanza bene numerosi potenti incantesimi.

Tale magia per il figlio è in realtà indispensabile per soggiogare la volontà della viverna.

Infatti Niffum cerca di persuadere Euphemy:

"Se vengo in possesso di una Lacrima e utilizzassi questo incantesimo su una viverna, appoggiando così la vostra causa, potresti convincere il nonno a darmi un piccolo regno tutto mio?"

La madre indecisa, pur ritenendo ridicole tali ambizioni, alla fine è disposta ad insegnarglielo e mantiene la parola data sentendosi pienamente appagata dagli accordi con il figlio: non sa che esso è già in possesso di una Lacrima.

Euphemy aggiunge, però, che gli avrebbe dedicato solo un'ora del suo prezioso tempo: sufficiente o meno, a che il figlio possa impratichirsi della magia.

Ovviamente il giovane maghetto non riesce nel suo scopo. Però per lui, i soli consigli della madre sono abbastanza validi, il resto sarebbe andato a buon fine per una sola questione di tempo.

Ottenuto quanto desiderato, il giovane fa ritorno dal suo "pietrificato" imp e lo libera dall'incantesimo. Poi raggiunge frettolosamente i compagni appena usciti dalla cattedrale.

Costoro avevano ottenuto una pergamena che contiene importanti appunti. Subito dopo Lenora insiste che bisogna affrettarsi a raggiungere il carretto e rapportare il tutto all'Ordine di Giustizia.

Facciamo un passo indietro, mentre Niffum

operava per i suoi scopi, Lenora, Kaydo, Miguel e Kylla ritenevano più sensato iniziare le ricerche dalla dissacrata cattedrale.

Una volta giunti all'interno, la nuova versione presente nella struttura, è messa in rilievo dallo stato di degrado dei vari quadri e statue che esaltano l'imperatore, paragonandolo ad una divinità. Chiudono l'obbrobrio messaggi indiretti raffiguranti combutta tra diavoli e altre razze inferiori.

La vista di tale scena fa salire il disgusto alla sacerdotessa che sceglie come obiettivo il violare la stanza dell'arcivescovo maggiore Sevcuk, che è situata nei sotterranei.

Il posto presenta una vista piacevole: ben illuminato da un magico dipinto sul soffitto che rappresenta il firmamento. L'atmosfera, nonostante simili lugubri luoghi, è molto accogliente e piacevole nel suo aspetto: ricca di materiali pregiati ed ornamenti preziosi che potrebbero far gola ad eventuali "ladri".

Dopo un certo tempo speso ad ammirare il posto si trovano in una stanza che contiene una dispensa piena di pozioni, che servono a manipolare la mente dei fedeli; libri sacri che testimoniano la verità della nuova fede; altri testi importanti di antica data, subito riconosciuti da Lenora per essere i veri originali.

Le complesse gallerie portano alla fine i nostri eroi a scoprire, quasi per caso, l'ubicazione della stanza dell'arcivescovo. Nonostante l'ingresso sia protetto da una magia, Kylla riesce ad aprirla con rari e speciali grimaldelli, rubati in un negozio già alla prima entrata nella città di Florana.

Tali attrezzi dànno la possibilità di annullare le eventuali magie che proteggono le serrature.

Entrati nella stanza perdono un poco l'orientamento alla vista della moltitudine di oggetti collocati con ordine maniacale sui vari scaffali. Sono presi alla sprovvista e cominciano a spostare in modo ordinato, per non dar sospetti, i vari elementi della stanza nel tentativo di trovare qualche informazione sulle future mosse dell'impero.

Dopo vari tentativi riescono a mettere le mani su di un elenco di appuntamenti che riguardano Sevcuk.

Nell'elenco è segnato il diario di tutte le future mosse dell'arcivescovo maggiore. Lenora ricopia a mano frettolosamente tutti i dati di un certo valore su una pergamena vergine.

I segreti del religioso sono così elencati:

All'indomani alle ore sedici, appuntamento con la principessa Euphemy nella stanza C1 della cattedrale per gli aggiornamenti sui nuovi arrivati al ghetto provenienti da Bozana.

I seguenti due giorni alle ore otto è previsto l'imbarco sul veliero clericale Venus nel porto di Florana. Destinazione Roana.

Diciotto giorni dopo allo scoccare del mezzogiorno, appuntamento con il papa Mons e le altre eminenze maggiori confluite per rendere l'ultimo saluto all'arcivescovo Balton di Berana, ucciso dai feroci orchi.

Alla mezzanotte dello stesso giorno le eminenze riunite si troveranno nelle segrete della Basilica di

Roana. I convenuti, prima di entrare nella stanza segreta, pronunceranno al papa Mons la parola d'ordine: "Giuro fedeltà a B." e rivelerò il patto di sangue all'ufficiale che mi ha scortato.

Passati quaranta giorni il ritrovo è a Florana per la "benedizione" di tutte le aree del ghetto piene di detenuti.

Il gruppo, abbastanza soddisfatto, esce dalla stanza. Lenora però prima di uscire, contro il parere dei compagni, ritiene vantaggioso bruciare i fasulli testi sacri.

Kylla invece non può fare a meno di impossessarsi di qualche piccolo manufatto, purché d'oro con intarsiato qualche diamante.

Giunti all'aperto finalmente si rincontrano con Niffum, qui recuperano il carretto e tornano al galeone, dove possono analizzare e valutare con vari commenti quanto ottenuto nell'operazione appena conclusasi.

Le mosse del maghetto rimangono abbastanza velate di mistero al resto degli amici che non realizzano la reale discrepanza di tempo tra le azioni di lui e le loro.

L'Ordine di Giustizia, ovviamente, viene ragguagliato di quanto effettivamente realizzato.

Capitolo 16
Fuoco nel deserto e legno marcio nella laguna

A Berana l'impero sta accerchiando l'isola e sbarcando da sud con le truppe. Impiegano però più tempo del previsto, in quanto l'ordine è quello di catturare gli orchi vivi.

Ad Habibi l'Ordine riesce a recuperare buona parte del deserto già conquistato dall'impero, che essendo il confine molto lungo, l'esercito imperiale poco numeroso ed armato fatica a tener sotto controllo.

A Bozana la città si è barricata mettendo forze consistenti a ridosso del confine con Naplana. I nani intanto sono giunti tutti a Florana eccetto una piccola parte che è rimasta in città a disposizione degli umani.

A Mileana la principessa Lelith, circondata dal

suo esercito recentemente rinforzato da nuovi elementi a causa della perdita dei suoi preziosi ufficiali, si trova nel suo castello in attesa di un nuovo comunicato da parte di suo padre. Accetta sconcertata l'ordine di inviare i tiefdois a Florana. La spinge la paura di una loro ribellione. Per maggior precauzione, nonostante l'ordine che prevede un minimo impiego dedicato ad usi cittadini, invia la totalità della razza inferiore.

A Veniana la principessa Artemis ed il capo dei pirati Atlas fanno rientro al porto soddisfatti di ciò che hanno trovato. Corre voce, infatti, che l'ipotetico "tesoro" sia in mano ai pirati.

A Florana la principessa Euphemy accoglie i nani e i tiefdois che sono giunti da un paio di giorni. Prepara delle torri di legno attorno al ghetto per far ammirare uno spettacolo (piuttosto macabro) che si dovrebbe tenere entro un paio di settimane. I posti privilegiati sono riservati solo a determinati altolocati cittadini.

Alla capitale, Raizou fa capire all'Ordine di Giustizia, con messaggi alquanto segreti, che alla Basilica di Roana stanno aspettando l'arrivo della salma dell'arcivescovo Balton di Berana attualmente in viaggio sul veliero del principe Ares, che con l'occasione imbarcherà alcuni nuovi battaglioni agli ordini di due ufficiali di provata fedeltà, con lo scopo di riprendersi il suo amato castello.

Il papa, in segno di lutto, si trova tutto il giorno in preghiera. L'imperatore Varaz VII, poco devoto, ritiene giusto ma "opportuno" recarsi ogni giorno a pregare insieme a lui.

Kront, nel frattempo, con mossa calcolata, riesce ad impedire la deportazione dei mezzoni attaccando le guardie che scortano la fila di carri prigione. Costoro, liberati, vengono arruolati dall'Ordine per sfondare le porte di Naplana.

Il leader però si giova dell'aiuto della lampada di Ignes, acquistata diversi anni prima al mercato nero da Raizou e lasciata in custodia nell'enorme arsenale del draconide. Tale lampada è in grado di risucchiare il fuoco dell'elementale Frumorn: causa della disfatta del primo tentativo di assedio di Naplana.

L'operazione ha luogo, Tamariko viene liberato mentre Novis tenta di scappare, ma invano, dalla città devastata. Il principe infatti viene catturato e messo a tortura, rivelando a suo padre che Raizou sta facendo il doppio gioco: azione estremamente pericolosa che lo stesso generale di brigata potrebbe pagare con la vita.

A conferma di quanto ipotizzato dagli appunti raccolti da Lenora, l'arcimago sta radunando tutte le razze inferiori per darle in sacrificio alla viverna di cristallo.

Il mostro, come noto, è in grado di produrre altre Lacrime col fine di catturare le ultime creature leggendarie e far cessare la guerra.

Tamariko intanto ha raggiunto Tristana dove viene preso in cura da Neko. L'obiettivo è di rimettersi ed armare una nuova flotta, radunando più ribelli possibile, con lo scopo di supportare gli orchi di Berana e uccidere il principe Ares.

Costoro però, essendo grezzi di mentalità, devono rendersi conto che la loro reazione non può durare a lungo. Alla fine, si tratta di una questione di reciprocità: l'aiuto in cambio di appoggio al momento dell'assedio finale di Roana.

Il gruppo che si trova a nord di Florana decide di recarsi a Naplana poco distante, per parlare direttamente della situazione con Kront. Lo scopo è di intuire di cosa tratta il tesoro trovato dai pirati supportati, oltretutto, dalla principessa.

Il mistero consiste nello scoprire cosa si nasconde dentro tale enorme forziere. Decidono quindi di raggiungere Veniana per venire a capo dell'enigma. Kaydo però si oppone a Kront specificando che seguirà le direttive del mentore che impongono di "uccidere" la viverna di fuoco. Al ché il giovane cacciatore di demoni sa benissimo cosa intende Raizou quando parla di usare la Lacrima in possesso al giovane, cioè catturarla e portarla dalla loro parte.

Sanno di avere solo quaranta giorni di tempo per bloccare il piano macabro dell'arcimago a Florana.

Pertanto la mattina seguente i nostri amici salpano con la Baykok Spettrale. Allo stesso tempo Tamariko parte da Tristana e si dirige a Berana.

Durante la navigazione, Kaydo decide di andare con Niffum sui monti rocciosi desertici a confine tra il regno di Mileana e la distesa di sabbia. Pensano che, se tutto dovesse andare per il verso giusto, si ritroverebbero a Naplana con la viverna e gli altri con il galeone ed il bottino. Ad ogni modo Lenora e Niffum si terranno in contatto.

In una notte seguente Lenora, nonostante sia priva dell'amuleto di Ajira, fa un sogno premonitore. Il

Dio Plor le consegna una pergamena piena di enigmi vergati in una lingua antica, che lei comunque conosce. Cinque di questi la lasciano perplessa:

"ventinove anni passati dal malvagio giorno, la grande guerra riposo troverà";

"i giorni bui inizieranno quando i templi sacri rifiuteranno i fondamenti cari al papa";

"una nuova dea discenderà e per mano sua un papa morirà";

"fuoco nero in pieno giorno sull'edificio reale si abbatterà, da lì a poco il mondo collasserà";

"l'edificio reale nella notte di primavera brucerà quando al monarca il successore seguirà".

Tutti iniziano ad interpretare gli arcani a loro modo ma non ne giungono a capo.

Niffum e Kaydo, dopo che quest'ultimo supplica la polena Baykok per farsi concedere qualche giorno di libertà per catturare la viverna, si fanno lasciare dunque sulle coste della laguna di Veniana.

Si dirigono verso est, in direzione del loro obiettivo, che però dista diverse centinaia di chilometri; ad un certo punto si imbattono su una strada in terra battuta, che probabilmente collega la città di Veniana con quella di Mileana. La percorrono per diverse ore, mantenendo sempre la bussola orientata verso le montagne rocciose. Ad un certo punto vedono arrivare due cavalieri presumibilmente borghesi o comunque di ceto medio ed i nostri due amici, con sguardo complice, decidono di fermarli. Giunti a pochi metri da loro Kaydo, vestito con la magnifica armatura verdastra in adamantio del suo mentore, li ferma con fare autorevole.

Subito dopo interviene Niffum, sempre vestito in maniera impeccabile con la sua lussuosa veste grigioperla, che tiene in mano il suo Blosstar con appoggiato sull'estremità Skyritt in forma di corvo. Qui, si presenta come figlio della principessa, esibendo loro il passaporto d'argento come prova ed afferma che, a seguito di un incontro spiacevole, i loro cavalli sono fuggiti via; quindi è costretto a chiedere in prestito i destrieri dei due passanti, in quanto devono dirigersi urgentemente dalla principessa Lelith a Mileana. Sul posto li lasceranno in custodia alla stalla imperiale e si premurerà di dare come compenso di gratitudine ben diecimila monete d'oro. I due, all'inizio titubanti, al sentir tale somma, non si lasciano scappare l'affare e, dopo quattro righe scritte frettolosamente sulla pergamena dal principino si fanno dare i cavalli e partono al galoppo verso la loro meta.

Dopo aver viaggiato per molte ore, si trovano a dover superare il famoso bosco di latifoglie del regno di Mileana. Si inoltrano subito in una fitta selva piena di alberi panciuti, dove i raggi del sole filtrano tra le folte chiome, tanto da raggiungere a malapena il suolo. Il calore di quest'ultimo fa evaporare parte della rugiada e così vengono sprigionati quei tipici odori che vanno dalla resina dei tronchi all'intenso profumo di funghi, i quali attendono solo di esser raccolti.

Durante le numerose pause, necessarie per far recuperare le energie ai cavalli, si approfitta per sedersi su quelle grosse radici per scambiare commenti sulla vicenda appena passata. Riprendono fiato appoggiando la schiena su quelle rugose cortecce piene di solchi e fastidiose protuberanze legnose. Il tutto accompagnato da rumore di sottofondo di cinguettii di uccellini e dal fruscio delle foglie spinte da un leggero e fresco venticello che si insinua tra gli alberi.

Questa splendida atmosfera viene ben presto rovinata da un brutto acquazzone, che costringe ad accamparsi per la notte sotto un enorme albero, sufficiente a bloccare buona parte della pioggia.

Qui Niffum prepara un fuoco da campo ponendolo il più vicino possibile all'immenso tronco della bellissima quercia; Kaydo invece si presta a legare i due cavalli ed a preparare una minuscola tenda. Il maghetto, dal canto suo, nonostante usi il suo incantesimo di fuoco, trova una certa difficoltà ad accendere quella legna bagnata.

Dopo un'ora decidono di prendersi un meritato riposo, ma sul più bello vengono bruscamente svegliati dal nitrito dei cavalli spaventati: la grande quercia ha preso vita!

L'enorme albero, a causa di quel focolare, che ora sta iniziando ad ardere vigorosamente, ha iniziato ad agitare i suoi grossi rami ed a sbatterli su di esso per spegnerlo. In quell'istante Kaydo e Niffum escono, ma con il fuoco ormai spento sono avvolti dal buio notturno. Sentono solo fruscii, tremolii del terreno ed i nitriti dei cavalli imbizzarriti.

A questo punto Niffum lancia l'incantesimo di luce con il suo Blosstar, ma proprio in quel momento un ramo di grandi dimensioni si muove rapidamente in senso verticale e va a finire brutalmente su uno dei due cavalli, colpendolo in pieno facendo schizzare pezzi di interiora in tutte le direzioni.

Con un'azione decisa Kaydo estrae la Ivory e taglia la corda che tiene l'altro cavallo irrequieto e con un gesto a dir poco acrobatico sale in sella e riesce ad evitare per un soffio il possente ramo.

I due eroi sono pertanto costretti ad abbandonare l'accampamento e ad allontanarsi da quel luogo incantato.

La marcia viene notevolmente rallentata, considerando il doppio peso che il cavallo è costretto a trasportare. Nonostante ciò riescono a raggiungere la base delle montagne rocciose e a risalirle lentamente, alternando l'avanzamento attraverso quegli stretti sentieri asciutti e sdrucciolevoli parte a piedi e parte in groppa alla cavalcatura.

Arrivati in cima di una delle tante montagne cominciano a cercare la famosa viverna di fuoco, avanzando guardinghi dal momento che il luogo è frequentato dagli spaventosi mostri volanti.

Il luogo è una zona di confine ad alto rischio che non consente azioni di difesa. Dopo tre giorni di vane ricerche, decidono di salire su di un'altra montagna per perlustrare anche quest'area.

Ma è proprio qui che scorgono in lontananza un'enorme viverna di fuoco alla base del versante est che dà sul deserto.

Il mostro è alle prese con un verme gigante del deserto: orribile e letale creatura serpentiforme di colore beige mimetico che sbuca all'improvviso dalla sabbia e colpisce quasi sempre alle spalle. L'orribile bestia, che al momento di uscire si presenta con un'altezza di circa dieci metri, mostra una testa sormontata da varie corna appuntite; una bocca profonda guarnita da un centinaio di denti posti su tre file; una pelle piuttosto liscia che permette di scivolare e penetrare rapidamente nella sabbia.

Nel combattimento i due antagonisti sono di fatto alla pari. Il verme attacca di sorpresa la vittima mordendola ferocemente ad una zampa posteriore per trascinarla sotto la sabbia. La viverna reagisce d'istinto cercando di spiccare il volo e sputando una vampata di fiamme alle parti esposte dell'attaccante.

Il verme, colpito in pieno, emette uno stridio assordante e terrificante allo stesso momento; dopodiché si dimena selvaggiamente cercando di infliggere a sua volta il colpo fatale alla nemica. La scena si ripete varie volte con alternanze di esiti.

La viverna ha il vantaggio di causare ferite mortali con la sola forza dei suoi morsi micidiali: ne riesce a piazzarne due ben riusciti all'avversario. Il primo strappa un lembo del suo immenso corpo e successivamente, nel tentativo di riguadagnare il suo habitat sotterraneo, viene afferrato alla gola e strappato quasi completamente fuori dal terreno. Nel giro di qualche minuto la feroce creatura alata, cercando di trovar presa nella rovente sabbia, "sfila" l'immenso serpentone che, una volta fuori, espone tutti i suoi centodieci metri di lunghezza. A questo punto non resta che saziarsi: parola di viverna.

Tutta la scena dura la bellezza di quasi tre ore, cioè il tempo che i due impiegano per giungere a valle. Mentre la viverna è impegnata a divorare il nemico abbattuto i due, in maniera furtiva, si avvicinano quel tanto che basta per poter lanciare l'incantesimo senza esporsi ad ulteriori rischi.

L'incantesimo, che è potenziato con la Lacrima, dovrebbe dar come esito la cattura e l'obbedienza della vittima. Tale magia, difficilissima da apprendere ma soprattutto da praticare, era stata insegnata dalla madre di Niffum poco tempo prima.

Lo svolgersi dell'azione dura pochi secondi

molto sofferti e di "maggior lunga" durata: la viverna si volta di scatto ed affronta i nuovi arrivati per pochi istanti con aria minacciosa. Subito dopo però il desiderio di violenza cala ed essa rimane immobile, subendo in pieno l'incantesimo.

Niffum a questo punto si rivolge alla viverna con voce tremante dandogli l'ordine di voltarsi. Il mostro lo esegue.

Kaydo, che intende imitare il compagno nel lanciare un comando analogo, realizza che i risultati non possono essere uguali in quanto lui non è in grado di controllare la creatura. A questo punto Niffum impone alla viverna di eseguire gli ordini anche del compagno.

In seguito i due si mettono in groppa alla enorme "manipolata" viverna e si fanno trasportare fino alla piazza di Naplana, sorvolando i monti innevati di Bozana.

Lo spettacolo per i due che non avevano mai volato è quanto mai mozzafiato. Passano attraverso le nuvole sature di umidità che sfiorano la pelle con una dolce sensazione. Respirando un'aria frizzante e godendo di un panorama mai visto prima si sentono appagati di questa nuova esperienza che ogni bambino sogna.

Kront, insieme ai membri dell'Ordine, restano scioccati nel vedere una enorme viverna che scende verso di loro con fare minaccioso. Impulsivamente afferrano le armi pronti a difendersi. Una volta atterrato il mostro si presenta ai loro occhi con un'incredibile sorpresa: la viverna è cavalcata nientemeno che dai suoi due compagni.

A sera inoltrata, mentre festeggiano l'evento seduti ad una tavolata ricca di invitante selvaggina, Kaydo racconta come ha trovato una Lacrima lungo il percorso e il perché ha deciso di servirsene. Il capo dell'Ordine, piuttosto scettico, dubita dei fatti appena narrati, adducendo una casualità assai rara da verificarsi.

Ora non resta che attendere l'arrivo degli altri compagni a Naplana.

Lenora, Kylla e Miguel, subito dopo aver lasciato sulla costa Kaydo e Niffum, si dirigono verso la palude di Veniana, dove stando a quanto detto dalla gilda dei ladri si trova una caverna con all'interno il galeone pirata di Atlas.

Lasciano la Spettrale a qualche miglio di distanza e si addentrano nella silenziosa tetra palude, dove regna ancora una leggera foschia mattutina. Qui, percorrono poche centinaia di metri in una faticosissima melma maleodorante, che ricorda le uova marcie. Il cammino ne è ostacolato facendoli sprofondare spesso fino al ginocchio.

Quei faticosi movimenti innaturali delle gambe, mentre vengono sollevate da quel suolo appiccicoso, spesso finiscono per mandare qualche schizzo di quella putrida e torbida acqua nelle loro bocche, lasciando un disgustoso sapore di carne cruda ammuffita sul palato per diverse ore.

Inoltre i rumori che si odono in questa umida zona sono poco rassicuranti: fruscii e gorgoglii provocati da sconosciute creature fanno crescere l'ansia, soprattutto in Lenora.

Ovviamente insetti e sanguisughe di ogni tipo accompagnano i nostri amici, che spesso sono costretti a fermarsi sia per riprender fiato che per rimuovere tali schifosi parassiti.

Ad un certo punto Miguel nota un'innaturale increspatura nell'acqua e ferma le due compagne. Neanche avuto il tempo di armarsi che affiora ferocemente dal torbido liquido una Naga spirituale; si tratta di un mostro con sembianze da serpente, con un volto umano e come la nostra Medusa la sua "capigliatura" è composta da una decina di piccoli serpenti.

Il combattimento avviene in una zona ricca di piante palustri tipiche dei luoghi molto umidi: l'acqua arriva alle ginocchia e sotto vi è uno strato melmoso.

Il "serpente" in questo suo habitat è avvantaggiato e può muoversi agilmente, quindi i tre optano per una formazione a cerchio posizionandosi a circa una decina di metri uno dall'altro, in modo tale da esser sempre pronti a colpire ed, eventualmente, aiutare l'amico che si trova al lato opposto.

Kylla fa ricorso ai suoi pugnali da lancio, Lenora invece evoca un guardiano spirituale a proteggerla, mentre Miguel assume un atteggiamento da combattimento dopo aver sputato il bastoncino che rosicchiava.

La Naga affiora a pochi centimetri da Lenora, ma subito il guardiano di luce cerca di colpirla con la sua picca, ma invano.

E' la volta di Kylla che lancia un pugnale, ma la bestia è estremamente veloce e torna ad immergersi nell'acqua putrida. Per qualche secondo, anche se sembra siano trascorsi minuti, la zona è pervasa da un silenzio innaturale: perfino l'acqua è priva di qualsiasi increspatura.

Di colpo la bestia affiora davanti a Miguel e si lancia contro di lui con la bocca spalancata, pronta ad affondare i suoi numerosi denti aguzzi sul barbaro. Quest'ultimo però, con un gesto rapido e deciso, fa in tempo a spostarsi quel tanto che basta per afferrarla in corrispondenza del collo ed immobilizzarla; anche se la prestanza fisica di Miguel è fuori dal comune, l'orrenda creatura riesce comunque a dimenarsi.

Ormai i suoi attimi di vita sono giunti al termine, Kylla e Lenora si avvicinano pronte a dare una mano al compagno. La gnomo estrae un pugnale seghettato e lo pianta poco sotto il collo ed incide la carne lungo tutto il corpo tanto da far fuoriuscire le sue interiora e ciò che rimane delle prede mezzo digerite.

Prima di raggiungere il covo dei pirati si trovano a dover sopportare una moltitudine di insetti, ma soprattutto un golem d'argilla.

Quest'ultimo è un avversario particolare poiché, anche se smembrato o ridotto addirittura a pezzetti, il suo corpo si ricompone facilmente. Il gruppo fa di tutto per sventrarlo per accedere all'interno delle sue viscere ed estrarre l'oggetto incantato che lo tiene in vita.

Sarà Lenora alla fine, nonostante la sua stanchezza a riuscire a colpire il golem con un potente raggio di luce benedetta che lo fa quasi smaterializzare, incluso il suo oggetto magico. Azione avventata che avrebbe potuto compromettere la missione se i pirati se ne fossero accorti.

Alla fine raggiungono il marcio pontile di legno, dove sono ormeggiati due piccoli galeoni.

La passerella di legno è frequentata saltuariamente da qualche pirata intento a far rotolare qualche barile di rum dalla nave alla locanda che è nascosta in una caverna poco distante.

Raggiunta quest'ultima, procedendo con fatica sotto il pontile per non farsi individuare, giungono con successo al covo, ovvero la locanda nella caverna, luogo che nasconde all'interno una specie di ritrovo fatiscente in cui è in corso una festa iniziata già da diverse ore.

Secondo l'Ordine, anche se nessuno è mai

tornato vivo per riferire, dovrebbe esserci all'interno un passaggio segreto che conduce alla stanza del tesoro, alla città o addirittura ai sotterranei del castello della principessa Artemis.

Prima di inoltrarsi dentro la locanda Kylla, attraverso una fessura sul muro, scopre che i pirati presenti sono quasi tutti in preda ai fumi dell'alcool. La gnomo vede anche che i pochi individui ancora validi non sono in grado di creare problemi. Decidono di comune accordo, di entrare brutalmente e di affrontare i presenti, pericolosi o meno.

Il poderoso Miguel si trova davanti alla porta di legno corrosa sia dal tempo che dalla salsedine. La spalanca con grande determinazione facendone saltare i cardini e così facendo ne causa la caduta. Il gesto non previsto fa sì che una "folla" di ubriaconi imbracci le loro armi e le puntino verso i nuovi arrivati. A parte qualche pirata accasciato sull'immenso tavolo di legno gli altri, con la tipica voce impastata di chi è alcolizzato, minacciano di morte Miguel e Kylla e di stupro la sensuale Lenora.

Pirati di ogni genere e razza si gettano in un arrembaggio barcollante che ha del ridicolo. Infatti, anche se sono presenti elementi di robusta statura come orchi e nani, alla fine basta un solo pugno micidiale di Miguel per farli stramazzare al suolo. La lotta inizia ad un certo punto anche a divertire il barbaro, che prende di mira soprattutto quelli di piccola statura come mezzoni o gnomi, lanciandoli attraverso le poche finestre ancora intatte.

Kylla invece saltella dall'immenso tavolo al

bancone, raggiungendo addirittura l'enorme lampadario fatto con una ruota di carro. Da quel punto sopraelevato può scoccare dardi e lanciare pugnali senza correre rischi, riuscendo così ad uccidere quasi tutti i presenti.

Lenora è spaventata da tale caos e si sente in colpa nel ferire persone che sono sotto l'effetto di alcool. Si limita solamente a farsi difendere invocando in suo aiuto un cavaliere spirituale, che gli ordina di limitarsi solamente a tramortirli.

Lo scontro si conclude abbastanza rapidamente: mentre Lenora e Kylla cercano di mettere fuori combattimento uccidendone il meno possibile, Miguel ne fa uno scempio.

Tuttavia non si accorgono di qualcuno che cerca la fuga attraverso una botola che si trova dietro al bancone. Verso la fine del combattimento, dopo aver spostato alcuni corpi, scoprono dietro di esso il passaggio segreto sul pavimento, che porta ad un corridoio sotterraneo.

I tre, nonostante il buio, notano un fuggiasco e decidono di inseguirlo, ma invano. Il sentiero scavato nella roccia conduce ad un'antica caverna ormai priva d'acqua. In questo lugubre e buio antro si nasconde il relitto di un galeone con la prua incagliata nella roccia. Il trasandato rottame funge ora da base segreta per pirati di alto rango.

I tre compagni, nell'avvicinarsi, intravvedono un barlume proveniente da quella che doveva essere la cabina del capitano. Pensano che è proprio lì che si trova Atlas e il tesoro.

Giunti nei pressi del relitto, mentre sono sulla

passerella, attivano una trappola che, con un sistema di corde, fa cadere un barile dall'albero maestro. Il fatto provoca un inopportuno rumore, tanto da allertare eventuali guardiani. I tre tentano inutilmente di nascondersi nella stiva, ma vengono individuati proprio da Atlas: un ragazzone sulla ventina, alto e snello dai capelli bruni, che dimostra una grande sicurezza di sé. I suoi occhi furbi assieme alle sue labbra sottili, gli conferiscono una sensualità a cui poche donne sanno resistere. Il giovane pirata si presenta davanti ai nostri eroi con una mano pronta a sfoderare la sua micidiale sciabola da cavaliere, spalleggiato nientemeno che dalla principessa Artemis.

E' ora doveroso spendere due parole anche per la principessa Artemis.

Donna di mezz'età: quarant'anni suonati, ha sempre sognato una vita da avventuriera, ma senza avere il coraggio di intraprenderla.

E' di bassa statura, mingherlina, dai tratti freddi che trasmettono una falsa determinazione, che cerca di compensare la sua debolezza con l'arroganza. Si veste spesso con abiti semplici, che puntano preferibilmente alla comodità. I suoi occhi sono di un blu intenso incassati in un viso scarno, dove le ossa la fanno da padrone. I suoi capelli, che una volta erano neri, ora necessiterebbero di esser tinteggiati, anche se riesce ancora a nascondere le imperfezioni ed i segni dell'età.

E' una figlia estremamente devota al padre Varaz VII, che ammira soprattutto per la sua determinazione e abilità nel dimostrar di aver tutto sotto controllo.

In passato ha dovuto affrontare diversi momenti di depressione, dalla morte della madre in età adolescenziale; ai suoi numerosi aborti spontanei, fino alla perdita dell'amato marito a causa di una malattia.

Per compensare la perdita della genitrice ha chiesto esplicitamente di voler fuggire dalla casa paterna, che è circondata da una moltitudine di ricordi. Dopo numerose insistenze il padre le ha concesso di governare il regno di Veniana a scapito della principessa dei mari Cornelia.

Il fatto di scappare sempre dai suoi traumi, non le ha mai permesso di maturare, tanto che ha finito col porsi la classica domanda: "se avessi …".

Il capo dei pirati, consapevole del pericolo che corre l'amica, la invita perentorio a tornare al castello. La donna che porta in mano l'arco leggendario Zefiro obbedisce e scende nella stiva approfittando del passaggio nascosto nella prua incagliata, dove si trova un cunicolo che conduce al castello.

Un paio di pirati di grossa statura e Atlas rimangono ad affrontare gli ospiti inattesi.

Miguel resta a fronteggiare i quattro lerci e puzzolenti orchi. Due di loro sguainano una spada a due mani, mentre gli altri decidono per la scure ed il mazzafrusto (asta di legno con incatenata una palla di ferro chiodata).

I quattro temibili avversari scendono nella stiva e subito mettono in difficoltà Miguel, che si trova all'angolo in condizioni di non poter reagire. Nonostante questo il barbaro può avere la meglio grazie alla sua agilità e riesce ad uscire dalla soffocante morsa.

I numerosi barili presenti ed il soffitto estremamente basso fa sì che le armi dei nemici siano inefficaci in uno spazio decisamente angusto.

Il giovane così ha modo di attivare il suo tirapugni leggendario Knester ed approfitta dell'istante in cui gli orchi incastrano il mazzafrusto sul legno marcio del galeone, per cogliere l'occasione di frantumare ad uno le due ginocchia ed all'altro la spina dorsale.

Infine i due, armati di spada, fanno di tutto per accerchiarlo, menando a destra e a sinistra fendenti incontrollati: mossa stupida che porterà alla loro fine.

Kylla e Lenora intanto, grazie all'evocazione di un serpente angelico piumato lungo quasi quattro metri riescono a soggiogare per un po' Atlas, che tenta di metterle all'angolo nella ingombra stiva. Con quest'astuta mossa della sacerdotessa possono così inseguire la principessa con la gnomo che, grazie alla sua mira infallibile, riesce perfino a colpirla ad una gamba.

Il tentativo di fuga di Artemis, ferita, viene rallentato ma Atlas, abile combattente, nel giro di pochi istanti, riesce a ferire a morte il celestiale serpente. Ed attraverso una botola segreta posta sul solaio riesce a raggiungere il ponte sovrastante, frapponendosi tra la principessa e le due donne, in modo da conceder il tempo necessario all'amica di raggiungere il cunicolo segreto e mettersi in salvo.

L'operazione di salvataggio vede Atlas costretto a lanciare una pozione incendiaria che brucia le travature di legno che sostengono la volta del tunnel. Il danno ed il fuoco non permettono più l'attraversamento.

Il combattimento tra il capo dei pirati e le due donne si rivela molto impegnativo. Atlas è un abile combattente, soprattutto con la sua sciabola. Nonostante la bravura della gnomo nello scoccare dardi con una cadenza impressionante, il pirata riesce sempre a non farsi trovare esposto. Inoltre tra una capriola e l'altra, protetto dal logoro arredamento del ponte di batteria, coglie l'occasione anche per lanciare i suoi micidiali pugnali. Ed è proprio uno di essi che sta per colpire in pieno viso l'amica sacerdotessa, tanto da costringere Kylla a dover bloccare il tempo per salvarla da un attacco che gli sarebbe stato fatale.

La gnomo riesce a malapena a scoccare un dardo in direzione di Atlas, prima di dover far riprender lo scorrere del tempo, mossa che, anche se poco calibrata, la freccia riesce a penetrare nella mano destra del pirata, obbligandolo a lasciar cadere la sua arma preferita, che poi però raccoglie con la mano sinistra per continuare lo scontro. Il pirata nonostante la mano sanguinante e carico di adrenalina riesce più volte a mettere all'angolo Kylla. Intanto Lenora lancia i suoi incantesimi di luce, che alla fine quasi tutti vanno a vuoto, eccetto uno che riesce a colpirlo alla schiena, procurandogli orrende ustioni. Tale colpo purtroppo colpisce in parte anche l'amica che, essendo sulla traiettoria, viene colpita di striscio ad una guancia tanto da lasciarle un segno che gli rimarrà per tutta la vita.

Lo scenario prende una piega diversa per le due donne solo quando interviene Miguel, che ha appena eliminato tutti gli scagnozzi. Il barbaro decide di posizionarsi in modo da tenere al centro il nemico. Dopo una serie di attacchi senza esito, un ennesimo fendente mancino diretto verso Kylla dà a Miguel l'opportunità di prendere alle spalle l'indifeso e sanguinante Atlas: la mossa consiste nella classica violenta torsione del collo che mette fine alle gesta del famoso pirata.

Grazie al sacrificio dell'amico, Artemis riesce a raggiungere il castello senza altri guai.

I nostri eroi, considerata l'impossibilità di agguantare la fuggiasca, devono ammettere l'amara sconfitta e tornare a mani vuote alla Baykok Spettrale.

L'azione deve essere eseguita velocemente, in quanto la vendicativa Artemis non intende far passar liscia la loro oltraggiosa intrusione. Evidentemente agguerrite truppe devono essere già sulle loro tracce perlustrando scrupolosamente la laguna.

Il giorno dopo, nel rapporto telepatico che ha luogo sul galeone tra Lenora e Niffum, si constata da una parte un insuccesso, mentre dall'altra un felice esito.

I nostri amici raggiungono Naplana in una sola settimana.

L'intera missione è durata diciotto giorni per il gruppo quando, allo stesso tempo, Tamariko non era nemmeno giunto a Berana.

Risulta ormai che mancano ventidue giorni all'evento di Florana.

Nel frattempo Artemis molto addolorata per la perdita di colui che sembrava fosse un semplice amico o amante, cade addirittura in una forte depressione, pensando perfino al suicidio.

In realtà Atlas rappresentava quel figlio tanto desiderato ma che non ha mai avuto.

Capitolo 17
La cerimonia rinviata

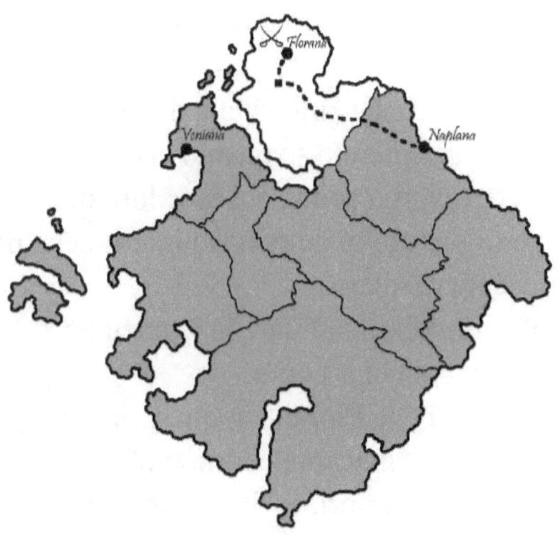

Nella sala del trono del castello di Novis i nostri amici, insieme ai fondatori dell'Ordine di Giustizia, fanno il punto della situazione.

Il castello di forma tipicamente medievale realizzato con blocchi di pietra e posizionato sulla costa rocciosa, presenta un'unica differenza con l'idea classica, ovvero la parte frontale, dotata di tre torrioni sovradimensionati.

L'esterno si adegua alle caratteristiche della città; poco curato e moderatamente sporco.

La sala del trono dove sono accolti i nostri eroi è in contrasto con l'aspetto di tale struttura. Presenta infatti una stravagante pavimentazione marmorea di color fucsia e turchese, che forma un disegno di triangoli ed esagoni. La sala, di per sé, ha molto dell'ordinario, con un tipico enorme candelabro a soffitto che illumina i preziosi affreschi.

I nostri amici si riuniscono e si spostano nella sala strategica, dove continua lo stesso tipo di pavimentazione, con quei colori dall'abbinamento discutibile.

Si pongono tutti davanti ad una dettagliata mappa di Florana, discutendo se quanto accennato durante la cena del giorno prima abbia valore di semplice progetto oppure di un preciso intento che porti ad un soddisfacente risultato.

Si risolve quindi di valutare la situazione prevedendo fatti di cui tener conto.

Risulta quindi che Florana in questi ultimi giorni è pronta ad ospitare la "macabra cerimonia" che vede il sacrificio delle razze inferiori, esclusi i mezzoni e gli orchi, che per il momento sono ancora liberi.

Dalla capitale il nostro Raizou manda un messaggio all'Ordine, specificando che probabilmente non ce ne saranno altri visto che la situazione è alquanto delicata. Nello scritto si spiega che c'è stato un convegno clericale pochi giorni prima. In questa occasione Raizou capta un dialogo tra Varaz e Shadow in cui si specifica che la "cerimonia" a Florana verrà posticipata di tre giorni.

Tamariko, che si trova ora sull'isola nord dell'arcipelago (Berana), riesce a convincere gli orchi, con estrema difficoltà, di essere un loro alleato. Costoro, ignoranti e diffidenti, ma bisognosi di aiuto accettano l'offerta e così riescono a fermare l'avanzata dell'impero.

Varaz VII, vista la delicata situazione, richiama quasi tutte le truppe che erano dislocate nel deserto.

Grazie a questa disposizione dell'imperatore l'Ordine, ad Habibi, riesce a riconquistare quasi del tutto le terre sabbiose precedentemente perse.

A Tristana, intanto, Neko fa aumentare la costruzione di velieri per l'imminente invasione di Roana.

Contemporaneamente i mercenari, che sono partiti da Naplana, ora inviati da Kront a Veniana da pochi giorni, hanno l'unico obiettivo di assediarla.

Il fatto è reso possibile dall'evidente caos politico causato dalla grave depressione di Artemis per la perdita del "figlio" Atlas. La donna di colpo ha deciso di tornare dal padre a Roana e lasciare i compiti di governo ai suoi fidati ufficiali.

Infatti quest'ultimo, privo di un valido capo quale era la principessa, causa che le milizie perdano la loro aggressività e che si abbandonino agli ozi.

La città in questo modo si trova in uno stato di grande vulnerabilità.

Lelith, principessa di Mileana, piuttosto impressionata dai recenti fatti che riguardano Naplana e dalla sconvolgente notizia della sorella che ha voluto abbandonare il proprio regno, fa immediatamente richiesta al padre di voler anch'essa rifugiarsi nel castello imperiale.

La domanda però, può venir accolta solamente se si potrà contare su dei validi sostituti, come ad esempio gli ufficiali fidati di Varaz, che prenderanno il posto della principessa.

Lelith con una certa ansia, spera che ci siano sottoposti liberi da impegni, tanto da permettergli l'abbandono temporaneo del trono.

Kront intanto con una lettera minaccia l'uccisione del figlio Novis se l'imperatore non dà l'ordine di ritirare le truppe dall'arcipelago di Berana. La risposta di Varaz è negativa, assicurando che se uccidesse il figlio, lui avrebbe fatto lo stesso con Raizou. La cosa dimostra che l'imperatore è a conoscenza, forse già da diverso tempo, della loro relazione.

A Kront non rimane allora che proporre lo scambio Raizou per Novis: richiesta non accolta che sancisce il definitivo rifiuto.

Infatti Varaz VII, sapendo che di sicuro Raizou avrebbe rivelato ogni cosa sulle future mosse, aveva fatto in modo che l'alleato di Kront ascoltasse una "importante" discussione tra Shadow e l'imperatore stesso a proposito della "macabra cerimonia" a Florana che sarebbe stata rimandata di tre giorni.

Questo lasso di tempo avrebbe permesso all'impero di eliminare i presenti nei ghetti, senza essere ostacolati dai ribelli.

In realtà il piano iniziale di Varaz e Shadow, prevedeva che la "cerimonia" si sarebbe dovuta svolgere solo dopo la conquista dell'intero continente. Secondo tale proposito le vittime sacrificali, tutte le razze eccetto quella umana, sarebbero state molto più numerose: il sacrificio avrebbe portato un aumento di Lacrime e di miglior qualità. Tale fatto è essenziale per causare l'apertura del portale tra il Piano Terreno e quello Infernale.

La strategia però è inattuabile, vista la dinamica alquanto lenta che si sta formando.

Le premesse vogliono che il patto tra Varaz e il Re dei demoni sia la conquista totale del continente Heima di Dunia e la resurrezione della amata moglie Chloe.

Successivamente si sarebbe diviso a metà l'intero territorio, per poi in seguito porre un confine magico invalicabile per i demoni minori, già che si sa che la disobbedienza agli ordini è rivolta anche allo stesso Re Bedrar: è l'unico modo per evitare lo sterminio della razza umana.

Con queste premesse l'imperatore non avrebbe esitato a sacrificare quasi l'intera popolazione "inferiore". Le numerose Lacrime che da tale azione sarebbero sorte, le avrebbe utilizzate in buona parte per aprire il portale infernale; le rimanenti per scopi personali.

A Bedrar, all'insaputa dell'imperatore, facendo così avrebbe garantito la salvezza dei demoni, visto che attualmente costoro stanno perdendo la battaglia contro i diavoli nella loro nativa dimensione.

Le modifiche apportate al piano, servono a creare più Lacrime possibili in tali tre giorni, anche se mancano all'appello alcune razze: gli orchi di Berana, i mezzoni di Naplana e gli umani minorati di Tristana.

Il risultato dovrebbe comunque bastare per permettere l'apertura del portale. Qui Varaz infatti, a monte di questo nuovo piano, ha dato ordine alla propria prole di barricarsi nelle città imperiali. Successivamente si occuperà di erigere una barriera protettiva su tali principali insediamenti. Affinché, una volta aperto il portale, i demoni minori abbiano la possibilità di oltrepassarlo e di uccidere tutto ciò che è al di fuori delle mura cittadine; soprattutto i ribelli.

In questo modo si potrà mettere fine alla guerra.

In seguito si penserà al modo su come ristabilire l'ordine secondo il programma iniziale.

L'imperatore, che condivide per il momento il corpo con Bedrar fino all'evento stabilito, è d'accordo anch'esso con questa variante.

Detta barriera sarà eretta direttamente dal Re demoniaco: non ci sono garanzie che i demoni minori accettino gli ordini superiori.

Per dare una maggiore chiarezza su ciò che tali demoni possano o non annientare, vi sarà posta una semplice ma efficace runa magica, che segnalerà quale insediamento dovrà esser risparmiato.

Shadow, consapevole delle esperienze maturate, valuta il numero delle Lacrime che possono servire per tale processo. E' abbastanza sicuro che dovrebbe bastarne una sola purché ben nutrita da vittime intelligenti per aprire il portale; ovviamente accompagnata dal sacrificio umano già deciso da settimane.

A suo avviso, comunque, si dovranno generare almeno due Lacrime nell'evento di Florana. Già così sarebbe necessario sacrificare circa duecentomila vittime presenti nei ghetti. Le funzioni delle Lacrime verranno diversificate con scopi diversi: la prima apre il portale; la seconda protegge Roana erigendo su di essa una cupola magica tanto da impedire che venga assediata dai ribelli o da demoni minori.

Tornando al gruppo che si trova a Naplana con Kront, viene deciso di intervenire con tempismo onde impedire che la cerimonia sacrificale abbia luogo. Come affermato in precedenza prendono atto di quanto riportato da Raizou sulla posticipazione dell'evento di tre giorni.

L'idea migliore che ne risulta è che il gruppo sorvoli le mura a cavallo alla viverna di fuoco, mentre Kront si occuperà delle stesse incaricando dell'operazione i reparti a terra.

La priorità, una volta dentro, è attaccare ed uccidere la viverna di cristallo prima che generi una Lacrima oppure far in modo di liberare i ghetti per scongiurare il piano dell'impero.

Per Kront, se tutto va bene, l'obiettivo finale sarà quello di assoldare nuove reclute strada facendo per poi marciare fino a Roana; quindi assediarla ed uccidere l'imperatore.

Questo, in sintesi, il piano generale condiviso tra i quattro capi dell'Ordine di giustizia ed il nostro gruppo.

Stando ad un ordine cronologico, i fatti si dovrebbero svolgere come segue.

In primo luogo a Florana è necessaria l'uccisione della viverna di cristallo e la liberazione dei prigionieri del ghetto da parte del gruppo e dell'esercito di Kront.

Intanto i mercenari, muniti di tutto l'armamentario necessario, si occuperanno dell'assedio di Veniana.

Per quanto riguarda il reclutamento dei prigionieri volontari provenienti da Florana, essi verranno armati da Kront con l'obiettivo di marciare su Mileana per poi successivamente giungere a Roana.

Per secondo i nostri eroi, appoggiandosi alla viverna, cercheranno di contrastare le difese nemiche lungo il percorso della estenuante marcia fino a Roana. Così, sì eviterà che si perdano troppi soldati, comunque validi, per la battaglia finale.

In terzo luogo ci si dovrà riunire alle porte di Roana, con le succitate truppe speciali (mercenari di Veniana), l'esercito di Kront ed il nostro gruppo. Tamariko intanto, insieme agli orchi, si preparerà al blocco navale presso il golfo di Roana.

In ultimo luogo l'esercito di Kront, supportato dai mercenari e dai numerosi e devastanti trabucchi, si occuperanno delle immense mura del lato nord di Roana. Le truppe provenienti da Habibi, invece, daranno supporto solo in caso di necessità. Allo stesso tempo la parte marittima verrà elaborata da Tamariko con un opportuno blocco navale proveniente da sud. Completerà l'operazione di attacco il gruppo via aria eseguito dalla viverna di Kaydo che si occuperà del castello e che dovrà anche fronteggiare la temibile controparte viverna delle tempeste.

I nostri eroi, supportati da Kront, decidono di anticipare di un giorno il sorvolo della città di Florana approfittando della foschia mattutina di quei giorni per ottenere informazioni utili. Purtroppo però, giunti sul posto, convinti di essere in anticipo, si ritrovano con l'amara sorpresa che lo sterminio è già in atto da due giorni.

Non rimane che dare l'ordine di attacco a Kront che immediatamente fa sfondare le linee nemiche al suo addestratissimo battaglione: nel giro di poco riesce a sopraffare le difese ed entrare nella città.

Il nostro gruppo, sorvolando la zona, resta sbigottito nel vedere che sono state allestite addirittura delle tribune per permettere ai "fortunati" una migliore panoramica dello spettacolo tanto ampiamente partecipato dalla folla.

Il mostro nemico, viverna di cristallo, sta già dandosi da fare per ripulire al massimo la zona su cui deve operare. La crudeltà della bestia volante viene però ostacolata solamente dal fatto che deve ogni tanto fermarsi per "digerire" le già numerose vittime.

Gli ordini di Shadow valgono poco a far prolungare la feroce mattanza. La viverna infatti, nonostante la sua brutalità, non è in grado di continuare, già sazia abbastanza, ad ingozzarsi di pur "prelibate pietanze". È costretta infatti a prender fiato spesso e riposare, anche se tutto questo non comoda al suo cavaliere.

Di fronte a tale spettacolo il gruppo, eccetto Kaydo, decide di scendere a terra accecato da rabbia mista a disgusto per tale strage che non tiene conto di etnie e razze diverse (elfi, gnomi, nani e tiefdois).

Kaydo, a cavallo della sua viverna, va ad

appoggiare gli amici nelle vicinanze del battaglione alleato. Riprende poi il volo e sprizza vampate di fuoco sugli spalti, facendo in modo da creare un vero caos. Nell'istante in cui attacca il mostro nemico, che si sta occupando ancora di divorare i malcapitati prigionieri, inizia a piovere copiosamente.

Shadow ed Euphemy, anche loro in groppa alla viverna di cristallo sono oltremodo divertiti nel vedere lo scempio che sta conducendo il loro mostro: in particolare la principessa Euphemy.

Quelli che operano a terra si trovano quasi subito a dover farsi largo nella melmosa area tra la città e la zona ove ha luogo il macabro spettacolo.

Lo strato di fango ha ridotto l'efficacia della cavalleria dell'Ordine, facendola finire in un trotto impacciato che non consente movimenti sciolti. Inoltre la continua e micidiale tempesta di frecce lanciate dagli archi lunghi imperiali, ben presto, uccidono il cavallo da guerra di Kront.

Il cavaliere è dunque costretto ad unirsi alla fanteria ed a combattere a piedi in prima linea con tanto di melma che gli arriva al ginocchio.

I suoi compagni, nel fronteggiare la schermaglia, lo spingono dietro una calca che è sempre più asfissiante. Dietro a lui, poderosi uomini d'arme addestrati da tutta una vita, muoiono affogando nel fango schiacciati dai loro stessi compagni. Ma a Kront tutto questo non giova poiché si trova in prima linea, e con il suo prezioso stocco a due mani sta combattendo valorosamente contro tre miliziani mal equipaggiati.

Nella foga del combattimento si rende conto che

di fronte a sé alla sua destra, un ricco cavaliere imperiale sta facendo la stessa cosa.

Costui, coperto d'acciaio dalla testa ai piedi, è altrettanto immune alla scarsa tempra delle spade della soldataglia, tanto da avere la meglio contro i suoi commilitoni; ma non ha notato il valoroso Kront. Il nobile nemico combatte come se avesse i paraocchi: troppo preso dagli avversari che ha di fronte.

Così, mentre il leader dell'Ordine di Giustizia tiene a bada i suoi rivali, con un rapido gesto estrae la sua scure da guerra e lo colpisce con violenza sul lato della sua bigoncia.
Il cavaliere imperiale cade in ginocchio stordito: questo gli è fatale.

A quel punto Kylla, separatasi dal gruppo per aiutare Kront, si getta nella mischia insieme alla soldataglia dell'Ordine che lo sta afferrando; la ladra inizia a scavare con il suo micidiale pugnale fra le piastre per trovare la via della gola del cavaliere. Grazie alla gnomo un possente e pericoloso nemico giace a terra sgozzato mentre affoga nel suo stesso sangue.

I restanti eroi invece, si lanciano alle porte del ghetto per liberare i civili rimasti facenti parte delle varie razze.

L'orrore della battaglia che ha luogo porta via ai quattro ogni sentimento umano riguardo al nemico. Ognuno opera una vera e propria carneficina senza badare a chi ha di fronte, siano cittadini inermi o meno.

Per citare l'esempio di Miguel che trucida ogni persona ostile che incontra, spesso eliminandola con un solo colpo ben piazzato. Il suo famigerato tirapugni

Knester non perdona, tanto da frantumare le ossa in punti vitali.

L'attenzione di Lenora, invece, si concentra sull'inseguimento di ogni clericale, utilizzando gli incantesimi benedetti dal Dio Plor, provando così un forte senso di giustizia. A far le spese per primo è il cardinale Sevcuk incontrato proprio sugli spalti d'onore. Il malcapitato prelato riceve subito l'incantesimo che lo immobilizza completamente.

La scena finisce mentre lei si gode lo spettacolo del suo guardiano spirituale che strappa i bulbi oculari al poveretto.

Le terribili urla di dolore non commuovono per niente la "nobile" sacerdotessa e, prima che finisca il macabro spettacolo, riesce a sussurrare le fredde parole:

"Meglio non avere gli occhi, che averli malvagi".

Kylla, dopo aver aiutato Kront, si disimpegna dal feroce combattimento anche se molto impietosamente, poiché non riuscendo a controllare le sue emozioni positive, inizia ad uccidere tutti i bambini che incontra. Il maggior godimento viene quando trova quelli che, in preda al panico, cercano disperatamente i loro genitori. Con cinismo si avvicina loro a tradimento, sgozzando e torcendo loro il collo.

Si riprende dall'orrore commesso solo dopo una decina di infanticidi e si riunisce a Miguel rubando un mazzo di chiavi ad una delle guardie preposte al ghetto.

Niffum, dal canto suo, si dirige al caposaldo nemico e lancia il temibile incantesimo conosciuto come "Sciame di meteore". La struttura viene colpita da quattro massi infuocati del peso di mezza tonnellata ciascuno.

Il colpo causa danni talmente gravi da far collassare l'intero edificio.

Con questo gesto si ritiene appagato, convinto della propria superiorità. Si pone quindi di fronte all'unica via di salvezza ed infierisce sulle poche guardie sanguinanti che ancora osano contrastargli il passo: il leggendario bastone con la pietra incastonata fa il suo lavoro eliminando definitivamente i nemici rimasti.

È il momento di Kaydo che ad un certo punto si dirige verso la viverna di cristallo nemica cercando di attaccarla. Ma, poco prima di emettere l'ustionante soffio, viene anticipato dalla principessa Euphemy che gli lancia l'incantesimo che congela. La viverna di fuoco accusa il colpo rallentando il battito delle ali tanto da toccare quasi il suolo.

Visto il risultato insperato i due coniugi si portano ad una certa altezza in modo tale da abbandonare la loro caotica città e portarsi in salvo. Kaydo non demorde e si getta all'inseguimento della coppia che punta a sud-ovest, presumibilmente in direzione di Roana. Suo malgrado la viverna di fuoco, essendo molto più grossa e lenta, subisce un distacco considerevole ed alla fine è costretta ad un'umiliante ritirata.

Il giovane cacciatore di demoni, dopo un vano inseguimento, ritorna a Florana per dare supporto ai compagni e all'esercito di Kront appena giunto alle porte del castello.

Decidono tutti, insieme al capo dell'Ordine, di liberare i detenuti ed inviarli a Naplana dove staranno al sicuro. Potrà restare soltanto chi ha intenzione di arruolarsi.

Intanto la città di Florana, distrutta e saccheggiata, è quasi irriconoscibile causa il degrado dei recenti disordini. L'Ordine pertanto decide di lasciare la città che al momento è in preda al caos; senza governatore o alcun tipo di capo religioso.

A questo punto potrà iniziare la fase due.

Capitolo 18
La fase due

Florana, fiorente città che ha visto un passato ricco di arte e di cultura, si presenta con un incredibile degrado dovuto ai recenti bellicosi fatti.

La scena che un visitatore estraneo sarebbe costretto ad assistere è alquanto terribile: statue divelte e smembrate; pilastri che un tempo sostenevano meravigliose arcate, miseramente crollati; bellissime facciate in marmo bianco finemente adornate da bassorilievi, deturpate da orrende macchie di sangue. Completa l'oscena vista il danno causato dal fuoco inesorabile della viverna di Kaydo: anche i rigogliosi prati, orgoglio della flora cittadina, sono incredibilmente coperti da una melma che mostra cadaveri decomposti che ne fuoriescono.

Regna il caos!

I cittadini, disorientati ma rassegnati per l'immane irreparabile disastro, assieme ai maghi superstiti dell'accademia, si dànno da fare per ridurre i disagi causati dall'ultimo evento. Pur non essendoci ancora un governante, nella città aleggia la fiducia per un ritorno, magari breve, della principessa e dell'arcimago.

I ghetti sono vuoti, tutti i detenuti rimasti in vita sono fuggiti dalla città. Le vittime causate dal gruppo dei cinque ribelli ammonta a circa un centinaio di morti, tra cui una decina di bambini. Questi ultimi presumibilmente sono vittime causate proprio da Kylla.

A Roana, mandata da Raizou, arriva una lettera nella cui calligrafia si evidenzia una certa premura. Tale scritto ripropone il comizio tenuto dall'imperatore nella piazza principale, sostenuto anche dal papa Mons.

In detto comizio, con modo decisamente autoritario, Varaz VII accusa i nemici e dichiara:

"I ribelli hanno invaso il regno di Naplana, e qui hanno ucciso il principe Novis. Subito dopo è stata invasa perfino la pacifica città di Florana. Sono stati eliminati molti dei nostri amati cittadini, fedeli guardie nonché quasi tutte le razze dei ghetti. Questo gesto atroce è solo opera di una civiltà barbara. Mai mi aspettavo di dover esser presente in tempi tanto scellerati. Ma la situazione comunque, pur essendo precaria, è del tutto sotto controllo. Non preoccupatevi, cari sudditi di qualsiasi ceto, tutte queste mosse fanno parte della strategia più ampia che vuole definitivamente porre fine alla guerra. Il cielo sopra di voi vi darà il segnale: al momento giusto si tingerà di nero e questo significherà che avremo vinto. Preciso anche che la principessa Artemis, si è assentata da Veniana per motivi di salute e, pur dovendo restare nel palazzo, sarà partecipe delle nostre vicende ma è garantito che ci sosterrà nell'immediato e lontano futuro".

Il comizio viene bruscamente interrotto dai due regnanti di Florana che sopraggiungono a cavallo della viverna. Prendono terra nel cortile adiacente alla Basilica e qui Shadow, fieramente ed astutamente, si rivolge a tutti i cittadini e li incita ad apprezzare il suo successo, in quanto la viverna a breve produrrà l'arma finale, ovvero la Lacrima, che servirà a porre fine alla guerra.

Con questa frase l'imperatore riesce a rincuorare lo stato d'animo dei presenti.

Nei giorni successivi Shadow, l'imperatore e il papa Mons si sono messi al lavoro per realizzare una protezione magica alle mura cittadine. Lo scopo è che, al momento dell'apertura del portale tra i due piani astrali, i demoni che giungeranno vengano spinti verso l'esterno della città. A questo punto si resta in attesa che la viverna produca la sua prima Lacrima. Raizou, nella sua lettera, conclude che farà di tutto per distruggere tale cristallo.

A Naplana, intanto, Kront ordina a Neko, che al momento si trova a Tristana, di occuparsi del suo Regno di Sabbia durante la sua assenza. Con l'occasione la proclama ufficialmente sua erede in caso cada in battaglia. Raduna poi, come da piano, i fuggiaschi da Florana convincendo gran parte di essi a sostenerlo militarmente. A questo scopo vengono fornite armi ed armature ad ogni individuo arruolato, e comunque in grado di combattere.

Più tardi con il suo esercito punta in direzione di Roana, non tralasciando di portare con se la carrozza prigione che "ospita" il principe Novis. La cosa infatti potrebbe venir comodo in caso di possibili future trattative.

A Berana Tamariko raduna tutti i suoi soldati tra i quali si nota una marcata presenza femminile. Li rifocilla, li risistema, li medica alla meglio, fornisce loro ogni sorta di bene che possa garantire il loro successo nell'eventuale battaglia decisiva: lo scontro navale.

È la volta di Habibi dove i soldati dell'Ordine di Giustizia creano degli avamposti a pochi chilometri dalla capitale imperiale. Dato che le montagne dividono i due regni, nella famosa zona di nidificazione delle viverne, il piano prevede che oltre a far da barriera difensiva, serva anche come supporto qualora sia necessaria una maggior forza militare per sfondare le linee nemiche.

Alcune caracche adibite allo scopo forniranno il trasporto necessario per aggirare le montagne.

A Tristana il grande cantiere navale riesce ad allestire tre galeoni in tempo di record. Produzione che, comunque, rappresenta il massimo delle possibilità. Le imbarcazioni vengono subito inviate ad Habibi, la città più vicina alla capitale imperiale, per dar supporto a

Tamariko qualora lo richieda.

Per Kront è assodato che il battaglione di mercenari è giunto senza perdite a Veniana e che è riuscito a conquistare gran parte della città, saccheggiando le armerie e affondando la sua flotta. Il castello però, vero baluardo, non è stato ancora conquistato.

A missione compiuta sbarcheranno sulla costa ovest del confine tra Veniana e Roana per unirsi con l'esercito di Kront proveniente da Naplana.

Da quanto si sa, la principessa Lelith di Mileana si sta preparando ad abbandonare la sua città con il fine di raggiungere la capitale: ciò non appena giungeranno da Roana i sottoposti che la sostituiranno, in attesa di tempi migliori.

Kront si mette in marcia con un enorme esercito fatto per lo più da volontari impreparati militarmente. Costoro sono spinti dalla situazione politica insostenibile e trovano nell'Ordine una speranza di libertà.

In cambio, dal momento che dovrà mantenere la parola data, promette di restituire a ciascuna razza i territori perduti. Non tutti però, nonostante l'allettante offerta, accettano di mettere a repentaglio la propria vita, per cui decidono di andarsene in cerca di rifugi o nascondigli nei boschi limitrofi.

Per coloro che hanno accettato, la marcia risulta estenuante. Lo scarso allenamento fisico rallenta l'avanzata e costringe Kront ad allungare il percorso per cercare un terreno più facile da attraversare. Le settimane di marcia causano diversi dispersi e morti per sfinimento.

Il prolungarsi dei disagi fa calare la volontà di continuare. Tali, sono causati anche dalla scarsa difesa di ogni singolo da malattie; attacchi di animali vaganti; insetti fastidiosi; incidenti vari; mancanza di medicinali adeguati; cattiverie e ripicche da parte di commilitoni; soprusi ed incomprensioni subite da ufficiali e così via. E' normale che le possibilità di diserzione in questi casi aumentino ogni giorno.

Kront pertanto non sa come affrontare la situazione. Dal momento che ha bisogno di quanti più soldati possibili, non ritiene opportuno punire in modo drastico coloro che vengono meno all'impegno, né tantomeno può accogliere le numerose proteste o addirittura permessi di congedo.

Per chi ha poca conoscenza di eventi bellici, è bene descrivere ciò che accade in occasione di un forzato trasferimento di truppe che ha al seguito pesanti supporti logistici. Si tratta di mostruosi sistemi d'arma come gli impressionanti trabucchi, enormi catapulte che usano un effetto fionda dei proiettili che lanciano. Tali enormi macigni impattano sulle mura e superano di gran lunga i danni di un colpo causato da un obice moderno. Ovviamente, data la complessità dell'arma, ogni colpo comporta che si spendano molti minuti per ogni ricarica.

Il battaglione scelto, che ha raggiunto Veniana ed ottenuto finora buoni risultati, è riuscito anche ad affondare tutte le imbarcazioni militari ormeggiate nel porto addirittura in una sola notte. Il prezzo pagato per tale azione consiste nella perdita di solo una decina di uomini, che saranno ricordati e riconosciuti per tale sacrificio.

I pirati di Veniana presenti in zona, realizzando l'insuccesso da parte dell'alleato impero, armano i loro galeoni e sfuggono saggiamente all'attacco.

Le difficoltà maggiori si hanno quando si tenta di assediare il castello diventato di fatto inespugnabile. Varaz in precedenza aveva dato ordini precisi di aumentare le difese ed il numero di guardie messe a protezione. Il tentativo di abbattere le difese costa talmente tanto che, invece di perdere troppi uomini in inutili assalti, si preferisce optare per un assedio teso a sfinire e ad affamare gli occupanti. Comunque il tempo gioca a favore degli assediati. Gli assedianti, che non possono prevedere l'esito degli eventi, si vedono costretti a pensare ad una soluzione più efficace. L'eventuale fallimento potrebbe causare un mutamento della situazione e addirittura compromettere l'esito dell'intera guerra. Se viceversa, le cose andranno per le lunghe, saranno costretti ad abbandonare il campo poiché hanno un appuntamento prefissato con Kront per assediare Roana.

Il nostro gruppo, cavalcando la viverna, riesce a coprire distanze enormi con lo scopo di pattugliare ed aprire la strada all'esercito di Kront per contribuire ad eliminare tutti gli ostacoli possibili, con le minori perdite.

Gli avamposti incontrati nel percorso vengono inondati da soffi infuocati che la viverna di Kaydo emette senza pietà. Vengono così neutralizzate tutte le difese nemiche che stanno tra Naplana e Mileana.

I nostri cinque eroi, giunti in quest'ultima città, si dànno da fare per distruggere più caserme ed arsenali possibili, che potrebbero ostacolare l'avanzata dell'Ordine di Giustizia.

L'azione di attacco consiste nel colpire le mura ed annientarne ogni forma di difesa. Subito dopo tocca alle due torri di guardia a protezione del castello che, grazie alla scelta di non voler far spese adeguate, sono di legno. Il fuoco ovviamente rade al suolo le due strutture.

I nostri amici possono prendersi la rivincita con la principessa Lelith e si posano sul tetto del castello di Mileana. Ne causano diverse brecce ed entrano massacrando tutte le guardie ed i servitori che incontrano. Giungono poi alla sala del trono per il colpo finale con la principessa. Delusi, però, trovano al suo posto tre ufficiali demoniaci dell'impero che si stanno ingozzando di carne al sangue, sottovalutando la gravità della situazione.

La sorpresa è facilitata appunto dal fatto che il "succulento cibo" distrae i tre loschi emissari delle tenebre. Non avendo scampo sono anche costretti a manifestare la loro identità demoniaca rivelando a Kaydo di esser il tipo di demoni denominati "Assassini di ombre". Costoro sono delle entità oscure, simili al nostro mietitore. Per tal motivo non si riesce a scorgerne il volto. Sono coperti da stracci neri che vogliono sembrare una sorta di mantello con cappuccio, simile a quello usato dagli assassini: da questo infatti ne deriva il nome.

Per muoversi sfruttano il buio e le zone d'ombra

fluttuando a mezz'aria, cosa che li rende praticamente invincibili.

Il loro punto debole è la luce che, come barriera, non possono in nessun modo fronteggiare, poiché la loro "energia oscura" non è in grado di eliminarla. Nella stessa ombra sono in grado di creare delle armi tradizionali che a tutti gli effetti sono "fisicamente" reali.

Tali ordigni si rivelano efficaci non solo al buio ma anche in penombra e causano le ferite proprie della struttura dell'arma. Va aggiunto a questo una maledizione che causa necrosi con conseguente immediata putrefazione della parte colpita.

Consapevole dei limiti dei demoni, Kaydo ordina a Niffum di appiccare diversi incendi alla struttura da poco sistemata. Operazione che produrrebbe luce sufficiente a rendere inoffensiva l'arma oscura dei nemici.

Il maghetto aziona il fuoco sulla punta del suo bastone magico, cosicché Kylla è in grado di accendere le sue frecce che poi vengono scagliate in giro tanto da far sì che i materiali, incendiati, creino numerosi punti di luce che eliminino le ombre necessarie alla formazione delle armi oscure.

Lenora, appoggiata da Miguel evoca, come protezione al barbaro, uno scudo di luce benedetta che gli permette di avvicinarsi e quindi colpirli con i suoi micidiali pugni.

Kaydo, come da consuetudine, va ad affrontare in duello il più ostico dei tre. Il povero demone è costretto a subire l'iniziativa di colui che, da solo, è in grado di dominarlo. Le sue spade micidiali infatti sono letali contro le vane difese del nemico.

Alla fine tutti e tre i demoni hanno la peggio e soccombono giacendo a terra smembrati.

Conclusa l'operazione, i nostri amici lasciano la città che è in preda al panico. È maggiormente la viverna la causa del loro sgomento, piuttosto che i danni arrecati all'insediamento.

Decidono dunque, vista l'enorme distanza che deve ancora percorrere l'esercito di Kront per raggiungere il punto di ritrovo, di verificare se i mercenari del leader a Veniana hanno bisogno di un supporto che li possa aiutare nella loro missione.

Giunti sul posto constatano che il battaglione è stato dimezzato e che si trova in forte difficoltà nella conquista del castello.

Il gruppo riutilizza la stessa procedura di attacco adottata su Mileana, cioè le vampate di fuoco sulla cinta muraria del castello.

Per prima cosa sorvolano la città per un paio di volte allo scopo di disorientare i nemici che, al momento, si trovano a dover dividersi su più lati del castello. Poi passano a pelo d'acqua sulla moltitudine di canali e sorvolano i numerosi ponti, per poi giungere di sorpresa sui punti strategici dello sfarzoso castello. La struttura si trova situata su una specie di isolotto a fianco della piazza principale.

Tale edificio, che ha un carattere quasi fiabesco, è denominato dagli gnomi "Pietra del cigno", nome che deriva dal tipo di pietra utilizzata.

La sua forma allungata dà spazio a numerosi torri, pinnacoli ornamentali, balconate e sculture gnomiche; il tutto con un tocco quasi neogotico.

Il tetto, fuori dai tradizionali schemi architettonici, è a doppia falda ed è rivestito di rame.

La facciata dell'ingresso principale, fatta di mattoni rossastri, è affiancata da blocchi di pietra di tipo arenario similmente a quella delle due torri.

Al centro un ampio ponte levatoio di legno permette un facile attraversamento.

I nemici, sorpresi, armano immediatamente delle catapulte con acqua che viene scagliata contro la viverna in modo da inibirla. Questa, per poco, non precipita contro un edificio.

Atterrano nei pressi e scendono per tentare un approccio terra, terra.

I mercenari intanto sono riusciti a sfondare uno dei cancelli principali, grazie alla mossa del gruppo che ha deviato l'attenzione verso il mostruoso volatile.

I nemici che si trovavano ancora sulle mura

vengono annientati sia dai mercenari che da Kylla, armata con la sua balestra dalla precisione millimetrica. Solo davanti all'ingresso del castello si riesce a percepire il senso di sconfitta dei nemici. Più di qualche suddito, però, tenta di guadagnare le uscite secondarie. Altri cercano di sfondare le vetrate poste ad una certa altezza pur di garantirsi la salvezza.

I mercenari si prendono cura del lavoro più difficoltoso mentre il gruppo sceglie di scalare una facciata del castello usando dei rampini, tanto da poter raggiungere la sala del trono ed uccidere l'ufficiale al comando. Questo salone sfoggia una bellezza non di poco conto, con colonnati blu elettrico che sostengono l'alto soffitto tutto adornato da numerosi dipinti, mentre il pavimento è rivestito da immensi mosaici con tasselli in oro ed argento.

L'ufficiale, pur essendo difeso da cinque guardie, non trova di meglio che rivelare la sua vera essenza di demone. Cosa che gli scagnozzi, sorpresi da tale repentino ed orribile cambiamento, passano subito dalla parte opposta e diventano immediatamente nemici di colui che dovevano proteggere. Il poveraccio soccombe sotto i colpi sia dei nostri amici che dagli ex nemici.

Dopo tale sorpresa le cinque guardie altolocate scendono nei piani più bassi ad ordinare ai sottoposti una resa incondizionata, rivelando quanto appena sperimentato.

I mercenari finalmente possono lasciare la città e, con il loro veliero, si dirigono al punto di ritrovo con Kront.

L'esercito del leader che proviene da nord è ancora in marcia per raggiungere il punto di ritrovo prefissato. Ad attenderli sono il battaglione di Veniana e il gruppo con la viverna. Costoro si sono premurati di allestire un accampamento pronto ad accogliere parte degli stremati volontari.

In attesa del loro arrivo, Lenora e Niffum hanno un dibattito, sul: chi siamo noi?

I due per tutta la cena continuano a non trovare un accordo, tant'è che ad un certo punto fattasi notte, il gruppo esausto da tale "duello" verbale decide di andare a coricarsi nelle rispettive brande. Rimasti da soli, continuano a filosofeggiare ancora per un'ora abbondante. Alla fine ne vengono a capo trovando una spiegazione che li soddisfi... secondo loro:

"Noi siamo un pensiero che considera il fatto che sta pensando in un ciclo infinito. Ovvero, noi siamo la nostra identità in un insieme di idee che fuse sono quel qualcosa che ci identifichiamo come noi stessi. Gli altri, invece, possono non vederci alla stessa maniera, in quanto abbiamo la possibilità di mostrarci con delle 'maschere', questo fa sì che ci vedano in modo distorto, finendo così esattamente per vivere in un vero e proprio teatro di maschere".

La mattina, i due amici rivelano le loro conclusioni al resto del gruppo, ma costoro ancora intorpiditi dal sonno non trovano altro che mandare i due "filosofi" a quel paese.

In quegli stessi momenti arriva l'esercito esausto

di Kront. Quindi il nostro cacciatore di demoni ne approfitta per invitarli ad una decente colazione che sicuramente farà recuperar loro le forze.

A sera inoltrata, si abbandonano finalmente ad una festa ricca di selvaggina, bagnata abbondantemente da una serie di vini di annata recuperati a Veniana.

La libagione è quanto mai efficacie per tirar su il morale dei nostri partecipanti. Kront esalta le ottime riuscite delle missioni a Mileana e a Veniana, valorizzando coloro che hanno contribuito al risultato. Nel discorso, non trascura di evidenziare l'annessione dei due regni al Regno di Sabbia.

Viene ribadito che i territori saranno restituiti con onore alle razze di origine. Coloro che ne godranno non saranno solo i diretti conquistatori ma anche i relativi discendenti.

Un'ovazione generale accoglie le parole di Kront, tanto che deve interrompere il discorso per attendere che i presenti si calmino.

Il fatto riempie di entusiasmo anche gli amici per tale commovente riconoscimento.

Nei due giorni successivi, spesi nel recupero delle energie, i capi dell'Ordine ed il gruppo verificano il piano già fatto, per controllare che tutto sia secondo quanto desiderato.

L'ultima parte di questo prevede che il loro esercito si occupi di sfondare le mura nord e avanzi in direzione del castello di Varaz VII. Tutte le guardie verranno eliminate in modo tale da alleggerire la pressione sul gruppo, che ha il compito di sorvolare le complesse cinte murarie, raggiungere il castello e conquistare la sala del trono.

Qui Kaydo si trova di fronte al problema emotivo di dover capire se Varaz userà, molto probabilmente, il suo maestro come ostaggio; a tal merito, spera che la soluzione venga da Kront. Quest'ultimo afferma che dovrà essere lui stesso a decidere il meglio da farsi, decifrando semplicemente lo sguardo del mentore, che data la sua esperienza è in grado di rilevare.

L'obiettivo finale resta comunque quello di uccidere l'imperatore e, se qualche principe dovesse farla franca, sarà lo stesso Kront ad occuparsene via terra o Tamariko a sud via mare.

Capitolo 19
Fuoco e fulmini

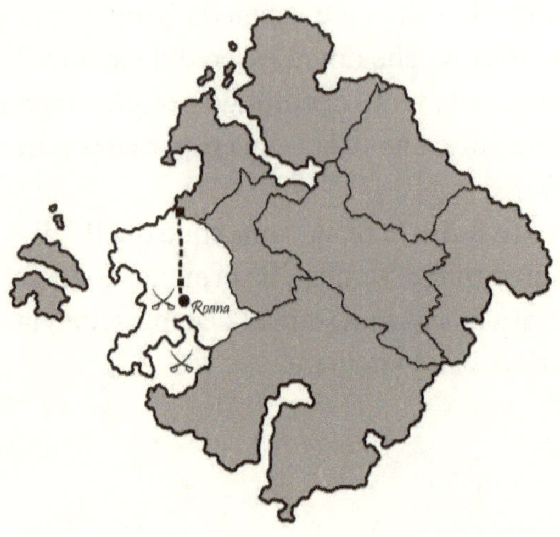

Cessate le abbondanti libagioni, viene consolidata la volontà di continuare l'eroico programma nel concludere l'impresa, che garantirà loro l'agognata libertà.

Alle prime luci dell'alba, dunque, si preparano all'attacco.

Ad un paio di chilometri dalle mura, predispongono l'accampamento per l'assedio. Una manovra che vede l'esercito dell'Ordine di Giustizia posizionare le varie grosse armi, adatte ad abbattere le possenti mura della città.

Con grande sacrificio e tormento, nel più assoluto silenzio, gli uomini spostano i mostri da guerra convinti che finalmente avranno la vittoria tanto bramata.

Il sole sorge, ed inizia così a far evaporare la brina presente nella folta vegetazione, creando quella tipica foschia che annuncia una giornata serena che sarà senz'altro di giovamento ai preparativi di questa massacrante battaglia finale.

Tamariko, ammiraglio in capo, si porta con la flotta, guidato dal maestoso faro che si innalza alla fine del promontorio del Mezzodì, all'interno del golfo di Roana in posizione adatta ad ottenere i migliori risultati per lo scontro imminente.

La calma piatta iniziale consente una facile dislocazione dei vari mezzi navali. Successivamente e fortunatamente si alza un vento sufficiente a consentire lo spostamento delle imbarcazioni.

Lo scarso contributo della brezza mattutina preoccupa abbastanza il nostro comandante consapevole che, la manovra efficace che li riguarda, dipende proprio dalla presenza di un soffio gagliardo proveniente da sud-ovest. Oltre ad impedire movimenti rapidi, la mancanza di un'adeguata corrente d'aria offrirà un buon bersaglio al nemico.

E' arrivato finalmente il giorno della resa dei conti per Kront, che vuole liberare il continente dal dominio dittatoriale del terribile rivale di Varaz VII Maximus.

L'Ordine ha schierato oltre quarantamila uomini d'arme, in quella che sicuramente sarà una delle battaglie più terribili e sanguinolente della storia.

Infatti è dalla gelida alba che il conflitto mostra la sua frenesia.

Vengono preparate catapulte, trabucchi, torri d'assedio, piccole colubrine caricate a mitraglia; adatte a creare varchi spaventosi nelle truppe nemiche nel momento in cui usciranno per tentare un'eventuale sortita.

I balestrieri di Kront si dispongono intanto a lanciare sulle mura una pioggia micidiale di dardi, molti dei quali sono incendiari.

I soldati sulle mura, spaventati da tali preparativi, all'inizio non sanno come fronteggiare l'imminente attacco. I loro ufficiali non riescono a mettersi d'accordo sulle modalità di difesa. Ciascuno di loro vuole avere un merito a scapito dei colleghi, convinti della loro supremazia militare.

Fin dai lontani tempi, nel 1053, c'era stato un periodo difficile per l'impero durante l'invasione della Laguna degli Gnomi, attuale regno di Veniana.

In quel momento l'impero era davvero impegnato in uno sforzo militare navale decisivo, anche se guidato dalla principessa dei mari Cornelia.

In quel frangente gli gnomi, alleati con il Regno Elfico, ne approfittarono per contrattaccare e assediare la prima cinta muraria di Roana. Consci di questo gli ufficiali non avevano dubbi sull'esito della battaglia.

L'orgoglio del nemico consente grandi vantaggi agli attaccanti, che conoscono la psicologia deleteria di chi arrogantemente crede nelle vittorie facili.

L'aria comincia ad essere satura dei rumori di guerra. Colpi di cannone, cigolii, sfrigolii di meccanismi in movimento assordano le povere truppe che devono spostare le mostruose armi.

Ad un certo punto, i temibili picchieri imperiali escono dalle mura ed avanzano contro la formazione dell'Ordine di Giustizia.

Non sanno ancora cosa li aspetta, per cui non sono minimamente intenzionati ad una eventuale resa.

Attorno ad essi vi è una foresta di altissimi "aculei" che oscura il cielo.

I picchieri sono i più pericolosi guerrieri di professione della loro epoca.

Le due formazioni lentamente ed inesorabilmente si ingaggiano ed iniziano a scambiarsi i primi colpi di picca.

In mezzo a questi guerrieri, all'insaputa di Miguel, c'è Yago ovvero il più piccolo dei suoi fratelli che, venendo a conoscenza delle gesta eroiche del suo idolo, si era arruolato nell'Ordine per uguagliarlo.

Costui tiene in mano un grosso palo di Frassino lungo sei metri al pari di tutti gli altri. Ma, un bastardo al soldo dell'impero Maximus, spezza la costosissima arma da formazione con un fortunatissimo colpo di ronca.

A questo punto non gli rimane altro che lasciare l'arma spezzata, abbandonare la prima linea e sfoderare le armi corte. Ed è lì che si maledice, perché per rimanere più leggero, contro gli ordini del suo serragente, non si è equipaggiato con il suo scudo a rotella. In compenso ha con sé, alla cintura, il suo amato brocchiero.

Così decide di avanzare a carponi oltre la prima linea, all'ombra dell'intreccio di picche amiche e nemiche, sperando di menare qualche fortunata coltellata.

Non è l'unico ad avere quell'idea.

Un giovane uomo d'arme della parte imperiale, striscia fuori dalle gambe dei picchieri e cerca di prenderlo alle spalle armato di falcione e pugnale.

Con la coda dell'occhio nota l'avversario che si avvicina e, con perizia, riesce a deviare la stoccata infame che costui voleva tirargli alle spalle. Egli, vedendo Yago armato di spada corta e brocchiero, arretra ed estrae quella che sembra essere una rudimentale pistola, efficace solo contro chi non è protetto da scudi magici o armature di ferro.

Prima che il nemico possa prender la mira agisce d'istinto e scaglia il brocchiero verso il volto scoperto del ragazzo, tramortendolo. Dopodiché si avventa su di lui infliggendogli una profonda ferita alla coscia, quanto basta per metterlo fuori combattimento ed evitare di avere l'anima di un ragazzo sulla coscienza.

Poi, fiero di aver messo fuori gioco un abile avversario, si gira a fronteggiare la linea nemica. L'azione purtroppo gli impedisce di accorgersi di esser di fronte alla bocca nera della canna di una colubrina puntata verso la sua faccia, che non gli lascia più vie di scampo.

Contemporaneamente nel golfo la flotta imperiale si scontra con quella dell'Ordine di Giustizia capeggiata da Tamariko. La forza del vento, pur essendo aumentata nel frattempo, non consente ancora l'esecuzione delle manovre tipiche di un confronto tra navi a vela. Intanto gli equipaggi armano cannoni, colubrine, bombarde ed armi personali adatte al futuro arrembaggio.

La supremazia della flotta di Roana, consistente in nuovi vascelli efficacemente armati e guidati da comandanti esperti, si nota ai primi movimenti. Tamariko comunque non si lascia impressionare anche se deve ammettere che probabilmente la lotta sarà molto dura.

Decide quindi per un attacco a cuneo in cui la prima linea dei suoi galeoni dovrà sfondare la prima falange nemica.

Tamariko, contando sul fatto di possedere quantitativamente più navi, sacrifica le più obsolete in attacchi suicidi, che comunque causano seri danni agli scafi nemici.

Poi ordina ai comandanti del naviglio minore di

intrufolarsi nel mezzo della flotta avversaria. Le piccole navi infatti hanno buon gioco per abbordare gli alti vascelli. Balestre adeguate lanciano rampini sulle murate imperiali che permettono un'agevole arrampicata che i marinai nemici non sono preparati ad affrontare.

È la volta che il nostro gruppo partecipi concretamente alla battaglia. A cavallo della viverna di fuoco si sono levati in volo ad un'adeguata altezza tale da evitare di esser colpiti dai dardi nemici. E' la fase più delicata della missione, che consiste nell'assedio del castello e l'eliminazione del despota Varaz VII Maximus.

Dopo diversi minuti di volo, necessari a superare le tre cinte murarie di difesa della capitale, Kaydo con il suo gruppo si trova ad ammirare la maestosa città posta su tre enormi terrazzamenti divisi da mura. Man mano che avanza verso il castello, cabrando quasi in verticale per evitare la controffensiva nemica dei numerosi balestrieri e delle enormi baliste, osserva per prima cosa le graziose abitazioni borghesi, seguite da quelle spettacolari dei nobili. Infine giunge sull'ultima cinta muraria in cui troneggia l'enorme castello eretto sulla cima del colle: cosa che lo rende ancor di più spettacolare.

Alto quasi centocinquanta metri, rastremandosi sempre più verso la sommità, dà una sensazione indescrivibile di imponenza. È molto sobrio nei colori quasi tutti tendenti al grigio, ma l'impatto visivo è dettato soprattutto dalla aguzze torri e sculture che lo contornano.

Kaydo e compagnia arrivano alla fine nell'immenso cortile reale, spazio più grande di una normale piazza, che consente il ritrovo di una moltitudine di fedeli che si recano alla maestosa Basilica di Roana.

L'edificio religioso sfoggia enormi colonnati, posti a semicerchio, tutti adornati da numerose sculture erette alla sommità degli stessi; bassorilievi religiosi e a completare l'opera una immensa cupola in vetro al centro.

A questo punto il giovane cacciatore di demoni scorge dall'alto la viverna di cristallo in fase di riposo, quindi non pronta a fronteggiare un attacco.

Kaydo ed il suo gruppo decidono di scendere in picchiata con la loro viverna che, con una vampata di fuoco, colpisce l'avversaria inoperosa.

Il giovane cacciatore di demoni lascia quindi a terra gli altri quattro compagni affinché diano il colpo finale al mostro. Li deposita quindi sul tetto della basilica.

La viverna di cristallo si rende conto della gravità della situazione e della sua colpa di non esser intervenuta quando necessario, per cui si libra in volo e, con fare minaccioso, individua i nuovi nemici nascosti sul tetto.

Intanto la viverna delle tempeste, aggrappata ad una delle torri del castello, prende a sua volta il volo per far fronte alla viverna di fuoco incombente cercando di fulminarla con le sue saette elettriche.

I quattro sul tetto dell'antica basilica prendono di

mira, a distanza, la viverna di cristallo.

Kylla usa le sue micidiali frecce infuocate colpendola più volte.

Niffum sceglie di lanciare l'incantesimo "Sciame di meteore" che al principio invade una buona parte della piazza dove si trova la viverna. Riesce a centrarla ben tre volte con i suoi massi infuocati di circa mezza tonnellata ciascuno. Uno di essi colpisce gravemente il mostro ad un'ala.

Lenora, per sua parte, evoca una creatura celestiale: un leone alato, che ha l'obiettivo di intercettare ed uccidere la viverna di cristallo.

Il mostro, anche se consapevole della grave ferita sull'ala, spinto comunque dal desiderio di vendetta, cerca di raggiungere i nemici con un volo molto azzardato e doloroso. Il tentativo è vano: dopo pochi colpi d'ala, lamentando la forte sofferenza, ripiomba al suolo e si convince che il suo intervento sarà fattibile solo se riuscirà ad arrampicarsi sul colonnato che contorna la basilica.

Miguel, dal canto suo, interviene con un'iniziativa piuttosto avventata: indietreggia e con una rincorsa si lancia sul terribile mostro riuscendo ad aggrapparsi alla giuntura tra l'ala sana e il corpo. Qui, grazie al suo tirapugni leggendario, ha modo di scalfire la pelle corazzata e a strappare parte dei tessuti muscolari nella ferita appena aperta. Non pago del risultato si porta sul lato opposto e qui si accanisce sull'ala lesionata. La bestia, pur con atroci dolori, si dimena penosamente causando la caduta a terra del nostro Miguel. Costui con una serie di capriole riesce a rimanere illeso e correre subito ai ripari dietro una delle tante colonne della basilica.

La viverna, vista l'azione difensiva di lui, ne approfitta per cercare di addentarlo. Miguel però, riesce a destreggiarsi e schivare i suoi morsi, quindi sfugge alla stessa nascondendosi dietro una delle tante colonne ed evitare così il suo micidiale attacco: il soffio paralizzante.

Nel frangente, il gruppo non collabora e ciò per evitare di colpire per sbaglio il compagno. Solo Kylla, la più aggressiva dei presenti, ritiene giusto scagliare diverse frecce, che centrano sempre il bersaglio.

Nel preciso momento in cui Miguel viene sbalzato, Niffum con il suo incantesimo erige una barriera di fuoco intorno alla viverna e ne blocca i movimenti.

Contemporaneamente il leone alato di Lenora si getta a capofitto sul mostro cercando di dilaniarlo con le sue possenti fauci.

Kylla imperterrita continua a lanciare le sue migliori frecce nere di materiale ossidianico che sono in grado di perforare qualsiasi armatura. Dopo diversi colpi ben assestati, alla fine riescono ad eliminare l'immensa creatura. Kaydo, in difficoltà, viene inseguito dalla viverna delle tempeste ed è costretto a volteggiare sopra il golfo di Roana. Scelta oculata che serve a distogliere l'eventuale attenzione della creatura alata verso i suoi compagni.

In mare intanto si sta svolgendo la battaglia navale decisiva tra l'Ordine e l'impero. Il suo scopo in effetti è quello di mutare la sua posizione, che lo vede inseguito, a quella di inseguitore. Coglie comunque l'occasione per emanare soffiate di fuoco sui velieri imperiali, dando così supporto a Tamariko. Il suo è il migliore aiuto che consente di sbarazzarsi di una decina di imbarcazioni.

Finalmente Kaydo può mettersi alle spalle della viverna delle tempeste ma la colpisce solo poche volte. Il colpo decisivo arriva solamente quando, volando a bassa quota rasentando l'acqua, la viverna di fuoco con il suo soffio colpisce l'avversaria ad un'ala. Il dolore allucinante sfasa il battito delle ali e le fa perdere quei pochi metri di quota. Il mostro comincia a rimbalzare sull'acqua e va a sbattere sull'albero maestro di uno dei galeoni di Tamariko. L'urto fa collassare addirittura lo stesso albero e la creatura rimane imbrigliata nel suo cordame.

Kaydo a malincuore, non avendo altra scelta, pur di colpire a mezz'aria con diverse vampe di fuoco la rivale deve bruciare la sua stessa nave che, tra le fiamme, trascina con sé, oltre la leggendaria viverna delle tempeste, anche l'equipaggio del suo alleato che si contorce dal dolore mentre si dibatte tra le fiamme.

Le orrende lingue di fuoco mettono fine all'imbarcazione facendola inabissare insieme alla viverna ancora imbrigliata.

Kaydo alla fine può rientrare in città fiero e vittorioso con la sua viverna che accusa stanchezza e non è più in ottima forma, avendo subito morsi sulla coda ed ustioni causati dall'elettricità.

La sorpresa arriva quando constatano che la principessa Euphemy li stava aspettando sul tetto della torre più alta del castello imperiale. In quel momento critico la donna lancia l'incantesimo di inversione di gravità, diretto esclusivamente sulla creatura. La viverna precipita rimbalzando sul tetto del castello e, di conseguenza, Kaydo viene catapultato verso la piazza effettuando un volo di circa un centinaio di metri d'altezza in direzione della basilica.

Niffum che assiste alla scena prontamente aziona il suo Blosstar lanciando un incantesimo di telecinesi verso il compagno. L'azione però riesce solo in parte: l'impatto con il suolo viene solo attenuato dal suo intervento.

Sorpreso per tale reazione inaspettata ma tempestiva, Kaydo si preoccupa di salvare la sua viverna che è vittima del mutamento di gravità. La poveretta, inconsapevole degli effetti causati da tale cambiamento, si ostina a muovere le ali come al solito ottenendo però effetti contrari. La micidiale sorpresa per Kaydo viene quando Euphemy usa uno dei suoi peggiori incantesimi che colpiscono l'emotività del giovane cacciatore.

La mostruosa creatura è agonizzante. Il suo corpo viene polverizzato con diversi effetti: una parte della testa e del collo svaniscono in una nube grigiastra e maleodorante ponendo così alla vista le sue interiora.

Minuti dopo, sopra il castello, inizia a formarsi un disco nero che cresce una decina di metri al secondo.

Il gruppo condotto da un Kaydo in preda alla vendetta si getta verso le porte del castello, eliminando al suo passaggio ogni tipo di guardia imperiale o clericale che si presenti loro dinanzi. Al cospetto del portone principale Niffum lancia una palla di fuoco, facendolo collassare.

La sorpresa però avviene quando, non appena entrati, si trovano di fronte, accompagnati da una trentina di guardie appartenenti a vari corpi speciali, i sei ufficiali demoniaci imperiali (Hyrint, Pazulu, Buvu, Svipa, Fluga, Refsing). In cima alla maestosa scalinata li osserva il papa Mons.

L'ordine degli ufficiali è di fronteggiare senza indugio i sopravvenuti nemici.

L'attacco viene vanificato dall'incantesimo di Niffum emesso dal bastone Blosstar che emette una nube di gas infiammabile. Conclude, con cattiveria appagante, di accenderlo con una semplice scintilla. Tutti i nemici vengono avvolti dalle fiamme e periscono inceneriti.

Unico illeso il papa Mons che si trovava a distanza di sicurezza. Gli ufficiali però non subiscono gli effetti letali dell'azione di Niffum. Rivelano la loro vera identità demoniaca assistiti dallo stesso papa, che non mostra nessuna sorpresa per quanto avvenuto.

Due di questi demoni si gettano su Niffum quando il fuoco non è ancora spento. Miguel tempestivamente si mette in mezzo tra l'amico e il demone Hyrint, un mostro di aspetto mitologico molto simile ad un incrocio tra il minotauro e un licantropo. Il barbaro, con un possente pugno intriso dalla forza nascosta del proprio Ki, abbatte l'avversario massacrandogli mascella e mandibola mettendolo così definitivamente fuori gioco. Pazulu, altro mostro che, a differenza del primo, porta due membrane che si aprono

a ventaglio ai lati dell'orribile cranio che richiama
l'aspetto di un maiale, corre in aiuto dell'ormai defunto
Hyrint emettendo dalla propria bocca un getto d'acido
che va ad accecare il maghetto; quindi con la sua coda
da scorpione cerca di finirlo con una potente dose di
veleno.

Fortunatamente per Niffum, Kaydo è in grado di
entrare in azione sfoderando le sue due spade
antidemone. Con una trancia la coda di Pazulu e con
l'altra, con un maestoso colpo rovescio, gli trafigge il
petto determinando così la sua fine.

I quattro demoni rimasti ovvero Buvu, Svipa,
Fluga e Refsing accorrono nella lotta per difendere il
castello. Buvu, un demone pelle e ossa coperto da una
corazza nera di chitina, va ad affrontare Lenora che
stava per soccorrere Niffum e curargli la cecità.

Il demone la raggiunge nel tentativo di colpirla
con i suoi artigli intrisi di un micidiale veleno
demoniaco: efficace tanto da paralizzare la vittima
all'istante.

Gli occhi del malcapitato maghetto stanno per
ricevere effettivamente la cura giusta quando il feroce
leone alato accorre in protezione della sacerdotessa,
scavalcandola addirittura e andando poi ad afferrare al
volo la testa del demone con le sue possenti fauci, lo
scaraventa a terra nel maestoso atrio di marmo nel
preciso istante in cui il fuoco non dà più
preoccupazione.

Nel groviglio della lotta la forza mascellare del
leone mantiene la presa e non permette al demone di
liberarsi dalla morsa.

Il felino alato trova molta difficoltà a perforare la testa del demone causa la sua corazza di chitina. L'orrenda creatura si difende con i suoi artigli velenosi che cercano disperatamente di attutire i danni; alla fine riesce a ferire mortalmente il leone celestiale.

La bestia volante, nonostante la grave ferita, riesce ad incrinare la corazza con i suoi micidiali denti che penetrano nei punti vitali. Il duello quindi si risolve con esito pari poiché allo stesso tempo il veleno oscuro demoniaco presente negli artigli va ad infettare il sangue del leone: i muscoli iniziano a cedere causando una caduta al suolo poco prima che il cuore si fermi.

Il lato positivo è che Lenora rimane indenne e, nonostante tutto, riesce a ridare la vista a Niffum.

Nello stesso istante Fluga, una specie di mosca nera gigante con un becco appuntito, si alza in volo e si dirige verso la gnomo; gesto inutile poiché Kylla sfrutta la dote della sua veste Tardigrada che le consente l'invisibilità e la sfrutta per spostarsi.

I movimenti invisibili disorientano la bestia e lei approfitta per scoccare diversi dardi con la sua micidiale balestra. Bastano una ventina di colpi per trasformare la mosca in un "porcospino". Fluga termina così il suo tentativo di attacco senza mai riuscir a ferire la ladra.

Durante quest'azione intanto, interviene Refsing, un demone con quattro braccia e due enormi bocche che esibiscono affilati denti. Una di queste è situata sul ventre.

Quest'ultimo arrivato carica il gruppo, ma è Miguel che decide di occuparsene di persona. Con voce perentoria invita i compagni a lasciarlo agire nei confronti del nuovo mostro. Per nulla spaventato dai quattro micidiali arti, una risorsa che proprio in quel momento invidia al nemico, il barbaro affronta il demone con le sue due "sole" ma possenti braccia. Refsing però lo afferra, lo solleva e lo scaraventa al suolo.

Sorprendentemente il barbaro riesce agilmente a sfruttare a proprio vantaggio l'intera azione dove, con una contromossa, riesce a sommare la sua energia con quella del demone potendo sferrare così un pugno ben assestato che lo colpisce alla base del cranio causandone lo stordimento.

L'agilità di Miguel è la vera carta vincente, dato che gli attacchi lenti del confuso demone risultano quasi sempre inefficaci. La serie di colpi termina con la frantumazione della mascella, delle due braccia e di una gamba.

Refsing nonostante ciò rimane cosciente ma dolorante e del tutto indifeso.

A questo punto, come al solito, tocca a Kaydo occuparsi del demone più ostico: Svipa, un avversario che potrebbe benissimo essere scambiato per un diavolo, visto che è dotato dei classici zoccoli, la pelle rossa e le non meno classiche doppie ali membranose. Il mostro, alto quasi tre metri, è armato di un'enorme sciabola seghettata ed una terribile frusta di fuoco.

Inizialmente il duello vede un susseguirsi di fendenti: le due spade di Kaydo affrontano quella sproporzionata del demone. Bastano però una decina di colpi per permettere alla Ebony di averla vinta su quella demoniaca, al punto di farla incrinare: il colpo successivo addirittura la spezza in due.

Svipa sorpreso, sconvolto da quel contrattacco, si vede disarmato ma cerca di mantenere la distanza con la sua frusta infuocata. A questo punto è Kaydo a trovarsi disorientato limitandosi a destreggiarsi con opportuno tempismo tra un flagello e l'altro.

Le poche ma serie ferite ricevute dalle lame magiche di Kaydo sono sufficienti a penetrare in profondità nel corpo di Svipa. La bestia demoniaca riesce tenacemente a sopportare i colpi, costringendo Kaydo a mettere in atto la mossa finale, che consiste nel lanciare la Ivory sull'enorme e muscoloso collo del demone. Questo mette fine alla sua esistenza.

Subito dopo Kaydo, che sa benissimo cosa succede al demone una volta morto, cioè esplode, spargendo tutto intorno frammenti incandescenti del suo corpo.

Con urla, ordina al gruppo di lanciarsi fuori dal castello per evitare di essere investiti dalle micidiali frattaglie. I nostri amici, pertanto, riescono a porsi in salvo grazie al tempestivo ordine di Kaydo.

Il papa Mons, sconcertato da questi inaspettati eventi, approfitta per salire ai piani più alti in direzione della sala del trono. Data la sua anzianità, che non gli permette di muoversi velocemente, Lenora ha buon gioco per raggiungerlo.

La sacerdotessa piena di odio e disgusto raggiunge il malcapitato per colpirlo, ma si accorge che costui emana un'aura demoniaca; intuisce così che si tratta di vittima di una maledizione per cui la sua colpa non è così grave: in realtà il poveretto è semplicemente manipolato.

Per contrastare le sue reazioni difensive la donna è costretta a tramortirlo.

Mons, accasciato a metà della scalinata, subisce un intervento della donna, che mira soltanto a rimuovere il maligno e a benedirlo con la verga del Dio Plor. Alla fine il papa viene abbandonato sul posto poiché non è più in grado di recare danni.

Senza altri indugi il gruppo prosegue verso la sala del trono accolti dall'aria maleodorante satura di legna bruciata causata dai numerosi piccoli incendi, che divampano all'interno della cinta muraria più esterna.

Oltre a ciò notano, dalle immense vetrate rivolte verso la capitale, che la causa dell'improvviso calo di illuminazione non è dovuto dalla foschia tipica di una battaglia in corso, bensì dall'improvvisa formazione di un disco nero, che cresce e diventa talmente grande da ricoprire perfino la cinta muraria mediana della capitale: ne risulta così un'oscurità insolita, nonostante sia appena mezzogiorno.

Tamariko nel frattempo è riuscito a metter fuori combattimento tutta la flotta nemica.

Kront intanto ha sfondato la prima cinta muraria riuscendo a penetrare all'interno.

Qui avviene lo scontro più sanguinoso che vede contrapposte le due fazioni.

La battaglia finale è articolata esclusivamente in feroci combattimenti corpo a corpo.

Capitolo 20
La fine

La sala del trono si trova al settimo piano difesa da due porte mastodontiche. Le due principesse, Artemis e Lelith si erano già messe a protezione affiancate da tre ufficiali imperiali. Appena iniziato lo scontro Skyritt, come sempre, si dà alla fuga cercando rifugio a distanza di sicurezza, mettendosi però in una posizione da cui può gustarsi l'orrenda scena.

Il combattimento contro Lelith è in gran parte il risultato di incantesimi da parte di Niffum e Lenora. Ne risulta uno spettacolo di lampi e raggi luminosi; da una parte quelli azzurro ghiaccio o rosso fuoco di Niffum e dall'altra quelli con sfumature celestiali di Lenora;

infine quelli di Lelith che, impedita dalla sua cecità, è costretta ad evocare guardiani spirituali e bestie feroci a sua protezione, badando bene a proteggersi dietro colonne o balaustre di marmo.

Al contrario Miguel e Kaydo all'inizio affrontano con micidiali fendenti i rivali di specie umana che sono equipaggiati di spada e scudo e di una luccicante armatura dorata con lamine di alta qualità.

Il duello a distanza tra Kylla e Artemis è più dinamico poiché la principessa, nonostante sia di mezz'età, si dimostra molto agile e contrasta efficacemente gli attacchi della ladra mossa soprattutto da un risentimento verso gli uccisori del suo amato figliastro.

La maggior parte del loro scontro avviene quando le due si inseguono tra il piano inferiore e quello superiore scivolando addirittura sulle balaustre, ribaltando nella loro corsa sfrenata mobili, suppellettili, arredamenti vari e finte armature decorative.

In questa azione non si bada a risparmiare frecce e dardi da entrambe le parti: Kylla con la sua balestra ossidianica e Artemis con il suo arco leggendario Zefiro. Questo, anche se come cadenza di tiro è nettamente inferiore, ha la caratteristica che permette di poter guidare il lancio delle frecce con la forza del pensiero. È infatti in grado di colpire sempre il nemico, sbagliando eventualmente il bersaglio solo di pochi centimetri quando il colpo viene deviato da ostacoli improvvisi come statue o colonnati.

Kylla è obbligata ad usare l'abilità della sua veste Tardigrada che le consente l'invisibilità per un breve lasso di tempo. Ciò nonostante, viene colpita alla gamba da una freccia. L'arco infatti è capace di scorgere la gnomo anche se invisibile: si orienta grazie alla sua capacità di seguire l'emanazione del calore corporeo.

La prima vittima in questa serie di scontri è Lelith colpita da un raggio infuocato lanciato dal nipote Niffum, che la centra in pieno petto.

La sorte di Artemis invece, deriva dalla sua attenzione distolta, a causa della trasformazione degli ufficiali in demoni, che stanno combattendo contro Miguel e Kaydo. È proprio questo il fatto che distrae, anche se per un istante, la principessa. La cosa permette a Kylla di uscire allo scoperto nonostante la sofferenza per la ferita, consentendole di avvicinarsi con passo felpato: con un rapido gesto sgozza la rivale con il suo pugnale.

I tre demoni rimasti, conosciuti come Feitur, Huben ed Musav hanno anche loro vita breve, poiché si ritrovano contro tutti e cinque i membri del gruppo.

Feitur, di aspetto buffo poiché grasso e pelato, può usare soltanto i suoi artigli per infettare il suo bersaglio. Tra i tre è il primo a ricevere il colpo fatale: basta un pugno ben piazzato di Miguel per fracassargli il cranio e farlo stramazzare al suolo.

Huben, che è il più orribile e puzzolente dei tre, sembra una sorta di umanoide in putrefazione che evidenzia una mandibola sproporzionata. Costui fronteggia Niffum e Lenora che gli lanciano due incantesimi, di cui uno di acido lanciato dal maghetto che lo colpisce agli occhi causandogli orrende ferite e rendendolo cieco; poi quello di Lenora che usa uno dei suoi incantesimi di luce benedetta bruciandolo completamente.

L'ultimo dei tre, ovvero Musav, che all'inizio sembrava il più difficile da sconfiggere, alla fine incontra le lame di Kaydo.

Il demone che si presenta con sembianze di ratto umanoide, tenta di balzare sul giovane cacciatore, ma è sufficiente un solo affondo di questi per infilzarlo in pieno petto. Il malcapitato non ha nemmeno il tempo di divincolarsi che già riceve un fendente dalla seconda lama che gli mozza la testa.

Kaydo conclude il combattimento puntando il piede sul petto del nemico vinto, estrae la Ebony e la ripulisce da quello schifoso sangue nero.

A questo punto, cessate finalmente le ostilità, Lenora si mette a disposizione del gruppo per curarne le ferite con il suo prezioso amuleto di Plor.

Non appena i nostri amici riprendono fiato Miguel, ormai sicuro di poter proseguire, si lancia sulla maniglia dell'immenso portone convinto di poterlo aprire.

La mastodontica barriera è però protetta da una forza magica, ossia l'incantesimo conosciuto come "muro prismatico". Per questo non appena afferra la maniglia la porta stessa emana una luce rossastra facendo diventare incandescente l'appiglio stesso; cosa che procura al barbaro una grave ustione. Miguel, anche se ritira istintivamente l'arto, non è in grado di evitare la ferita e con una oscena imprecazione maledice la porta: reazione che fa inorridire la compagna Lenora che comunque si premura a medicargli la mano.

È però Niffum quello che, sapendo benissimo cosa lo aspetta, inizia a fronteggiare l'incantesimo di protezione che consiste in una difesa basata su sette strati. Aggredisce il portone con il suo soffio gelido che risulta esser la miglior scelta: il colpo indebolisce il primo strato protettivo.

Sono necessari ben dieci raggi ghiacciati del famoso bastone Blosstar per far collassare la prima parte dell'incantesimo.

Miguel e Kaydo, convinti di poter intervenire poiché l'aura sembra essersi dissolta, si avventano nuovamente sulla porta ma vengono fermati tempestivamente da Niffum che spiega loro di aver eliminato appena uno solo dei sette strati che proteggono la sala del trono.

Delusi, Miguel e Kaydo sono costretti ad affidarsi solamente all'intervento di Niffum aspettando le sue oculate decisioni.

Al successivo strato il maghetto ordina ai compagni di indietreggiare e proteggersi, poiché quando viene colpito, oltre ad emanare un bagliore arancione, spruzza tutto intorno acido che corrode perfino le armature. A questo punto Niffum impone a Kylla di intervenire con la sua balestra, che lancia i dardi non appena il maghetto congela parte dell'acido; in questo modo si frantumano diverse sezioni per volta. Tutta la serie di colpi riesce solo a liberare l'intelaiatura del portone.

Il terzo strato, quello giallo, consiste in una barriera caricata elettricamente che, se colpita con un incantesimo conduttivo o con arma di metallo, avrebbe fatto morire folgorati gli attaccanti all'istante.

Niffum si accorge che l'infinito susseguirsi di colpi serve solo a far levitare i detriti: lanciarli contro il portone è gesto inutile. Nel frattempo si avvede di una incrinatura nella pietra che è in cima al suo bastone. Si convince che l'unica azione disponibile è quella di far andare in cortocircuito la carica elettrica. Allo scopo fa rovesciare la massa di ferro di un'armatura presente sul posto, che cadendo va a contatto con la carica stessa. Ed è proprio così che dentro una fontana di scintille la minaccia viene eliminata.

Niffum abbastanza affaticato per l'intenso impegno mentale si trova comunque a dover toglier di mezzo il velenoso gas dello strato verde che causa orrende vesciche. Il maghetto tempestivamente erige una bolla d'aria che ingloba gli amici proteggendoli dagli effetti velenosi fino al momento in cui questi si esauriscono.

Lo strato indaco è quell'energia che costringe a stare più attenti: bisogna colpirlo al momento in cui la stessa scompare alla vista. È infatti una forza magica che si illumina ad intervalli e che, se guardata nel momento in cui essa si manifesta, pietrifica il malcapitato. Bisogna perciò distogliere lo sguardo in quel preciso istante per poi colpire la stessa con qualsiasi oggetto solido al momento che cessa la sua efficacia.

Il penultimo è quello blu, di struttura ghiacciata. Niffum ovviamente abbastanza affaticato viene soccorso da Miguel e Kaydo che, nonostante i colpi delle loro specifiche armi, sono costretti a far delle pause per riscaldarsi le mani colpite dal terribile freddo trasmesso dall'incantesimo di ghiaccio.

L'ultimo è quello viola che non si presenta come il più pericoloso. Questo emana appunto una violenta luce violacea che acceca completamente chi la osserva anche per un solo istante. I nostri amici, con gli occhi serrati, menano colpi all'impazzata nella direzione del nemico fino al momento in cui, ripetutamente colpito, collassa.

Tutta la lotta si è protratta nel totale per più di un'ora: alla fine il risultato arriva e i due portoni si spalancano senza ulteriori sforzi.

La sala del trono è di una bellezza mai vista.

Grande quasi una ventina di metri per lato, situata al centro e quasi a metà altezza del castello, offre una vista mozzafiato grazie alle enormi vetrate, poste una verso la città e l'altra verso il golfo, cosa che permette di scorgere in lontananza perfino lo stupendo faro di Roana.

Il fastoso ambiente è decorato con ogni tipo di materiale prezioso; il pavimento presenta mosaici e lastre di marmo, accostate da lamine in oro; le pareti sono tutte ricche di bassorilievi su cui spiccano sporgenti pietre preziose: rubini, zaffiri, smeraldi e perfino diamanti; il trono ne è l'esempio per eccellenza.

Il soffitto si rastrema al centro raggiungendo un'altezza massima di ben settanta metri, facendo credere, con una serie di prospettive e colori, che possa raggiungere l'infinito. Questo è possibile perché esso è sostenuto da numerosi archi ed elementi trasversali a sesto acuto che si incrociano armoniosamente, quasi a voler raggiungere la chiave di volta.

Stupendi affreschi nella parte bassa del soffitto, insieme a candelieri di ottone, completano la scena. Dirigendo lo sguardo verso l'estremità sì ha la sensazione di ammirare un cielo stellato, effetto dovuto ai numerosi pendagli di cristallo che riflettono la luce.

La fiabesca scena viene interrotta nell'istante in cui Kaydo vede il suo maestro giacere a terra.

Ciò che si presenta ai suoi occhi è quanto mai raccapricciante: il suo mentore Raizou è riverso esanime ai piedi del trono imperiale, inserito dentro un cerchio magico che è stato disegnato da qualcuno, probabilmente con il suo stesso sangue.

Nell'ampia sala, oltre al cadavere di Raizou, è presente anche Varaz VII paludato con una veste reale di altissima qualità e che porta sulla schiena il leggendario scudo d'Egida.

La sua mano sinistra stringe una Lacrima di viverna; il palmo della mano destra è rivolto verso l'alto e denota uno stato di concentrazione estrema come per gestire un incantesimo oscuro.

Lo scopo è quello di aprire il portale tra i due piani astrali: quello terrestre che mette in contatto con quello infernale.

Shadow ed Euphemy, appena spalancato l'immenso portone, si mettono a protezione dell'imperatore pronti a fronteggiare gli ormai attesi intrusi.

L'arcimago sfoggia il suo nuovo bastone di ghiaccio con incastonata sulla punta una Lacrima di viverna; soddisfatto finalmente di poterlo mettere in opera.

Come al solito l'imp Skyritt pensa sia opportuno mettersi "da parte" per osservare da lontano lo svolgersi degli eventi; riservandosi al caso, una sicura via di fuga.

Niffum, che si trova in coda al gruppo, nota il bastone e ne rimane atterrito, consapevole di trovarsi in stato di inferiorità come potenziale di difesa e sa che molto probabilmente non potranno avere speranza di uscirne vittoriosi.

È la volta di Lenora ad entrare in azione che decide subito di usare la sua più potente arma, cioè un incantesimo capace di creare un portale circolare sotto all'imperatore.

Salvo una reazione di un altrettanto potente controincantesimo o di un movimento preventivo di uscita dal cerchio, la vittima non ha possibilità di sottrarsi all'attacco. L'esito della magia porta il nemico ad essere teletrasportato in un punto preciso, che potrebbe essere distante qualche chilometro come anche un'altra differente dimensione spaziotemporale, ma che deve esser comunque conosciuto dall'incantatore.

In quel preciso istante il nostro maghetto, però, si rende conto che se sceglie di stare dalla parte dell'impero potrebbe ottenere vantaggi non soddisfacenti alle sue ambizioni.

Niffum a questo punto cerca di valutare la situazione nel caso che l'incantesimo di Lenora non dia i risultati sperati.

Primo gli rimane ancora la possibilità di poter rientrare nell'ambito dell'impero, da quanto garantito dalla madre Euphemy.

Secondo influisce il fatto che le Lacrime siano in mano al nonno ed al padre e che il potenziale di queste, se messe in opera, potrebbe distruggere un'intera città con tutti i suoi abitanti nonché aggressori. In questo caso la Lacrima perderebbe completamente il suo potere in una qualsiasi occasione futura.

Terzo lo stato avanzato dell'incantesimo oscuro, se non fermato in tempo, causerebbe l'intervento di un'orda di demoni che accorrerebbero in difesa dell'impero.

Conoscendo l'esperienza del padre, che sa usare tale arma ottimizzata al massimo, le possibilità offensive di Lenora si riducono di molto.

La scelta è fatta: Niffum decide di rivoltarsi contro i suoi stessi compagni, colpendo per prima Lenora usando il bastone armato dell'incantesimo "Disintegrazione".

La scena vede un flusso di energia oscura uscire dalla pietra sopra il bastone che travolge la sacerdotessa. La poveretta che non è preparata a fronteggiare tale attacco alle spalle viene polverizzata all'istante.

Tale vittoria però ha un grandissimo prezzo da pagare: il bastone Blosstar perde di colpo tutti i suoi poteri e non solo: cade al suolo mandando in frantumi la ormai inutile gemma.

La visione di tale colpo a tradimento scandalizza dolorosamente Miguel e Kylla che erano molto affezionati alla compagna sacerdotessa.

Kylla interviene tentando di fermare il tempo con il potere della sua veste Tardigrada. Niffum, che conosce il potenziale del marchio siglato a Florana, che gli impone l'obbedienza totale, la blocca ordinandole di mettersi da parte e di limitarsi ad osservare la scena.

Nonostante questo la gnomo cerca di opporsi al comando, ma facendo ciò cade a terra in preda a spasmodici dolori: la disobbedienza al magico comando, se ostinata, comporta infatti una morte estremamente dolorosa. Pochi istanti dopo effettivamente, il cuore di Kylla cessa di battere e la poveretta esce di scena definitivamente con una morte non certo degna per la sua specie.

Kaydo in testa al gruppo, sconvolto dalla disperazione per la sorte del mentore, si lancia in una corsa piena di odio verso Varaz VII. Sguaina impulsivamente entrambe le spade per uccidere il despota, però si trova contro l'arcimago intervenuto a protezione del suo "bersaglio".

Shadow usa efficacemente l'incantesimo "Tentacoli neri di Evard" che consiste nel bloccare la vittima con dei prolungamenti legnosi che sono protetti da magiche e sconosciute risorse.

Miguel accorre tentando di sferrare, un pugno micidiale a Niffum. Mentre tenta questa azione sente una voce in lontananza che gli intima di non colpire suo figlio.

L'invito non serve a bloccare la furia del barbaro che carica il suo colpo con forza brutale. Incassa comunque l'incantesimo "Catena di fulmini" che viene dalla madre Euphemy e va a cadere proprio sul maghetto ormai disarmato e stremato.

Niffum si vede venire addosso l'ex compagno che lo fa sbattere con la testa contro una statua arabescata con artistici ma pericolosi bassorilievi.

L'impatto con la struttura gli causa una ferita di una certa gravità: fiotti di sangue vanno a tingere i suoi capelli dorati mentre dalle sue labbra escono laceranti urla di dolore.

Kaydo con molta difficoltà riesce a liberarsi dai mostruosi tentacoli; ne tronca diversi, ma l'arcimago non indugia a lanciargli un ulteriore incantesimo. Però, non appena libero nei movimenti, il giovane cacciatore di demoni, con una mossa disperata ma efficace, riesce a lanciare la sua spada Ivory che trafigge il petto di Shadow.

Euphemy angosciata, accorre in soccorso del marito. Proprio in quell'istante però, la Lacrima di viverna in mano all'imperatore si tinge di nero e avvolge l'intera sala del trono con un'energia oscura impedendo totalmente la visione dell'ambiente. Contemporaneamente un numero enorme di ombre maligne escono dal disco nero e si lanciano in tutte le direzioni.

Kaydo, grazie al legame con la spada, riesce a scorgerla anche alla cieca; la raggiunge, la estrae dal corpo esanime e prova a puntarla contro l'imperatore visto che, a dispetto del buio, conosce la sua posizione. L'oscuro incantesimo è in grado anche di far alzare un forte vento tale da rendergli difficile il solo reggersi in piedi. I vortici causati dal terribile soffio riescono perfino a ribaltare alcune statue presenti nella sala.

Le persone presenti, cioè Euphemy, Niffum e Varaz vengono scaraventati contro le pareti del fondo.

In questa oscurità, mai sperimentata prima, al

principio si ode solo il tintinnio di campanellini, ma l'atmosfera viene resa ancora più angosciante quando dal cerchio magico, dove giace il vecchio Raizou, inizia ad illuminarsi di un rosso violaceo e, intorno ad esso, si accendono orrende fiamme all'interno di una fitta nube.

Da questo punto preciso esce dal pavimento il corpo fisico di Bedrar, re millenario dei demoni, nonché maestro della manipolazione mentale.

La sagoma si eleva lentamente mostrando prima le sue due grandi corna, che si ramificano sdoppiandosi a loro volta, come se fossero dei rami di un albero spettrale. Su quelle che protendono verso il basso è appesa una coppia di campanellini di forma sferica, che vibrano con suoni angoscianti al suo volere.

La sua pelle di color carbone, se si può considerare tale, è paragonabile a quella di un essere vivente scuoiato, che mette in evidenza nervi, vene e arterie; e proprio in quest'ultime si vede fluire un liquido luminoso rosso scuro e denso, come se all'interno scorresse della lava.

Le braccia esili e lunghe non sfigurano da quello scheletrico corpo. Nemmeno quelle oscene mani, formate da un numero indefinito di dita deformi. Una delle due regge la sua letale falce terminante con un teschio, che si muove sporadicamente ed emette stridi raccapriccianti; sull'altra una lanterna dalla luce fioca, non emessa da una comune fiamma, bensì da fasci luminosi di anime che vi sono intrappolate.

Il suo volto scarno è rappresentato soprattutto da due fumosi occhi bianchi, che risaltano su quella sua forma nera che assicura una minaccia senza precedenti.

Le due torbide pupille, che inizialmente fluttuavano vorticosamente all'interno di quei bulbi, ora gli conferiscono un aspetto sadico ed inquietante, che porta a distogliere, terrorizzati, lo sguardo.

Non è da meno il suo ghigno malefico formato da una moltitudine di denti aguzzi, i quali "disegnano" una bocca sproporzionata che inizia subito sotto le sue appuntite orecchie.

Dopo pochi secondi, l'essere alto quasi quattro metri, viene raggiunto da un'ombra indefinita che, fuoriuscendo dal corpo di Varaz VII, va a congiungersi con quel mostro immondo. Costui con un sadico gesto di soddisfazione fa mostra di una smania di protagonismo inquietante. Con la sua voce roca ma tonante, dal timbro profondo ed intenso, recita una frase in una lingua incomprensibile seguita da una malvagia risata.

Dopo l'apparizione di quel mostruoso demone, dall'acre odore misto di cenere e carne carbonizzata, le spade leggendarie Ebony ed Ivory iniziano ad entrare fortemente in risonanza e Kaydo, guidato da istinto vendicativo, ritiene opportuno sconfiggere il male maggiore ovvero l'immenso demone appena materializzatosi.

Bedrar infatti viene preso alla sprovvista poiché non si aspettava di dover fronteggiare addirittura le due spade leggendarie; quelle forgiate proprio dai suoi più acerrimi nemici, ovvero i diavoli. L'opera di tali armi è efficacissima anche contro la sua corazza demoniaca tanto da causargli gravi ferite, cosa questa mai successa prima in tutti i combattimenti passati.

L'antico demone purtroppo, grazie all'imperatore, ha modo di usare le sue piene forze; pertanto scaglia il suo primo attacco estraendo la sua falce impregnata di certo "fuoco nero", denominata da lui stesso "Libra giustiziera".

Basta un solo colpo, dato ad una velocità imparabile per distruggere quasi completamente l'armatura di adamantio. Un secondo colpo, denominato da lui "Tocco del dolore" genera un flusso nero gassoso, che penetra proprio in bocca a Kaydo togliendogli inizialmente il respiro. In seguito il "fluido" continua il suo lavoro propagandosi in tutti gli organi vitali facendoli addirittura marcire. I primi a subire i danni sono i polmoni, successivamente il cuore, il fegato e i reni. Tocca per ultimo al cervello che, nel giro di pochi secondi, perde conoscenza causandogli il collasso. Questo breve tempo è appena sufficiente a concedergli le ultime forze che lo fanno accasciare al suolo a pochi centimetri dal suo mentore. Ora si trovano di fronte l'uno all'altro e si "guardano" entrambi con occhi vitrei che mai più rivedranno la luce.

Bedrar soddisfatto, si gira verso l'anziano imperatore soddisfatto a sua volta, anche se affaticato.

Varaz VII si alza e si rivolge all'immenso demone salutandolo con tono deciso ma formale. Al contrario il Re dei demoni lo guarda dall'alto in basso e con voce dai toni gravi gli dice:

"Mio caro e vecchio amico è giunto il momento di costruire il nuovo mondo, peccato però che tu sia troppo anziano e fragile per raccoglierne i frutti, tanto meno gestirne il comando, fosse solo anche per un piccolo lembo di terra".

A Varaz finalmente si aprono gli occhi e in quel preciso istante comprende di come stanno le cose, pur tuttavia crede sinceramente di poter reagire e lancia il suo più potente incantesimo; gli occhi diventano neri mentre un flusso oscuro fuoriesce dalle punta delle dita che vanno a colpire il traditore.

La rabbia ed il disgusto di Varaz, colpito nell'orgoglio verso tale mostruosità è immensa: è disposto ad autodistruggersi pur di non arrendersi al rivale.

L'efficacia dell'incantesimo porta alla follia l'antico demone Bedrar che rimane paralizzato rinchiuso in una prigione mentale, tanto che il suo corpo non è altro che un guscio vuoto.

Shadow ed Euphemy accorrono in suo aiuto: il vecchio mago sanguinante riesce a lanciare il suo ultimo incantesimo, ovvero quello della disintegrazione. L'arcimago sfrutta buona parte della sua Lacrima per amplificare l'incantesimo e procurare diverse cancrene su vari punti del corpo del demoniaco avversario, si accascia quindi delicatamente accanto alla moglie. Costei invece, pur in lacrime, non perde le speranze e crea attorno al demone prima che si riprenda una gabbia di forza, sfruttando uno dei suoi più potenti incantesimi.

Niffum a tutto ciò rimane estremamente sorpreso alla vista di tale potere magico emanato da semplici esseri umani, rendendosi finalmente conto del divario tra lui ed i migliori incantatori esistenti al momento.

Bedrar, dopo pochi momenti di smarrimento, riesce a riprendersi dai colpi subiti. Anche il vecchio imperatore è ormai agli estremi. Ma è soprattutto l'umiliazione subita piuttosto che la necrosi, ad esternare il fatto che il suo non è proprio un gesto amorevole protettivo verso la figlia e il nipote.

Varaz ormai è consapevole di essere alla fine a causa del suo stesso incantesimo.

Infatti gli effetti collaterali della magia emettono

una forza che, partendo dalle estremità delle dita, lo raggiungono al cuore e al cervello prima che il demone si risvegli. Decide allora di togliersi di dosso lo scudo d'Egida e ne attiva il potere creando così una cupola magica impenetrabile tutto intorno a lui.

A barriera completata il Re dei demoni si risveglia e Varaz con tanta arroganza fa capire al suo avversario che non sarebbe morto per mano sua. Trasmesso questo messaggio lo sguardo dell'imperatore si spegne lentamente fino a dissolversi.

Bedrar, contrariato e furibondo per l'esito imprevisto di non esser stato capace lui stesso di porre fine alla vita del rivale, deve al più presto estrarre la sua Libra giustiziera per disintegrare la gabbia magica che sta per esser completata.

L'imp Skyritt, vista la situazione favorevole alla fuga, capisce che è il momento per la famosa ritirata strategica e, volando, esce fuori da una delle finestre rotte. Si avvia verso l'enorme disco oscuro della città e lo oltrepassa senza danni, facendo così ritorno al suo piano astrale nativo.

Bedrar, piuttosto malconcio, fa in tempo ad assestare ben tre colpi di falce alla gabbia prima di riuscire a disintegrarla. Euphemy, dal canto suo, considerando la perdita della gabbia, si rende conto di aver perso ogni speranza di salvezza.

Ormai libero, il Re dei demoni si trova a dover fronteggiare la sola Euphemy dato che Niffum, del tutto inerme, resta seduto con le spalle al muro, limitandosi a prender atto della terrificante scena.

L'immenso mostro nero, grazie ai suoi micidiali

poteri manipolatori, riesce a penetrare nella mente della principessa e le fa credere che il padre Varaz a terra sia ancora vivo anche se moribondo. Anche se nell'illusione, l'efficacia della manipolazione fa credere che l'imperatore impieghi le rimanenti forze per volgersi verso la figlia per un'ultima volta, ed è convinta che il padre le rivolga la seguente frase:

> "Ti ho deluso! Invece di riportare in vita la mamma ho condannato a morte tutta l'umanità".

Euphemy, che non è in grado di accorgersi dell'inganno, risponde a quella falsa immagine con accorate parole:

> "Papà! Non ti preoccupare. Dopotutto, alla fine, anche se diversamente da come pianificato, risulteremo vittoriosi entrambi e riusciremo a rivedere la nostra Chloe".

Bedrar, molto soddisfatto della scenetta creata appositamente per disorientare la principessa, le se avvicina, ed in modo commovente, quasi teatrale, la colpisce con un colpo di falce mettendo fine alla sua vita. Un solo grido quasi una supplica, esce dalla bocca della donna:

> "Papà ...".

La figura meschina la conclude Niffum al momento in cui Bedrar, con fare misurato, ma piuttosto minaccioso, si avvicina a lui.

Pur di non perdere la vita il vile maghetto si dichiara disposto a diventare schiavo del demone. L'offerta cade nel vuoto. Il Re dei demoni non risponde nemmeno alle suppliche di Niffum, anzi con voce falsamente autorevole ribatte ghignando alle richieste del maghetto, nel modo più adatto alla sua malevole essenza.

Il Re dei demoni infatti, che nonostante tutto non può rinunciare alla sua natura negativa, si sente capace di recitare una farsa in cui si autorizza a giudicare in modo diametralmente opposto alla sua mentalità, un essere umano che dopotutto si è comportato secondo i dettami che dànno valore al male.

Allo scopo, come se fosse un angelo giustiziere, si prende la briga di sputare una sentenza che condanna il malcapitato a pagare per le sue responsabilità: il classico lupo che si traveste da agnello per divorare agnelli.

Pronuncia pertanto la sua sentenza, che non potrà che concludersi con una condanna a morte:

"Hai tanto bramato di voler creare un impero giusto, basato sul concetto di verità. Infine la tua ricerca ti ha portato a cedere ad uno dei peggiori peccati, portandoti sempre più lontano dal tuo obiettivo. Sei stato troppo ambizioso, forse perché non hai mai subito la giusta dose di disperazione, per frenare la tua superbia. Io sono la verità, in quanto ho osservato per millenni gli esseri di ogni razza ed etnia, ed ho visto come sono capaci di distruggersi, cadendo sempre negli stessi errori e ricercando la verità nelle forme più sbagliate finendo per cedere ai peccati. Ora, ti metto di fronte al risultato che hai tanto desiderato. Ti ucciderò con l'incantesimo che tu non hai mai raggiunto ma tanto bramato".

A questo punto Bedrar, concluso il suo teatrale ma ambiguo discorso, termina l'azione lanciando su Niffum un fascio energetico luminoso, che lo avvolge completamente ed inizia ad intaccare tutto il suo corpo partendo dalla veste, fino al punto di raggiungere, strato dopo strato tutti gli organi ed infine a corrodere lo scheletro.

E' un dolore che supera ogni immaginazione. Niffum non lo aveva mai provato prima ed è consapevole che neanche altri lo avessero sperimentato.

Ha la sensazione che le ossa stesse siano in fiamme; con la testa che sta per scoppiare; gli occhi oscillano follemente: desidera disperatamente che tutto abbia fine... vuole solo morire!

La morte arriva come desiderato ma è orribile e quanto mai dolorosa!

Anche dopo l'apparizione di Bedrar l'orrenda oscurità continua la sua fase di espansione, quasi a voler ricoprire l'intero continente.

Nella capitale si levano angoscianti urla, sia dei ribelli che delle guardie imperiali e dei poveri cittadini, tutti rimasti colpiti dalle conseguenze dell'immane battaglia che ha visto vincitore il male.

Tutti; alleati, amici e nemici, condividono la terribile sorte che tocca alle vittime quando sono sopraffatte dal maligno. Nonostante tutto però, decidono di fare causa comune per fronteggiare i danni subiti dalle orde demoniache, proiettate dal disco oscuro che sta calando sempre più fitto sopra di loro.

Mentre fino a pochi istanti prima si uccidevano a vicenda, ora si ritrovano a combattere fianco a fianco per proteggersi reciprocamente: umani, elfi, nani, gnomi, draconidi, mezzoni, orchi e tiefdois.

Vista nell'insieme la situazione sembra un paradosso, ma nonostante questo la scena mostra un lato commovente: i pochi sacerdoti rimasti si dànno da fare per curare chiunque a prescindere dalla razza e dal genere.

Ogni tentativo per porre riparo all'orrore risulta vano non appena i maggiori demoni Varpuko, Marpuko, Garpuko e Wulpuko oltrepassano il portale.

Varpuko: è un mostro a metà tra pesce e piovra alto una decina di metri dotato di numerosi tentacoli che espongono una moltitudine di osceni occhi rossi: caratteristiche base di un corpo nero coperto di scaglie.

La bestia scende dalla scogliera e si getta nelle acque attaccando le ultime imbarcazioni; crea enormi vortici che sono in grado di affondare qualsiasi vascello per quanto grande; non solo, fa aumentare la temperatura dell'acqua circostante fino all'ebollizione in modo da uccidere tutti i superstiti. Anche gli animali nei dintorni subiscono la stessa sorte.

Marpuko: invece, è un demone scheletrico di aspetto indefinibile, però perennemente circondato da fiamme che si reca subito nell'immenso bosco situato fuori le mura di Roana.

La vegetazione inizia ad ardere non appena il mostro tocca qualsiasi cosa che sia combustibile.

Gli esseri viventi del posto, che a loro volta vengono semplicemente sfiorati, rimangono rallentati nei movimenti senza speranza di poter fuggire.

L'orrenda creatura non nasconde di divertirsi nel vedere i malcapitati soccombere per le ustioni o per soffocamento.

Garpuko: pur essendo il minore in quanto statura, non di meno si presenta come maligna creatura tanto che è dotata di una falce impressionante a doppia lama. Il suo corpo è irto di sporgenze rigide e corazzate che servono a difenderlo da attacchi di diaboliche bestie fameliche.

Le sue ali, molto simili a quelle del pipistrello, gli consentono di scendere veloce nella piazza e di piombare su chiunque con gesto simile ad un abbraccio.

Gli effetti invece sono che la vittima subisce una maledizione che ha per risultato, dopo solo qualche minuto, una morte "accidentale".

Wulpuko: osceno rappresentante di essenza demoniaca, si presenta in veste di lupo con sproporzionate fauci che mettono in mostra una micidiale dentatura. È armato di un'ascia che espone due immense lame gemelle. In più, dall'estremità della sua coda, fuoriesce una testa di serpente, non meno oscena della testa principale.

La "piccola" testa lungi dall'esser meno pericolosa è in grado di smembrare preventivamente la preda affinché questa venga già predisposta ad essere inghiottita.

Si tratta però, di un mostro di indole vile poiché preferisce aggredire persone o esseri viventi che sono in preda al panico, quindi incapaci di difendersi. Colpisce i malcapitati, individuandoli con il suo raffinato olfatto, addirittura all'interno delle mura delle loro abitazioni: un vero e proprio lavoro di pulizia radicale.

Sono sufficienti solo poche ore a far sì che la capitale Roana perda quasi tutti i suoi disgraziati abitanti, dopodiché tutti i demoni, sia maggiori che minori, vanno ad occupare i territori limitrofi per spartirsi il nuovo territorio.

Intanto Bedrar, stanco e ferito, che si trova ancora nella sala del trono, decide di frantumare la Lacrima che sta emanando ancora gli ultimi sprazzi di energia che è posta all'interno del cerchio magico. In questo modo anche cancellando solo parte della figura ottiene il risultato voluto: nel giro di pochi istanti, il portale sopra la città si chiude definitivamente.

L'azione, eroica per lui, gli consente la vittoria di potersi dedicare al suo nuovo regno senza la minaccia dei diavoli che sono rimasti nel loro piano infernale e che non hanno più speranza di avanzare ulteriori minacce.

Per ultimo, come per procurarsi una finestra adatta, distrugge parte della parete che è esposta al golfo, con lo scopo di lanciare a diverse miglia di distanza sia l'amuleto del Dio Plor che le due diaboliche spade maledette.

La conclusione vede il terribile demone, ormai signore del continente, imperatore assoluto sedersi sul piccolo trono adatto soltanto agli umani.

L'azione del prendere possesso della regale "poltrona" è oltremodo fragorosa poiché sfonda con il suo enorme corpo la struttura dorata. Da quella posizione si concede di ammirare, da una parte, lo sfacelo della città in fiamme; dall'altra parte lo scempio dei velieri che affondano inesorabilmente nel golfo.

Mi sono risvegliata dopo diverse settimane di questa esperienza che mi ha lasciato un segno indelebile: ho conosciuto i demoni che questo mondo "lontano" non ha saputo affrontare quando erano piccoli e ancora insignificanti. La nostra società, in modo analogo, sta percorrendo la stessa via errata, anche se in modo meno fantasioso.

I nostri problemi irrisolti di oggi ci conducono allo stesso finale.

Questa regola vale per qualsiasi demone che alberga dentro ognuno di noi e, per chi come me, cerca di lottare per sconfiggere una seria e preoccupante malattia; a qualcun altro per disintossicarsi da una dipendenza di alcool e/o droghe.

Una società ancora immatura che non riesce a vedere le sofferenze causate dai comportamenti degradati operati da ciascuno di noi che, consapevoli, pratichiamo: ricatti sessuali come stupri e, perché no, anche casi in cui donne aggressive si approfittano della loro qualifica e potere per avere la meglio sulla controparte maschile. Poi ci sono le torture legalizzate, le aggressioni, il bullismo, il mobbing, le imposizioni consumistiche, il caos politico, ecc.

Dopo questa sconcertante ed incredibile esperienza, sono alla conclusione di dover dare qualche consiglio sul nostro modo di agire: spesso non è affatto giustificabile ma serve invece come alibi per circondarci di quanto apparentemente più "necessario".

Per allontanare il più possibile le conseguenze dei nostri errori, siamo disposti ad incolpare anche il primo che capita e cercare comunque un capro espiatorio.

Il risultato di questo andazzo è la società odierna che non ha futuro.

Vi lascio dunque con un aforisma di una persona a me cara:

"Bisogna badare a non volare verso ovest per veder sorgere il sole: l'ottusità e l'ignoranza spesso ci spingono a fare proprio questo; dirigersi gaudenti verso un tramonto che non finisce mai".

Scrivere questo libro per me è stata un'esperienza assolutamente nuova, ricca di momenti comunque significativi. Mi vengono in mente numerosi semplici istanti che per molte persone sarebbero banali: come il tormentare mia moglie a leggerlo per prima o come anche passare delle memorabili serate a ridere di gusto con mia cognata Denise sulle gaffes dei personaggi.

Sta di fatto, che per me è stato un memorabile momento di condivisione con una persona speciale, dove ne custodirò per molto tempo il ricordo.

Vi lascio ringraziandovi per esservi immersi in questo romanzo fuori dal comune; dove ho tratto ispirazione dalle mie esperienze personali per dipingere e dar nomi ai personaggi e alle loro avventure. Inoltre ho creduto giusto reinterpretare fatti realmente accaduti nella nostra società allo scopo di far prendere coscienza al lettore del macabro mondo che ci circonda.

Per ottenere l'edizione giocabile del romanzo va richiesta tramite mail.
Oggetto: EDIZIONE GIOCABILE
Pensieri.in.sogno@gmail.com

9 791221 075441